Chinesisch einmal ganz anders

Ein multimediales Lehrbuch für die Grundstufe (Langzeichen)

精彩漢語

多媒體互動學習
（初級漢語教材）

Chinesisch einmal ganz anders

Ein multimediales Lehrbuch für die Grundstufe (Langzeichen)

精彩漢語

多媒體互動學習（初級漢語教材）

Herausgeber（編輯機構）:

台灣師範大學華語文教學研究所、德國 海德堡大學漢學系
Graduate Institute of Teaching Chinese as a Second Language, National Taiwan
Normal University, Taibei
Zentrum für Ostasienwissenschaften, Universität Heidelberg

Leitende Herausgeber（主編）:

Shih-chang Hsin（信世昌）、Barbara Mittler（梅嘉樂）

Redaktion und Übersetzung（編輯委員）:

Wilfried Spaar（石磊）、Chin-chin Tseng（曾金金）、Wen Gu（顧聞）

Texte und Übungen（執行編輯）:

Yu-yuan Young-Stein（楊尤媛）、Fang-fang Kuan（關芳芳）
Hui-chuan Wang（王慧娟）、Chun-ping Lin（林君萍）

Beratung（編輯顧問）:

Nuoya An（安娜亞）、Weifang Chen（陳煒芳）、Sheng Fang Huang（黃聖芳）
Su-sian Stähle（李素賢）、Jiongshi Song（宋炯時）、Yijun Tang（唐藝軍）
Chun-jing Wu（吳春靖）、Xia Zhan（詹霞）、Kai Zhang（張凱）

Multimedia（多媒體總監）:

Yu-yang Yang（楊豫揚）

Mitarbeiter der Redaktion（編輯助理）:

Yu-hui Huang（黃郁惠）、Dominik Weihrauch（韋德名）、Shu-ting Hsu（許淑婷）
Yu-rong Chen（陳昱蓉）、Wing Keung Li（李永強）、Xin-yu Lin（林芯妤）

This work is particularly supported by "Aim for the Top University Plan" of the National Taiwan
Normal University, and the Ministry of Education, Taiwan, R.O.C
本華語教材之製作完成承蒙臺灣師範大學頂尖計畫及教育部經費之支持，特此感謝。

國家圖書館出版品預行編目資料

精彩漢語初級漢語教材（德語版）. 初
級版/ 信世昌著. -- 初版. -- 臺北市 :
五南, 2019.12
面; 公分.

ISBN 978-957-763-600-3(平裝)

1.漢語 2.讀本

802.86   108013438

Inhalt
目錄

第一冊德語版教材目錄

語法練習	綜合練習	文化
●「您好」、「老師好」 ●「您貴姓」的用法和回答 ●疑問詞「什麼」作定語的用法和回答 ●你(您)是哪國人」的用法和回答 ●「是」、「不是」的用法 ●「是…嗎」的用法和回答 ●「N(NP)＋呢？」	●你叫什麼名字 Wie heißt du? ●請問您貴姓 Wie ist Ihr Name? ●我是誰? Wer bin ich? ●認識你的同學 Kommilitonen und Kommilitonniene kennen lernen ●真實語料　Sprachliche Realien	現代漢語：名稱的多樣性與雙語現象 Modernes Chinesisch: Bezeichnungsvielfalt und Diglossie
●「你是…國＋哪裡人？」的用法和回答 ●「代名詞(名詞)＋的＋名詞」的用法 ●副詞「也」的用法 ●「N(NP)＋在哪裡？」的用法和回答 ●「…(沒)有…」的用法 ●否定形式是在「有」前加副詞「沒」。 ●數字(一～十)＋個＋N ●「SV不SV」和「很＋SV」的用法	●你的家在哪裡？Herkunft ●回答問題 Frage und Antwort ●家人的合照 Familienfoto ●國籍 Nationalität ●真實語料 Sprachliche Realien	籍貫 Ortsverbundenheit
●能願動詞「要」、「想」的用法 ●「(不)喜歡(V1)＋V2O」的用法 ●「O＋N(NP)＋(很、不太、不)喜歡 (V)」的主題句用法 ●「V2O＋N(NP)＋(很、不太、不)喜歡(V1)」的主題句用法 ●連動式「去/來(＋地點)＋VO」的用法 ●副詞「都」的用法 ●「因為…」、「所以…」、「因為…，所以…」	●你平常喜歡做什麼運動？Welchen Sport magst du? ●你平常喜歡做什麼? Was machst du in deiner Freizeit? ●你和你的同學或朋友有什麼計畫? Was habt ihr heute noch vor? ●真實語料 Sprachliche Realien	休閒愛好 Hobbys
●一～六十的數 ●「現在幾點？」的用法和回答 ●「名詞/代名詞＋時間詞＋VP」和 　「時間詞＋名詞/代名詞＋VP」 ●年、月、日、星期、日期的表示法 ●「時間詞＋處所詞」的用法 ●「S＋時間＋要＋VP」的用法 ●「然後」的用法 ●「先…(VP1)再…(VP2)」的用法 ●「從…到…」的用法 ●「句子＋好(行/可以)嗎」的用法	●以漢語唸時間 Uhrzeiten auf Chinesisch ●兩人一組回答問題 Frage und Antwort ●今天或明天的活動 Aktivitäten für heute und morgen ●馬克一星期的時間表 Marks Wochenplan ●邀約 Verabredungen ●真實語料 Sprachliche Realien	時間觀念 Zeitgefühl

語法練習	綜合練習	文化
●存在動詞「在」的用法 ●「N＋在＋哪裡？」的用法和回答 ●「哪裡＋有＋N？」的用法和回答 ●能願動詞「可以」的用法 ●「N＋數量詞＋多少錢？」的用法和回答 ●「一點兒」的用法 ●動詞重疊「V一V」的用法 ●雙賓動詞「給、找」的用法 ●間接問句及間接引語	●量詞 Meteralia ●童唸 Kinderreim ●不同的方位 Wo befindet sich was? ●學校附近有什麼？ Was liegt in der Nähe der Uni? ●真實語料 Sprachliche Realien ●多少錢? Was kostet das? ●買衣服 Kleidung kaufen ●真實語料 Sprachliche Realien	討價還價 Handeln
●助詞「過」的用法 ●可能補語「V＋得＋結果補語」的用法 ●句子＋「了」的用法 ●「V＋一下」的用法 ●副詞「再」的用法 ●「比…」表示比較的用法 ●「AA的」、「AABB的」的用法 ●「又…又…」的用法	●口味 Geschmäcker ●菜與口味 Gericht und Geschmack ●點菜 Essen bestellen ●短文閱讀：介紹餐廳 Lesetext: Ein Restaurant empfehlen ●真實語料 Sprachliche Realien	飲食習慣 Essgewohnheiten
●副詞「在」的用法 ●「除了…還…」的用法 ●助詞「吧」的用法 ●V得＋補語」的用法 ●「V…O」的用法 ●「…以前/…以後」的用法 ●能願動詞「會」的用法 ●助詞「過」的用法	●你今天有什麼計畫? Was hast du heute vor? ●請問立德在做什麼? Was macht Lide gerade? ●馬克一星期的時間表 Marks Wochenplan ●問題與回答 Frage und Antwort ●真實語料 Sprachliche Realien	中學與大學 Schule und Studium
●「V＋起來」的用法 ●「V＋去＋目的」的用法 ●「V＋了」的用法 ●能願動詞「會」的用法 ●副詞「多」的用法 ●兼語句「叫、幫、請」的用法 ●可能補語「V＋得＋結果補語」的用法 ●「V＋動量詞」的用法	●利用「V起來SV」造句 Sätze bilden mit qǐlái „anfangen mit" ●利用「V了＋動量/名量/時量詞」造句 Sätze bilden mit dem Aspekt der Vollendung und Objekten mit Numeralia und Meteralia ●利用「會…嗎?」造句 Sätze bilden mit huì...ma? ●找工作 Auf Arbeitssuche ●真實語料 Sprachliche Realien	找工作 Auf Arbeitssuche

語法練習	綜合練習	文化
●「如果…(的話)，就…」的用法 ●表建議「可以＋VP」的用法 ●介詞「給」的用法 ●表完成「V＋好」的用法 ●「V＋了＋TW＋O」的用法 ●「先…再…」的用法 ●「什麼…都」的用法 ●「…才…」的用法	●身體部位 Körperteile ●告訴醫生你怎麼了 Erklären Sie dem Arzt, was Ihnen fehlt ●角色扮演：醫生與病人 Rollenspiel: Arzt und Patient ●怎麼辦？Was sollen wir machen? ●安排周末的活動 Unternehmungen fürs Wochenende vereinbaren ●真實語料 Sprachliche Realien	醫療系統 Medizinische Versorgung
●疑問詞「怎麼＋V」的用法 ●「…經過…」的用法 ●副詞「就＋V＋了」的用法 ●「往＋方位＋V」的用法 ●「…還是…」的用法 ●「…離…」的用法	●從你家到學校怎麼走? Wie kommst du von zu Hause zur Universität? ●猜猜看 Rate mal ●問題與答案 Frage und Antwort ●「…還是…」、「又…又…」 Alternativfragen mit ... háishì ..., gedoppeltes yòu ●真實語料 Sprachliche Realien	鐵路系統及路線 Züge und Zugstrecken
●「V＋過」的用法 ●能願動詞「能」的用法 ●「雖然…可是…」的用法 ●「是…的」的用法 ●「從來…」的用法 ●「本來…現在…」的用法 ●「一邊…一邊…」的用法	●「能」或「可以」? néng oder kěyí? ●「本來…現在」 geänderte Umstände / neue Situation ●「一邊…一邊」 yìbiān … yìbiān ●寫明信片 Eine Ansichtskarte schreiben ●真實語料 Sprachliche Realien	旅遊哲學 Reisephilosophien
●介詞「把」的用法 ●介詞「被」的用法 ●副詞「就」的用法 ●能願動詞「會」的用法 ●副詞「才」的用法	●利請利用下列圖片以「把」字句說說東西在哪裡 Bilden Sie bǎ-Sätze anhand der Bilder, indem Sie die Veränderung des Standorts der Objekte angeben ●請A以「把」字句要B做出下列行動 Richten Sie Aufforderungssätze zur Veränderung oder Bewegung an Ihren Gesprächspartner ●請利用下列圖片以「被」字句說說東西怎麼了 Bilden Sie anhand der Bilder bèi-Sätze zur Beschreibung eines neuen Zustands ●請回答下列有關換錢的問題，並將答案寫下來 Beantworten Sie die folgenden Fragen zum Geldumtausch und schreiben Sie Ihre Antworten auf ●真實語料 Sprachliche Realien	住宿 Wohnen

Vorwort

1. Anordnung und Ziel dieses Lehrbuchs

1.

Dieses Lehrbuch ist speziell für Lernende an deutschen Universitäten zusammengestellt und bietet Stoff für das erste Jahr Chinesisch. Die insgesamt 16 Lektionen können bei einer Semesterwochenstundenzahl von 15 Stunden in einem Semester durchgenommen werden, pro Woche eine Lektion. Bei einer geringeren Stundenzahl von 6-8 SWS bietet sich genug Stoff für zwei Semester, zwei Wochen pro Lektion.

2.

Nach Abschluss dieses Lehrbuchs können Studierende mit Erfolg die ersten beiden Stufen des Standard Tests HSK [Hànyǔ Shuǐ píng Kǎoshì Standard Proficiency Test of Chinese as a Second Language] absolvieren. Sie verfügen über einen Wortschatz von 700 Einheiten, der auch für die Kommunikation in gängigen Alltagssituationen ausreicht.

3.

Der Wortschatz der einzelnen Lektionen wird jeweils in drei Listen geboten: 1. Lektionstexte 2. Übungen zu den Lektionstexten 3. zusammenfassende Übungen. Die Gesamtliste der in den Lektionstexten vorkommenden Wörter umfasst 850 Einträge, in den Übungen zu den Lektionstexten komm 60 zusätzliche Wörter vor, in den zusammenfassenden Übungen 120.

4.

Jede vierte Lektion in diesem Lehrbuch ist eine Wiederholungslektion, die den Stoff der drei vorhergehenden zusammenfasst, um einen fortschreitenden Lerneffekt zu konsolidieren. Außer Lese- und Hörverständnis- und zusammenfassenden Übungen sollen in Selbsttests die Studierenden zu Diskussionen geführt werden, die auf kulturelle Unterschiede zwischen China und Deutschland fokussiert sind. So wird auch das Bewusstsein für grammatische Probleme gestärkt.

5.

Die Themen der Lektionstexte sind nach Gesichtspunkten der Praxis ausgewählt worden, wobei eine Befragung von Chinesisch-Studierenden an der Universität Heidelberg vorangegangen ist. Es wurden die Themenkreise aufgenommen, an denen die Befragten das größte Interesse zeigten, wie Diskussion über das Studium, Freizeitaktivitäten, Einkaufen und andere.

2. Struktur der Lektionen

Alle Lektionen sind gleich strukturiert und umfassen acht verschiedene Komponenten:

1. Lernziele
Vor jeder Lektion werden die grammatischen und kommunikativen Lernziele als Überblick aufgelistet.

2. Lektionstexte
Jede Lektion enthält drei Texte, die szenisch an Schauplätzen in Deutschland, Taiwan und Shanghai spielen. Die Rollen der Hauptfiguren sind folgendermaßen verteilt: In Teil A geht es um die typischen Verwicklungen, in die der deutsche Chinesisch-Student Lide in Taiwan gerät; Teil B dreht sich um die Aktivitäten des chinesischen Deutsch-Studenten Fang Zhongping und des deutschen Sinologie-Studenten Mark in Deutschland; Teil C präsentiert die hauptsächlich arbeitsbezogenen Gespräche des Deutschen Li Ming, der in

Shanghai arbeitet, mit seiner japanischen Kollegin Zhang Ling. So sollen die Lernenden die Unterschiede und Ähnlichkeiten in Sprache und Alltagsleben beider Zielsprachräume, Taiwan und das chinesische Festland, genauer kennen lernen.

3. Wortschatz
Die Listen bieten neben Lautumschrift in Pīnyīn und deutschen Erklärungen auch Anmerkungen zum unterschiedlichen Sprachgebrauch in den Zielsprachräumen. Jede Lektion bringt zwischen 50 und 80 neue Worteinheiten.

4. Grammatik und Übungen zur Grammatik
Die Erläuterungen zur Grammatik sind durchweg in Chinesisch und Deutsch gehalten, so dass die Lernende über ihre Muttersprache einen direkten Zugang zur chinesischen Grammatik erhalten. Übungen zur Grammatik schließen sich zur Verfestigung des soeben Erklärten an, so dass eine sofortige Kontrolle des eben Gelernten erfolgen kann.

5. Schriftzeichenerklärungen
Hier wird jeweils Herkunft und Struktur eines wichtigen und interessanten Zeichens genau analysiert und seine Bestandteile erklärt. So erhalten die Lernenden ein noch besseres Verständnis für chinesische Schriftzeichen.

6. Hörverständnisübungen
Diese setzen sich aus inhaltlichen und grammatischen Elementen der jeweiligen Lektion zusammen, und sollen von den Studierenden selbständig nach Anleitung der Lehrenden gelöst werden. Sie können auch vollständig losgelöst vom aktuellen Unterricht zu Hause durchgegangen werden, weil die Aufgaben sämtlich auf der Multimedia-DVD enthalten sind.

7. Zusammenfassende Übungen
Hier werden auf der Grundlage von realen Sprachzeugnissen wie Anzeigen, Listen, Pläne, Videoclips usw. die Grundfertigkeiten Hörverständnis, Sprechen, Leseverständnis und schriftlicher Ausdruck durch Einzel- und Gruppenaktionen verfestigt und der Stoff der jeweiligen Lektion vertieft.

8. Sprachliche Realien
Dieser Teil präsentiert Objekte aus beiden Zielsprachräumen und formuliert auf deren Grundlage Fragen, so dass die Studierenden so mit Realitätsausschnitten aus beiden Zielsprachräumen konfrontiert werden.

9. Interkulturelle Anmerkungen
Jede Lektion beleuchtet aus der Perspektive junger Menschen unterschiedliche Aspekte chinesischer und taiwanischer Kultur. Diese Elemente führen auch wieder zu Unterschieden und Gemeinsamkeiten auf beiden Seiten der Meeresenge von Taiwan.

編輯前言

壹、課本的編排

一、本教材專為德語地區的大學漢學系所設計，適合一年級的漢語課使用。全書共16課。若以每週15課時計算，每週一課，本書可使用一個學期；若是每週6-8課時，每兩週一課，則可使用一學年。

二、學生在學完本書，能習得HSK甲級和乙級大部分語法點，約700個詞彙，在口語上可表達一般日常生活上的需求。

三、本教材每課的生詞分為課文生詞，一般練習生詞及綜合練習生詞。全書的課文生詞共850個，其中約150個為詞彙中的常用字本意解釋；一般練習生詞(約160個)與綜合練習生詞(約120個)是補充性質。

四、本教材每三課之後設計一個複習課，例如第四課是複習第一到三課的內容。欲藉此鞏固學生的學習成效。除了閱讀練習、聽力練習和綜合練習以外，在自我檢視中更引導學生討論，加強針對中德文化進行比較、並加強語法意識。

五、課文主題的選擇，以實用為主，事先經過對海德堡大學漢學系學生進行問卷調查，選取學生最感興趣的主題，如討論課程、休閒活動、購物等。

貳、每課的架構：

每課的架構相同，均包括八個部份，說明如下：

一、每課重點

每課一開始先標出語法和溝通功能的學習重點，幫助學生在每課開始學習之前，有意識的準備學習。

二、課文

每課的課文均分為三個部份，分別在不同的場景，包括德國、台灣及中國上海。每個場景也有不同的主角：Part A是從德國到台灣學習漢語的德國學生立德，在台灣所遭遇的各種各樣的情況；Part B是在德國學習德語的中國學生方中平和學習漢學的德國學生馬克之間的交流活動；Part C則是在上海工作的德國人李明和日本人張玲的種種工作會話。冀望學生能夠藉此了解台灣及中國大陸兩個華語地區在語言及生活上相同和

相異之處。

三、生詞

除了拼音和德語解釋以外，在兩岸詞彙不同之處也加註說明。每課的生詞量約在50個到80個之間。

四、語法解釋與練習

語法解釋採取漢語及德語並列，讓學生能直接透過德語了解語法點。語法解釋後附有練習，學生可以馬上檢核對該語法點的理解程度。

五、漢字說明

每課都特別舉出一個漢字，詳細說明其字源及結構，讓學生可以深刻了解漢字的字形及部件都有其道理，可強化學生對於漢字的認知。

六、聽力練習

聽力練習係根據每課內容及語法點編寫而成，可由教師於課堂指導學生完成，或留做課後複習之用，內容都存在本書所附的多媒體光碟上。

七、綜合練習

在綜合練習，透過大量的圖片、各式活動和小組的練習，訓練學生聽、說、讀和寫的技能，並強化當課的學習。

八、真實語料

該部分提供兩岸真實的語料情境，並利用語料設計了問答題，讓學生透過這材料了解兩岸實際的生活方式。

九、文化

每課透過不同的主題，從年輕人的角度出發，看中國及台灣的文化，其中部分單元也比較了兩岸的差異。

Hànyǔ Pīnyīn und Aussprache

Die chinesischen Sprachlaute können nicht nur durch die chinesischen Zeichen, sondern auch durch andere Symbole verschriftet werden. Seit 1957 ist in der Volksrepublik China das lateinische Alphabet die offizielle Umschrift: Hànyǔ Pīnyīn (wörtlich: „Chinesisches Buchstabieren" „Chinese spelling"). Hànyǔ Pīnyīn benutzt alle Buchstaben des Lateinischen bis auf das „v" (historisch ja nur eine Variante des „u"), die Lautwerte sind jedoch teilweise völlig verschieden von der deutschen Aussprache. In einem mit Schriftzeichen geschriebenen Text werden die Wortgrenzen nicht markiert, das heißt Zeichen folgt auf Zeichen, und ein Leser muss zunächst durch seine Sprachkompetenz erkennen, welche Zeichen zusammengehören und wo die Wortgrenzen liegen. Bei einer Verschriftung durch lateinische Buchstaben müssen Wortgrenzen kenntlich gemacht werden: vor und hinter einem Wort erscheint jeweils ein Leerzeichen. Diese eigentlich banale Beobachtung hat aber erstaunliche Konsequenzen: Der chinesischen Sprachbetrachtung und dem einheimischen Sprachgefühl ist das westliche „Konzept" des Wortes völlig fremd: die kleinste Entität ist immer nur das einzelne Schriftzeichen. So findet man oft, zum Beispiel auf Straßenschildern oder Reklametafeln, mehrere Wörter als eine einzelne Pīnyīn-Kette widergegeben: GUOJIZHONGXIAOQIYESHANGWUYINHANG („International Commercial Bank for Middle and Smaller Businesses"); ZHINVQIAODONGHEYAN („Weaver Girl's Bridge, East Bank"), XUESHENGXIANDAIHANYUGUIFANCIDIAN (Students' Standard Dictionary of Modern Chinese"). Obwohl die chinesische Regierung offizielle Regeln für die Rechtschreibung in Pīnyīn erlassen hat, hält sich so gut wie niemand daran: In China nicht, weil die Umschrift ist „nur für Ausländer" (und wir Chinesen haben ja unsere Schriftzeichen), außerhalb Chinas nicht, weil die Rechtschreiberegeln von jedem Autor anders interpretiert werden. So herrscht in Fachpublikationen, Lehr- und Wörterbüchern ein heilloses Durcheinander. Es gelten aber folgende Grundregeln:

Es wird in lateinischen Buchstaben klein geschrieben.

Wörter werden zusammengeschrieben und durch Leerzeichen markiert.

Groß geschrieben wird am Satzanfang und bei Eigennamen bzw. Bestandteilen von Eigennamen: Hàn-Yīng cídiǎn „Chinesisch-Englisches Wörterbuch"; Rénmín Rìbào „Volkszeitung".

Der Buchstabe „v" ist nicht definiert. Auf einer chinesischen Belegung der normalen QWERTY-Tastatur ist die V-Taste für die Eingabe des „ü" vorgesehen, das in Pīnyīn nur nach „l" und „n" vorkommt (máolǘ „Esel", lǜshī „Rechtsanwalt", nǚhái „Mädchen", nüèdài „quälen"), in neuerer Zeit sieht man aber immer mehr den Gebrauch des Buchstabens „v" für den „u-Umlaut", der auf der englischen Standardtastatur fehlt: siehe oben ZHINV für zhīnǚ „Weaver Girl". Diese Schreibweise ist unzulässig.

Struktur der Sprachsilbe

Die chinesische Sprachsilbe besteht aus Anlaut, Auslaut und einem Tonem als suprasegmentalem Phänomen. Der „Ton", das heißt der charakteristische Verlauf der vokalen Intonation bei der Realisierung einer Sprachsilbe, ist ein distinktives Merkmal, er ist bedeutungsunterscheidend. Es gibt keine sinnvolle chinesische Sprachsilbe ohne Tonem. Die Länge oder Kürze der Silbenartikulation ist aber im Gegensatz zum Deutschen („Rate" – „Ratte") nicht distinktiv, es gibt keine Unterscheidung zwischen langen und kurzen Vokalen.

13

Alle konsonantischen Anlaute sind bis auf /l/, /m/, /n/ und /r/ stimmlos. Hier liegt eine der Hauptschwierigkeiten für Deutschsprachige, die /b/, /d/, /g/, /j/, /s/, /z/ und /zh/ immer stimmhaft aussprechen wollen. Der Anlaut einer Sprachsilbe kann auf Null gesetzt werden: der sog. Null-Anlaut oder *Ø-Initial*. Für ihn stehen drei Allophone in freier Varianz zur Auswahl.

Der Auslaut einer Silbe ist immer offen, das heißt sie endet entweder vokalisch, nasal (wobei nur /n/ und /ng/ vorkommen dürfen), oder retroflex (erisiert auf /r/). Im Silbenauslaut gibt es keine Verschlusslaute oder Frikative wie im Deutschen, ebenso wenig kommen Konsonantenverbindungen vor (*Consonant clusters* wie in „Zwetschgenknödel")

Im Inlaut darf kein Vokal zweimal erscheinen, vor einem Vokal können inlautend nur /i/, /u/ und /ü/ vorkommen, neben Vokalen sind Diphthonge (wie im Deutschen) und Triphthonge (Verbindungen dreier Vokale) erlaubt.

Anlaute

Die Reihenfolge der Buchstaben des lateinischen Alphabets ist historisch arbiträr, das heißt zufällig und unsystematisch. Viele asiatische Sprachen, die eine Silbenschrift verwenden, ordnen ihr Phoneminventar systematisch nach Artikulationsort (wo im Sprechapparat wird der Laut gebildet?) und Artikulationsart an (wie wird der Laut gebildet?), zum Beispiel das Sanskrit, das Japanische, das Tibetische. Im Chinesischen können die Anlaute ebenso sortiert werden, wobei sechs charakteristische Reihen entstehen:

Bilabiale Reihe: Artikulation an den Lippen (wie z. B. deutsches /p/)
Alveodentale Reihe: Artikulation an den Alveolen (wie z. B. deutsches /t/)
Velare Reihe: Artikulation am Velum (wie z. B. deutsches /k/)
Palatale Reihe: Artikulation am Palatum (wie z. B. deutsches /tsch/)
Retroflexe Reihe: (im Deutschen nicht vorhanden)
Dentalsibilantische Reihe: (wie z. B. deutsches /tz/ im Auslaut)

Der Ø-Initial nimmt eine Sonderstellung ein, vgl. weiter unten. So ergibt sich folgende Tabelle der 22 Anlaute (inklusive Ø-Anlaut):

	stimmlos	aspiriert	nasal	frikativ	Semivokal
bilabial	bō [b̥ɔ]	pō [pʰɔ]	mō [mɔ]	fó [fɔ]	
alveodental	dé [d̥ɣ]	tè [tʰɣ]	né [nɣ]		lē [lɣ]
velar	gē [g̊ɣ]	kē [kʰɣ]		hē [χɣ]	
palatal	jī [tɕi]	qī [tɕʰi]		xī [ɕi]	
retroflex	zhī [tʂʐ̩]	chī [tʂʰʐ̩]		shī [ʂʐ̩]	rì [ʐ̩]
dentalsibilant	zī [tsɹ̩]	cī [tsʰɹ̩]		sī [sɹ̩]	
Ø-Initial	[ʔ] Ø				[ʁ]

Erläuterungen:

Jede Anlautreihe wird beim „Buchstabieren" mit dem Auslaut verbunden, der so nur in dieser Reihe vorkommen kann. Für die Labialen ist es das /o/, gesprochen wie ein deutsches, offenes /o/ „offen". Nur nach /b/, /p/, /m/ und /f/ kommt das /o/ ohne vor ihm artikuliertes mediales /u/ vor. Viele Muttersprachler sprechen in unrichtiger Analogie zu /duo/, /tuo/, /nuo/, /luo/, /guo/, /zhuo/, /zuo/ usw. ein */buo/, */puo/, */muo/ oder */fuo/ aus. Das ist entspricht nicht der korrekten Standardhochaussprache, obwohl in vielen Lehrbüchern so beschrieben.

Eine Sprachsilbe als Kombination aus Anlaut und Auslaut ist nur mit Tonem wohlgeformt, aber nicht alle Vorkommen zeigen sämtliche Töne. /fo/ kommt nur im 2. Ton vor: fó „Buddha", die Lesung im 1. Ton *fō wäre eine sinnlose Sprachsilbe ohne Bedeutung, dasselbe gilt für *dē, *tē und *nē.

Hauptschwierigkeit für Deutsche ist die Aussprache des /b/ als devokalisiertes [b̥ɔ]. Im Deutschen sind Verschlußanlaute entwe(r stimmhaft und nicht aspiriert: „Bach", „Dorf", „Garten", oder stimmlos und aspiriert „Pech", „Tag", „Kürbis". Ein stimmloser, nicht aspirierte Verschlußanlaut kommt im Deutschen Phoneminventar nicht vor, ebenso wenig wie ein stimmhafter aspirierter. Die Aussprache des /b/ ist ähnlich dem französischen Anlaut /b/. Das chinesische /p/ hingegen ist viel stärker aspiriert als der deutsche Anlaut.

Die alveodentale Reihe zeigt /e/ [ɤ] als Auslaut. Dieser Laut kommt im Deutschen nur in Interjektionen (des Ekels) vor. Es ist ein „entrundetes /o/", das heißt die Zugenstellung ist wie bei einem geschlossenen, gerundeten /o/ „Ofen", die Lippenstellung wie bei /e/ in „eben". [ɤ] ist zu [ɔ] komplementär distribuiert und eigentlich ein stellungsbedingtes Allophon, dehalb kann es in dieser Reihe nur mit dem Medial /u/ vorkommen. Für /d/ und /t/ gilt dasselbe wie oben für /b/ und /p/. /n/ und /l/ werden wie im Deutschen ausgesprochen.

Die velare Reihe zeigt ebenso [ɤ] als einfachen Auslaut. /g/ ist devokalisiert und /k/ stark aspiriert. Den durch /h/ repräsentierten Laut gibt es auch im Deutschen, aber nur im Auslaut: „ach" [ax] (sog. ach-Laut), im Chinesischen steht er im Anlaut. Ein deutsch ausgesprochenes /h/ kommt nicht vor.

Die Palatale verbinden sich mit /i/, das wie im Deutschen realisiert wird [i]. Die Anlaute erklärt man am besten beginnend mit /xi/: /x/ steht für den „ich-Laut" [iç], der zum oben erwähnten „ach" in komplementärer Distribution steht und deutsch als /ch/ nur im In- oder Auslaut vorkommt (außer in Fremdwörtern wie „Chimäre" oder „China"). In der chinesischen Aussprache steht er als Anlaut, verbunden nur mit /i/ (und /ü/, siehe weiter unten). Setzt man vor /x/ den detonalisierten Verschlusslaut /t/, entsteht [tɕi], Pīnyīn /jī/. Hauptfehler ist hier die stimmhafte Aussprache des Anlauts bzw. eine Nasalierung. Fügt man nach dem stimmlosen Anlaut eine starke Aspiration zu, entsteht [tɕʰi], Pīnyīn /qī/. Das /q/ des lateinischen Alphabets repräsentiert hier den stimmlosen, aspirierten palatalen Verschluss und hat mit dem deutschen /qu/ [kv] wie in "Quark" nichts zu tun.

Die Retroflexe sind für Deutsche am schwierigsten auszusprechen, denn keiner dieser Laute kommt in der Muttersprache vor. Beginnend mit einem deutschen stimmlosen /sch/, aber bei zurückgekrümmter Zungenspitze ("retroflex") und anschließendem Stimmeinsatz bei beibehaltener Zungenstellung entsteht [ʂ ɻ], Pīnyīn /shī/. Der Vokal im Auslaut ist ein sog. "apikaler retroflexer Vokal" (da er mit der Apex, der Zungenspitze gebildet wird und als zusätzliches Merkmal *plus retroflex* trägt). Dieser Vokal ist zu dem gleichfalls apikalen Auslaut der dentalsibilantischen Reihe mit dem Merkmal *minus retroflex* komplementär distribuiert und kommt nur in dieser Reihe vor. Fügt man denselben Verschlusslaut /t/ wie in der palatalen Reihe hinzu, entsteht [tʂ ɻ], Pīnyīn /zhī/, plus Aspiration ergibt sich [tʂʰɻ], Pīnyīn /chī/. Der letzte Anlaut in dieser Reihe ist die stimmhafte Variante von /shī/, die nur im 4. Ton vorkommt: [ʐ], Pīnyīn /rì/. Diesem Laut entspricht die amerikanische Aussprache des /r/ im Mittelwesten und Westen der U.S.A., der „Western burr".

Die Dentalsibilanten sind eine Verbindung von Verschlusslaut und Frikativ. Eine Erklärung für Deutschsprachige beginnt am besten bei /sī/: Am Anlaut steht ein stimmloses /s/ wie im deutschen Auslaut „Maus" (das deutsche anlautende /s/ ist, wenn es nicht mit einem folgenden Konsonanten verschmilzt wie in „Stamm" oder „Sprung", immer stimmlos: „Sommer" [z]). Anschließend wird bei leicht gehobener, aber nicht zurückgebogener Zungenspitze, der nicht-retroflexe apikale Vokal [ɿ] gebildet. Für /zī/ tritt der schon von den beiden letzten Reihen her bekannte stimmlose Verschluss /t/ hinzu [tsɿ], für /cī/ die Aspiration [tsʰɿ]. Hauptfehler bei Deutschsprachigen ist die stimmhafte Aussprache des /z/ vor dem folgenden Vokal, man orientiere sich hier an /tz/ im Auslaut wie bei „Satz"; für /cī/ halte man sich an die deutschen Anlaute in „Zauber" oder „Zunge", nur stärker aspiriert.

Ø-Initial und Pīnyīn

Bis auf den Auslaut /-ong/ können alle Auslaute der folgenden Tabelle mit den Ø-Initial verbunden werden, das heißt „alleine stehen". Dabei ist allerdings folgende Pīnyīn-Schreibregel zu beachten: anlautendes /i/ und /ü/ werden zu /y/ und /yu/ umgeschrieben, anlautendes /u/ zu /w/. Das ist eine rein orthographische Regel und hat keine phonematischen Gründe. In der chinesischen Aussprache gibt es weder /y/ noch /w/. Pīnyīn /yī/ ist stets [ʔi] zu lesen, /yǔ/ ist /*yü/ [ʔy], /wǒ/ ist [ʔɔ]. Wenn hier der stimmlose Kehlkopfverschlusslaut / Glottal Stop [ʔ] als Anlaut gesetzt ist, so repräsentiert er lediglich eine der drei allophonen Varianten für den Ø-Initial. Das ist genau der normale „vokalische" Stimmeinsatz im Deutschen und bereitet keine weiteren Schwierigkeiten. Etwa 40% der Sprecher in China bevorzugen diese Möglichkeit. Etwa 20% wählen (wie im Japanischen) einen rein vokalischen Stimmeinsatz, d.h. ohne jeden Verschlusslaut, den das Deutsche regelmäßig vor jedem Vokal zeigt, die restlichen 40% wählen einen stimmhaften Gleitlaut / Voiced Continuant, der als

[ɣ], [ʔ], [ʁ] oder [ŋ] erscheinen kann: Pīnyīn /ān/ wird dann nicht als [ʔan] sondern als /ngan/ [ŋan] ausgesprochen. Vgl. unten unter Silbenfuge.

Auslaute

Die Auslaute des modernen Chinesisch werden beim „Buchstabieren" wie folgt angeordnet:

a	o	e	ê	er
ai	ei	ao	ou	
an	en	ang	ong	eng
i	u	ü		

Alle Auslaute mit einer Ausnahme sind freie Formen, das heißt sie können allein vorkommen und sind deshalb Wörter. Phonologisch betrachtet wird der Anlaut dieser Silben auf Null gesetzt und durch eines der drei Allophone des Ø-Initials repräsentiert. Die genannte Ausnahme ist der Auslaut –ong, der nicht frei vorkommt. Der fest an die Anlaute der Retroflexen und dentalsibilantischen Reihe gebundene Auslaut –i (der apikale Vokal + retroflex bzw. – retroflex nach /zh/, /ch/, /sh/, /r/, /z/,, /c/ und /s/ braucht nicht extra erwähnt zu werden, da er Bestandteil des silbischen Anlauts ist und ein Allophon von /i/.

Die Auslaute o, ê und ei kommen frei nur als Interjektionen vor. /ê/ [ɛ] ist ein Allophon zu /e/ [ɣ], das nur als freie Form durch den Akzent gekennzeichnet werden muss, über dem in der Pīnyīn-Schreibung das Tonemzeichen steht: é, è usw. /e/ als [ɣ] kommt alleinstehend vor, z. B. è „hungrig sein", und in der velaren Reihe gē, kē usw., die anderen Vorkommen werden nach /i/ und /ü/ immer [ɛ] gelesen (yě „auch"; yuè „Monat"), sonst als „Schwa Indogermanicum" [ə], speziell wenn im 5. Ton: de, le, ne.

Die Schreibung entspricht der Pīnyīn-Orthographie, bis auf die letzte Zeile, wo die oben schon erwähnte Rechtschreibregel für die Verbindung mit Ø-Initial angewendet wird: → yi, wu und yu.

Neben den „offenen Auslauten" der ersten und vierten Zeile kommen Nasale vor (dritte Zeile, nur –n und –ng sind zulässig) sowie der erisierte Auslaut –er (erste Zeile). Die Diphthonge der zweiten Zeile können sich mit /i/, /u/ und /ü/ als Mediale zu Triphthongen verbinden, so dass es sich anbietet, die Auslaute samt ihren Grundkombinationen tabellarisch anders anzuordnen, nämlich nach den inlautenden Medialen, Schreibung in Pīnyīn-Orthographie:

Inlaut	offen	-i	-u	-n	-ng	-er
ohne	a e o	ai ei	au ou	an en	ang eng -ong	er r
Inlaut -i	yi ya ye	yai	yao you	yan yin	yang ying yong	
Inlaut -u	wu wa wo	wai wei		wan wen	wang weng	
Inlaut -ü	yu yue			yuan yun		

Dieselbe Tabelle in IPA (eckige Klammern [ ] und Symbole für Ø-Initial weggelassen)

Inlaut	offen	-i	-u	-n	-ng	-er
ohne	a ɣ ɔ	ai ei	ɑu ɔu	an ən	ɑŋ ʌŋ ɔŋ	ɚ
Inlaut -i	i ia iɛ	iai	iɑu iɔu	iɛn in	iɑŋ iŋ iɔŋ	
Inlaut -u	u ua uɔ	uai uei		uan uən	uɑŋ uəŋ	
Inlaut -ü	y yɛ			yan yn		

Phonologische Gesetzmäßigkeiten:

/e/ als einfacher, offener Auslaut immer als [ɣ] realisiert, vor den nasalen Auslauten /n/ und /ng/ immer als [ə], nach an- und inlautendem /i/ immer als [ɛ], obwohl
in Pīnyīn als /a/ geschrieben: /ye/ versus /yan/. Anders formuliert: ein /a/ wird nach
an- und inlautendem /i/ vor auslautendem /n/ zu [ɛ] umgelautet. /yan/ → [iɛn], auch in
analogen Formen: /bian/ → [biɛn] /pian/ → [piɛn] /mian/ → [miɛn] /dian/ → [diɛn]
/tian/ → [tiɛn] /nian/ → [niɛn] /lian/ → [liɛn] /jian/ → [tɕiɛn] /qian/ → [tɕʰiɛn] /xian/ .
→ [ɕiɛn]. Diese Regel gilt nicht für auslautendes /ng/, demnach /niang/ → [niaŋ],
/xiang/ → [ɕiaŋ] usw.

Ebenso wenig gilt die Umlautregel für anlautendes /yu/ [y] und auslautendes
/an/, das in dieser Position immer als [an] ausgesprochen wird: yuan → [ˀyan] und
nicht [ˀyɛn], wie in gōngyuán [g̊ʊŋˀyan] "Park", obwohl man dialektbedingt die
Aussprache [g̊ʊŋˀyɛn] nicht selten hört.

Pīnyīn /wen/ ist phonetisch [ˀuən], da anlautendes /u/ zu /w/ umgeschrieben
wird. Eine Inkonsistenz der Pīnyīn-Umschrift ist die Verschriftung des /wen/ im Auslaut durch /un/, das /e/ wird getilgt, ist aber in der Aussprache immer als Schwa [ə] zu
hören:
/dun/ → [d̥uən] /tun/ → [tʰuən] /lun/ → [luən] /hun/ → [xuən]
/zhun/ → [tʂuən] /chun/ → [tʂʰuən] /shun/ → [ʂuən].

Eine weitere Pīnyīn-Ungenauigkeit ist die Behandlung des auslautenden /u/
nach inlautendem /i/ wie in /diu/: der Auslaut ist kein /u/ wie bei /bu/, /pu/, /mu/, /lu/,
sondern ein /ou/ [ɔu], wobei das /o/ in der Umschrift getilgt wird: /diu/ → [d̥iɔu]
/miu/ → [miɔu] /niu/ → [niɔu] /liu/ → [liɔu].

Töne

Das moderne Hochchinesisch gehört zur Gruppe der Tonsprachen, d.h. Toneme als suprasegmentales Feature sind Bestandteile der Morpheme und stets distinktiv. Je nach Zählung werden in der Literatur vier bis sechs unterschiedliche Toneme aufgeführt. Unterschiedliche Zählungen und Bezeichnungen für die Toneme
resultieren aus der gemeinsamen Betrachtung moderner und historischer Sprach-
formen.

Der Begriff Tonem bezeichnet den reproduzierbaren charakteristischen
Stimmhöhenverlauf unabhängig von der individuellen Stimmlage bei der Artikulation
einer Sprachsilbe, deshalb sind Toneme an Vokale gebunden. Dabei sind zwei Arten
zu unterscheiden: Registertöne und Konturtöne. Unter Registerton versteht man die
kontinuierliche Artikulation des vokalischen Teils einer Sprachsilbe in einem hohen,
mittleren oder tiefen Register, d.h. der Tonhöhenverlauf bleibt auf einer Ebene. Das
moderne Chinesisch hat zwei Registertöne: Erster Ton → hoch, Fünfter Ton → hoch,
mittel oder tief (umgebungsabhängig). „Fünfter Ton" steht für den stresslosen
„Nullton" bzw. „leichten Ton" (qīngshēng 輕聲).

Bei Konturtönen ändert sich der Tonhöhenverlauf in einer festgelegten Kurve, fallend, steigend oder wechselweise fallend bzw. steigend. Im Chinesischen findet man vier Konturtöne: Zweiter Ton: steigend; Dritter Ton: fallend, dann steigend; Vierter Ton: fallend; halber Dritter Ton: fallend und auf tiefstem Level anhaltend. „Halber Dritter Ton" steht für Bàn sānshēng 半三聲, vgl. unten unter Sandhiregeln.

Der chinesische Linguist Chao Yuen-ren [Zhào Yuánrèn] hat für die Notation der Toneme ein „System of Tone-letters" entworfen, das sich aber nicht durchgesetzt und auch keinen Eingang in Unicode gefunden hat. Auf ihn geht aber auch die Methode zurück, die Toneme durch Ziffern zu beschreiben: wenn 5 die höchste individuelle Tonlage ist und 1 die tiefste, lässt sich der Artikulationsverlauf so darstellen:

1. Ton:	55	Markierung in Pīnyīn:	ē ān ōu bīng
2. Ton:	35		á éi lóu qiáng
3. Ton:	214		yǐ dǎ kǒu xiě
4. Ton:	51		bù kàn shòu dù
5. Ton:	22; 33; 44		shōushi le de
½ 3. Ton:	21		kěpà lǎnduò

Als Graphik sähe das aus wie folgt:

[Quelle Graphik http://en.wikipedia.org/wiki/Tone_contour]

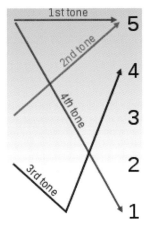

Die Notierung der Toneme in Pīnyīn erfolgt durch die entsprechenden diakritischen Zeichen, wobei zu beachten ist:

die Positionierung der Diakritika ist nicht beliebig, sondern stets über dem Vokal. Bei Diphtongen und Triphtongen über dem vokalischen Bestandteil, der am „längsten" ausgesprochen wird. (Reine Eselsbrücke! Die korrekte Regelung ist: Tonbezeichnung über den 1. Vokal des Auslauts. Das ist normalerweise problemlos: wéi; shuāi; liǎng; ài usw., zu merken ist nur shuǐ oder duì, weil hier der Auslaut korrekt –ei ist, man also *shuěi schreiben müsste, nur tilgt Pīnyīn, wie oben bemerkt, bei inlautendem /u/ und auslautendem /ei/ das /e/, so dass das Tonem über /i/ zu liegen kommt.) Zu beachten ist außerdem, das bei /yī/ /pín/ /duì/ usw. das Tonemzeichen

19

den i-Punkt ersetzt, also kein i-Punkt geschrieben werden darf. Ein weiterer Sonderfall ist die Interjektion /ê/ [æ] 誒 bzw. 欸, die in allen vier Tönen vorkommen kann: ē wäre also kein Tippfehler, sondern / ê/ im 1. Ton.

den i-Punkt ersetzt, also kein i-Punkt geschrieben werden darf. Ein weiterer Sonderfall ist die Interjektion /ê/ [æ] 誒 bzw. 欸, die in allen vier Tönen vorkommen kann: ē wäre also kein Tippfehler, sondern / ê/ im 1. Ton.

Ein echter typographischer Fehler, den man häufig auch in chinesischen Fachtexten findet, ist die Bezeichnung des 3. Tones nicht mit Hašek /š/, sondern durch Bogen wie in /wŭ/ statt korrekt /wǔ/, speziell nach Einführung der Standardschriftart /Calibri/ durch Microsoft mit Word 2007.

Sandhiregeln

In isolierter Position, z.B. beim Lesen einzelner Zeichen oder bei einsilbigen Wörtern, werden gestresste Silben stets in ihrem „korrekten" Ton ausgesprochen. Im aktuellen Redezusammenhang jedoch treten die folgenden euphonischen Regeln in Kraft, die auch als morphophonematischer Wechsel beschrieben werden können: eine Sprachsilbe nimmt das Tonem eines anderen, in der Bedeutung unterschiedlichen Morphems an, verliert aber durch den Kontext nicht ihre Bedeutung. Betrachtet man die ersten vier Grundtöne des Chinesischen, fällt auf dass der dritte Ton auf der Zeitachse am „längsten dauert": 214 im Gegensatz zu 55, 35 und 51. Man könnte es als die universale Tendenz der Sprache zur Einfachheit ansehen, dass eben hier zwei Simplifizierungsregeln einsetzen, die den 3. Ton in der Länge seiner Artikulation beschneiden.

Regel 1: ein dritter Ton wird nur vor einer Pause (Satzende, Phrasenende) oder in isolierter Position als voller dritter Ton (214) artikuliert. In allen anderen Stellungen, außer vor einem folgenden dritten Ton, wird er als „halber dritter Ton" realisiert, d.h. er verliert seinen charakteristischen Aufschwung: aus 214 wird 21. In Pīnyīn wird diese Regel nicht markiert.

hǎo	shū	214 + 55	→	hǎoshū	21 + 55	„gutes Buch"	好書
hǎo	rén	214 + 35	→	hǎorén	21 + 35	„guter Mensch"	好人
hǎo	huà	214 + 51	→	hǎohuà	21 + 51	„guter Spruch"	好話
hǎo	ba	214 + 33	→	hǎo ba	21 + 33	„o.k."	好吧

[alle Beispiele aus Chao, Yuen Ren: Mandarin Primer, Harvard 1961, S. 25 ff u. 108 ff.]

Regel 2: ein dritter Ton wird vor einem dritten Ton zum zweiten Ton (morphophonematischer Wechsel). 好 hǎo vor einem dritten Ton wird folglich zu /háo/, das eigentlich die Bedeutung „winzig" hat, aber keine freie Form ist:

毫 → 毫不 háobù „nicht im Geringsten"

| hǎo lěng | 214 + 214 | → | hǎo lěng | 35 + 214 | „saukalt" | 好冷 |
| nǐ hǎo | 214 + 214 | → | nǐ hǎo | 35 + 214 | „hallo!" | 你好 |

In Pīnyīn wird dieser Wechsel in der Regel nicht markiert (da es sich um ein phonologisches Gesetz handelt), außer in Übungstexten, die speziell diesen Wechsel illustrieren sollen.

Regel 3: in dreisilbigen Wörtern oder festen Ausdrücken, bei denen die erste Silbe im ersten **oder** 2. Ton, die zweite im zweiten Ton und die dritte in einem beliebigen Ton, aber nicht im 5. (leeren) Ton steht, wechselt die zweite Silbe in den ersten Ton:

dōng nán fēng   55 + 35 + 55 → dōngnánfēng 55 + 55 + 55 „Südostwind" 東南風

(keine Markierung in Pīnyīn!)

Exkurs: In der künstlichen Welt fast aller Chinesischlehrbücher kommt in der ersten Lektion folgende Phrase vor: 我很好，你呢? Nach mühsamer Erklärung der o.g. Regel 2 fragen sich die Studierenden (und haben schon Generationen von Lehrern ins Schwitzen gebracht), wie das denn nun richtig „mit den Tönen" auszusprechen sei. Denn man hat

wǒ + hěn + hǎo → wǒ + hěn → wóhěn → wóhěn + hǎo → wóhénhǎo, in tonemischer

Notation: 35 – 35 – 214 (1. Transformation). Jetzt tritt Regel 3 in Kraft:

35 + 35 + 214 → 35 + 55 + 214 → *wóhēnhǎo (2. Transformation, hier in Pīnyīn markiert).
(ausführliche Diskussionen bitte nur mit muttersprachlichen Informanten!)

Regel 4: folgen zwei vierte Töne aufeinander, fällt der erste nicht bis auf die niedrigste Tonhöhe, sondern nur bis zur Mitte der individuellen Pitch-Range:

zài + jiàn 51 + 51 → zàijiàn 53 + 51 „auf Wiedersehen!"   再見!

Regel 5: das freie Adverbium der Verneinung bù 不 wechselt vor einem vierten Ton in den zweiten Ton:

| bù + duì 51 + 51 → búduì 35 + 51 | „falsch!" | 不對 |
| bù + cuò 51 + 51 → búcuò 35 + 51 | „nicht schlecht" | 不錯 |

Regel 6: das Numeralium yī 一 „eins" zeigt seinen ersten Ton nur in isolierter Position bzw. beim Abzählen yī èr sān 一二三. In allen anderen Umgebungen wechselt es vor einem vierten in den zweiten Ton:

yī + gè → yígè   „ein Stück"   一個   (gè hier prononciert im 4. Ton)

Vor jedem anderen Ton wechselt es in den vierten Ton:

yī + ge → yìge   „ein Stück"   一個   (ge hier neutral im 5. Ton)

yī + bān → yìbān   „im Allgemeinen"   一般

yī + běn + shū → yìběn shū   „ein Buch"   一本書

yī + bù + pà + kǔ → yìbúpàkǔ [èrbúpàsǐ] „weder Strapazen noch Tod fürchten"

一不怕苦二不怕死 (auch Regel 5 beachten!)

Regel 6 gilt in freier Varianz auch für die Numeralia qī 七 „sieben" und bā 八 „acht". Regeln fünf und sechs werden in Sprachlehrbüchern meist in Pīnyīn markiert.

Umgebungsabhängige Artikulationshöhe des 5. Tones

In fast allen Lehrbüchern heißt es beim 5. Ton: „Er richtet sich nach dem Ton, auf den er folgt…" Aber wie? Das wird verschwiegen. Auch für den fünften Ton gibt es eine Reihe phonologischer Gesetzmäßigkeiten:

Regel 1: Nach dem 1. Ton: **22**   tāde   55-22   他的   seins
           2. Ton: **33**   shéide   35-33   誰的   wessen?
           3. Ton: **44**   nǐde   21-44   你的   deins
           4. Ton: **11**   dàde   51-11   大的   großes

Regel 2: Ein unaspirierter Verschlusslaut wird stellungsbedingt vokalisiert:

籬笆   líba   [liba]   Zaun
黑的   hēide   [xeidə]   schwarzes
五個   wǔg   [ʔugə]   fünf Stück

Regel 3: Auslautendes /e/ wechselt von [ɣ] zu [ə]:

的 [də];   了 [lə] ;   呢 [nə].

Regel 4:
Nach einem vierten Ton wird die im fünften Ton folgende Silbe nahezu vollständig devokalisiert:

豆腐   dòufu   [dɔuf]   Tofu
意思   yìsi   [ʔis]   Bedeutung
鑰匙   yàoshi   [ʔYuʂ]   Schlüssel
客氣   kèqi   [khɣtɕh]   höflich
進取   jìnqu   [tɕintɕh]   eintreten

Die Silbenfuge

Da die chinesische Sprachsilbe offen ist, gibt es im Silbenauslaut lediglich Vokale, die Nasale /n/ und /ng/ und das retroflexe /r/. Ein konsonantischer Anlaut der folgenden Silbe ergibt somit eine klare Trennung der Silben voneinander. Da ein rein vokalischer Anlaut fehlt (vgl. oben die drei Allophone des Ø-Initials) entfällt ein „linking" der Silben, wie es typische für die englische bzw. amerikanische Aussprache ist. Nichtbeachten der Linking-rules ist typisch für die Falschaussprache des Englischen durch Deutschsprachige, speziell beim „linking-R", aber ein Vorteil für die chinesische Aussprache, da hier ein Linking ebenso wie im Deutschen fehlt. Es gibt allerdings zwei Ausnahmen:

Phonematisch stets enklitisch ist das häufig vorkommende satzschließende gebundene Morphem /_a/ 啊, das sich immer mit der vorangehenden Silbe fest verbindet. Dabei treten je nach Art des Silbenauslauts folgende euphonische Regeln in Kraft: /-i/ plus /_a/ → /ya/   /-u/ plus /_a/ → /wa/   /le/ plus /_a/ → /la/   /-r/ plus /_a/ → /ra/. Diese Regel wird durch die Verwendung unterschiedlicher Schriftzeichen für 啊 anschaulich illustriert: 呀 ya 哇 wa 啦 la (/ra/ wird graphematisch nicht realisiert), wobei alle Varianten im Null-Ton ausgesprochen werden.

Die zweite Ausnahme betrifft den Übergang innerhalb eines zwei- oder mehrsilbigen Wortes von einem nasalen Auslaut zu einem Ø-Initial, wie bei Hànyǔ „Chinesisch" oder diànyǐngyuàn „Kino": bei normalem Sprechtempo wird der nasale Auslaut der ersten Silbe getilgt zu Gunsten einer Nasalisierung über die gesamte Silbenfuge und der Folgesilbe. Beim langsamen, betonten Sprechen bleibt der auslautende Nasal erhalten, und der folgende Ø-Initial erhält eine seiner drei möglichen Varianten ohne Linking.

langsame Aussprache   Hànyǔ [xanˀy] normales Sprechtempo → [xãỹ]

diànyǐngyuàn   [diɛnˀiŋˀ yan]   →   **[diɛ̃ĩ̃ yan]**

Erisation

Das Kunstwort „Erisation" (engl. „erization") bedeutet „Anfügen des retroflexen Auslautes /ér/ an eine Silbe". Ursprünglich bedeutet das Morphem ér 兒 bzw. 儿 „Kind", speziell „Sohn". In der modernen Sprache ist das Wort für „Sohn" auch érzi 兒子. Im Laufe der Sprachentwicklung hat sich das Morphem /ér/ zu einem Diminutivsuffix entwickelt, ähnlich des deutschen /-chen/ und /-lein/. Diese Diminutivfunktion ist in der Gegenwartssprache nicht mehr vorhanden. Die Erisation einer Silbe dient drei Zwecken: Den aktuellen Ausdruck informeller zu halten, speziell in der nordchinesischen Aussprache, besonders in der Dialektfärbung von Beijing. Beim formellen Sprechen fallen Erisationen weg. Insofern ist die Erisation ein Ausdrucksmittel in freier Varianz. Die zweite Funktion der Erisation ist die Unterscheidung zwischen

homophonen und homographen Morphemen, die sowohl als transitives Verb als auch als Nomen verwendet werden können: erisiert wird immer das Nomen. Beispiel: 畫畫兒

huà huàr „malen" huà → transitives Verb huàr → Nomen. Dritte Funktion ist die Bildung einer nominalen freien Form aus einem gebundenen Morphem in der Regel mit Bedeutungsveränderung: 味 wèi Geruch, Duft (gebundene Form), 味道 wèidao (Nomen, freie Form) Geruch, Geschmack, Duft, 味兒 wèir schlechter Geruch, Gestank.

Bei der Erisation treten folgende euphonische Regeln in Kraft:

Diphthonge und Triphtonge mit /i/ als letztem Bestandteil tilgen dieses /i/ vor /r/
/wèi/ [ˀuei] → /wèir/ [ˀuɚ]   /gài/ [g̊aɪ] → /gàir/ [g̊aɻ]   /guǐ/ [g̊uei] → /guǐr/ [g̊uɚ]

Die apikalen Vokale im Auslaut werden getilgt und durch [ɚ] ersetzt:
/shì/ [ʂɻ] → /shìr/ [ʂɚ]

Auslautendes /n/ wird ersatzlos getilgt (keine Nasalierung!): /fēn/ [fən] → /fenr/ [fəɻ]

Auslautendes /-ng/ wird durch eine Nasalierung über dem Vokal ersetzt:
/guāng/ [g̊uɑŋ] → /guangr/ [g̊uɑ̃ɻ].

Erisation ist ein Phänomen der informellen Sprache, besonders in der Region Beijing. Sprecher südlicher Regionen mit beispielsweise Mǐnnán oder Yuèyǔ als Muttersprache können sie meist nicht artikulieren, sondern sprechen erisierte Silben stets zweisilbig mit dem vollen Lautwert /ér/ [ɚ].

Wortstress

Die Mehrzahl der freien Formen (Wörter) in der modernen chinesischen Sprache ist zwei- oder mehrsilbig. Als allgemeine Regel gilt: zweisilbige Wörter sind in ihrer Mehrzahl endbetont, jedoch die am häufigsten vorkommenden tragen den primären Stress auf der ersten Silbe: qí**kān** „Zeitschrift", jīng**chá** „Polizei", xué**xiào** „Schule", aber **shēng**huó „Leben", **shì**qing „Angelegenheit", **guò**qù „Vergangenheit". Drei- und viersilbige Wörter tragen den primären Stress auf der letzten Silbe, sekundären auf der ersten, die mittlere(n) Silbe(n) sind stresslos: jiùhuǒ**duì** „Feuerwehr", luànqībā**dào**   „kreuz und quer durcheinander". Ohne Stress artikuliert ist nicht dasselbe wie im fünften oder leeren Ton artikuliert: Eine Aussprache im leeren Ton (qīngshēng) hat stets distinktiven Charakter: **shōu**shi **dōng**xi „aufräumen", vgl. dōng**xī** „Osten und Westen".

Es ist ein schwerwiegender Nachteil aller gängigen Wörterbücher, egal wie gut sie auch sonst sein mögen, dass der Wortstress nicht angegeben wird. Man ist also auf muttersprachliche Informanten angewiesen. Allerdings gibt es ein (längst vergessenes) Lexikon, das für die 12000 am häufigsten vorkommenden Wörter den Wortstress angibt: Piasek, Martin: *Wörterbuch Chinesisch-Deutsch*, Leipzig: VEB Enzyklopädie 1961, 334 S. (allerdings schwer zu benutzen, da nach dem traditionellen graphematischen System der 214 Klassenzeichen angeordnet).

Aussprachetabellen

Chinesischlehrbücher ohne ausführliche Behandlung der Phonetik geben meist Aussprachehilfen in Analogien zur Muttersprache: „so ähnlich auszusprechen wie deutsches …" Dabei schreibt in der Regel der eine Autor den Unsinn anderer Autoren ab, und den Lernenden ist nicht viel geholfen bzw. sie lernen das falsche (meist vokalisierte Anlaute). Das *Umgangschinesisch effektiv* ist hier leider keine Ausnahme. Die für Deutschsprachige am wenigsten fehlerbehaftete Tabelle fand sich in der Online-Enzyklopädie Wikipedia (diese Seite ist inzwischen verschwunden), und sei hier angeführt. Korrekturen in rot. Die Anordnung der Phoneme erfolgt in der oben erklärten Form nach Artikulationsort und Artikulationsart.

Pīnyīn	IPA	Beschreibung
b	[b̥]	stimmloses b
p	[pʰ]	wie im Deutschen, sehr viel stärker behaucht
m	[m]	wie im Deutschen
f	[f]	wie im Deutschen
d	[d̥]	stimmloses d
t	[tʰ]	wie im Deutschen, sehr viel stärker behaucht
n	[n]	wie im Deutschen
l	[l]	wie im Deutschen
g	[g̊]	stimmloses g
k	[kʰ]	wie im Deutschen, sehr viel stärker behaucht
h	[χ]	wie in la**ch**en
j	[d̥ʑ̥]	ähnlich wie in Mäd**ch**en, aber viel härter und stimmlos, nicht apiriert
q	[tɕʰ]	ähnlich wie in Mäd**ch**en, aber sehr viel stärker behaucht
x	[ɕ]	wie ch in ich
zh	[d̥ʐ̥]	ähnlich wie in **Dsch**ungel, aber stimmlos sowie retroflex (mit zurückgebogener Zungenspitze)
ch	[tʂʰ]	wie *zh,* aber stark behaucht
sh	[ʂ]	ähnlich wie deutsches sch, aber retroflex
r	[ʐ]	ähnlich wie französisches j (bon**j**our), aber retroflex
z	[d̥z]	wie in Lan**ds**mann
c	[tsʰ]	wie *z* aber stark behaucht
s	[s]	wie in wei**ß**

Auslaute

Pīnyīn	IPA	Beschreibung
Einfache Vokale		
a	[ɑ]	wie in w**a**r
o	[ɔ]	alleinstehend wie in d**o**ch, nach *b, p, m* und *f* kein [u̯ɔ] sprechen!
e	[ɤ] [ə]	Zungenstellung wie bei o in rot, aber ohne Rundung der Lippen, „entrundetes /o/. Wird in Silben im Nullton als Schwa gesprochen.
i, yi	[i]	wie in n**ie**, außer nach *zh, ch, sh, r, z, c* und *s*
i	[ɻ] [ʐ̩]	nach *zh, ch, sh* und *r:* Apikaler Vokal, die Zunge verbleibt in der Stellung des Konsonanten und ist zurückgekrümmt (retroflex). Klingt wie in englisch si**r** mit amerikanischer Aussprache.
i	[ɯ]	nach *z, c* und *s:* apikaler Vokal wie oben, nur ohne Krümmung (nicht retroflex)
u, wu	[u]	wie in B**u**ch, außer nach *j, q* und *x* wie bei *ü*
ü, (u), yu	[y]	wie in **ü**ber
er	[əɻ]	wie englisch h**ur**t in amerikanischer Aussprache (+ retroflex, ähnlich dem „Western Burr")
Diphthonge und Triphthonge		
ai	[aɪ̯]	wie in M**ai**
ao	[aʊ̯]	ähnlich wie in H**au**s, das u wird ganz schwach artikuliert und tendiert zu o
ou	[ɔʊ̯]	offenes o wie in doch, gefolgt von unsilbischem u
ei	[ɛɪ̯]	wie in englisch d**ay**
ia, ya	[i̯a]	wie in Samb**ia**
iao, yao	[i̯aʊ̯]	wie in m**iau**en, das u tendiert zu o
yo	[i̯ɔ]	wie in **Jo**ch
iu, you	[i̯oʊ̯]	wie in **Yo**ga mit Andeutung eines u
ie, ye	[i̯ɛ]	wie in englisch **ye**s
ua, wa	[u̯a]	wie in G**ua**rana
uai, wai	[u̯aɪ̯]	wie in englisch **wi**fe
uo, wo	[u̯ɔ]	wie in englisch **wa**ter
ui, wei	[u̯eɪ̯]	wie englisch **way**

Schriftzeichen und Graphematik

Im System der chinesischen Grammatik wird neben dem Subsystem der Phonetik und der Syntax noch das Subsystem der Graphetik, bzw. Graphematik unterschieden. Zum Unterschied der Begriffe Graphetik und Graphematik vgl. Phonetik und Phonologie: Wird das System von außen, quasi naturwissenschaftlich-deskriptiv betrachtet, spricht man von Phonetik bzw. Graphetik: im Mittelpunkt der Analyse stehen die Graphen bzw. die sie repräsentierenden Glyphen, ähnlich den unter Mitwirkung der akustischen Phonetik zu beschreibenden Phonen oder Sprachlauten. Argumentiert man innerhalb des sprachlichen Subsystems und erklärt die diesem inhärenten Regeln, spricht von einzelnen Graphemen und deren Elementen ähnlich den Phonemen in der Phonologie. Die folgenden Hinweise sollen dem Anfänger helfen, die grundlegenden Gesetzlichkeiten des chinesischen graphetischen Systems zu verstehen.

Elemente der Schrift und deren Laufrichtung

Wie in allen anderen Subsystemen auch, hat es in der Graphematik einen angemessenen Erklärungswert, zwischen freien und gebundenen Formen zu unterscheiden, das heißt, manche Elemente können isoliert und für sich stehen, wobei sie einen semantischen und phonematischen Inhalt transportieren: im chinesischen Schriftsystem sind das die einzelnen Zeichen, die Graphen, damit die kleinsten bedeutungs- und lauttragenden Elemente der Sprache, vergleichbar mit den Morphemen in der Syntax. Andere Elemente können nur in Zusammenschreibung mit weiteren Elementen auftreten, niemals allein, es sind gebundene Formen, wiederum analog zur Syntax, wo man von freien Morphemen, d.h. Wörtern und gebundenen Morphemen spricht. In der Graphetik analysieren wir die einzelnen Grapheme als freie oder gebundene Teile von Graphen, d.h. freien Formen, den einzelnen Schriftzeichen.

Betrachtet man einen modernen geschriebenen oder gedruckten chinesischen Text, fallen zunächst folgende formale Merkmale auf:

Innerhalb eines Textes sind alle Schriftzeichen gleich groß und haben dieselbe quadratische Form: jedes Schriftzeichen passt in ein imaginäres Quadrat. Alle imaginären Quadrate haben die gleiche Größe, kein Element eines Zeichens darf aus dem Quadrat herausragen, kein Zeichen ist mit einem anderen verbunden. Alle Zeichen haben voneinander denselben Abstand. Jedes Zeichen ist auf der Ebene der Verschriftung eine freie Form.

Die Laufrichtung des Textes ist nicht zwingend vorgegeben. In der allgemeinen Graphetik spricht man von links- bzw. rechtsläufigen Schriften. Die lateinische Schrift ist rechtsläufig, die arabische Schrift ist linksläufig. Die Läufigkeit der chinesischen Schrift ist nicht eindeutig festgelegt und ergibt sich erst aus dem syntaktischen Form des verschrifteten Textes und dessen Sinn. Das kliungt zunächst recht unver-

ständlich, weil für unseren Kulturkreis festgelegt ist, in welcher Richtung zu schreiben ist. Lateinische Buchstaben von rechts nach links zu schreiben ist sinnlos (außer als Rätsel bzw. Sprachspiel). Die chinesische Schrift hatte traditionell Linksläufigkeit in senkrechten Kolumnen, das heißt, ein Text wird auf dem zu beschreibenden Medium rechts oben begonnen und es wird nach unten weitergeschrieben, bis das physikalische Ende des Mediums erreicht ist. Dann beginnt die nächste Kolumne, d.h. senkrechte Zeile links neben der ersten und so fort. Dabei dürfen die einzelnen Formen (Zeichen) nicht miteinander verbunden, nicht gedreht oder gespiegelt werden, und es gibt keine Ligaturen, d.h. Zusammenschreibungen einzelner separater Elemente. Diese traditionelle Art des Schreibens bzw. Druckens in senkrechten linksläufigen Kolumnen wird auch noch praktiziert, besonders zu künstlerischen oder feierlichen Zwecken.

Die normale Laufrichtung eines modernen Textes ist aber in Zeilen von links nach rechts und von oben nach unten. Es gelten die gleichen Regeln wie im traditionellen Schreibstil: Alle Zeichen haben dieselbe Größe, kein Zeichen ist mit einem anderen verbunden, alle Zeichen haben denselben Abstand voneinander. Die Konsequenz dieser Anordnung ist, dass man nicht weiß, was sinnvoll zusammengehört und wo die Grenzen von sinnvollen Einheiten liegen: In der chinesischen Schrift werden keine Wortgrenzen markiert. Ein englischer oder deutscher Text gesetzt oder geschrieben als einzelner String von nicht segmentierten Buchstaben wäre nur sehr schwer zu entziffern, im Chinesischen ist diese Schreibweise die Regel, mit der soziolinguistischen Konsequenz dass, wie schon im Phonetikteil bemerkt, dem chinesischen Sprachverständnis das Konzept des Wortes als segmentierter Einheit fremd ist. Als Erschwernis tritt hinzu, dass die Laufrichtung eines modernen (Zeitungs)textes aber auch von rechts nach links in Zeilen von oben nach unten sein kann, bzw. gemischt: Überschrift rechtsläufig, Text linksläufig oder umgekehrt.. Es ist also immer das erste Problem, den Beginn eines Textes zu identifizieren, was, speziell bei sehr kurzen Texten mit wenigen Zeichen (Reklametafeln, Inschriften, Wegweiser) zu einigen Problemen führen kann: rechts- oder linksläufig? Was ergibt einen Sinn? Diese Probleme sind typische Anfängerprobleme und Muttersprachlern nur schwer zu vermitteln, da diese „auf den ersten Blick" erkennen, wo ein Text beginnt.

Interpunktion

Ein traditioneller chinesischer Text ist nicht interpungiert, das bedeutet, weder Wortgrenzen (wie schon bemerkt) noch Satzgrenzen werden markiert. Ist der Textanfang erkannt und die Laufrichtung definiert, erstreckt sich der Text als graphematische Aneinanderreihung einzelner Formen bis an sein Ende, ohne Punkt. Erste intellektuelle Anstrengung des Lesers muss es sein, den Text in einzelne, sinnvoll zusammengehörige Subelemente zu gliedern. Als Hilfe kennt der traditionelle Textsatz hier den runden Punkt 。 Ein Zeichenstring, der sinnvoll zusammengehört, aber kein Satz im grammatischen Sinne sein muss, wird durch diesen Punkt am Ende ausgezeichnet. Das zweite Interpunktionszeichen ist ein „fallender Punkt" [ursprünglich mit dem Pinsel geschrieben], mit dem für den Zusammenhang besonders

wichtige Zeichen markiert werden, indem er neben das Zeichen geschrieben wird: 、.
Andere Arten der Interpungierung waren unbekannt, aber auch durch die grammatische Struktur eines Textes in „klassischer Schriftsprache" nicht notwendig. Moderne Texte hingegen sind, unabhängig von der Laufrichtung, interpungiert, wobei jedes Interpunktionszeichen wie ein Schriftzeichen behandelt wird: es nimmt denselben Raum ein und hat denselben Abstand vom Zeichen davor wie vom folgenden. Neben den westlichen Interpunktionszeichen haben sich als Besonderheiten der „runde Punkt" 。 als Ersatz für den westlichen „schwarzen Punkt" und das Markierungszeichen 、 als „Aufzählungskomma" [頓號 dùnhào] erhalten. Eine weitere Besonderheit der chinesischen Interpunktion, die beim Lesen Verwirrung hervorrufen kann, ist das Abtrennen von Satzadjunkten und Themasubjekten durch „normales" Komma vom Hauptsatz.

Kleinste bedeutungsunterscheidende Elemente

Bei näherer Betrachtung eines Zeichenstrings wird deutlich, dass die Schriftzeichen graphematisch in mehrere Gruppen zerfallen. Einige Zeichen lassen sich offensichtlich zerlegen, meist in eine rechte und linke bzw. obere und untere Hälfte:

找 zhǎo *suchen* 比 bǐ *vergleichen* 陌 mò *fremd*
家 jiā *Familie* 筆 bǐ *Pinsel* 雪 xuě *Schnee*

Andere Zeichen zeigen eine Umrahmung, die einen oder mehrere Bestandteile umschließt:

國 guó *Nation* 園 yuán *Garten* 凶 xióng *unglückverheißend*
匠 jiàng *Handwerker* 邁 mài *Schritt* 居 jū *sich aufhalten*

Eine Gruppe von Zeichen lässt sich auf den ersten Blick nicht weiter zerlegen:
我 wǒ *ich* 弗 fú *nicht* 更 gèng *noch mehr*

Alle Zeichen bestehen aus Strichen, wobei die Anzahl von eins bis „größer als eins und nach oben scheinbar offen" reicht. Durch die Forderung, dass alle Zeichen gleich groß sein und in ein imaginäres Quadrat passen müssen, ist physikalisch die Anzahl der Striche begrenzt, sie läuft bis 64: Quadrupel des Graphen 龍 lóng Drachen, Lesung zhé, Bedeutung großes Durcheinander vieler unterschiedlicher Stimmen.

Die Schriftzeichen unterscheiden sich nach Anzahl und Ausführung ihrer Striche, die Schreibweise der einzelnen Striche ist systematisch wohldefiniert und nicht beliebig, ebenso wie die Reihenfolge der Striche, wenn das Zeichen aus mehreren Strichen besteht. So wird das aus zwei Strichen bestehende Zeichen für *zehn* 十 shí so geschrieben: zuerst der waagerechte Strich 一 von links nach rechts, dann der senkrechte Strich | von oben nach unten. Bei komplexen Zeichen beginnt man mit dem Strichelement in der linken oberen Ecke und endet rechts unten. Bei Zeichen mit Umrahmung auf zwei oder drei Seiten wird zunächst die Umrahmung, dann der Inhalt geschrieben. Eine vierseitige Umrahmung wird mit dem letzten Strich geschlossen. Der Strich ist die kleinste bedeutungsunterscheidende Einheit in der chinesischen Graphetik, die Art und Weise seiner Ausführung ist signifikant und ein distinktives Merkmal. In der traditionellen Kalligraphie, d.h. des Schreibens der Zei-

chen mit einem spitzen Haarpinsel, wird jeder Strich nochmals in sechs Einzelelemente zerlegt, je nach Stellung, Führung und Druck des Pinsels. Ein Sonderfall des Striches ist der Punkt, nicht als Interpunktionszeichen, sondern als Strich innerhalb eines Graphen: Jeder Punkt hat eine Fallrichtung, senkrecht nach unten, nach rechts unten, nach links unten, von oben links, von oben rechts. Einen Punkt ヽ diǎn in der Kalligraphie hat man sich als umgebungsangepasste Ausformung eines Konzeptes vorzustellen, niemals als schwarzen Fleck auf weißem Medium.

Striche als kleinste bedeutungsunterscheidende Einheiten lassen sich auch wieder in freie und gebundene Formen sondern: Striche als freie Formen sind Schriftzeichen, die nur aus einem Strich bestehen, sie haben eine Lesung, eine Bedeutung und gehören zu einer grammatischen Kategorie, sie können Nomen oder Verb sein. Striche als gebundene Formen kommen nicht allein vor, sondern sind Bestandteile komplexerer Grapheme, die bedeutungtragend sind. So lassen sich die kleinsten bedeutungtragenden Einheiten der chinesischen Schrift definieren als Strukturen aus mehreren Strichen, denen arbiträr eine oder mehrere Bedeutungen zugeordnet sind, wobei diese Komponenten wiederum entweder freie Formen (selbständige Zeichen, die außer in ihre Einzelstriche nicht weiter in sinntragende Komponenten zerlegt werden können) oder gebundene Formen (Bestandteile von komplexen Zeichen) sein können. Es folgt die Liste der sechs Einzelstriche als freie Formen in der Reihenfolge, wie sie im traditionellen System der 214 Klassenzeichen (vgl. weiter unten) erscheinen.

Die kalligraphische Beschreibung bezieht sich auf die Art der Schreibung, den festgelegten graphematischen Charakter des Einzelstrichs:

扁	biǎn	zu schreibende Elemente flachgedrückt ausführen
點	diǎn	Punkt, standardmäßig von links oben nach rechts unten fallend
鈎	gōu	Haken als Endpunkt eines Striches, nach links oder nach oben ausgeführt
橫	héng	waagerechter Strich von links nach rechts
捺	nà	von links nach rechts abwärts verlaufender Strich mit verstärktem Pinseldruck am Ende; dieser Strich ist kalligraphisch eine Variante des Punktes 點 diǎn.
撇	piě	senkrechter nach links gekrümmter Abstrich
豎	shù	senkrechter Strich von oben nach unten, keine Krümmung, kein Haken
彎	wān	gebogene Krümmung als Fortsetzung eines Striches
斜	xié	Schrägstrich von links oben nach rechts unten
折	zhé	90°-Bogen eines Striches nach unten oder rechts
左	zuǒ	nach links anstatt nach rechts zu schreiben

Zeichen	Lesung	Bedeutung	Kalligraphische Bezeichnung	Lesung der kalligraphischen Bezeichnung	Beispiele als Bestandteil freier Formen
1. 一	yī	eins	橫	héng	alle Striche von 三sān *drei*
2. 丨	gǔn	senkrechte Verbindung	豎	shù	vierter Strich von 中zhōng *Mitte*
3. 、	zhǔ	Punkt	點	diǎn	erster Strich von 永 yǒng *ewig*
4. 丿	piě	Schrägstrich von oben nach unten	豎撇	shùpiě	zweiter Strich von 大 dà *groß*
5. 乙	yǐ	zweites Element der zehn Himmelsstämme 天干 tiāngān	橫斜彎鈎	héngxiéwāngōu	dritter Strich von 乞qǐ *betteln*
6. 亅	jué	Widerhaken	豎鈎	shùgōu	erster Strich von 水 shuǐ *Wasser*

Weiterhin lassen sich als bedeutungsunterscheidende Elemente 29 weitere Einzelstriche unterscheiden, die gebundene Formen sind. Das Grundgerüst der chinesischen Schrift besteht demnach aus 35 verschiedenen Strichen:

Strich	Kalligraphische Bezeichnung	Lesung der kalligraphischen Bezeichnung	Beispiele als Bestandteil freier Formen
7. ㇁	扁斜鈎	biǎnxiégōu	zweiter Strich von 心 xīn *Herz*
8. ㇇	橫鈎	hénggōu	erster Strich von 疋 pǐ *Stoffballen*
9. ㇒	橫撇	héngpiě	erster Strich von 又 yòu *wiederum*
10. ㇌	橫撇彎鈎	héngpiěwāngōu	erster Strich von 陝 Shǎn, *Provinz Shaanxi*
11. ㇖	橫折	héngzhé	zweiter Strich von 口 kǒu *Mund*
12. ㇆	橫折鈎	héngzhégōu	erster Strich von 習 xí *üben*
13. ㇂	橫折提	héngzhétí	zweiter Strich von 话 huà, verkürzte Form des Zeichens für *reden* 話
14. ㇄	橫折彎	héngzhéwān	fünfter Strich von 沒 méi *nicht*
15. ㇅	橫折彎鈎	héngzhéwāngōu	zweiter Strich von 九 jiǔ *neun*
16. ㇅	橫折折	héngzhézhé	erster Strich von 卍 wàn *Swastika*

31

17. ㇅	橫折折撇	héngzhézhépiě	erster Strich von 及 jí *herankommen*
18. ㇆	橫折折折	héngzhézhézhé	erster Strich von 凸 tū *konvex*
19. ㇋	橫折折折鈎	héngzhézhézhégōu	erster Strich von 乃 nǎi *sich erweisen als*
20. ㇏	捺	nà	dritter Strich von 大 dà *groß*
21. ノ	撇	piě	erster Strich von 看 kàn *betrachten*
22. ㇛	撇點	piědiǎn	erster Strich von 女 nǚ *weiblich*
23. ㇒	撇鈎	piěgōu	erster Strich von ㄨ wǔ *zusammen-rechnen* [jap. Kokuji 国字 *shimeru*]
24. ㇜	撇折	piězhé	dritter Strich von 公 gōng *öffentlich*
25. ㇗	豎提	shùtí	dritter Strich von 民 mín *Volk*
26. ㇄	豎彎	shùwān	zweiter Strich von 匹 pǐ *Meteralium für Pferde*
27. ㇙	豎彎鈎	shùwāngōu	dritter Strich von 己 jǐ *selbst*
28. ㇟	豎彎左	shùwānzuǒ	sechster Strich von 肅 sù *ehrfürchtig*
29. ㇗	豎折	shùzhé	zweiter Strich von 山 shān *Berg*
30. ㇉	豎折彎鈎	shùzhéwāngōu	dritter Strich von 弓 gōng *Bogen*
31. ㇅	豎折折	shùzhézhé	vierter Strich von 亞 yà *sekundär*
32. ㇀	提	tí	dritter Strich von 地 dì *Erdboden*
33. ㇁	提捺	tínà	zweiter Strich von 入 rù *eintreten*
34. ㇂	彎鈎	wāngōu	zweiter Strich von 狗 gǒu *Hund*
35. ㇂	斜鈎	xiégōu	fünfter Strich von 找 zhǎo *suchen*

Bedeutungstragende Elemente, Anzahl der freien Formen

Neben den erklärten sechs Einzelstrichen, die freie Formen sind und eine Bedeutung tragen, fügen sich die insgesamt 35 Strichformen zu einem Set von ca. 500 stets wiederkehrenden, bedeutungsunterscheidenden Elementen der Schrift zusammen, die das Gesamtkorpus der chinesischen Zeichen umfassen. Diese Elemente nennt man 偏旁 piānpáng, wörtlich *Seitenbestandteile*, es sind die Grapheme, in die ein zerlegbarer Graph bei einer unmittelbaren Konstituentenanalyse zerfällt. Das Vorgehen ist also ähnlich der syntaktischen Analyse. Das bedeutet: Jeder Graph ist entweder eine Form, die sinnvoll nicht weiter zerlegt werden kann (außer in ihre Einzelstriche), oder eine Form, die sinnvoll zerlegt werden kann. Die bei der Analyse entstehenden Konstituten des Graphen sind bedeutungstragende freie oder gebundene Formen, d.h. entweder wieder Schriftzeichen oder Bestandteile von anderen Schriftzeichen. Sinnvoll zerlegt bedeutet in diesem Zusammenhang, dass die Ergebnisse der Zerlegung sinnvolle Bestandteile des graphetischen Gesamtsystems sein müssen, in ihm definiert sein müssen. Mehr als die Hälfte der bedeutungstragenden genannten Elemente gehören einer besonders definierten Kategorie an: es sind 部首 bùshŏu *Klassenzeichen*, im Englischen oft *Radicals* genannt, daher im Deutschen auch der Ausdruck *Radikale*. Ein Klassenzeichen ist eine freie bedeutungstragende Form, die andere freie oder gebundene Formen ihrerseits zu neuen freien Formen binden kann, die verwandte Bedeutungen tragen oder ein bestimmtes Begriffsfeld repräsentieren. Dieses graphematisch-semantische Ordnungsprinzip geht zurück auf den Lexikographen 許慎 Xŭ Shèn [58? – 147?] und sein im Jahre 121 dem Hàn Kaiser Ān [漢安帝 Hàn Āndì, 94-125, regierte 106-125] präsentiertes 說文解字 Shuō Wén Jiĕ Zì [wörtl.: *Die (nicht weiter zerlegbaren) Schriftzeichen erklären und die Komponenten (der zerlegbaren Schriftzeichen) analysieren*]. Dieses erste systematische Lexikon der chinesischen Schrift enthält über 9000 Einzelzeichen und kategorisiert diese unter 512 bis 540 部首 Bùshŏu [Klassenzeichen, je nach historischer Edition ist die Anzahl der Klassenzeichen unterschiedlich]. Um das erste Jahrhundert hatte das Schriftsystem bereits eine fast 2000 jährige Entwicklung und eine radikale Schriftreform im Jahre -213 hinter sich, den Übergang von der großen zur kleinen Siegelschrift (vgl. weiter unten), so dass für den Entwicklungsstand der Philologie eine Bestandsaufnahme und Systematisierung dringend erforderlich gewesen ist. So lässt sich der Aufbau des Schriftsystems folgendermaßen zusammenfassen:

Ein chinesischer Graph besteht aus einer Abfolge fest definierter Striche in fest definierter Reihenfolge.

Jeder Graph ist entweder ein Klassenzeichen, d.h. ein Graphem, das nicht weiter zerlegt wird, oder ist einem Klassenzeichen fest zugeordnet. Die Reihenfolge der Zeichen, die zu einem Klassenzeichen gehören, richtet sich nach der Anzahl der zusätzlichen Striche. Diese Zuordnung erfolgt nicht ausschließlich nach graphetischen, sondern auch semantischen Merkmalen. Von 540 Klassenzeichen ist das System bis zum Erscheinen des sogenannten 康熙字典 Kāngxī Zìdiăn (Kangxi-Zeichenlexikon, so benannt weil auf Auftrag des unter der Regierungsdevise Kāngxī [1661-1722] regierenden Manchu-Kaiser Xuán Yè 玄燁 [1654-1722] kompiliert) auf 214 Zeichen reduziert worden.

Jeder Graph hat eine oder mehrere Lesungen (Lautungen → phonetische Realisierung), die eine oder mehrere Bedeutungen tragen. Die Lautung ist eine Kombination aus Anlaut / Auslaut und dem Graphen nicht zu entnehmen, außer es handelt sich um eine morphophonematische Zusammensetzung, die zu einer der 1260 pho-

nematisch unterschiedenen Anlaut / Auslaut Kombinationen (→ Silben) des chinesischen phonematischen Systems gehört.

Das graphetische System ist ein Set rekursiver Regeln zur Produktion neuer Einheiten und nach oben offen, das heißt, das System kann theoretisch unendlich abzählbare Einheiten generieren. Die Frage: „Wie viele verschiedene Schriftzeichen gibt es?" kann nur beantwortet werden mit: „Das weiß niemand. Theoretisch unendlich viele." Die Frage ist falsch gestellt, sie muss heißen: „Wie viele Schriftzeichen hat es gegeben und wie viele sind heute tatsächlich in Gebrauch?" Von den ca. 9000 Einheiten des 說文解字 Shuō Wén Jiě Zì über die 49030 Lemmata des 康熙字典 Kāngxī Zìdiǎn verzeichnet das 中華字海 Zhōnghuá Zìhǎi „Chinesisches Zeichenmeer", erschienen 1994, 85568 Einzelzeichen. Die aktuelle regierungsamtliche 通用 規範漢字表 Tōngyòng Guīfàn Hànzì Biǎo „Liste der Standardzeichen für den allgemeinen Gebrauch" vom 12.8.2009 umfasst 8300 Standardzeichen. Chinesische Erwachsene mit Hochschulbildung beherrschen aktiv etwa 4000 Zeichen. Das weit verbreitete Chinesisch-Lehrbuch *New Practical Chinese Reader*, Bände 1-3, (新實用漢 語課本 Xīn Shíyòng Hànyǔ Kèběn, v. Liu Xun u.a. 劉珣主编, Beijing Language and Culture University Press 2002) enthält 1308 verschiedene Zeichen.

Jedes Schriftzeichen repräsentiert semantisch einen weiter oder enger gefassten Begriff bzw. ein Bedeutungsfeld, unabhängig von der grammatischen Kategorie des aktuellen Wortes in der gesprochenen Sprache. Die Wörter des modernen Chinesisch werden durch das graphetische System verschriftet, indem jedes Schriftzeichen eine Silbe des Wortes wiedergibt. Mehrsilbige Wörter werden durch mehrere Zeichen kodiert. Insofern ist die populäre Auffassung: „Jedes Zeichen ist ein Wort" nur dann richtig, wenn es sich um einsilbige Wörter handelt, und das sind nicht allzu viele. Tatsächlich ist aufgrund seiner grammatischen Struktur das Chinesische eine der produktivsten bekannten Sprachen, was die Wortbildung angeht, die Anzahl der jährlich neu gebildeten Neologismen geht in die Tausende, ohne dass dafür neue Schriftzeichen nötig wären.

Das System der 214 traditionellen Klassenzeichen

Eine Tabelle der Klassenzeichen findet sich in jedem chinesischen Zeichenlexikon, im traditionellen System durchnummeriert von 1 bis 214. Das hat dazu geführt, dass westliche Sinologen bei genügender Routine das System auswendig kennen und die Klassenzeichen mit ihrer Nummer assoziieren, zum Beispiel „75 → Holz; 131 → Beamter" usw. Dieses Vorgehen ist völlig unchinesisch, kein Muttersprachler hat die Klassenzeichen mit ihren Nummern im Kopf (ebenso wenig wie ein Deutscher auf Anhieb weiß, welches Buchstabe Nr. 21 im lateinischen Alphabet ist), sondern identifiziert sie entweder mit ihrer Bedeutung in einem Alltagswort (走 zǒu „gehen" → 走路 的路 zǒu lù de lù „gehen" wie in „zu Fuß gehen" [anstatt zu sagen „Nr. 156"] oder benennt die häufig vorkommenden Klassenzeichen mit ihrem populären Namen, den jedes Kind in der Schule lernt, zum Beispiel: 三點水 sān diǎn shuǐ „drei-Punkte-Wasser" für Klassenzeichen Nr. 85 氵 in 游泳 yóu yǒng „schwimmen". Diese Namen der Klassenzeichen wiederum sind den meisten westlichen Chinesisch Lernenden völlig unbekannt und fehlen in den chinesischen Lexika, weil jedem Muttersprachler geläufig. Man findet sie aber zum Beispiel in: *Hànyǔ 8000 cí cídiǎn* 漢語8000詞詞典 *Chinese Proficiency Test Vocabulary Guideline: A Dictionary of Chinese Usage, 8000 Words*, Beijing, Beijing Language and Culture University Press 2000, S. 1703-1706.

Klassenzeichen haben freie und gebundene Formen: im Zusammenhang mit anderen Graphemen werden sie anders geschrieben, verkürzt oder ein Strich wandelt sich in eine andere Strichkategorie, so wird bei # 32 土 tǔ Erdboden aus dem 横 héng der freien Form ein 提 tí der gebundenen: 土 tǔ → 地 dì . Beim Benutzen der Lexika ist es wesentlich, diese allographischen Varianten zu kennen.

Der große Vorzug dieses Systems der 214 Klassenzeichen war, dass man mit jedem Nachschlagewerk arbeiten konnte, da alle nach diesem Prinzip angeordnet waren. So sollte hier ursprünglich auch eine annotierte Liste der Klassenzeichen aufgenommen werden, aber man muss zugestehen, dass die Zeit darüber hinweggegangen ist. Durch die Schriftreform in der Volksrepublik China seit 1964 und die erneute Publikation der leicht modifizierten offiziellen Liste der verkürzten Formen chinesischer Schriftzeichen 1986 簡化字總表1986年新版 Jiǎnhuàzì zǒngbiǎo 1986 nián xīnbǎn hat sich die Situation ergeben, dass dieses System den veränderten Umständen nicht mehr angemessen ist. Durch die Schriftreform hat sich nämlich systemimmanent die Anzahl der Klassenzeichen auf über 250 erhöht, da Kǎishū-Formen durch Cǎotǐ-Formen ersetzt worden sind (diese sind mit weniger Strichen zu schreiben, siehe weiter unten). So wurden einige Klassenzeichen des traditionellen Systems unter andere Klassenzeichen subsummiert, ihr „Status" als Klassenzeichen getilgt, was vorher aus semantischen Gründen nicht gemacht worden ist. Nur ein Beispiel: # 144 ist 行 xíng Wegkreuzung und bildet Formen wie 術、街、衝、衡, das heißt, ein Element wird inskribiert. # 60 ist 彳 chì ein Schritt mit dem linken Fuß, und bildet Formen wie 彼、往、待、徑, d.h. das Element wird links danebengeschrieben. So kann man unter graphematischen Gesichtspunkten natürlich alle unter xíng stehenden Zeichen auch unter chì einordnen, was im alten System aus semantischen Gründen unterlassen worden ist. So lässt sich die Anzahl der Klassenzeichen wieder reduzieren. Stand der Dinge aber ist der folgende: Jedes Wörterbuch hat sein eigenes System, es hat überhaupt keinen Zweck, Nummern oder Namen von Klassenzeichen auswendig zu können, da Anzahl und Art (bis auf die ca. 100 häufigsten) praktisch in jedem Nachschlagewerk anders ist. Hinzu kommt die Tatsache, dass mehr und mehr mit „virtuellen" Wörterbüchern im Internet gearbeitet wird, man schreibt das nachzuschlagende, unbekannte Zeichen mit Maus oder Tableaustift in ein Bildschirmfenster, und das integrierte Nachschlageprogramm sucht das Zeichen heraus. In den Augen vieler Nutzer sind Nachschlagewerke gedruckt auf Papier mit komplizierten Aufsuchregeln deshalb inzwischen völlig überflüssig. Man kann dieser Auffassung insofern zustimmen, als dass sich niemand mehr mit Klassenzeichen und Wörterbüchern herumplagen muss, der keine „historischen" Texte lesen will oder muss.

Bildungsprinzipien der Grapheme: Sechs Schriftkategorien

Im 說文解字 Shuō Wén Jiě Zì sind die Zeichen nach sechs Bildungsprinzipien beschrieben: nach welchen Gesetzen setzen sich bestehende Grapheme zu neuen zusammen? Anders formuliert: an welche Regeln muss man sich innerhalb des Systems halten, um neue Zeichen zu produzieren, wie sieht der erwähnte rekursive Regelsatz aus? Er lässt sich zurückführen auf die sechs Bildungsprinzipien der chinesischen Schrift, die sechs Schriftkategorien 六書 Liù shū. Davon sind die ersten drei in der Literatur zur chinesischen Schrift immer wieder als besonders anschaulich und phänomenologisch anregend beschrieben worden, und irrtümlich ist ein weit verbreiteter Glaube entstanden, so funktioniere das chinesische Schriftsystem, es sei ideo-

35

graphisch-logisch universell, für alle Sprachen geeignet und etwas ähnliches wie die altägyptischen Hieroglyphen (hierzu hat das Russische bzw. Übersetzungen aus dem Russischen einiges beigetragen, da dort das Wort für *Schriftzeichen* gleich dem für *Hieroglyphe* ist. Diese immer wieder zitierten Bildungsprinzipien sind zwar die ältesten, aber nicht besonders produktiv: weniger als ein Prozent der existierenden Zeichen folgen diesen Prinzipien, die Mehrheit der Zeichen ist nach phonematischen Prinzipien entstanden. Die sechs Kategorien im Einzelnen:

1.

象形 xiàngxíng *Piktogramme*: Der Graph ist ein abstrahiertes „Bild" dessen, was gemeint ist. Diese Kategorie stammt aus der Frühzeit der chinesischen Schriftentwicklung. Es sind, verglichen mit der Gesamtmenge der existierenden Zeichen, nur wenige, die nach diesem Prinzip entstanden sind, aber viele häufig vorkommende, wie

日　rì　　Sonne, eigentlich ein Kreis mit einem Punkt in der Mitte

月　yuè　Mond, das Bild der Mondsichel

Viele Piktogramme sind Zeichen für Tiere, wie

馬　mǎ　　Pferd

龜　guī　　Schildkröte

龍　lóng　Drachen

Greift man auf Glyphen in siegelschriftlicher Form zurück (vgl. weiter unten), wird der piktographische Charakter besonders deutlich:

日　←　⊡

月　←　⺼

馬　←　馬

龜　←　龜

龍　←　龍

2.

指事 zhǐshì *Logogramme*: Wörtl.: „auf die Sache selbst hinweisend". Die Anzahl der Graphen dieser Kategorie ist klein, die Zeichen aber von hoher Häufigkeit, wie:

上	shàng	oben
下	xià	unten
中	zhōng	Mitte
三	sān	drei

3.

會意 huìyì *assoziative Komposita*: die Bedeutung erschließt sich semantisch aus den Komponenten, ebenfalls eine kleine Menge von Graphen, aber hochfrequent, wie:

日 月 明	rì Sonne + yuè Mond → míng hell
止 戈 武	zhǐ stoppen + gē Waffe → wǔ Militär
女 子 好	nǚ Frau + zǐ Sohn → hǎo gut

4.

轉注 zhuǎnzhù *phonetisch-semantisch übertragen*: diese Kategorie bildet die kleinste Gruppe der Liùshū, da sie sich schriftgeschichtlich in der Produktivität nicht gegen die anderen fünf Gruppen hat durchsetzen können. Es handelt sich bei ihren Einheiten Zeichenpaare, die semantisch und phonematisch ähnlich sind, weil aus dem „älteren" Graphen ein neuer produziert worden ist. Die meisten dieser Zeichen sind nicht mehr in Gebrauch, einige jedoch häufig, wie:

老	lǎo	alt	← →	考	kǎo	verstorbener Vater
亨	hēng	problemlos	← →	享	xiǎng	genießen

5.

形聲 xíngshēng *morphophonematische Komposita*: Graph besteht aus einem sinn- und lautanzeigenden Bestandteil. Das ist die Kategorie mit der historisch höch-

sten Produktivität: über 95% der heute gebräuchlichen Graphen sind nach diesem Prinzip gebildet. Ein Set von 1260 Graphen produziert als phonematischer Bestandteil in Verbindung mit einem das Bedeutungsfeld anzeigenden weiteren Graphen als Klassenzeichen Gruppen von phonetisch historisch gleichlautenden Mitgliedern. Diese phonematische Gleichheit hat sich natürlich im Laufe der Lautgeschichte auseinander entwickelt, aber bei vielen Gruppen lässt sich die Gleichheit auch nach heutigem Lautstand noch beobachten:

丁   dīng   *Individuum* bildet:

+ 金	jīn	Metall →	釘 dīng	Nagel
+ 口	kǒu	Mund →	叮 dīng	bohrende Fragen stellen
+ 目	mù	Auge →	盯 dīng	scharf anstarren
+ 耳	ěr	Ohr →	耵 dīng	Ohrenschmalz
+ 田	tián	Acker →	町 dīng	Stadtbezirk
+ 疒	nì	krank →	疔 dīng	Geschwür
+ 酉	yòu	Alkohol→	酊 dīng	Tinktur
+ 玉	yù	Nephrit→	玎 dīng	klingklang! (onomat.)
+ 頭	tóu	Kopf →	頂 dǐng	Scheitel
+ 言	yán	Wort →	訂 dìng	bestellen
+ 水	shuǐ	Wasser→	汀 tīng	Flussniederung, Sumpfgebiet

6.

假借 jiǎjiè *phonematisch entlehnt*, wörtlich: [semantisch] verfälschend geborgt.

Das ist die zweitgrößte Gruppe der Zeichen, und das Bildungsprinzip ist rein phonematisch, ohne Berücksichtigung des ursprünglichen semantischen Gehalts, der eigentlichen Bedeutung eines Schriftzeichens. Dieses Bildungsprinzip ist auch bei der chinesischen Schriftreform auf dem Festland wesentlich zum Einsatz gekommen und ist ein Argument für den schon in der Antike im wesentlichen phonematischen Charakter des chinesischen Schriftsystems. Anwendung: ein (häufig piktographisches) Zeichen mit einer konkreten Bedeutung wird verwendet, um einen homophonen Begriff, für den es kein Zeichen gibt, zu verschriften, wobei die ursprüngliche Bedeutung völlig verschwunden ist:

Piktogramm ursprüngliche Bedeutung neue Bedeutung

來 来 eine Getreideart　　　　　　kommen

而 而 Bart　　　　　　　　　　*und dabei* [grammatisches Strukturmorphem]

然 然 brennen　　　　　　　　　*so beschaffen sein* [Strukturmorphem]

Abbildung der Graphen in Sets von Glyphen: Fünf Corpora 五體 Wǔtǐ

Nachdem der rekursive Regelsatz zur Generierung der Graphen beschrieben ist, bleibt nun die Frage offen, in welche Sets von Glyphen die Produkte der Graphem-generierung ihren Niederschlag finden. Für den Außenstehenden klingt diese Frage verwirrend: was ist unter Sets von Glyphen zu verstehen? Wenn oben die kleinsten bedeutungsunterscheidenden Merkmale (Striche) der Schrift beschrieben worden sind, so gelten diese zunächst nur für ein Set von Glyphen: die Standardnormalschrift 楷書 Kǎishū. In dieser Schrift ist die Zeitung und sind die meisten Bücher gedruckt, es ist die Normalschrift des Alltags und die erste, die von Kindern in der Schule erlernt wird, nur: Außer Schulkindern schreibt niemand so. Wer die chinesische Normal-schrift erlernt hat, wird nicht in der Lage sein, eine handschriftliche Notiz oder einen Brief in „Handschrift" zu entziffern, außer der Schreiber hat absichtlich die Kǎishū gewählt, so wie wir auch ohne Umstände „in Druckschrift" schreiben könnten, es aber in den seltensten Fällen tun. Man muss sich ein Schriftzeichen als abstraktes Kon-zept von Form, enkodierter Lautung und semantischem Gehalt vorstellen, dass sich in unterschiedlichsten konkreten Einzelformen (Glyphen) manifestieren kann. Im Laufe der chinesischen Schriftentwicklung sind dabei fünf unterschiedliche Schreib-systeme entstanden, die Fünf Corpora 五體 Wǔtǐ genannt werden und nebeneinander bestehen. Der Muttersprachler entscheidet sich je nach Zweck und Ziel des zu Schreibenden für eines dieser fünf Systeme. Mit anderen Worten: Jedes Zeichen kann auf fünf verschiedene Weisen realisiert werden.

1. 篆書 Zhuànshū *Siegelschrift*, das älteste System, zerfällt in Dàzhuàn Große Siegelschrift, vor der Schriftreform in der Qin-Dynastie im Jahre -213, und Xiǎozhuàn Kleine Siegelschrift, standardisiert im schon erwähnten 說文解字 Shuō Wén Jiě Zì. Wird heute nur noch zu künstlerischen Zwecken oder feierlichen Anlässen verwendet, aber nahezu jeder Chinese besitzt ein persönliches Namenssiegel in dieser Schrift. Flüssig zu lesen nur, wenn man sich die kalligraphischen Regeln der Zhuànshū, die erheblich von denen der Kǎishū differieren, zu Eigen gemacht hat. Schriftbeispiel:

白居易　村夜　　　　Bái Jūyì [772-846]　Cūnyé

霜草蒼蒼蟲切切　　　shuāng cǎo cāngcāng chóng qièqiè

村南村北行人絕　　　cūn nán cūn běi xíngrén jué

獨出門前望夜田　　　dú chū mén qián wàng yè tián

月明蕎麥花如雪　　　yuèmíng qiáomài huā rú xuě

Bai Juyi: Nächtliches Dorf

Das bereifte Gras schimmert grau, obschon die Insekten noch zirpen.

Rings um das Dorf sind alle Leute verschwunden.

Allein trete ich vor die Tür und schaue über das nächtliche Feld:

Buchweizenblüten im Mondlicht wie gefallener Schnee.

2. 隸書 Lìshū *Kanzleischrift*, entstanden im 2. Jahrhundert v. Chr. aus der kleinen Siegelschrift, war seitdem die Standardschrift vor der Entstehung der Kǎishū im 4. Jahrhundert. Wird heute wegen ihres eleganten, festlich wirkenden Duktus gerne für Klassikerausgaben, Gedichteditionen und ähnliche Drucke verwendet. Im Folgenden das oben zitierte Gedicht in Lìshū:

白居易　　村夜

霜草蒼蒼蟲切切

村南村北行人絕

獨出門前望夜田

月明蕎麥花如雪

3. 楷書 Kǎishū *Modellschrift*, geht auf den Kalligraphen Wáng Xīzhī [307-365] zurück, hat sich seitdem als Standardschrift für Druckerzeugnisse aller Art etabliert. Dort unterscheidet man zwischen den Schriftfamilien der Sòng-Dynastie [960-1279] 宋體 Sòngtǐ und der Míng-Dynastie [1368-1644] 明體 Míngtǐ. Die 楷書 ist eine für den Pinsel geschaffene Schrift, da das verbreitete Druckverfahren aber nicht eines mit beweglichen Lettern, sondern Holzdruck mit geschnittenen Platten war, haben sich gedruckte Type und handgeschriebenes Zeichen voneinander wegentwickelt. Das ist für die heutige Schrift insofern wichtig, als dass sich bestimmte kalligraphische distinktive Merkmale in der Handschrift immer von einem gedruckten Graphen unterscheiden. Außerdem ist das heute verbreitete Schreibmittel nicht mehr der Pinsel, sondern der Stift/Füller/Kugelschreiber, so dass sich eine spezielle Variante der Kǎishū, die 硬筆字 Yìngbǐzì „Hartstiftzeichen" herausgebildet hat. Es folgt das schon zitierte Gedicht in einer Kǎishū:

白居易　　村夜

霜草蒼蒼蟲切切

村南村北行人絕

獨出門前望夜田

月明蕎麥花如雪

4. 行書 Xíngshū *Fließende Handschrift*, die normale Art des Schreibens mit der Hand, entstanden aus der Kǎishū. Einzelne Elemente der Graphen werden verkürzt geschrieben, aber die Zeichen werden nicht miteinander verbunden. Die Verkürzungen sind nicht in das Belieben des Schreibenden gestellt, sondern unterliegen eigenen Regeln. So kann es oft schon große Schwierigkeiten bereiten, einen handgeschriebenen Text in Xíngshū zu lesen. Hier wieder das Gedicht in einer Xíngtǐ:

白居易　　村夜

霜草蒼蒼蟲切切

41

村南村北行人絶

獨出門前望夜田

月明蕎麥花如雪

5. 草書 Cǎoshū *Konzeptschrift*, kurioserweise oft *Grasschrift* genannt, weil 草 cǎo sowohl *Gras* als auch *Konzept* bedeutet. Es ist die schwierigste zu erlernende Schriftform und in ihren Grundlagen so alt wie die Siegelschrift, nach Auffassung einiger Forscher sogar noch älter. In dieser Schrift können einzelne Zeichen zusammengefasst werden, so dass verkettete Strings von Graphemen entstehen, die mehreren Zeichen aus einer der vier anderen Schriftkategorien entsprechen. Vielstrichige Graphen werden oft zu einem charakteristischen Strich verkürzt, insofern ähnelt die Konzeptschrift der früher im Westen üblichen Stenographie. Auch Muttersprachler haben Schwierigkeiten, eine ihnen unbekannte Handschrift in Cǎo zu entziffern. Auf der anderen Seite ist diese Form das kalligraphische Ausdrucksmittel schlechthin. Als Beispiel folgt das Gedicht in einer 草體 Cǎotǐ:

Lektion

1

第一課
你好！Hallo!

本課重點 Lernziele

【1】打招呼 sich begrüßen、認識朋友 sich kennen lernen、介紹自己 sich vorstellen

【2】你好、你叫什麼名字、你是哪國人
„Hallo!"; „Wie heißt du?"; „Aus welchem Land kommst du?"

【3】早、你呢、是不是的用法
Anwendung von „Guten Morgen!" und „und selbst?"

【4】您好、您貴姓、嗎 的用法
Anwendung von „Guten Tag!" und „Wie ist Ihr Name?"

一、課文 Lektionstexte

Teil A、早！ Guten Morgen！

情境介紹：王中平、王強在德國學德文，早上在校園裡遇到一個學漢學的德國學生馬克。

Situation: Wang Zhongping und Wang Qiang studieren Deutsch in Deutschland. Eines Morgens treffen sie den deutschen Sinologiestudenten Mark auf dem Campus.

馬克：早！你們好！

中平：你好！你叫什麼名字？

馬克：我叫馬克，你呢？

中平：我叫王中平，他叫王強，你姓什麼？

馬克：我姓方。你們是不是中國人？

中平：是啊！我是北京人，他是上海人。

問題 Fragen

1.中平是哪國人？

2.馬克是哪國人？

3.中平姓什麼？

Teil B、你好！Hallo!

情境介紹：林立德是一位從德國到台灣學中文的學生，在教室裡跟老師談話。

Situation: Lin Lide ist ein deutscher Chinesischstudent in Taiwan. Er unterhält sich im Klassenraum mit seinem Lehrer.

立德：老師好！

老師：你好！你叫什麼名字？

立德：我叫林立德。

老師：你是哪國人？

立德：我是德國人。

問題 Fragen

1.立德姓什麼？

2.立德是哪國人？

3.立德是不是老師？

Teil C、您貴姓？Wie ist Ihr Name?

情境介紹：李明是在中國做生意的德國商人，張玲是初次見面的公司同事。

Situation: Li Ming ist ein deutscher Geschäftsmann in China, Zhang Ling eine Kollegin in der Firma, die er zum ersten Mal trifft.

李明：您好！

張玲：您好！請問您貴姓？

李明：我姓李，您呢？

張玲：我姓張。您是法國人嗎？

李明：不是，我是德國人。您是哪國人？

張玲：我是中國上海人。

問題 Fragen

1 李明是哪國人？

2.張玲是法國人嗎？

3.張玲姓什麼？

二、生詞 Wortschatz

(一) 課文生詞 Wortschatz Lektionstexte

	漢字 Zeichen	拼音 Umschrift	解釋 Erklärung
1	啊	a	(B) satzschließende phonematisch enklitische modale Interjektion
2	北京	Běijīng	(N) Peking, Beijing
3	不	bù	(Adv) nein, nicht
4	德國	Déguó	(N) Deutschland
5	法國	Fǎguó,Fàguó	(N) Frankreich
6	方	fāng	(N) Familienname: Fang
7	貴姓	guìxìng	(N) Familienname der adressierten Person
8	好	hǎo	(SV) gut; besser
9	叫	jiào	(TV, 1) [mit Namen] heißen
10	老師	lǎoshī	(N) Lehrer, Lehrerin
11	李明	Lǐ Míng	(N) Li Ming (m.)
12	林立德	Lín Lìdé	(N) Lin Lide (m.)
13	嗎	ma	(B, Part) satzschließende Fragepartikel
14	馬克	Mǎkè	(N) Mark, Marc (m.)
15	名字	míngzi	(N) Name; Ruf, Reputation
16	哪國	nǎguó	(Pron) aus welchem Land stammend?von wo gebürtig sein?
17	呢	ne	(B, Part.) Partikel zur Bildung der Anschlussfrage:und wo ist…? und was ist mit…?
18	你	nǐ	(Pron) du
19	你們	nǐmen	(Pron) ihr
20	您	nín	(Pron) Sie
21	請問	qǐngwèn	(Idiom) Einleitung einer Frage in der Höflichkeitssprache: „Darf ich mir die Frage erlauben?", „Entschuldigen Sie bitte…!"
22	人	rén	(N) Mensch, Person
23	上海	Shànghǎi	(N) Shanghai
24	什麼	shénme	(Pron) was?

25	是	shì	(TV, 1) sein (Urteilssatz)
26	他	tā	(Pron) er
27	她	tā	(Pron) sie (fem. Singular)
28	王強	Wáng Qiáng	(N) Wang Qiang (m.)
29	王中平	Wáng Zhōngpíng	(N) Wang Zhongping (m.)
30	問	wèn	(TV, 2) fragen
31	我	wǒ	(Pron.) ich
32	姓	xìng	(N) Familienname;(TV, 1) mit Familiennamen heißen
33	早	zǎo	(SV) früh; „Guten Morgen!"
34	張玲	Zhāng Líng	(N) Zhang Ling (f.)
35	中國	Zhōngguó	(N) China

(二) 一般練習生詞　Wortschatz Übungen

	漢字 Zeichen	拼音 Umschrift	解釋 Erklärung
1	詞	cí	(N) Wort (im linguistischen Sinn)
2	第一課	dì yī kè	(N) Lektion Nr. 1
3	段	duàn	(N) Abschnitt, Teil, Sektion
4	漢字	Hànzì	(N) chinesisches Schriftzeichen, Kanji
5	解釋	jiěshì	(TV, 1) erklären; (N) Erklärung
6	課	kè	(N) Lektion
7	課文	kèwén	(N) Lektionstext
8	練習	liànxí	(TV, 1) üben, einüben; (N) Übung
9	例子	lìzi	(N) Beispiel
10	美國	Měiguó	(N) Amerika, U.S.A.
11	拼音	Pīnyīn	(N) Pinyin-Lautumschrift
12	日本	Rìběn	(N) Japan
13	商人	shāngrén	(N) Geschäftsmann, Geschäftsfrau, Unternehmer(in)
14	生詞	shēngcí	(N) Vokabular, „neue Wörter" einer Lektion

15	臺灣 台灣	Táiwān	(N) Taiwan, Formosa (hist.)
16	聽力	tīnglì	(N) Hörverständnis
17	晚	wǎn	(SV) spät
18	晚上	wǎnshàng	(N) Abend; (Adv) abends
19	香	xiāng	(SV) wohlriechend, wohlschmeckend
20	香港	Xiānggǎng	(N) Xianggang, Hongkong
21	新加坡	Xīnjiāpō	(N) Singapur
22	學	xué	(TV, 1) lernen, studieren
23	學生	xuéshēng	(N) Schüler(in), Student(in)
24	英國	Yīngguó	(N) England, Großbritannien
25	語法	yǔfǎ	(N) Grammatik
26	早上	zǎoshàng	(N) Morgen; (Adv) morgens

三、語法練習 Grammatische Übungen

I 「你好」、「您好」、「老師好」
„Hallo!", „Guten Tag!" und „Guten Morgen / Guten Tag Herr Lehrer / Frau Lehrerin!"

「你好」是漢語中常用的打招呼用語，在早上、中午、下午、晚上都可以使用。如果是向長輩或尊敬的人打招呼，常使用「您好」。打招呼的方式如下：

你好 ist die geläufigste Begrüßungsform und wird ungeachtet der Tageszeit verwendet. Gegenüber älteren oder höhergestellten Personen kann die formellere Form 您好 verwendet werden:

N/PN	好
你（們）	
您	
老師（們）	好
同學（們）	

補充：時間與問候 Zeit und Begrüßung

Anmerkung: Der Bezug zur Tageszeit ist bei der chinesischen Begrüßung nicht so ausgeprägt wie im Deutschen, kann jedoch ausgedrückt werden:

Am Morgen: 早 zǎo oder formeller: 早安 zǎo ān oder 早上好 zǎoshàng hǎo

Zur Mittagszeit: 午安 wǔ ān (sehr formell)

Gute Nacht! 晚安 wǎn ān

時間 Tageszeit	問候用語 Grußformel	
	台灣	中國
☀ 早上	早/早安	早上好(註1)
☀ 中午	午安(註2)	
☾ 晚上	晚安(註3)	晚上好

(註1) 「早上好」在中國現在多使用於正式場合，如新聞播報、演講，一般日常生活的問候，如在早上，也說「早」。

(註2) 「午安」的使用頻率較低，除了早上的問候說「早」或「早安」外，其他時間常說「你好」，朋友之間常說說英文的„hi"、„hello"。

(註3) 「晚安」wird als „Gute Nacht!" benutzt.

✏ 試試看：把正確的圈起來 Kreisen Sie die korrekte Antwort ein:

例 Beispiel：(李明) → 張玲，（ 你們好 你好 ）！

1.(立德) → 老師，（ 您好　你好 ）！

2.(馬克) → 中平，（ 您好　你好 ）！

3.(老師) → 同學們，（ 你們好　你好 ）！

II 「您貴姓」的用法和回答

Verwendung des Ausdrucks „Wie ist Ihr Name?" und die Antwort auf diese Frage

「您貴姓」是一種客氣的問法，一般的問法是「你姓什麼」。其中「什麼」是疑問詞。

您貴姓 ist eine formelle Wendung zur Frage nach dem Namen, speziell dem Familiennamen. Informell ist 你姓什麼, wobei 姓 ein transitives Verb ist.

A:　您貴姓？
　　你姓什麼？

B:　我姓林
　　我姓王
　　我姓方
　　我姓李
　　我姓張

補充：漢語中，人名是由「姓＋名」組成的。例如：林(姓)立德(名)。

Anmerkung: Im Chinesischen steht der in der Regel einsilbige Familiennamen stets voran, gefolgt vom ein- oder zweisilbigen Vornamen.

試試看：把正確的圈起來 **Kreisen Sie die korrekte Antwort ein:**

例 Beispiel：(李明問張玲)→A：(（您貴姓）你姓什麼) ？ B：我姓張。

1.(老師問林立德)→A：(您貴姓　你姓什麼) ？ B：我姓林。

2.(王中平問方馬克)→A：(您貴姓　你姓什麼) ？ B：我姓方。

3.(林立德問老師)→A：(您貴姓　你姓什麼) ？ B：我姓王。

4.(你問同學)→A：(您貴姓　你姓什麼) ？ B：我姓　　　　　。

5.(你問老師)→A：(您貴姓　你姓什麼) ？ B：我姓　　　　　。

III 疑問詞「什麼」作定語的用法和回答

Das Interrogativpronomen shénme in der Verwendung als Adjunkt und die Antwort auf mit dieser Konstruktion gebildete Fragen

疑問詞「什麼」放在名詞前面作定語時，也是構成疑問句。回答時常用「我叫＋姓＋名」，有時「姓」可省略不說。

什麼 ist ein Interrogativpronomen, das allein oder vor einer NP stehen kann. 叫 ist im Zusammenhang mit der Frage nach dem Namen ein transitives Verb im Sinne von „heißen".

我叫（林）立德
我叫（王）中平
A:　你叫什麼名字？　　　B:　我叫（方）馬克
我叫李明
我叫張玲

✎ 試試看：請寫出正確的句子 **Bilden Sie Sätze:**

例 Beispiel：A：你叫什麼名字？B：/ 林 / 我 / 立德 / 叫 。

→ 我叫林立德。

1. A：名字 / 叫 / 你 / 什麼 ？ B：我叫馬克。

→

2. A：你叫什麼名字？ B：叫 / 玲 / 張 / 我 。

→

3. A：你叫什麼名字？ B 中平 / 叫 / 我 / 王 。

→

4. A：他叫什麼名字？ B：他 / 美 / 王 / 叫 。

→

5. A：什麼 / 叫 / 他 / 名字 ？ B：他叫李明。

→

Ⅳ 「你（您）是哪國人」的用法和回答
Die Verwendung des Ausdrucks „Aus welchem Land kommst du?" und die Antwort auf mit diesem Ausdruck gebildete Fragen

　　「哪」是疑問詞，可以放在名詞之前作定語，表示疑問，例如：「哪國」。回答時常用：「國名＋人」。「您」是一種客氣的問法，一般使用「你」來問。

　　哪國人 ist ein zusammengesetztes Interrogativpronomen aus den freien Formen 哪 was für ein? + 國人 „Landsmann", „Angehöriger desselben Volkes". Bezeichnungen für Zugehörigkeit zu Nationalitäten werden gebildet durch „Name des Landes" + 人.

A: 你是哪國人？
您是哪國人？

B: 我是德國人
我是中國人
我是日本人
我是法國人

補充：國家與地區 Anmerkung: Nationen und Länder
補充詞彙：台灣 Táiwān (Taiwan)

德國

英國

法國

美國

台灣

中國大陸

新加坡

日本

試試看：請完成下面的對話 Vervollständigen Sie anhand der Flaggen:

例 Beispiel：A：你是哪國人？（🇹🇼）→ B：我是台灣人。

1. A：你是哪國人？（▬）→ B：

2. A：您是哪國人？（🇨🇳）→ B：

3. A：　　　　　　　（🇬🇧）→ B：我是英國人。

4. A：他是哪國人？（🇫🇷）→ B：

5. A：　　　　　　　（🇺🇸）→ B：他是美國人。

「是」、「不是」的用法 Die Verwendung von shì und búshì

漢語的「是」是動詞，可以放在兩個意義對等的名詞、代名詞或名詞片語之間。否定形式是在「是」前面加上「不」。疑問句可用「是不是」，回答為「是」或「不是」。

是 ist ein spezielles transitives Verbum zur Bildung von Sätzen mit Nominalprädikat des Typs NP1 是 NP2 NP1 ist NP2. Die Verneinung dieses Satztyps hat die Form NP1 不是 NP2, die Frage wird in der Regel durch affirmativ-negativePositionierung des Verbs gebildet:

NP1是不是 NP2

...是...	...不是...	...是不是...
我是老師。	我不是老師。	你是不是老師？
立德是中國人。	立德不是中國人。	立德是不是中國人？
王中平是學生。	王中平不是學生。	王中平是不是學生？
張玲是日本人嗎？	張玲不是日本人嗎？	張玲是不是日本人？

 試試看：請翻譯成漢語 **Übersetzen Sie ins Chinesische:**

例 Beispiel：Sind Sie Chinese? 您是不是中國人？

1. Ich bin Deutsche.

2. Sie ist nicht Ling Zhang.

3. Bist du aus Shanghai?

4. Sind Sie Japanerin?

5. Ich bin Lehrer.

 「是…嗎」的用法和回答
Die Bildung der Anschlussfrage in einem Satz mit Nominalprädikat

由「是」構成的句子，改成疑問形式是在句尾加上「嗎」。回答時有肯定和否定兩種型式。

Eine weitere Möglichkeit der Fragesatzbildung ist die Anschlussfrage mit 嗎, das an den Aussagesatz angehängt wird. Die Bejahung erfolgt durch Wiederholung des Verbs, die Verneinung durch 不 + Verb. Dabei kann das Verb weggelassen werden, wodurch aber ein eher unhöflicher Ausdruck entsteht. Schlussfolgerung und Vorsicht: Es gibt im Chinesischen kein Wort für „nein".

A：你是法國人嗎？	A：您是中國人嗎？
B：是，我是法國人 　　不（是），我是德國人	B：是，我是中國人 　　不（是），我是日本人

試試看：請完成下面的對話 Vervollständigen Sie den Dialog:

例 Beispiel：立德是德國人嗎？(法國) → 不是，立德是法國人。

A：老師是台灣人嗎？(台灣) → B：

2. A：李明　　　　　　　　？(中國) → B：不是，李明是中國人。

3. A：你是法國人嗎？(日本) → B：

4. A：他是王中平嗎？(李明) → B：

5. A：　　　　　　　　？ → B：我不是老師，我是學生。

Ⅶ　「N(NP)＋呢？」Die Bildung der Anschlussfrage mit ne

在名詞或代名詞後面加上「呢」，可以構成一種省略謂語的疑問句。

Eine weitere Möglichkeit der Fragebildung ist die Anschlussfrage mit 呢. Dieser Satztyp hat kein verbales Prädikat, sondern die Struktur NP ＋ 呢, und hat zwei Bedeutungen:

1. wo ist, wo befindet sich NP?

2. was ist los mit NP? Was wäre zu NP zu sagen?

A：
我是中國人，你呢？
我叫方馬克，你呢？
我姓張，你呢？

B：
我是德國人。
我叫王中平。
我姓李。

試試看：把相關的句子連起來 Verbinden Sie zusammengehörige Sätze:

A：我是老師，你呢？　•　　　　•B：我姓王，他姓張。

A：我姓方，你們呢？　•　　　　•B：我是日本人。

A：我是法國人，你呢？　•　　　　•B：我叫李明。

A：我叫林立德，你呢？　•　　　　•B：我是學生。

A：我是北京人，你呢？　•　　　　•B：我是張玲。

A：我是李立，你呢？　•　　　　•B：我是上海人。

四、漢字說明 Schriftzeichenerklärungen

In den Schriftzeichenerklärungen zu jeder Lektion soll jeweils ein wichtiges und interessantes Zeichen genau analysiert und seine Bestandteile erklärt werden. Dabei werden naturgemäß Zeichen und Bestandteile von Zeichen angesprochen, die erst später in den Lektionen vorkommen. Es empfiehlt sich, zunächst die Einführung das Kapitel *Schriftzeichen und Graphematik* in der Einführung zu lesen. Außerdem sollte man sich eine Tabelle der 214 traditionellen Kangxi-Klassenzeichen ausdrucken, leicht erreichbar zum Beispiel unter http://unicode.org/charts/PDF/U2F00.pdf Zur Konvention: das Symbol „# Ziffer" steht für „Kangxi-Klassenzeichen Nummer…"

德 dé Grundbedeutung des Graphen ist *Tugend, moralisches Verhalten*, kommt vor in 德國 Déguó *Deutschland*. Beide Morpheme des Wortes sind gebunden, die freien Formen sind 美德 měidé *Tugend, Moral*, und 國家 guójiā *Staat, Nation, Land*. Warum ist Deutschland das *Land der Tugend*? Als das chinesische Kaiserreich in diplomatischen Kontakt mit außerchinesischen Mächten trat, entstand die Notwendigkeit, diese auch einheitlich in der eigenen Sprache zu benennen, die fremdsprachigen Silben wurden (und werden noch heute) rein phonematisch in das chinesische Lautsystem übertragen. Zur Verschriftung dienen Zeichen, von deren Bedeutung abstrahiert wird, sie stehen nur für den Lautwert. Bei der Homophonie des Chinesischen stehen dann in der Regel eine ganze Menge Zeichen zur Auswahl, und im Falle der „fremden Staaten" wurden solche Zeichen verwendet, die eine positive Bedeutung tragen, gewissermaßen ein diplomatisches Kompliment:

德國 Déguó Land der Tugend: Deutschland

英國 Yīngguó Land der Helden: England

法國 Fàguó Land der Gesetze: Frankreich

美國 Měiguó Land des Schönen: Amerika

Genauer betrachtet, ist 德 dé hier die Abkürzung für 德意志 Déyìzhì /deutsch/ wie in 德意志聯邦共和國 Déyìzhì Liánbānggònghéguó *Bundesrepublik Deutschland*. 德意志 wäre wörtlich aufzufassen als: *Wille zu tugendhaften Absichten*. 意 yì *Idee, Vorstellung*, 志 zhì *Wunsch, Wille, Absicht*. Aber wie lässt sich 德 dé in seiner graphematischen Gestalt erklären?

Die Mehrzahl der Schriftzeichen lässt sich an mindestens einer Längs- oder Querachse teilen (split characters), im Gegensatz zu Zeichen, die nicht an einer Achse geteilt werden können (non-split characters, Beispiele dafür aus der 1. Lektion sind 人 rén *Mensch*, 王 wáng *Herrscher*, 不 bù *nicht*, 中 zhōng *Mitte*). Die Teilung bei 德 dé erfolgt nach dem Schema  in einen linken und rechten Bestandteil. Links steht 彳 chì, # 60, *Schritt mit dem linken Fuß*, normalerweise eine gebundene Form, Ausnahme ist nur das Binom 彳亍 chìchù *Schritt für Schritt voranschreiten*, beide bilden graphematisch zusammen # 144 行 xíng *zu Fuß gehen*, etymologisch das Piktogramm einer Wegkreuzung . 

Unter # 60 ist 德 dé auch im Zeichenlexikon eingeordnet. Der rechte Bestandteil ist eine gebundene Form mit zwei Trennachsen nach dem Schema  und den Bestandteilen: oben 十 shí *zehn*, # 24, in der traditionellen Zahlenspekulation die Anzahl der gedoppelten fünf Himmelsrichtungen 南 nán *Süden*, 北 běi *Norden*, 東 dōng *Westen*, 西 xī *Osten*, 中 zhōng *Zentrum*, abgebildet in den *Zehn Himmelsstämmen* 天干 tiāngān, wobei jeweils einem Zeichenpaar eine Himmelsrichtung zugeordnet wird. In der Mitte findet sich 目 mù, # 109, *Auge*, um 90° gedreht, darunter 一 yī *eins*, # 1. Ganz unten steht # 61 心 xīn Herz, in seiner gebundenen, abgeflachten Form. Die moderne Standardschrift 楷書 kǎishū hat viele etymologisch relevante Bestandteile der Zeichen simplifiziert, so dass man bei der Analyse auf die historischen Formen der Siegelschrift 篆書 zhuànshū zurückgreifen muss. Die Gegenüberstellung zeigt:

德 →  in der Qin-zeitlichen Siegelschrift steht rechts  直 zhì, *gerade*, unten erweitert durch  心 xīn *Herz*: deshalb eigentlich 悳 bzw. korrekter 悳 bestehend aus 直 zhì *geradeaus*, *ohne Abweichung*, in der korrekten Schreibung 直.

德 dé ist demnach ein Zeichen der Bildungskategorie 會意字 huìyìzì *assoziative Komposita*: bei seinen Schritten und Handlungen 彳 soll man seine Absichten, sein „Herz" 心 immer geradeaus, ohne Nebenwege und Abweichungen 直 richten: daraus resultiert 德 *moralisches Verhalten*.

Schriftgeschichtlich ist anzumerken, dass der Bestandteil 目 mù *Auge*, in Kǎishū immer gedreht werden kann 罒, wenn er nicht als Klassenzeichen links steht, wie in 眼睛 yǎnjīng, dem umgangssprachlichen Wort für *Auge*. Der darunter stehende waagerechte Querstrich 一 ist eine Verkürzung des in 直 zhì erscheinenden ㇄ shùzhé 豎折, der zu einem 橫 héng wird.

五、聽力練習 Hörverständnisübungen

試試看：Ⅰ.請聽一段對話，試試看你聽到什麼？Hören Sie zunächst den Dialog an.

Ⅱ.請再聽一次對話。這次對話將分成三段播放，請根據每段話內容，選出正確的答案 Nun hören Sie den Dialog noch einmal an und markieren Sie die richtigen Antworten:

1.立德姓什麼？

　　a)他姓方

　　b)他姓李

　　c)他姓林

2.克平姓什麼？

　　a)她姓方

　　b)她姓王

　　c)她姓林

3.立德是哪國人？

　　a)他是法國人

　　b)他是德國人

　　c)他是日本人

4.克平是哪國人？

　　a)她是日本人

　　b)她是台灣人

　　c)她是中國人

5.克平是老師嗎？

　　a)她是老師

　　b)她不是老師

　　c)她是日本老師

六、綜合練習 Zusammenfassende Übungen

綜合練習生詞　Wortschatz zusammenfassende Übungen

	漢字 Zeichen	拼音 Umschrift	解釋 Erklärung
1	工作	gōngzuò	(N) Arbeit
2	國籍	guójí	(N) Nationalität
3	同學	tóngxué	(N) Mitschüler(in), Kommilitone
4	問題	wèntí	(N) Frage, Problem
5	職業	zhíyè	(N) Beruf
6	綜合	zōnghé	(TV, 1) zusammenfassen

I　請以表格中的句子，向三位同學問候，並詢問姓名與國籍。

Begrüßen Sie drei Kommilitoninnen oder Kommilitonen und stellen Sie ihnen anhand der vorgegebenen Sätze Fragen nach Namen und Nationalität:

> A: 早，我叫＿＿＿＿＿＿＿＿＿＿＿，你叫什麼名字？
>
> B: 我叫＿＿＿＿＿＿＿＿＿＿＿＿。
>
> A: 你是哪國人？
>
> B：我是＿＿＿＿＿＿＿＿＿＿＿。

II　請以表格中的句子，向三位同學問候，並詢問姓名與國籍。

Begrüßen Sie drei Kommilitoninnen oder Kommilitonen und stellen Sie ihnen anhand der vorgegebenen Sätze Fragen nach Namen und Nationalität:

> A: 您好！，我叫＿＿＿＿＿＿。請問您貴姓？
>
> B: 我姓＿＿＿＿＿＿＿＿，叫＿＿＿＿＿＿＿。
>
> A: 您是哪國人？
>
> B：我是＿＿＿＿＿＿＿＿。

III A 請根據方格中的句子，詢問 B，B 任選 1-4 回答後，A 再填寫答案。

Person A fragt Person B auf der Grundlage der vorgegebenen Satzmuster, Person B wählt aus den Antworten 1 bis 4, woraufhin Person A die Antworten einträgt:

A: 你叫什麼名字？　B: 我叫 _____ 。

A: 你是哪國人?　　B: 我是 _____ 。

A: 你是老師嗎？　　B: 我 _____ 。

1:名字：方人美

　國籍：🇺🇸

　職業：老師

2:名字：李克強

　國籍：▬▬

　職業：學生

3:名字：馬漢

　國籍：🇬🇧

　職業：老師

4:名字：新海 明

　國籍：🇯🇵

　職業：商人

IV 你已經認識了你的同學了嗎? 請用「你是不是」問五個同學。如果不是，請用「你呢」發問。

Haben Sie Ihre Kommilitonen und Kommilitonninen bereits kennengelernt? Benutzen Sie die Form 是不是, um fünf Kommilitoninnen oder Kommilitonen zu befragen. Falls Ihre Fragen mit „nein" beantwortet werden, benutzen Sie das Pattern der Anschlussfrage mit 你呢, um weitere Fragen zu stellen.

你是不是_____？

　你是不是_____（名字）？

　你是不是_____（國籍）？

　你是不是_____（職業）？

　你是不是_____人（北京人）？

你呢？

　我叫_____（名字），你呢？

　我是_____（國籍），你呢？

　我是_____（職業），你呢？

　你是_____人（北京人），你呢？

 真實語料 Sprachliche Realien

根據以下的護照，照片中的人姓什麼？叫什麼？是哪國人？

Stellen Sie anhand des abgebildeten Reisepasses Familiennamen, Vornamen, und Nationalität der Passinhaberin fest.

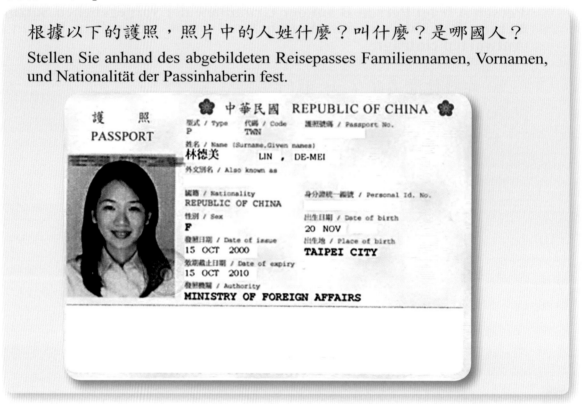

七、從文化出發 Interkulturelle Anmerkungen

Modernes Chinesisch: Bezeichnungsvielfalt und Diglossie

Chinesisch als Sprachbezeichnung ist im Deutschen wie im Englischen sehr indifferent und wird für alle Entwicklungsstufen der Sprachen von den Orakelknochen der Frühzeit bis zur heutigen Zeitungssprache eingesetzt. Für die Gegenwartssprache hilft man sich im Deutschen mit den etwas gestelzten Begriffen „Standardhochsprache" oder „Standardhochchinesisch" bzw. (orthographisch noch schlimmer) „Umgangschinesisch" aus, während im Englischen neben „Modern Chinese" nach wie vor „Mandarin" gebräuchlich ist. Dieses Wort mit der Sanskrit Wurzel „mantray" (sich beraten) bzw. „mantrīn" (Berater bzw. Minister) ist über seine südostasiatischen Ableger, z.B. im Tagalog, über das portugiesische als Sprache der Kolonialherren zu uns gekommen. Ein Mandarin ist ein chinesischer Offizieller der Kaiserzeit, und seine Form des Ausdrucks ist Mandarin-Chinesisch, im Gegensatz zum unverständlichen und nicht weiter wichtigen Geschwätz des niederen Volkes in den verschiedenen, durch Dialekte geprägten Landesteilen. Der chinesische Terminus ist Guānhuà 官話 Beamtensprache, jedoch unterscheidet sich das heutige Chinesisch gewiss stark vom gelehrten Idiom der Staatsdiener der Kaiserzeit, einer lingua franca auf der Basis der Aussprache der Hauptstadt Peking. Nach Gründung der chinesischen Republik und den im Gefolge der 4. Mai-Bewegung 1919 ausgehenden Reformbewegungen haben sich fortschrittliche intellektuelle Kreise für die Schaffung einer einheitlichen, standardisierten Nationalsprache eingesetzt, die an allen Schulen des Landes gelehrt werden soll, so dass nach ein oder zwei Generationen sich alle Bürger Chinas über die Dialektgrenzen hinweg mündlich verständigen können. Phonologische und grammatische Basis dieser Nationalsprache Guóyǔ 國語 war wiederum der Sprachstandard des Nordens, der Provinzen Héběi 河北 (mit der Hauptstadt Běijīng 北京) und Hénán 河南. Das Engagement des Staates hielt sich aber aufgrund der instabilen innenpolitischen Lage und des späteren Krieges mit Japan in wohlabgesteckten Grenzen, so dass diese erste Bewegung für eine einheitliche Nationalsprache bis auf die Tatsache gescheitert ist, dass moderne Schriftsteller sich nun nicht mehr in der klassischen Literatursprache Wényán 文言, sondern in der Umgangssprache Báihuà 白話 ausdrückten. Nach der neuen Staatsgründung 1949 ging die Regierung die Sprachplanung mit konkreten politischen Vorzeichen an: die Sprachpolitik nahm die Idee der einheitlichen, standardisierten Hochsprache wieder auf, nur unter der Bezeichnung Pǔtōnghuà 普通話 Gemeinsprache. Seine „linke" politische Konnotation hat dieser Begriff bis heute nicht verloren (reaktionäre bürgerliche Elemente des „alten Sprachgebrauchs" sollten in Ausdrucksform und Schrift verschwinden, eine Lautumschrift wurde eingeführt, zunächst auf der Basis des kyrillischen Alphabets, seit 1956 des lateinischen, die auch in diesem Buch verwendete Lautumschrift des Chinesischen Hànyǔ Pīnyīn 漢語拼音). Der Terminus Guóyǔ 國語 hingegen erhielt eine politisch rechtslastige Prägung, da bis zu den demokratischen Reformen in Taiwan dort alle Ergebnisse der kommunistischen Sprachpolitik von der Regierung als „kommunistisches Banditentum" (Gòngfěi 共匪) abgelehnt wurde. Welche „neutralen" Begriffe stehen dann noch zur Verfügung, wenn man einfach ausdrücken will „Ich lerne Chinesisch"?

Hànyǔ 漢語 ist Chinesisch von der Sprache der Klassiker Gǔdài Hànyǔ 古代漢語 bis zur Moderne Xiàndài Hànyǔ 現代漢語. Pǔtōnghuà 普通話 Gemeinsprache wird seit einigen Jahren in Lehrbüchern für Ausländer durch Biāozhǔn Hànyǔ 標準漢語 Standardchinesisch ersetzt. Zhōngwén 中文 ist Chinesische Sprache und Literatur. Zhōngguóhuà 中國話 Sprache Chinas hat sich als Begriff gegen Pǔtōnghuà 普通話 nicht durchsetzen können. Hànwén 漢文 ist für das Sino-Japanische reserviert (Kambun), und in Taiwan ersetzt man seit neuerem den politisch belasteten Begriff Guóyǔ 國語 durch Huáyǔ 華語 Chinesische Sprache.

Wer Huáyǔ 華語 erlernt hat, wird heute in ganz China verstanden, zumindest von der jüngeren Generation. Diese Standardsprache aber tatsächlich zu hören, wird im Alltag selten der Fall sein. Das Chinesische ist, bedingt durch die Größe des Landes und die Abgeschiedenheit vieler Regionen, in viel stärkerem Maße als das Deutsche durch lokale Sprachvarianten geprägt, die traditionell Dialekte genannt werden, aber den Status eigener Sprachen besitzen und Sprachgemeinschaften mit mehr Sprechern bilden, als das Deutsche überhaupt hat. Es seien hier nur die wichtigen genannt: Yuèyǔ 粵語 Kantonesisch, Mǐn 閩 verzweigt in Mǐnběi 閩北 (nördliches Mǐn) und Mǐnnán 閩南 (südliches Mǐn, oft auch Táiwānhuà 臺灣話, Taiwanesisch genannt), Wúyǔ 吳語 umgangssprachlich Shànghǎihuà 上海話 Shanghai-Sprache, und nicht zu vergessen den typischen Peking-Dialekt Běijīng Tǔyǔ 北京土語, der sich in Wortschatz und Phonetik gewaltig von der Standardhochsprache unterscheidet. Die beste Quelle für „ideales" Huáyǔ 華語

sind die staatlichen Rundfunk- und Fernsehstationen mit ihren Nachrichtensendungen in Hochchinesisch. Auf Märkten, in Gassen und Lokalen, auf dem Schiff, im Autobus und anderen Stätten des Alltagslebens wird man wenig Chancen haben, sauberes Hochchinesisch zu hören, am ehesten noch in Schulen bzw. akademischen Institutionen. Es ist eine wenig bekannte Tatsache, dass mehr als die Hälfte der Einwohner Chinas mehrsprachig ist: zu Hause und im Alltag spricht man die lokale Sprache, in Schule und Universität Hochchinesisch.

Eine weitere Besonderheit der chinesischen Sprachgemeinschaft tritt hinzu: wer einen Muttersprachler bittet, den Satz, den er gerade mehr oder weniger situationsbedingt, aber auf jeden Fall „richtig" geäußert hat, schnell aufzuschreiben, d.h. ein Segment der konkreten Parole zu verschriften, wird eine merkwürdige Entdeckung machen: der Informant beginnt zu schreiben, rekapituliert das eben Gesagte noch einmal, ändert es ein bisschen, schreibt den Satz fertig, liest ihn noch einmal, ändert wieder etwas, streicht hier, verbessert da, und als Ergebnis wird etwas gänzlich verschiedenes von dem vor drei Minuten Gesprochenen auf dem Papier stehen: Mündlicher Ausdruck und schriftlicher Ausdruck sind stark verschieden, folgen in Wortschatz, Grammatik und Stilistik völlig anderen Regeln. Man kann im Chinesischen so schreiben wie man redet, ein typischer Fall sind Drehbücher für Filme, Hörspiele, Reportagen, aber man macht es nicht. Wer nur Umgangssprache gelernt hat, wird die Tageszeitung nicht lesen können, was aber nicht an mangelnder Schriftzeichenkenntnis liegen muss. Grammatik und Rhetorik sind anders, sie folgen mehr oder weniger streng der traditionellen Schriftsprache Wényán 文言 oder Wénlǐ 文理, einer Sprachform, die auf die Sprache der Klassiker des 5. bis 2. Jahrhunderts v. Chr. zurückgeht und bis zur literarischen Revolution im frühen 20. Jahrhundert für alles „amtlich und offiziell" Geschriebene verbindlich gewesen ist.

Die chinesische Sprache ist ein typischer Fall für Diglossie: in einer Sprache existieren zwei verschiedene grammatische Systeme für streng getrennte Anwendungsbereiche, eine Erscheinung, die auch in europäischen Sprachen anzutreffen ist, zum Beispiel in Griechenland, Tschechien und der deutschsprachigen Schweiz. Diglossie ist Normalfall im arabischen Sprachraum und in nahezu allen Bundesstaaten der Indischen Union, also eigentlich nichts Besonderes. Für Chinesisch-Lernende bedeutet es allerdings, dass sie nicht nur die gesprochene Umgangssprache, sondern auch die schriftsprachliche Grammatik erlernen müssen, wenn sie gegenwärtige oder historische Texte lesen wollen – oder sie verstehen müssen.

Weiterführende Literatur:

Jerry Norman: Chinese, Cambridge University Press 1988, (Cambridge language surveys), 291 S.

Erhard Rosner: Schriftsprache. Studien zur Diglossie des modernen Chinesisch, Bochum: Brockmeyer 1992, 170 S. (Chinathemen Bd. 74)

Zhou Youguang: The Historical Evolution of Chinese Languages and Scripts, Columbus OH: National East-Asian Languages Resource Center, Ohio State University 2003, 213 S. (Pathways to Advanced Skills, Vol. 8)

第二課
你是哪裡人？
Wo kommst du her?

本課重點 Lernziele

【1】進一步認識、問候近況

Sich näher kennen lernen; nach dem Befinden fragen

【2】國家＋「哪裡人？」、PN(N)＋的＋N、NP＋在＋地名

Frage nach der Nationalität; Adjunktbildung mit Personalpronomina;
das Coverbum 在 in Verbindung mit Ortsnamen

【3】NP＋「在哪裡？」、有(沒有)、數字(一～十)、量詞

Interrogativpronomen „wo?"; vorhanden / nicht vorhanden sein;
Numeralia; Meteralia

【4】很＋SV、SV不SV、也

Die Adverbia sehr, nicht, auch

一、課文 Lektionstexte

Teil A、你是德國哪裡人？ Wo kommst du her in Deutschland?

情境介紹：中平和馬克又在校園中見面了。

Situation: Wieder trifft Mark Zhongping auf dem Campus.

中平：你好！

馬克：你好！

中平：請問，你是德國哪裡人？

馬克：我是德國柏林人。你呢？你是中國哪裡人？

中平：我是北京人，可是我的學校在上海。

馬克：我的學校在慕尼黑。

問題 Fragen

1. 中平的家在哪裡？

2. 馬克的家在德國嗎？

3. 馬克的學校在哪裡？

Teil B、你家在哪裡？ Wo kommst du her?

情境介紹：立德第二天上中文課時跟老師聊天。

Situation: Lide plaudert am zweiten Tag im Unterricht mit seinem Lehrer.

老師：這是你的書嗎？

立德：是啊！謝謝您！

老師：不客氣！立德，你家在哪裡？

立德：我家在德國漢堡，可是我的學校在海德堡。

老師：你家有幾個人？

立德：我家有六個人，我有爸爸、媽媽、一個哥哥和兩個姊姊，可是我沒有弟弟、妹妹。

問題 Fragen

1. 立德的學校在哪裡？

2. 立德家有幾個人？

3. 立德有弟弟嗎？

Teil C、好久不見！ Lange nicht gesehen!

情境介紹：李明在公司的餐廳碰見了張玲。

Situation: Li Ming trifft Zhang Ling in der Kantine.

李明：張小姐，好久不見！你好嗎？

張玲：我很好，謝謝！你呢？

李明：我也很好！

張玲：你最近忙不忙？

李明：我很忙。你呢？

張玲：我也很忙。

李明：你累不累？

張玲：還好！我不太累。

問題 Fragen

1. 張玲好嗎？

2. 李明最近忙不忙？

3. 張玲累不累？

二、生詞 Wortschatz

(一) 課文生詞 Wortschatz Lektionstexte

	漢字 Zeichen	拼音 Umschrift	解釋 Erklärung
1	爸爸	bàba	(N) Vater
2	柏林	Bólín	(N) Berlin
3	不客氣	búkèqi	(Idiom.) keine Ursache!
4	的	de	(B) Morphem der Adjunktbildung und Nominalisierung
5	弟弟	dìdi	(N) Bruder [jüngerer]
6	個	gè, ge	(Met.) Zähleinheitswort übergreifenden Charakters: Stück, Exemplar
7	哥哥	gēge	(N) Bruder [älterer]
8	還好	háihǎo	(Adv.) zum Glück; (Idiom) so lala; geht so
9	漢堡	Hànbǎo	(N) Hamburg
10	好久不見	hǎojiǔbújiàn	(Idiom.) lange nicht gesehen!
11	和	hé; hàn	(Konj.) und
12	很	hěn	(Adv.) sehr, ziemlich
13	幾	jǐ	(Pron.) wie viele; einige (kleine Anzahl)
14	家	jiā	(N) Familie; Zuhause
15	姊姊 / 姐姐	jiějie	(N) Schwester [ältere]
16	客氣	kèqi	(SV) höflich, verbindlich
17	可是	kěshì	(Adv.) aber, jedoch
18	累	lèi	(SV) müde sein
19	兩	liǎng	(Num.) zwei, beide
20	六	liù	(Num.) sechs
21	媽媽	māma	(N) Mutter
22	忙	máng	(SV) beschäftigt sein, zu tun haben
23	妹妹	mèimei	(N) Schwester [jüngere]
24	沒有	méiyǒu	(TV, 1) nicht vorhanden sein

25	慕尼黑	Mùníhēi	(N) München
26	哪裡 (哪兒)	nǎlǐ (nǎr)	(Pron.) wo?
27	太	tài	(Adv.) zu, allzu
28	小姐	xiǎojiě	(N) Fräulein, Frau
29	謝謝	xièxie	(Idiom.) Danke!
30	學校	xuéxiào	(N) Schule, Universität
31	也	yě	(Adv.) auch
32	一	yī	(Num.) eins
33	有 / 沒有	yǒu / méiyǒu	(TV, 1) vorhanden sein / nicht vorhanden sein
34	在	zài	(TV, 1) existieren, da sein; (CV) in, an, auf
35	這	zhè	(N) dieser, diese, dieses
36	最近	zuìjìn	(N) neulich, in letzter Zeit

(二) 一般練習生詞　Wortschatz Übungen

	漢字 Zeichen	拼音 Umschrift	解釋 Erklärung
1	八	bā	(Num.) acht
2	陳漢	Chén Hàn	(N) Chen Han (m.)
3	成都	Chéngdū	(N) Chengdu, Provinzhauptstadt von Sichuan
4	東京	Dōngjīng	(N) Tôkyô
5	二	èr	(Num.) zwei
6	法蘭克福	Fǎlánkèfú	(N) Frankfurt
7	高雄	Gāoxióng	(N) Gaoxiong, Hafenstadt in Südtaiwan
8	廣州	Guǎngzhōu	(N) Guangzhou, Kanton, Provinzhauptstadt von Guangdong
9	海德堡	Hǎidébǎo	(N) Heidelberg
10	或	huò	(Adv.) oder
11	九	jiǔ	(Num.) neun
12	科隆	Kēlóng	(N) Köln
13	萊比錫	Láibǐxí	(N) Leipzig

14	南京	Nánjīng	(N) Nanjing, Nanking (Provinzhauptstadt von Jiangsu)
15	七	qī	(Num.) sieben
16	三	sān	(Num.) drei
17	十	shí	(Num.) zehn
18	書	shū	(N) Buch
19	四	sì	(Num.) vier
20	台北	Táiběi	(N) Taibei, Taipeh (Hauptstadt von Taiwan)
21	台東	Táidōng	(N) Taidong, im Osten von Taiwan
22	台南	Táinán	(N) Táinán, alte Hauptstadt von Taiwan
23	台中	Táizhōng	(N) Taizhong, in Zentraltaiwan
24	五	wǔ	(Num.) fünf
25	西安	Xī'ān	(N) Xi'an, Hauptstadt der Provinz Shaanxi
26	中文	Zhōngwén	(N) chinesische Sprache und Literatur

三、語法練習 Übungen zur Grammatik

I 「你是⋯國＋哪裡人？」的用法和回答

Gebrauch von 你是⋯國＋哪裡人 „Wo kommst du her in...?"

Landesname＋ 哪裡人 ist eine Konstruktion des Typs Adj. > NP, wobei die NP ein zusammengesetztes Interrogativpronomen ist, zum Ausdruck gebracht wird: „aus welchem Teil des Landes stammen?" bzw. „von wo genau sein?".

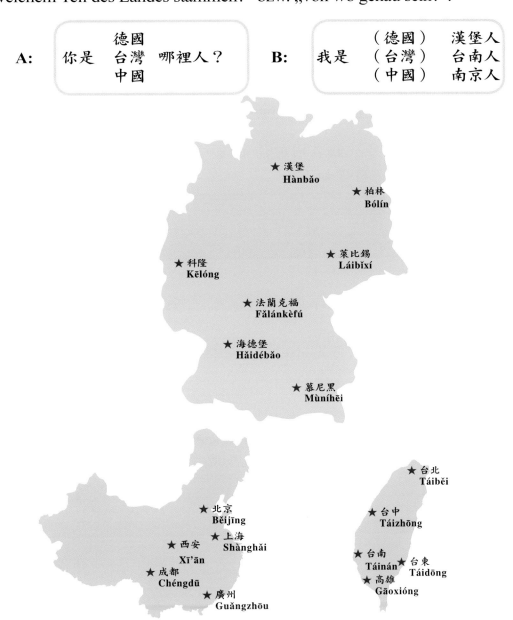

| A: | 你是 | 德國
台灣
中國 | 哪裡人？ | | B: | 我是 | （德國）
（台灣）
（中國） | 漢堡人
台南人
南京人 |

補充：德國，中國，台灣主要城市

Anmerkung: Städte in Deutschland, China und Taiwan

試試看：把正確的地名圈起來 Markieren Sie den korrekten Ortsnamen durch Einkreisen:

例 Beispiel：張玲是中國（漢堡人，上海人，台北人，北京人）。

1.立德是德國（漢堡人，上海人，台北人，北京人）。

2.A：你是中國哪裡人？B：我是（漢堡人，上海人，台北人，北京人）。

3.A：你是台灣哪裡人？B：我是（漢堡人，上海人，台北人，北京人）。

4.A：老師，你是中國哪裡人？　B：我是　　　　　　　　　　。

5.A：（請問你的同學）你是德國哪裡人？　B：

II 「代名詞(名詞)＋的＋名詞」的用法
Benutzung von /de/ zwischen zwei Nominalphrasen zur Adjunktbildung

　　一個代名詞或名詞放在另一個名詞前作定語，表示「領屬」關係時，常在中間加上結構助詞「的」。句型如下：

N1/PN	的	N2
我（們） 你（們） 老師	的	學校 名字 書

補充：在「你(的)家有什麼人？」、「我(的)媽媽是老師。」的句子中，常常省略助詞「的」，表示親近的關係。

Anmerkung: Bei Referenzbezeichnungen innerhalb der Familie kann das /de/ wegfallen; es entsteht somit ein neues, zusammengesetztes Wort zum Ausdruck des besonders engen Verhältnisses:
你(的)家有什麼人？ Wer lebt alles in deiner Familie?
我(的)媽媽是老師。 Meine Mutter ist Lehrerin.

試試看：請寫出正確的順序 Bringen Sie die Formen in die korrekte Reihenfolge:

例 Beispiel：我 / 名字 / 的 →我的名字 叫馬克。

1.的 / 學校 / 我們 →　　　　　　　　　　在台北。

2.書 / 的 / 你 / 嗎 →這是　　　　　　　　　　？

3.的 / 我 / 家 →　　　　　　　　　　在漢堡。

4.媽媽 / 我 / 的 →　　　　　　　　　　在家。

5.的 / 你 / 書 →　　　　　　　　　　在哪裡？

Ⅲ 副詞「也」的用法　Gebrauch des Adverbiums yě

漢語的副詞「也」常出現在主語後、動詞前，句型如下：

也 ist ein Adverb zum Ausdruck von „auch", „ebenso" und steht stets vor dem Verb:

S ＋ 也 ＋ (不)V

<table>
<tr><td>馬克姓方，</td><td>我也姓方。</td></tr>
<tr><td>立德是德國人</td><td>李明也是德國人。</td></tr>
<tr><td>李明不是學生，</td><td>張玲也不是學生。</td></tr>
<tr><td>我家在中國北京，</td><td>中平的家也在中國北京。</td></tr>
<tr><td>我的學校在台北，</td><td>立德的學校也在台北。</td></tr>
</table>

 試試看：把相關的句子連起來 **Verbinden Sie zusammengehörige Sätze:**

A：我家在台北，	・	・B：中平也是北京人。
A：我是北京人，	・	・B：馬克也是德國人。
A：立德不是老師，	・	・B：張玲也不是老師。
A：李明是德國人，	・	・B：陳漢的家也在台北。
A：我很累，	・	・B：我媽媽也很累。
A：我妹妹不在家，	・	・B：我弟弟也不在家。

Ⅳ 「N(NP)＋在哪裡？」的用法和回答　Gebrauch von zài mit nǎli als Objekt

動詞「在」表示「存在」，一般是以表位置的名詞、代詞做為賓語。句型如下：

在 ist ein transitives Verb zum Ausdruck von „da sein", „existieren", das Objekt ist immer eine NP:

NP	在	PW
你（的）家		哪裡？
我（的）家	在	（德國）柏林。
你的學校		哪裡？
我的學校		（中國）北京。

試試看：用完整的句子回答 **Beantworten Sie die Fragen in ganzen Sätzen:**

例 Beispiel：A：你家在哪裡？(台中) → B：[我家在台中。]

1. A：你家在哪裡？(漢堡) → B：[　　　　　　　　　　]

2. A：你的學校在哪裡？(上海) → B：[　　　　　　　　　　]

3. A：你的學校在哪裡？(東京) → B：[　　　　　　　　　　]

4. A: 老師，你家在哪裡？ → B：[　　　　　　　　　　]

5. A: （請問你的同學）你的學校在哪裡？ → B：[　　　　　　　　　　]

Ⅴ 「…(沒)有…」的用法

Gebrauch des Verbums yǒu und seiner Verneinung méiyǒu

　　漢語的「有」字句在表示「領有」、「具有」關係時，否定形式是在「有」前加副詞「沒」。

Das transitive Verbum 有 bildet genau wie 是 Sätze mit Nominalprädikat des Typs NP1 有 NP2 wobei die Grundbedeutung von 有 „vorhanden sein" ist, wörtlich übersetzt: „in Bezug auf eine NP1 ist eine NP2 vorhanden", im Deutschen in der Regel:

　　„NP1 hat, besitzt, verfügt über ein NP2".

Die Verneinung dieses Satztyps ist stets 沒有 „nicht vorhanden sein", wobei 沒有 auch allein stehen kann, dann in der Bedeutung „gibt es nicht, ist nicht da".

NP1/PN	（沒）有	NP2
我	有 沒有	哥哥。 姊姊。 書 。
你（的）家	有	幾個人？

試試看：用完整的句子回答 **Beantworten Sie die Fragen in ganzen Sätzen:**

例 Beispiel：A：你有中文名字嗎？ → B：我沒有中文名字。

1. A：你有姊姊嗎？ → B： 　　　　　　　　　　 。

2. A：你媽媽有哥哥嗎？ → B： 　　　　　　　　　　 。

3. A：你有日本老師嗎？ → B： 　　　　　　　　　　 。

4. A：你的老師有弟弟嗎？ → B： 　　　　　　　　　　 。

5. A：你有書嗎？ → B： 　　　　　　　　　　 。

VI 數字(一～十)＋個＋N Kardinalia von eins bis zehn

Zahl		Num + M + N
1 2 3 4 5 6 7 8 9 10	一 二 三 四 五 六 七 八 九 十	一個爸爸 一個媽媽 兩個哥哥 三個姊姊 五個妹妹

Steht eine Kardinalzahl vor einer NP als gezähltem Objekt, muss in der Regel ein Meteralium (Met.) / Zähleinheitswort / Measure-word zwischen beiden Formen stehen. Meteralia sind eine eigene wichtige Wortklasse. Welches Meteralium gewählt wird, hängt von der semantischen Valenz des denotierten Objekts ab – es gibt mehrere hundert verschiedener Meteralia. Ein allgemeines Meteralium ist 個.

補充：「二」和「兩」
「二」和「兩」都是表示「2」這個數字。在 10 以內的數字中的「2」，如果出現在量詞前 (如：兩 (2) 個人)，就用「兩」來表示。

Anmerkung: Es gibt zwei Wörter für „zwei“: 二 und 兩. 二 wird beim Abzählen gebraucht: eins, zwei, drei bzw. beim Vorlesen von Ziffern, Telefonnummern u.ä. 兩 bezeichnet stets zwei abgezählte Objekte wie „zwei Stück" oder „wir beide" und ist entsprechend häufiger als 二 .

 試試看：讀下列數字並用漢字寫出來 **Schreiben Sie die Zahlen in Schriftzeichen:**

2	二	8		5	
4		3		9	

VII 「SV不SV」和「很＋SV」的用法
Bildung der Frage durch affirmativ-negative Positionierung des statischen Verbs und die leere Form hěn

漢語的SV可以單獨作謂語，不需要動詞「是」。疑問句常用「SV不 SV」的形式，肯定回答時常常在前面加上副詞「很」、「太」、「不很」、「不太」，否定式是「不＋SV」。

Einsilbige statische Verba (SV) können als Prädikat eines Satzes nur mit einem

73

Zusatz stehen, sie dürfen nicht allein vorkommen, außer in kontrastiven Satzpaarungen. Dieser in der Regel adverbiale Zusatz ist desemantisiert, d.h. eine leere Form. In dieser Funktion sehr häufig sind 很 und 太. Beim negierten Satz genügt das Adverb der Verneinung 不 vor dem SV.

A:
你好嗎?（或 你好不好？）
你忙嗎?（或 你忙不忙？）
你累嗎?（或 你累不累？）

B:
我很好！
我不（太）好！
我很忙。
我不（太）忙！
我很累。
我不（太）累！

試試看：改成疑問句「SV不SV」的形式 **Bilden Sie Fragen durch affirmativ-negative Positionierung:**

例 Beispiel：我不太好！ → 你好不好？

1. 我不太累。 →

2. 他最近很忙。 →

3. 我很好！ →

4. 他不好嗎? →

5. 我不太忙。 →

四、漢字說明 Schriftzeichenerklärungen

謝謝 xièxiè *Danke!* Ein Ausdruck der Höflichkeitssprache, aber die Grundbedeutung des Graphen 謝 xiè ist völlig anders: *auf ein offizielles Amt verzichten, zurückweisen, sich trennen, verwelken* (Blumen). Wie ist das zu erklären? 謝 xiè gehört zu den teilbaren Graphen (*split characters*) nach dem Schema ▯▯▯, drei Bestandteile getrennt durch zwei Längsachsen. Links steht das Klassenzeichen # 149, 言 yán in seiner linksgebundenen Form 言, unter dem der Graph im Zeichenlexikon eingeordnet ist. 言 yán bedeutet *reden, sprechen, Sprache*, und ist ein Piktogramm. Der untere Bestandteil des Klassenzeichens ist selbst wieder eines: # 30 口 kǒu *Mund*. Der obere Bestandteil zeigt die Form von # 8 亠 tóu *Deckel*. Damit hat der Graph aber nichts zu tun, wie die siegelschriftliche Form zeigt: 言 oder auf Bronzeinschriften 言 ein Mund, dem „Worte" entströmen. Dieses Klassenzeichen findet immer Verwendung, wenn es sich um „sprachliche Kommunikation" im weitesten Sinne handelt. 謝 xiè gehört zum Bildungstyp der 形聲字 xíngshēngzì morphophonematischen Komposita, das Phonetikum ist der rechte Bestandteil 射 shè *schießen, aussenden* (von Pfeilen oder Strahlen). Die unterschiedliche moderne Aussprache /xiè/ versus /shè/ ist lauthistorisch zu erklären, zur Entstehungszeit des Graphen waren beide Wörter Homophone. 射 shè folgt der Struktur ⿰ und ist selbst ein assoziatives Kompositum: links steht Klassenzeichen # 158 身 shēn *Körper*, simplifiziert aus dem Piktogramm des Bogens, # 56 弓 gōng und des Pfeiles, # 111 矢 shǐ, wie die siegelschriftlichen Formen verdeutlichen: 𫝀 𫝀 ← 弓 + 宋 auf der linken Seite. Die rechte Seite des Graphen zeigt # 41 寸 cùn *Zoll, Daumeslänge*, und steht für # 29 又 yòu *wiederum*, als graphematischer Bestandteil aber immer in der Bedeutung *Hand*, wie das siegelschriftliche Piktogramm beweist: 又 ← 彐. Es ist eine verwirrende Tatsache, dass schrifthistorisch wohlunterschiedene Grapheme durch einen ähnlich geschriebenen, in der Bedeutung aber völlig anderen Graphen ersetzt worden sind: hier *Bogen* und *Pfeil* durch *Körper*, *Hand* durch *Daumeslänge*. Das Piktogramm von # 158 zeigt eigentlich eine die Gestalt einer Schwangeren: 身 ← 𠂛.

Frühe Belege von 謝 xiè stehen immer im Zusammenhang *mit eindringlichen Worten auf etwas verzichten, etwas zurückweisen*, im modernen Gebrauch findet sich der Ausdruck 謝客 xiè kè *keine Besucher zulassen*. Die Bedeutung welken findet sich ebenfalls auch in modernen Ausdrücken: 凋謝 diāoxiè *dahinkümmern*, 花謝了 huā xiè le *die Blumen sind verwelkt*. Ebenso: 謝世 xiè shì *der Welt Lebewohl sagen, versterben*. Man muss sich davor hüten, aus einem häufigen Allerweltsausdruck wie 謝謝 xièxiè *Danke!* zu schließen, dass der Graph nur diese eine Bedeutung haben kann, bei 謝客 xiè kè zum Beispiel könnte das zu peinlichen Missverständnissen führen.

五、聽力練習 Hörverständnisübungen

試試看：I. 請聽一段對話，試試看你聽到什麼？Hören Sie zunächst den Dialog an.

II. 請再聽一次對話。這次對話將分成三段播放，請根據每段話內容，選出正確的答案 Nun hören Sie den Dialog noch einmal an und markieren Sie die richtigen Antworten:

第一段 Absatz 1

1. 張玲是哪裡人？

a) 柏林人

b) 北京人

c) 上海人

2. 王中平是哪裡人？

a) 北京人

b) 漢堡人

c) 柏林人

3. 王中平的學校在哪裡？

a) 漢堡

b) 柏林

c) 海德堡

第二段 Absatz 2

4. 王中平家有幾個人？

a) 四個人

b) 五個人

c) 六個人

第三段 Absatz 3

5.張玲最近累嗎？

　　a)很累

　　b)不累

　　c)不太累

六、綜合練習 Zusammenfassende Übungen

綜合練習生詞　Wortschatz zusammenfassende Übungen

	漢字 Zeichen	拼音 Umschrift	解釋 Erklärung
1	巴黎	Bālí	(N) Paris
2	倫敦	Lúndūn	(N) London

I　A問：你的家在哪裡？　你的學校在哪裡？

B答：我的家在＿＿＿。　我的學校在＿＿＿。

Bilden Sie Fragen und Antworten nach der Herkunft. Orientieren Sie sich an den Flaggen:

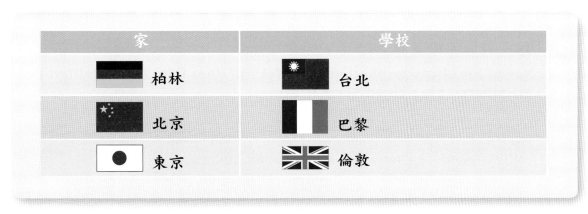

77

II 回答問題 Frage und Antwort

句型例： 你好不好？(a) 我很好 (b) 我不太好 (c) 我不好

A:老師忙不忙？　　　　B:你累不累？　　　　C:他好不好？

III 請同學帶一張家人的合照，請利用下面的句子和你的同學對話？

Führen Sie mit Ihren Kommilitoninnen und / oder Kommilitonen ein Gespräch über Familienmitglieder, die auf einem mitgebrachten Familienfoto zu sehen sind. Benutzen Sie dafür die unten angeführten Satzmuster:

A：你家有幾個人？　B：_____

A：你有妹妹嗎？　　B：_____

A：你有沒有哥哥？　B：_____

A：這是你媽媽嗎？　B：_____

A：這是不是你弟？　B：_____

IV 請介紹圖片中人物的國籍：

Sagen Sie etwas zur Nationalität der auf dem Foto dargestellten Personen, orientieren Sie sich an der Kleidung:

七、從文化出發 Interkulturelle Anmerkungen

Ortsverbundenheit

Wenn man einen Chinesen fragt: „Wo ist deine Heimat?" (jiāxiāng 家鄉), dann kann die Antwort durchaus auch ein Ort sein, an dem er oder sie noch nie gewesen ist. Wie kommt das? Traditionell legen Chinesen großen Wert auf ihre „Heimat". Auch heute noch gibt es in Formularen, die man ja in seinem Leben immer mal wieder einmal ausfüllen muss, eine Rubrik mit dem Titel „Herkunft" (jíguàn 籍貫). Was damit gemeint ist, ist nicht etwa der eigene „Geburtsort" (chūshēngdì 出生地), sondern die „Heimat der Vorfahren" (zǔxiān de jiāxiāng 祖先的家鄉). „Herkunft" bezieht sich auf diese „Heimat der Vorfahren," nicht auf den Ort, an dem man selbst geboren ist. So kann die eigene „Herkunft" also ein Ort sein, an dem man selber noch nie gewesen ist!

Leute, die die gleiche „Herkunft" (jíguàn 籍貫) haben, werden „Landsleute" (tóngxiāng 同鄉) genannt. Früher war die Herkunft ein sehr wichtiges Bindeglied zwischen den Menschen. In vielen großen Städten gab und gibt es sogenannte „Landsmannschaften" (tóngxiānghuì 同鄉會): das sind Orte, an denen sich „Landsleute" treffen konnten. Unter „Landsleuten" kümmert man sich umeinander, sowohl geschäftlich als auch privat. Ein weit bekanntes Beispiel für eine solche Landsmannschaft ist die wirtschaftlich besonders einflussreiche so genannte „Wenzhou Clique" (Wēnzhōubàng 溫州幫), die heute noch eine wichtige Rolle spielt.

Ein weiterer mit der Herkunft verbundener Brauch ist, dass Chinesen zu Hause häufig Ahnentafeln aufstellen. Viele haben einen Familienschrein und Kennen die Genealogie (den Stammbaum) ihrer Familie. Daran erkennt man die „Ehrfurcht vor den Vorfahren", auf die die Chinesen sehr viel Wert legen: Nur wenn man seine eigenen Wurzeln kennt, so denkt man, kann man in der Welt bestehen, ohne das Gefühl haben zu müssen, vom Wind verweht und dem Schicksal preisgegeben zu sein. Die Erde, in der die Wurzeln der Familie liegen, ist immer auch die „Heimat" jedes einzelnen Familienmitglieds.

Aufgrund der zunehmenden Mobilität der Bevölkerung in der modernen Gesellschaft ist heute der Begriff „Heimat" für die Menschen nicht mehr so wichtig. In der Volksrepublik China treffen sich die in der Stadt geborenen jungen Leute kaum mehr mit ihren „Landsleuten". Für „Wanderarbeiter" (nóngmíngōng 農民工) dagegen, die auf der Suche nach Arbeit vom Land in die Stadt kommen, ist die Beziehung zu ihren „Landsleuten" 同鄉 immer noch enorm wichtig.

Betrachtet man nun andererseits Taiwan, von den ersten Emigrationen aus Tangshan nach Taiwan, gefolgt von europäicsher und 50 jähriger japanischer Kolonialherrschaft, ab 1949 unter der Herrschaft der Nationalen Volkspartei Guómíndǎng, bis schließlich zur ersten Regierung der taiwanesischen Fortschrittspartei in den Jahren 2000-08, so kann man dort ganz andere Vorstellungen von „Identität" finden. Die Identität kann auf der Herkunft des einzelnen aufbauen, sie kann aber auch von subjektiven oder politischen Erfahrungen geprägt sein. Je nachdem, welcher Generation man angehört und welchen

Familienhintergrund man hat, kann man ganz unterschiedliche Antworten bekommen. Und so kommt es, dass man auf die Fragen „Woher kommst Du?" und: „Aus welchem Land kommst du?" möglicherweise völlig unterschiedliche Antworten bekommt.

籍貫

　　如果你問一個中國人，「你的家鄉在哪裡？」你得到的答案可能是一個他／她從未去過的地方。 為什麼呢？傳統上，中國人很重視自己的「家鄉」。即便在現代，從小到大，我們填的各種表格上都有一個欄目叫「籍貫」，這不是「出生地」的意思，而是「祖先的家鄉」。所以即便你出生在某一個地方，但「籍貫」仍是你祖先的家鄉——可能是一個你從未去過的地方。

　　「籍貫」相同的人稱之為「同鄉」或「老鄉」。在過去，這是人與人之間很重要的一條紐帶。很多大城市都有「同鄉會」，或者叫「會館」，就是「同鄉」聚會的一個場所。「同鄉」之間在生意或生活等各方面都會互相照顧，例如以經商聞名於世的「溫州幫」。

　　另外相關的習俗是中國人家中常擺放有祖宗牌位，設有家族祠堂並編有族譜。這都是中國人講求「慎終追遠」，知道了自己根的源頭，才能立足於世而無飄零之感。而扎根的土地，就是「家鄉」。

　　但是，在現代社會，由於人口的流動性越來越大，家鄉這個概念對人們來說已經不再那麼重要了。在大陸，現在城市出生的年輕人很少因為「同鄉」關係而聚會，但對於從農村到城市打工的「農民工」來說，「同鄉」依然還是一種重要的關係。

　　反觀台灣，從唐山過台灣，日本五十年的殖民歷史，1949年後國民黨的統治，再到2000年民進黨的執政，則是鄉土認同延伸到身分認同的焦慮游移。不同的世代和背景則有不同的回答。所以「你從哪裡來？」和「你是哪國人？」也許有不同的答案！

第三課
你喜歡做什麼？
Was machst du
gerne?

本課重點 Lernziele

【1】討論運動和休閒活動
Sich über Sport und Freizeitaktivitäten unterhalten

【2】助動詞「要」、「想」、「喜歡」
Hilfsverba yào, xiǎng, xǐhuān

【3】副詞「很」、「不」、「太」、「都」
Adverbia hěn, bù, tài, dōu

【4】因為…，所以…、都、主題句、 來/去＋地點＋VP
Konjunktionen yīnwèi … suǒyǐ, dōu; Direktionalverba mit lokalem
Objekt und / oder Verbalphrase

一、課文 Lektionstexte

Teil A、你喜歡做什麼運動？Was machst du gerne?

情境介紹：馬克下課以後，碰到同學中平。

Situation: Mark trifft Zhongping nach dem Unterricht.

馬克：中平，下午你要做什麼？

中平：我要和朋友去打球。

馬克：你們要打什麼球？

中平：我們要打棒球。你喜不喜歡打棒球？

馬克：打棒球我不太喜歡，我喜歡踢足球。

中平：德國人都喜歡踢足球嗎？

馬克：德國人不都喜歡踢足球，可是很多人喜歡騎自行車。

中平：你還喜歡做什麼運動？

馬克：我還喜歡慢跑。

中平：我也喜歡慢跑，可是因為最近我很忙，所以很少慢跑。

問題 Fragen

1. 中平下午要做什麼？

2. 馬克不喜歡做什麼？

3. 很多德國人喜歡做什麼？

4. 德國人都喜歡踢足球嗎？

5. 中平和馬克都喜歡做什麼？

Teil B、你喜歡看什麼電影？ Welche Filme schaust du gerne?

情境介紹：立德在咖啡館跟朋友小真聊天。

Situation: Lide plaudert im Café mit Xiaozhen.

立德：小真，你喜歡看電影嗎？

小真：我很喜歡。

立德：你喜歡哪國電影？

小真：我喜歡美國電影，你呢？

立德：我喜歡日本電影和中國電影。

小真：你喜不喜歡德國電影？

立德：德國電影我也喜歡，你呢？

小真：我也喜歡，可是我不常看德國電影。

立德：為什麼？

小真：因為這裡德國電影不多。

立德：太可惜了！

問題 Fragen

1.小真喜歡看電影嗎？

2.小真喜歡哪國電影？

3.立德喜歡哪國電影？

4.為什麼小真不常看德國電影？

Teil C、你想做什麼？ Was hast du vor?

情境介紹：李明和張玲討論下班以後的活動。

Situation: Li Ming und Zhang Ling besprechen, was sie nach Feierabend machen wollen.

李明：今天是週末，你想做什麼？

張玲：我想和同事去KTV唱歌，你想不想去？

李明：我不太喜歡唱歌。

張玲：為什麼呢？

李明：因為我唱歌很難聽。

張玲：那你平常喜歡做什麼？

李明：我喜歡看電影、聽音樂，也喜歡喝啤酒。

張玲：今天你跟我們一起去KTV，明天我跟你去看電影、喝啤酒，好不
　　　好？

李明：好啊！下班見！

問題 Fragen

1. 張玲週末想做什麼？

2. 李明為什麼不想去KTV？

3. 李明平常喜歡做什麼？

4. 李明下班後去KTV嗎？

5. 明天他們要一起做什麼？

二、生詞 Wortschatz

(一) 課文生詞 Wortschatz Lektionstexte

	漢字 Zeichen	拼音 Umschrift	解釋 Erklärung
1	棒球	bàngqiú	(N) Baseball
2	常	cháng	(Adv.) häufig, oft
3	唱歌	chàng gē	(VO) singen
4	車	chē	(N) Fahrzeug (mit Rädern), Auto
5	打	dǎ	(TV, 1) spielen, schlagen
6	打球	dǎ qiú	(VO) Ballspiele machen (außer Fußball)
7	電影	diànyǐng	(N) Film, Movie
8	都	dōu	(Adv.) alle genannten
9	多	duō	(SV) viel
10	歌	gē	(N) Lied
11	跟	gēn	(N) Ferse; (TV, 1) verfolgen, einholen; (CV) von, mit
12	還	hái	(Adv.) (sonst) noch
13	喝	hē	(TV, 1) trinken
14	見	jiàn	(TV, 1) sehen, optisch wahrnehmen; besuchen, treffen
15	今天	jīntiān	(N) heute
16	看	kàn	(TV, 1) betrachten, ansehen
17	可惜	kěxí	(Adv.) leider, bedauerlicherweise
18	了	le	(B) satzschließende Modalpartikel zum Ausdruck der Überzeugung des Sprechers
19	聊天	liáo tiān	(VO) plaudern, quasseln
20	慢	màn	(SV) langsam, gemächlich
21	慢跑	mànpǎo	(N) Joggen
22	明天	míngtiān	(N) morgen
23	那	nà	(Pron.) jener, das da

24	難	nán	(SV) schwierig, schwer
25	難聽	nántīng	(SV) schrill, unmelodisch
26	跑	pǎo	(IV) laufen, rennen; weglaufen
27	朋友	péngyǒu	(N) Freund(in)
28	啤酒	píjiǔ	(N) Bier
29	平常	píngcháng	(SV) gewöhnlich, häufig
30	騎	qí	(TV, 1) reiten; fahren [Zweirad]
31	球	qiú	(N) Ball
32	去	qù	(TV, 2) hingehen
33	少	shǎo	(SV) wenig
34	所以	suǒyǐ	(Konj.) deshalb
35	踢	tī	(TV, 1) treten, stoßen, kicken
36	天	tiān	(N) Tag
37	聽	tīng	(TV, 1) zuhören, hören auf
38	同	tóng	(SV) gleich sein, identisch sein
39	同事	tóngshì	(N) Kollege, Kollegin
40	為什麼	wèishénme	(Pron.) warum?
41	我們	wǒmen	(Pron.) wir
42	下	xià	(TV, 1) hinabsteigen, aussteigen; (B, N) unten
43	下班	xià bān	(VO) Feierabend machen; mit der Arbeit aufhören
44	下班後	xià bān hòu	(N) nach Feierabend
45	想	xiǎng	(TV, 1) denken an, Sehnsucht haben nach; (Aux) wollen, wünschen, vorhaben
46	喜歡	xǐhuān	(TV, 2) mögen, gern haben
47	要	yào	(TV, 2) haben wollen; (Aux) wollen, wünschen
48	因為	yīnwèi	(Konj.) weil
49	音樂	yīnyuè	(N) Musik
50	一起	yìqǐ	(Adv.) zusammen mit
51	運動	yùndòng	(N) Sport, Freizeitsport, Bewegung

52	週末	zhōumò	(N) Wochenende
53	自行車	zìxíngchē	(N) Fahrrad
54	做	zuò	(TV, 1) machen, tun, erledigen, betreiben
55	足球	zúqiú	(N) Fußball

(二) 一般練習生詞　Wortschatz Übungen

	漢字 Zeichen	拼音 Umschrift	解釋 Erklärung
1	報	bào	(N) Tageszeitung, Zeitung
2	後	hòu	(B) nach, später
3	畫報	huàbào	(N) Bild-Zeitung
4	會	huì	(Aux) können (weil erlernt)
5	家人	jiārén	(N) Familienangehörige
6	來	lái	(IV) kommen
7	說	shuō	(TV, 1) reden, sprechen
8	事	shì	(N) Auftrag, Angelegenheit, Sache
9	小紅	Xiǎohóng	(N) Xiaohong
10	小美	Xiǎoměi	(N) Xiaomei
11	小真	Xiǎozhēn	(N) Xiaozhen
12	下午	xiàwǔ	(N) Nachmittag

三、語法練習 Übungen zur Grammatik

❶ 能願動詞「要」、「想」的用法　Die Hilfsverben yào und xiǎng

能願動詞「要」、「想」經常放在動詞性成分的前面，表示「意志」或「願望」，否定式是「不要」、「不想」。

Das TV 要 bedeutet „wünschen, etwas haben wollen"; als Hilfsverb steht es in derselben Bedeutung vor einem Verb und darf nicht durch Adverbia modifiziert werden. Die negative Form 不要 dient zum Ausdruck des negativen Imperativs und bedeutet „nicht dürfen".

Das TV 想 bedeutet „sich sehnen nach", „denken an". In seiner Funktion als Hilfsverb ähnelt es 要, darf aber durch Adverbia modifiziert werden. Die negative Form 不想 bedeutet „nicht wollen".

S	（不）要/想	VO	
你	要/想	做什麼	？
我	要	打棒球	。
妹妹	不要	踢足球	。
我們	想	聽音樂	。
李明	不想	看電影	。

補充：1.動詞「要」可以當一般動詞，構成「V＋N」形式。例如：我要啤酒。
　　　2.動詞「想」可以當一般動詞，構成「V＋N」形式，意思是「想念」。例如：我想媽媽。
　　　3.動詞「想」依程度不同，可以在前面加上「很、不太、不、很不」等副詞，成為「很想、不太想、不想、很不想」等形式；動詞「要」則不可。
Anmerkung: 1. 要yào kann auch als einfaches Verb gebraucht werden (Struktur: V+N), z.B. im Restaurant: 我要啤酒。Wǒ yào píjiǔ. „Ich nehme ein Bier."
　　　　　　2. 想xiǎng kann auch als einfaches Verb gebraucht werden (Struktur: V+N), und heißt dann meist „vermissen", z.B.我想家。Wǒ xiǎng jiā. „Ich vermisse mein zu Hause."

✏️ 試試看：改成否定形式。 **Verneinen Sie die Sätze und:**

例 Beispiel：張玲要打棒球。 → [張玲不要打棒球。]

1.馬克要踢足球。 → [　　　　　　　　　　　　　　　　　　　　]

2.你想看電影嗎？ → [　　　　　　　　　　　　　　　　　　　　]

3.立德想聽音樂。 → [　　　　　　　　　　　　　　　　　　　　]

4.你要不要去慢跑？ → [　　　　　　　　　　　　　　　　　　　　]

5.他想喝啤酒嗎？ → [　　　　　　　　　　　　　　　　　　　　]

Ⅱ 「(不)喜歡VO」的用法 Xǐhuān als transitives Verb

動詞「喜歡」的賓語可以是動詞性成分，構成「喜歡VO」形式，稱為動詞賓語句。否定式是「不喜歡」，疑問句可以使用「喜（歡）不喜歡…？」形式或「喜歡…嗎？」形式。句型如下：

喜歡 ist ein transitives Verb, dessen Objekt ein zweites transitives Verb sein kann, das wiederum ein Objekt bindet. So ergibt sich die Struktur:

NP （不）喜歡 VO. VO-Konstruktionen fungieren wie Nominalphrasen als Objekt zu einem übergeordneten TV.

S	（不）喜歡	VO
你	喜歡	做什麼 ？
我	喜歡	打棒球 。
妹妹	不喜歡	做什麼 ？
妹妹	不喜歡	聽音樂 。
李明	喜歡不喜歡	看電影 ？
李明	喜歡	看電影 嗎？

補充：動詞「喜歡」可以當一般動詞，構成「V＋N」形式。例如：「我喜歡中文」。
Anmerkung: Xǐhuān kann auch als einfaches Verb gebraucht werden, z.B. „Ich mag Chinesisch".

 試試看：請寫出正確的句子 Bilden Sie korrekte Sätze:

例 Beispiel：不 / 電影 / 看 / 喜歡 → 我不喜歡看電影。

1. 喜歡 / 慢跑 / 不 / 喜歡 → 你

2. 足球 / 喜歡 / 踢 / 不 → 中平

3. 聽 / 嗎 / 喜歡 / 音樂 → 老師

4. 唱 / 不喜歡 / 喜歡 / 歌 → 你

5. 不 / 打 / 喜歡 / 棒球 → 他

補充：動詞「喜歡」依程度不同，可以在前面加上「很、不太、不、很不」等副詞，成為「很喜歡、不太喜歡、不喜歡、很不喜歡」等形式。
Anmerkung: Xǐhuān als transitives Verb kann durch die vorgestellten Adverbia hěn „sehr", bú tài „nicht besonders", bù „nicht" und hěn bù „überhaupt nicht" modifiziert werden.

Ⅲ 「O＋N(NP)＋(V)」的用法 Vorangestelltes Objekt als Themasubjekt

動詞後的名詞賓語(N/NP)可以移到句首的位置，形成「主題句」形式。句型如下：

Rechtsgebundene Objekte können, speziell wenn sie besonders betont werden sollen oder grammatisch komplex sind, als Themasubjekt an den Beginn des Satzes gestellt werden. Struktur:

NP = Thema + VP an Stelle von NP + VO

N(NP)+AV / V+(V)O	(V)O+N(NP)+AV / V
我喜歡中國電影。 我很喜歡啤酒。 我不太喜歡音樂。 我不喜歡騎自行車。	中國電影我喜歡。 啤酒我很喜歡。 音樂我不太喜歡。 騎自行車我不喜歡。

試試看：改成主題句後唸出來 **Bilden Sie Sätze mit vorangestelltem Themasubjekt:**

例 Beispiel：張玲不喜歡棒球。 → [棒球張玲不喜歡。]

1.我很喜歡德國電影。 → [   ]

2.老師不太喜歡足球。 → [   ]

3.他的同事不喜歡自行車。 → [   ]

4我不聽音樂。 → [   ]

5.你看畫報(Bildzeitung)嗎？ → [   ]

IV 連動式「去/來(＋地點)＋VO」的用法 Die Richtungsverba qù und lái

動詞「去」或「來」的後面可以加另外一個動詞性成分，表示「目的」，句型如下：

Die transitiven Richtungsverba 去 „hin" [vom Sprecher weg] und 來 „her" [auf den Sprecher zu] tragen einen finalen Nebensinn „um zu", „zum Zwecke von", der durch eine V→O Konstruktion ausgedrückt wird:

去 → O + V → O bzw. 來 → O + V → O.

Beachten Sie, dass diese Bewegungsrichtungen „hin" und „her" im Chinesischen jeweils zur aktuellen Position des Sprechers genau eingehalten werden, was im gegenwärtigen Deutsch nicht der Fall ist. So muss häufig „kommen" durch 去 übersetzt werden.

來/去	PW	VO
去 來	KTV 學校 我家	唱歌 打棒球 喝啤酒 看電影

試試看：請回答下列問題 **Beantworten Sie die Fragen:**

例 Beispiel：立德今天早上去哪裡？他早上去學校打棒球

1. 你今天去哪裡？

2. 張玲週末去哪裡？

3. 中平下午想做什麼？

4. 你今天想來我家看電影嗎？

5. 你早上來學校做什麼？

 V 副詞「都」的用法　Das Adverb dōu

　　副詞「都」出現在動詞之前，否定形式有兩種，一種是「不」加在「都」之前，表示部分否定；另一種是「不」加在「都」之後，表示完全否定。句型如下：

都 ist meist ein Adverbium zum Ausdruck von „alle genannten" und steht immer vor dem Verbum. Bei der Verneinung muss unterschieden werden, ob das Adverb oder das Verb verneint werden soll, im Sinne von „alle nicht → keiner" oder „nicht alle → einige" :

立德喜歡運動。 馬克也喜歡運動。	→他們都喜歡運動。
爸爸喜歡打棒球。 哥哥不喜歡打棒球。	→我的家人不都喜歡打棒球。
小真不會說英語。 小美不會說英語。	→我的朋友都不會說英語。

試試看：用「不都」、「都」或「都不」將兩句合併成一句 **Verbinden Sie die Sätze durch Anwendung von bù dōu, dōu, dōu bù:**

例 Beispiel：我喜歡唱歌。妹妹不喜歡唱歌。→ [我們不都喜歡唱歌。]

1.中平喜歡慢跑。小紅也喜歡慢跑。

→ [他們　　　　　　　　　　　　　　　　　　　　　　　　　　　　　　]

2.姊姊喜歡聽音樂。弟弟也喜歡聽音樂。

→ [我的家人　　　　　　　　　　　　　　　　　　　　　　　　　　　　]

3.李明喜歡踢足球。張玲不喜歡踢足球。

→ [我的朋友　　　　　　　　　　　　　　　　　　　　　　　　　　　　]

4.很多德國人喜歡踢足球。馬克不喜歡踢足球。

→ [德國人　　　　　　　　　　　　　　　　　　　　　　　　　　　　　]

5.李明不想喝啤酒。我也不想喝啤酒。

→ [   ]

6.我不要去柏林，我的同事也不要去柏林。

→ [   ]

VI 「因為⋯」、「所以⋯」、「因為⋯，所以⋯」的用法
Konjunktionen yīnwèi und suǒyǐ

「因為」和「所以」都是連接詞，「因為」後接事情的原因，「所以」後接事情的結果，兩者可同時使用，也可以擇一使用；如果主語相同時，兩主語可以擇一使用。句型如下：

因為 (S)⋯ ，	所以 (S)⋯ 。
因為最近我很忙， 因為最近（我）很忙， 最近我很忙，	所以（我）很少慢跑。 我很少慢跑。 所以（我）很少慢跑。

Die Konjunktionen 因為 und 所以 bilden ein Paar „weil ... deshalb", müssen aber nicht zwingend gemeinsam auftreten. Wenn es sich aus dem Redezusammenhang ergibt, können das erste oder das zweite Glied wegfallen.

試試看：請用「因為」和「所以」的句子回答下列問題
Beantworten Sie die Fragen unter Verwendung von yīnwèi und suǒyǐ:

例 Beispiel：A：你為什麼不常看德國電影？

B：因為這裡德國電影不多，所以我不常看電影。

A：你為什麼不喜歡唱歌？　　　B：

A：你為什麼最近很少看電影？　B：

A：你為什麼最近很少打棒球？　B：

A：你為什麼不來我家看我？　　B：

A：你為什麼不喜歡運動？　　　B：

四、漢字說明 Schriftzeichenerklärungen

電影 diànyǐng Film. Das Wort ist ein Neologismus aus zwei freien Morphemen mit der Bedeutung 電 diàn *Elektrizität* und 影 yǐng *Schatten*, wörtlich: *elektrische Schatten*. Es gibt viele Beispiele dieser „anschaulichen" Übersetzung neuer Worte aus einer bislang unbekannten Begriffswelt ins Chinesische, als man in Kontakt mit den Produkten der fremden westlichen Welt kam. Doch war der Begriff der Elektrizität in unserem Sinn der chinesischen Antike genauso fern wie der griechisch-römischen, welche Bedeutung hat der Graph 電 diàn historisch? Vom Bildungsprinzip her folgt er der Struktur ▢, ein oberer und ein unterer Bestandteil: oben steht als Klassenzeichen # 173 雨 yǔ *Regen*, ein Piktogramm, wie die historische Form zeigt: 雨 eine Wolke als nach unten geöffnetes Gefäß, aus dem Tropfen fallen. Als Klassenzeichen tritt # 173 immer bei atmosphärischen Phänomenen auf. Doch was steht unten? Der Graph 电 diàn wird erklärt als Variante für 申 shēn offenbaren. Die siegelschriftliche Form 𢁣 zeigt ein Paar Hände, die etwas von oben kommendes in Empfang nehmen und halten. Demnach ist 電 diàn ein assoziatives Kompositum:

電 aus einer Regenwolke stammende Kraft erhalten: die Idee des Blitzes.

So bereits 許慎 Xǔ Shèn [58? – 147?] in seinem 說文解字 *Shuō Wén Jiě Zì* im Jahre 125. Graphematisch verwandt ist 雷 léi *Donner*. Im *Buch der Wandlungen* 易經 Yìjīng wird in den Erklärungen zum Hexagramm 乾 qián in der Form ☰, Symbol des Schöpferischen, der Drache 龍 lóng, # 212, als Bild dieser gestaltenden Kraft erwähnt, die im Frühling als Blitz die Kraft des 陽 Yáng auf die Felder niederbringt. Der Drache lebt nach antiker chinesischer Vorstellung in Regenwolken und Gewässern:

山不在高，有仙則名。水不在深，有龍則靈。
shān bù zài gāo, yǒu xiān zé míng. shuǐ bù zài shēn, yǒu lóng zé líng.

„Das Wesen eines Berges liegt nicht in seiner Höhe: erst wenn es dort einen Unsterblichen gibt, wird er berühmt. Das Wesen eines Gewässers liegt nicht in seiner Tiefe: erst wenn dort ein Drache lebt, erhält es seinen Lebensgeist." So der Dichter Liú Yǔxī 劉禹錫 (772-842) in seiner *Steininschrift an meiner ärmlichen Hütte* 陋室銘 Lòushì míng. Tatsächlich finden wir 电 in einer Schreibvariante für 龍 wieder: 竜, verwendet im Japanischen für 龙, der in China üblichen Kurzform, ebenso in 黽 mǐn *Kröte*, # 205, für 電, ursprünglich beides Piktogramme: 龍 lóng und 黽 mǐn.

五、聽力練習 Hörverständnisübungen

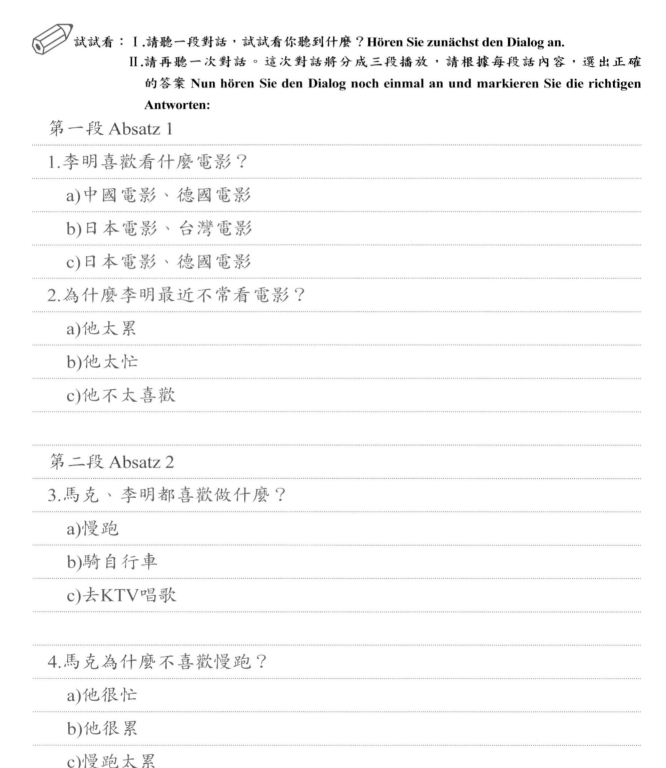

試試看：I.請聽一段對話，試試看你聽到什麼？ **Hören Sie zunächst den Dialog an.**

II.請再聽一次對話。這次對話將分成三段播放，請根據每段話內容，選出正確的答案 **Nun hören Sie den Dialog noch einmal an und markieren Sie die richtigen Antworten:**

第一段 Absatz 1

1.李明喜歡看什麼電影？

　a)中國電影、德國電影

　b)日本電影、台灣電影

　c)日本電影、德國電影

2.為什麼李明最近不常看電影？

　a)他太累

　b)他太忙

　c)他不太喜歡

第二段 Absatz 2

3.馬克、李明都喜歡做什麼？

　a)慢跑

　b)騎自行車

　c)去KTV唱歌

4.馬克為什麼不喜歡慢跑？

　a)他很忙

　b)他很累

　c)慢跑太累

第三段 Absatz 3

5.馬克、李明週末看什麼電影？

　a)德國電影

　b)中國電影

　c)美國電影

6.馬克、李明週末做什麼？

　a)看電影、喝啤酒

　b)看電影、騎自行車

　c)看電影、去KTV唱歌

六、綜合練習 Zusammenfassende Übungen

綜合練習生詞　Wortschatz zusammenfassende Übungen

	漢字 Zeichen	拼音 Umschrift	解釋 Erklärung
1	衝浪	chōng làng	(VO) Wellenreiten, surfen
2	釣魚	diào yú	(VO) angeln
3	高爾夫	gāo'ěrfū	(N) Golf (Sport)
4	逛街	guàng jiē	(VO) bummeln gehen, Shoppen gehen
5	句型	jùxíng	(N) Satzmuster
6	籃球	lánqiú	(N) Basketball, Korbball
7	排球	páiqiú	(N) Volleyball
8	上	shàng	(TV, 1) hinaufsteigen, einsteigen; (B, N) oben
9	上網	shàng wǎng	(VO) ins Internet gehen
10	網	wǎng	(N) Netz, Internet
11	游泳	yóu yǒng	(VO) schwimmen (Sport)

Ⅰ　你平常喜歡做什麼運動？ **Welchen Sport machst du gerne?**

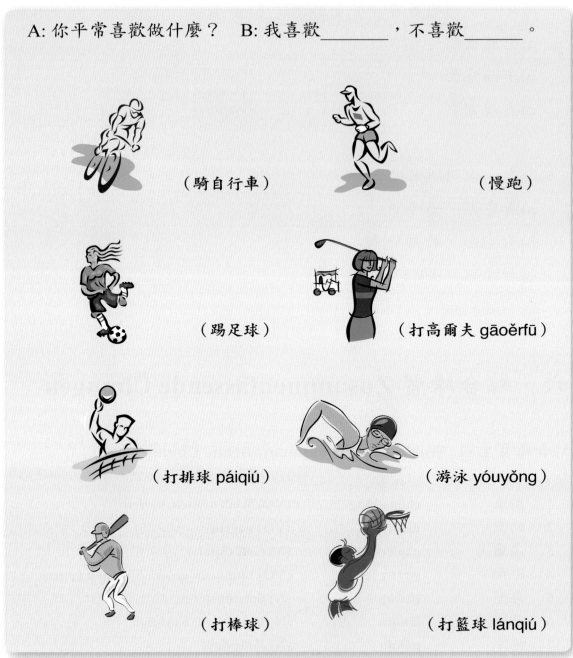

A: 你平常喜歡做什麼？　　B: 我喜歡＿＿＿＿＿，不喜歡＿＿＿＿。

（騎自行車）

（慢跑）

（踢足球）

（打高爾夫 gāoěrfū）

（打排球 páiqiú）

（游泳 yóuyǒng）

（打棒球）

（打籃球 lánqiú）

II 你平常喜歡做什麼？ **Was machst du gerne?**

4人一組，請根據以下的活動，訪問同學喜歡做什麼？不喜歡做什麼？再填入下列表格，並選擇下列句型敘述訪問的結果。
Welche Aktivitäten mögen Sie und welche nicht? Bilden Sie Vierergruppen und benutzen Sie das folgende Formular.

喜不喜歡？	你	學生1	學生2	學生3
喜歡				
不喜歡				
不太喜歡				

（釣魚 diào yú）

（唱歌）

（看書）

（衝浪 chōnglàng）

（喝啤酒）

（逛街 guàng jiē）

（上網 shàng wǎng）

句型：Satzmuster:

1. _____喜歡_____。
   _____也喜歡_____。
   _____和_____都喜歡_____。

2. _____不喜歡_____。
   _____也不喜歡_____。
   _____和_____都不喜歡_____。

3. _____喜歡_____。
   _____不喜歡_____。
   _____和_____不都喜歡_____。

III 你和你的同學或朋友有什麼計畫？試用下面對話約他一起出去玩。

Was haben Sie heute noch vor? Verabreden Sie sich unter Verwendung nachstehender Satzmuster:

A: 你今天下午要做什麼？

B:＿＿＿＿＿＿＿＿＿＿＿＿＿＿＿＿＿＿＿＿＿＿＿＿＿＿＿＿＿

A: 你想不想跟我一起去＿＿＿＿＿＿＿＿＿＿＿＿＿＿＿＿＿＿？

B: 我不太喜歡＿＿＿＿＿＿＿＿＿＿＿＿＿＿＿＿＿＿＿＿＿＿＿

　我喜歡＿＿＿＿＿＿＿＿＿＿＿＿＿＿＿＿＿＿＿＿＿＿＿＿＿

A: 你今天跟我們一起去＿＿＿＿＿＿＿＿＿＿＿＿＿＿＿＿＿，

　明天我們跟你一起去＿＿＿＿＿＿＿＿＿＿＿＿，好不好？

B: 好。

IV 真實語料 Sprachliche Realien

1. 請看看這是什麼運動？
2. 德國人也喜歡做這個運動嗎？請說說你喜歡做的事。

七、從文化出發 Interkulturelle Anmerkungen

Hobbys

Vorlieben für bestimmte Freizeitbeschäftigungen ändern sich sehr rasch, aber auch wenn es dabei immer wieder neue Trends und Moden gibt, erfreuen sich auch heute noch überall in China eine ganze Reihe traditioneller Freizeitbeschäftigungen großer Beliebtheit: früh morgens in den Parks etwa kann man eigentlich immer vor allem ältere Menschen beim Schattenboxen, beim Schachspielen, oder beim zur Schau stellen ihrer Vögel beobachten. Junge Leute jedoch verbringen ihre Freizeit ganz anders.

In China und Taiwan gibt es seit einiger Zeit das Modewort „Stubenhocker(in)" (zháinán 宅男 / zháinǚ 宅女): Was machen diese „Stubenhocker"? Neben Bücherlesen oder DVD-Schauen sind viele ihrer Freizeitaktivitäten im heutigen Internet-Zeitalter wie selbstverständlich mit dem Computer verbunden. Immer mehr junge Leute lesen nicht mehr gedruckte Bücher, sondern eher Internetliteratur. Entsprechend schießen plötzlich viele gerade darauf spezialisierte Webseiten aus dem Boden. Außerdem beschäftigen sich viele männliche Jugendliche mit wahrer Besessenheit mit Computerspielen, wie zum Beispiel „Die Welt der Monster". Überdies ist Online-Chatten mit Programmen wie MSN, QQ oder Skype zu einem beliebten Hobby geworden. Aus dem Bereich des Online-Chats rührt auch das neue Wort „wǎngliàn" (網戀), das man in etwa mit „Sich - Online – ineinander - Verlieben" übersetzen könnte.

Ein ganz anderes Phänomen neben den „Stubenhockern" sind junge Leute, die abenteuerlustig auf Reisen gehen und sich selbst als „lǘyǒu" bezeichnen. „Lǘyǒu" ist ein Wortspiel und wird scherzhaft verwendet: Es kann einerseits einfach für das Verb „reisen" (lǚyóu 旅遊) stehen, man kann es aber auch als Zusammensetzung von „Esel" (lǘ 驢) und „Freund" (yǒu 友) verstehen, also sind „lǘyǒu" „Eselfreunde".

Die taiwanesischen „Eselfreunde" oder „Rucksackreisenden" (背包客 „bèibāokè") reisen ganz anders als man das etwa von einer organisierten Reise in einer Reisegruppe kennt: sie planen ihre Reiseroute selbst, vermeiden touristisch überlaufene Sehenswürdigkeiten und erkunden am liebsten in Abenteurermanier unbekannte Berge und Täler oder abgelegene Dörfer.

Abgesehen von den eben genannten Freizeitbeschäftigungen ist es bei jungen Leuten auch beliebt, in das Großstadtleben einzutauchen und in Kneipen und Cafés „abzuhängen". In Shanghai ist in dieser Hinsicht die Héngshānlù 衡山路 besonders bekannt, in Beijing Sānlǐtún 三里屯, in Taibei die neuen Stadtviertel im Osten und die Wēnzhōujiē 溫州街 in der Nähe der beiden Universitäten Tái-Dà 台大 und Shī-Dà 師大. Das rege Nachtleben, das sich dort beobachten lässt und sich bis in die frühen Morgenstunden hinzieht, drückt die Vitalität und Lebendigkeit dieser jungen Menschen ganz besonders deutlich aus. Andere beliebte Freizeitaktivitäten sind etwa im Internet-Café online am Computer zu spielen, „Kǎlā-OK" 卡拉OK im „KTV" zu singen, oder in einer der öffentlichen Bibliotheken bei einem leckeren Kaffee Comics zu lesen.

休閒愛好

　　休閒愛好變化很快，總有新的潮流不斷湧現，但同時，一些傳統的休閒方法在今天依然流行。無論在中國何地，當你在清晨走進一個公園，幾乎總可以看見有人在打太極拳，有人在遛鳥，有圍著幾個人在下中國象棋——這些都是最傳統的休閒方式，今天主要在中老年人中盛行。而年輕人的休閒愛好則很不一樣。

　　近些年在大陸和臺灣有一個流行的詞叫「宅男（女）」，形容那些喜歡呆在家裡的人。呆在家裡做些什麼呢？除了傳統的看書、看DVD等活動之外，在這個網絡時代，當然和電腦分不開。較之紙本的書籍，越來越多的年輕人現在更愛讀網絡小說，因此也出現了很多專門的網站。❶除此之外，更多的男生則癡迷於電腦遊戲，比如「魔獸世界」等。還有，通過MSN、QQ或Skype等工具聊天甚至談戀愛，也是年輕人熱衷的愛好，因此還出現了「網戀」這個名詞。

　　與「宅男（女）」恰好愛好相反的有「驢友」一族，這是指喜歡旅行探險的人。因為「驢」跟「旅」發音類似，所以戲稱「驢友」。❷台灣則有「背包客」（backpacker）。❸「驢友」或「背包客」喜歡的方式絕不是旅行團走馬看花式的旅行。他們多半自己安排路線，不喜歡去經典的旅遊景點，而是喜歡探險發掘某一深山幽谷或鄉村小鎮。

　　除了上述兩種類型，還有很多年輕人喜歡城市生活，比如去酒吧和咖啡館，著名的酒吧和咖啡館林立的區域有上海的衡山路、新天地，北京的三里屯，台北的東區和台大、師大附近的溫州街等。此外，越夜越美麗的夜生活，也是年輕人綻放活力的時刻，二十四小時營業的網咖(internet cafe)打線上遊戲、KTV唱卡拉OK、休閒圖書館看漫畫書報喝飲料，都是年輕人熱衷的休閒方式。

❶ 比如「起點中文網」：http://www.qidian.com/.

❷ 參考「驢行天下」：http://www.lvyoubbs.com/；「驢友網」：http://www.traveler365.com/.

❸ 「背包客棧」：http://www.backpackers.com.tw/forum/.

第四課
複習 Wiederholung

請閱讀下列短文後回答問題：Beantworten Sie die Fragen nach der Lektüre der Texte:

A: 中平和馬克 Zhongping und Mark

　　中平姓王，叫王中平，他是中國北京人，他的學校在上海。中平平常喜歡打棒球和慢跑，可是他最近很忙，所以很少慢跑。馬克姓方，他是德國柏林人，他的學校在慕尼黑。他也喜歡做運動，可是打棒球他不太喜歡，他喜歡踢足球，也喜歡慢跑。

　　1. 中平姓王，馬克呢？

　　2. 他是中國哪裡人？

　　3. 他的學校在哪裡？

　　4. 他平常喜歡做什麼？

　　5. 他最近忙不忙？

　　6. 他最近為什麼很少慢跑？

　　7. 馬克是不是德國人？

　　8. 他的學校在柏林嗎？

　　9. 他喜不喜歡做運動？

　　10. 打棒球他喜不喜歡？

B: 立德和小真 Lide und Xiaozhen

立德是德國人，姓林。他家在漢堡，可是他的學校在海德堡，他家有六個人，有爸爸、媽媽、一個哥哥和兩個姐姐，沒有弟弟、妹妹。他平常喜歡看日本電影和中國電影，德國電影他也喜歡。他有一個朋友，她叫小真，小真喜歡看美國電影，可是她不常看德國電影，因為在台灣德國電影不多。

1. 立德家在哪裡？
2. 他的學校在柏林嗎？
3. 他家有幾個人？
4. 他有幾個姐姐？
5. 他有沒有弟弟？
6. 他平常喜歡看什麼電影？
7. 他的朋友叫什麼名字？
8. 小真平常喜歡看日本電影嗎？
9. 為什麼小真不常看德國電影？

C: 張玲和李明 Zhang Ling und Li Ming

張玲和李明是同事，李明是德國人，張玲是上海人，他們都在中國上海。他們最近都很好，可是很忙。李明平常喜歡看電影、聽音樂，也喜歡喝啤酒，不喜歡唱歌，因為他唱歌很難聽，可是週末他要和張玲一起去KTV唱歌。

1. 張玲是李明的朋友嗎？
2. 李明是哪國人？
3. 張玲是不是中國人？
4. 他們在哪裡？
5. 張玲最近怎麼樣？

6.李明忙不忙？

7.李明為什麼不喜歡唱歌？

8.他平常喜歡做什麼？

9.他週末想做什麼？

II. 聽力 Hörverständnisübungen

請聽一段對話，試試看你聽到什麼？Hören Sie zunächst den Dialog an.

請再聽一次對話。這次對話將分成三段播放，請根據每段話內容，選出正確的答案

Nun hören Sie den Dialog noch einmal an und markieren Sie die richtigen Antworten:

A:張玲和李明 Zhang Ling und Li Ming

第一段 Absatz 1

1.李明是德國哪裡人？

  a.柏林。

  b.東京。

  c.慕尼黑

2.李明家有幾個人？

  a.三個人。

  b.四個人。

  c.五個人。

第二段 Absatz 2

3.李明妹妹的學校在哪裡？

  a.在德國。

  b.在美國。

  c.在中國。

4.張玲家在哪裡？

  a.在日本。

  b.在美國。

  c.在北京。

第三段 Absatz 3

5.張玲家有爸爸、媽媽，還有誰？

    a.弟弟

    b.哥哥

    c.姐姐

6.李明喜歡什麼運動？

    a.他喜歡踢足球。

    b.他喜歡騎自行車。

    c.他喜歡慢跑。

7.張玲和李明週末要一起做什麼？

    a.他們要一起去慢跑。

    b.他們要一起去看中國電影。

    c.他們要一起去打球。

B:中平和馬克 Zhongping und Mark

第一段 Absatz 1

1.馬克好嗎？

    a.他很好。

    b.他不好。

    c.他不太好。

2.中平好嗎？

    a.他很忙。

    b.他很累。

    c.他不好。

第二段 Absatz 2

3.中平天天都做什麼？

    a.他天天都去看電影。

    b.他天天都慢跑。

    c.他天天都打棒球。

4.中平唱歌好聽嗎？

    a.中平唱歌很好聽。

    b.中平喜歡唱歌。

    c.中平唱歌很難聽。

第三段 Absatz 3

5.馬克想去看什麼電影？

　a.他想去看德國電影。

　b.他想去看中國電影。

　c.他想去看美國電影。

6.中平喜不喜歡德國電影？

　a.中平喜歡德國電影。

　b.中平不喜歡德國電影。

　c.中平不喜歡看電影。

C:立德和小真 Lide und Xiaozhen

第一段 Absatz 1

1.立德姓什麼？

　a.立德姓王。

　b.立德姓林。

　c.立德姓馬。

2.小真姓什麼？

　a.小真姓林。

　b.小真姓王。

　c.小真姓張。

第二段 Absatz 2

3.小真家在哪裡？

　a.小真家在柏林。

　b.小真家在台北。

　c.小真家在台中。

4.小真家有幾個人？

　a.小真家有六個人。

　b.小真家有八個人。

　c.小真家有七個人。

5.小真有幾個妹妹？

　a.小真有兩個妹妹。

　b.小真有四個妹妹。

　c.小真有三個妹妹。

第三段 Absatz 3

6.小真平常喜歡做什麼？

  a.小真喜歡去KTV唱歌。

  b.小真喜歡看美國電影。

  c.小真喜歡在家唱歌。

7.小真喜歡做什麼運動？

  a.小真喜歡和朋友一起打棒球。

  b.小真喜歡和朋友一起踢足球。

  c.小真不喜歡做運動。

生詞 Wortschatz

	漢字 Zeichen	拼音 Umschrift	解釋 Erklärung
1	大	dà	(SV) groß; alt [nur Personen]
2	大家	dàjiā	(N) alle
3	大學	dàxué	(N) Universität
4	但是	dànshi	(Konj) jedoch, aber
5	非常	fēicháng	(Adv) außerordentlich, besonders
6	復習	fùxí	(TV, 1) wiederholen; (N) Wiederholung
7	漢學	Hànxué	(N) Sinologie, Chinese Studies
8	漢學系	Hànxuéxì	(N) Sinologisches Seminar
9	及	jí	(Konj) und
10	介紹	jièshao	(TV, 1) empfehlen; erklären; vorstellen
11	就是	jiùshì	(TV, 1) genau das sein, genau so und so sein
12	林天和	Lín Tiānhé	Lin Tianhe
13	每天	měitiān	(N) jeden Tag, täglich
14	誰	shuí / shéi	(Pron) wer?
15	晚	wǎn	(SV) spät
16	系	xì	(N) Abteilung, Institut (Universität)
17	現在	xiànzài	(N) jetzt, aktuell
18	一下	yíxià	(N) einmal kurz, jetzt gleich einmal
19	一樣	yíyàng	(SV) gleich sein, sehr ähnlich sein
20	怎麼	zěnme	(Pron) wie? wieso?
21	自己	zìjǐ	(N) selbst, eigen

III. 活動 Anwendungsübungen

A:拼音練習 Pinyinübung

請聽老師朗誦一次這首歌，跟老師一起朗誦一次。然後請試著把拼音寫在字的上方。

Ihr Lehrer / Ihre Lehrerin singt Ihnen das folgende Lied laut vor, anschließend singen Sie es mit. Danach versuchen Sie bitte, die gesungenen Sprachsilben in Pinyin zu verschriften, indem Sie die Lesungen über die Schriftzeichen schreiben.

一二三四五六七 你的朋友在哪裡？

在這裡，在這裡 我的朋友在這裡。

一二三四五六七 你的朋友在哪裡？

在這裡，在這裡 我的朋友就是你。

B:名片 Visitenkarten

1.請看下面介紹，找出對應的名片。

　Lesen Sie den Text und suchen Sie anschließend die richtige Visitenkarte heraus.

a:

海 德 堡 大 學 漢 學 系

博士生

林 天 和

Hauptstraße 26, 69117 Heidelberg, Germany

06221-588-926

thlin@sino.uni-heidelberg.de

大家好，我介紹一下自己，我姓林，叫林天和，我是中國人，我家在北京，但是我現在在德國海德堡大學學習，是海德堡大學的學生。我的課很多，每天我都要去漢學系上課，我也常常去運動，我喜歡慢跑，所以我非常忙。

b:

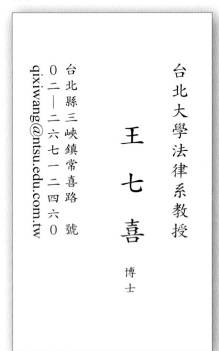

c:

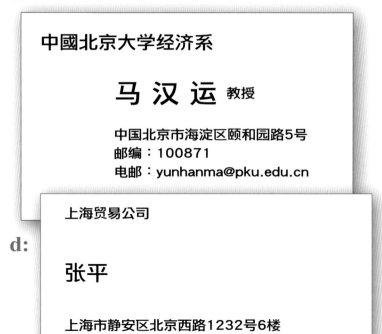

d:

2.請再看一次短文，回答下列問題：

Lesen Sie den Text noch einmal und beantworten Sie die folgenden Fragen:

a.他姓什麼？

b.他叫什麼名字？

c.他是哪國人？

d.他家在哪裡？

e.他忙不忙？

f.他是不是老師？

C:你和東美的對話
Dialog zwischen Ihnen und Dongmei

請試著和東美對話，填上適當的回答.

Unterhalten Sie sich mit Dongmei und schreiben Sie passende Antworten auf:

東美：你喜歡看電影嗎？

你：＿＿＿＿＿＿＿＿＿＿＿＿＿＿＿＿＿＿＿＿＿

東美：我也很喜歡。你常常看電影嗎？

你：＿＿＿＿＿＿＿＿＿＿＿＿＿＿＿＿＿＿＿＿＿

東美：晚上我和我朋友要去看電影，＿＿＿＿＿＿＿＿＿

你：我想去。＿＿＿＿＿＿＿＿＿＿＿＿＿＿＿

東美：我們要看中國電影。你喜歡看中國電影嗎？

你：＿＿＿＿＿＿＿＿＿＿＿＿＿＿＿＿＿＿＿＿＿

東美：為什麼不喜歡？

你：＿＿＿＿＿＿＿＿＿＿＿＿＿＿＿＿＿＿＿＿＿

東美：聽說漢學系的學生都喜歡看中國電影。

你：＿＿＿＿＿＿＿＿＿＿＿＿＿＿＿＿＿＿＿＿＿

東美：你喜歡看哪國電影？

你：＿＿＿＿＿＿＿＿＿＿＿＿＿＿＿＿＿＿＿＿＿

東美：法國電影＿＿＿＿＿＿＿＿＿＿＿＿＿＿＿＿＿＿！

IV. 文化及問題討論 Interkulturelle Diskussion

A:文化討論 Interkulturelle Unterschiede

❶ 德語和漢語在打招呼時有什麼不一樣？有什麼需要注意的地方？為什麼？

Wie unterscheiden sich die Begrüßungsformen im Deutschen und Chinesischen? Was muss beachtet werden und warum?

❷ 德國人、中國人和台灣人的休閒活動有什麼不同？你認為這些差異的原因何在？

Wie unterscheiden sich die Freizeitaktivitäten in China und Deutschland? Worin bestehen Ihrer Meinung nach Gründe für die Unterschiede?

❸ 德國人在聊天時，有什麼不可以問的事？中國人呢？問問你的中國朋友。

Welche Tabuthemen gibt es in Alltagsgesprächen in Deutschland? Welche in China? Fragen Sie Ihre chinesischen Freunde.

B:自我檢視 Eigene Einschätzungen

❶ 漢語概論 Chinesisch Allgemein

a.漢語拼音的發音和德語有什麼特別不一樣的地方？請和同學討論，舉例說明。

Was sind die Unterschiede zwischen Hanyu Pinyin und deutscher Orthographie? Bitte diskutieren Sie mit Ihren Kommilitonen, geben Sie paar Beispiele.

b.漢字有什麼特色？學習漢字時應該特別注意什麼地方？

Was sind die Besonderheiten der chinesischen Zeichen? Wie könnte man die Zeichen effektiver lernen?

❷溝通技巧 Komunikationsfähigkeit

a.你知道怎麼跟不同的人或在不同的時間打招呼嗎？

Wie grüßt man zu welchen Tageszeiten?

b.你能向你的中國朋友介紹你自己並問候他嗎？

Können Sie sich Ihren chinesischen oder taiwanesischen Freunden vorstellen?

c.你能詢問你朋友的愛好或討論不同國家的人的休閒活動嗎？

Können Sie Ihre Freunde nach ihren Hobbys fragen und mit ihnen über Freizeitaktivitäten sprechen?

❸語法 Grammatik

a.漢語的語序如何？你可以用幾個句子說明嗎？

Wie ist die grundlegende Wortstellung im Chinesischen? Geben Sie einige Beispiele.

b.請造幾個S來/去ORT VP句子.

Bitte bilden Sie einige Sätze mit den Strukturen S 來 / 去 ORT VP.

c.喜歡、要和想有什麼不一樣？請各造一個句子，並翻譯成德語。

Was sind die Unterschiede zwischen xǐhuān, yào und xiǎng. Bitte bilden Sie jeweils einen Satz und übersetzen Sie die Sätze ins Deutsche.

第五課
現在幾點？
Wie spät ist es?

本課重點 Lernziele

【1】討論時間的說法、週計畫的內容說明、約訂會面時間的對話
Ausdrücke zur Angabe der Zeit, Wochenplanung, Verabredungen

【2】時刻表示法、要(得)＋VP、然後
Stundenplan, Hilfsverb yào mit Verbalphrase, Adverbium ránhòu

【3】各類時間表示法、先…再…、有
Handlungen in eine zeitliche Abfolge bringen, Adverbia xiān...zài... ,
Verbum yǒu

【4】從…到…、見/見面、詢問意見…，好 (行、可以) 嗎
von … bis durch die Coverba cóng … dào; nach der Meinung fragen,
einen Vorschlag machen mit hǎo, xíng, kěyǐ ma

一、課文 Lektionstexte

Teil A、現在幾點？Wie spät ist es?

情境介紹：中平上課以前碰到同學安娜，安娜想和中平一起吃晚飯，可是中平…

Situation: Vor dem Unterricht trifft Zhongping Anna, die sich mit ihr zum Abendessen verabreden will, doch Zhongping …

中平：請問現在幾點？

安娜：現在兩點零二分。你幾點上課？

中平：我兩點十五分上課。

安娜：你幾點下課？

中平：四點。

安娜：你要不要跟我一起吃晚飯？

中平：對不起，今天我很忙，我四點半要先去看書，然後六點再去打工。

安娜：太可惜了！那你幾點吃晚飯？

中平：我九點半以後再吃晚飯。

問題 Fragen

1.中平幾點上課？

2.中平和安娜一起吃晚飯嗎？

3.中平六點要做什麼？

4.中平幾點吃晚飯？

Teil B、立德的一週計畫表 Lides Wochenplan

情境介紹：小真想約立德一起吃晚飯，但是立德看了他的計畫表已經幾乎排滿了，只能寫一張字條給小真另約吃飯的時間。

Situation: Xiaozhen will sich mit Lide zum Abendessen verabreden, der aber nach einem Blick in seinen Wochenplan feststellt, dass er nahezu ausgebucht ist. So bleibt ihm nichts anderes übrig, als einen Zettel zu schreiben, um die Verabredung zu verlegen.

六　月							
日	9	10	11	12	13	14	15
星期	一	二	三	四	五	六	日
06：00							5：30起床（和朋友去爬山）
07：00							
08：00							
09：00 10：00 11：00	中文課	中文課	中文課	中文課	中文課		
12：00 13：00	和老師吃午飯						
14：00 15：00 16：00	14:15-上課	14:15-上課	14:15-上課		14:30看電影	買東西	
17：00 18：00	16:30看書	16:00買書		打球			
19：00 20：00 21：00	打工		打工		打工	小文的生日派對	
22：00		看書		看書		21:30看足球比賽	

小真：

　　對不起！我今天沒有空和你一起吃晚飯。最近我非常忙，每天早上從九點到十二點都有中文課，星期一、三、五晚上六點要打工，明天下午要去買書。星期四下午我要去打球。六月十四號星期六是小文的生日，所以星期六下午我先去買東西，晚上七點再去她的生日派對。我星期日要和德國朋友去爬山，所以早上五點半要起床。我星期日中午有空，一起吃午飯好嗎？

立德

問題 Fragen

1. 立德幾點上中文課？

2. 立德什麼時候打工？

3. 星期六是誰的生日？

4. 立德想哪天和小真吃飯？

Teil C、約時間 Zeit verabreden

情境介紹：張玲約李明一起去市中心吃飯，他們約好見面的時間和地點。

Situation: Zhang Ling verabredet sich mit Li Ming zum Abendessen im Stadtzentrum, Ort und Zeit werden genau vereinbart.

張玲：昨天打球好玩嗎？

李明：很好玩。你星期天有時間嗎？我們中午一起吃飯好嗎？

張玲：好，我們吃什麼？

李明：都可以。

張玲：吃北京烤鴨怎麼樣？聽說那裡有很好吃的飯館，他們的菜很好吃。

李明：好！

張玲：那我們星期日中午十二點在公司門口見面，行嗎？

李明：行！你的手機號碼幾號？

張玲：我的手機號碼是13611246359。你的呢？

李明：我沒有手機。

張玲：沒關係，我們星期日見！

問題 Fragen

1. 張玲和李明星期幾一起吃飯？

2. 張玲和李明要吃什麼？

3. 張玲和李明在哪裡見面？

4. 張玲的手機號碼幾號？

5. 張玲和李明都有手機嗎？

二、生詞 Wortschatz

(一) 課文生詞 Wortschatz Lektionstexte

	漢字 Zeichen	拼音 Umschrift	解釋 Erklärung
1	安娜	Ānnà	(N) Anna, Anne (f.)
2	半	bàn	(N) Hälfte, halb
3	比賽	bǐsài	(N) Wettkampf; (IV) an einem sportlichen Wettkampf teilnehmen Wettkampf teilnehmen
4	菜	cài	(N) Gemüse; Gericht, Speise
5	吃	chī	(TV, 1) essen
6	床	chuáng	(N) Bett
7	從	cóng	(CV) von
8	打工	dǎ gōng	(VO) jobben
9	到	dào	(TV) ankommen, erreichen; (CV) bis
10	點	diǎn	(N) Punkt; volle Stunde [Uhrzeit]
11	東西	dōngxī	(N) Sache, Ding
12	對不起	duìbuqǐ	(Idiom) Entschuldigung!
13	飯	fàn	(N) gekochter Reis; Essen
14	飯館	fànguǎn	(N) Restaurant

15	公司	gōngsī	(N) Firma, Company, Unternehmen
16	關係	guānxi	(B) Beziehung, Verhältnis
17	號	hào	(N) Nummer, Haus-, Zimmernummer; Tag, Datum
18	好吃	hǎochī	(SV) wohlschmeckend, lecker
19	號碼	hàomǎ	(N) Nummer
20	好玩	hǎowán	(SV) lustig, vergnüglich
21	見面	jiàn miàn	(VO) sich treffen
22	幾點	jǐdiǎn	(N) wie spät?
23	烤鴨	kǎoyā	(N) gebackene Ente
24	買	mǎi	(TV, 1) kaufen
25	沒關係	méi guānxi	(Idiom) macht nichts! Kein Problem!
26	門口	ménkǒu	(N) Eingang
27	那裡(那兒)	nàlǐ (nàr)	(Pron) da, dort
28	爬	pá	(TV, 1) hinaufsteigen, klettern
29	派對	pàiduì	(N) Party, Fest (Engl.)
30	爬山	pá shān	(VO) Bergsteigen
31	起床	qǐ chuáng	(VO) aufstehen [morgens aus dem Bett]
32	然後	ránhòu	(Adv) danach, später
33	山	shān	(N) Berg, Hügel; Gebirgskette
34	上課	shàng kè	(VO) Unterricht haben [Lehrer / Schüler]
35	生日	shēngrì	(N) Geburtstag
36	生日派對	shēngrìpàiduì	(N) Geburtstagsparty
37	時間	shíjiān	(N) Zeit, Zeitraum
38	手	shǒu	(N) Hand, Arm
39	手機	shǒujī	(N) Funktelefon; „Handy"
40	他們	tāmen	(Pron) sie (Plural)
41	聽說	tīngshuō	(N) Hörensagen
42	玩	wán	(TV, 1) spielen mit, sich amüsieren, zum Spaß tun

43	晚飯	wǎnfàn	(N) Abendessen
44	午飯	wǔfàn	(N) Mittagessen
45	下課	xià kè	(VO) Unterricht beenden
46	先	xiān	(Adv) zunächst, zuerst
47	小文	Xiǎowén	(N) Xiaowen (f.)
48	行	xíng	(IV) gehen, zu Fuß gehen; möglich sein
49	星期	xīngqí	(N) Woche
50	星期日	xīngqírì	(N) Sonntag
51	星期天	xīngqítiān	(N) Sonntag
52	以後	yǐhòu	(Adv) in Zukunft, später
53	有空	yǒu kòng	(VO) freie Zeit haben
54	月	yuè	(N) Monat; (B) Mond
55	再	zài	(Adv) dann, anschließend; wiederum
56	怎麼樣	zěnmeyàng	(Pron) wie beschaffen; (SV) wie beschaffen sein
57	中午	zhōngwǔ	(N) Mittag
58	昨天	zuótiān	(N) gestern

(二) 一般練習生詞　Wortschatz Übungen

	漢字 Zeichen	拼音 Umschrift	解釋 Erklärung
1	報紙	bàozhǐ	(N) Zeitung
2	表	biǎo	(N) Tabelle, Liste, Formular
3	餐廳	cāntīng	(N) Restaurant, Speisesaal, Mensa
4	差	chà	(TV, 1) fehlen an
5	德文	Déwén	(N) deutsche Sprache und Literatur
6	點鐘	diǎnzhōng	(N) volle Stunde [Uhrzeit]
7	分(鐘)	fēn (zhōng)	(N) Minute
8	公園	gōngyuán	(N) öffentliche Grünanlage, Park
9	過	guò	(TV, 1) überschreiten; an etwas vorbei gehen
10	回家	huí jiā	(VO) nach Hause gehen

11	火車	huǒchē	(N) Zug, Eisenbahn
12	教室	jiàoshì	(N) Klassenzimmer, Hörsaal
13	今年	jīnnián	(N) dieses Jahr
14	刻	kè	(N) Viertelstunde
15	可以	kěyǐ	(IV) möglich sein, gehen
16	零	líng	(N) Null
17	面	miàn	(N) Gesicht, Antlitz
18	明年	míngnián	(N) nächstes Jahr
19	年	nián	(N) Jahr
20	去年	qùnián	(N) letztes Jahr
21	日	rì	(N) Tag [auf dem Kalender]
22	日期	rìqí	(N) Termin, Datum
23	上午	shàngwǔ	(N) Vormittag
24	時候	shíhòu	(N) Zeit, Zeitpunkt
25	圖書館	túshūguǎn	(N) Bibliothek
26	小華	Xiǎohuá	(N) Xiaohua
27	小李	Xiǎo Lǐ	(N) Xiao Li
28	小玲	Xiǎolíng	(N) Xiaoling
29	小王	Xiǎo Wáng	(N) Xiao Wang
30	紙	zhǐ	(N) Papier
31	鐘	zhōng	(N) Glocke; Standuhr mit Glockenschlag

三、語法練習 Grammatische Übungen

I 六十以內的數：漢語使用十進位來指稱數 Numeralia

Das chinesische Zahlsystem ist rein dezimal; es gibt keine besonderen Wörter für „elf" und „zwölf", sondern diese werden wie „dreizehn" usw. abgeleitet.

1	一	11	十一	21	二十一
2	二	12	十二	22	二十二
3	三	13	十三	23	二十三
4	四	14	十四	24	二十四
5	五	15	十五	25	二十五
6	六	16	十六	26	二十六
7	七	17	十七	27	二十七
8	八	18	十八	28	二十八
9	九	19	十九	29	二十九
10	十	20	二十	30	三十

31	三十一	41	四十一	51	五十一
32	三十二	42	四十二	52	五十二
33	三十三	43	四十三	53	五十三
34	三十四	44	四十四	54	五十四
35	三十五	45	四十五	55	五十五
36	三十六	46	四十六	56	五十六
37	三十七	47	四十七	57	五十七
38	三十八	48	四十八	58	五十八
39	三十九	49	四十九	59	五十九
40	四十	50	五十	60	六十

✏️ 試試看：讀下列數字並用漢字寫出來 **Schreiben Sie die folgenden Zahlen in chinesische Zeichen:**

42	四十二	18		55	
4		36		29	

II 時間的詢問和回答 Nach der Uhrzeit fragen und darauf antworten

> A:現在幾點？
>
> B:現在
> 　　　兩點鐘。
> 　　　兩點（零 / 過 guò）五分。
> 　　　　　兩點十五分 / 兩點一刻 kè。
> 　　　兩點三十分 / 兩點半。
> 　　　兩點四十五分 / 兩點三刻 / 差 chà 一刻三點 / 三點差一刻。
> 　　　兩點五十分 / 差十分三點 / 三點差十分。

補充：Anmerkung:

兩點多鐘 kurz nach zwei　　　八點一刻 Viertel nach acht　　　六點三刻 Viertel vor sieben

差五分三點 fünf vor drei　　　十一點過十分 zehn nach elf

試試看：（一）時間的讀法：

兩點鐘

試試看：（二）讀下列時間並用漢字寫出來 Schreiben Sie die nachstehenden Uhrzeiten in Schriftzeichen:

A: 現在幾點？

B: 現在四點（零）九分。　　　**4 : 09**

A: 現在幾點？

B:

A: 現在幾點？

B:

8 :27

A: 現在幾點？

B:

16 :30

A: 現在幾點？

B:

21 :45

補充： 「二」和「兩」Zwei Wörter für „zwei": èr und liǎng

　　　「二」和「兩」都是表示「2」這個數字，10以上的數字中的「2」，如：12、20、22 等，不論後面有沒有量詞，都使用「二」來表示，如：三十二(32)本書。而在10以內的 數字中的「2」，如果出現在量詞前(如：兩(2)個人)、或不需要量詞的名詞前(如：兩(2) 點)，就用「兩」來表示。

Anmerkung:Bei der Bildung von abgeleiteten Numeralia wird, wie beim Abzählen, 二verwendet: 三十二(32). Ebenso bei der Uhrzeit: 十二點鐘 12:00 Uhr, aber: 兩點鐘zwei Uhr.

Ⅲ 表示時間的名詞 Nominalphrasen zur Angabe der Uhrzeit

通常是放在主語之後：名詞/代名詞＋時間詞＋VP

Ausdrücke zur Angabe der Uhr- oder Tageszeit sind grammatisch gesehen sog. „time-when expressions" [im Gegensatz zu „time-spent expressions"] und stehen in der Regel vor der VP.

NP/PN	TW	VP
我	今天	在家 。
你	晚上	上課 嗎？
小王	一點半	吃午飯 。
我姊姊	七點一刻	去飯館 。

但是如果要強調時間，就可以放在主語之前：

Zur besonderen Betonung können sie aber als Themasubjekt an den Beginn des Satzes gestellt werden:

TW	NP/PN	VP
今天	我	在家 。
晚上	你	上課 嗎？
一點半	小王	吃午飯 。
七點一刻	我姊姊	去飯館 。

試試看：請寫出正確的句子 Bilden Sie Sätze aus den vorgegebenen Formen:

例 Beispiel：我 / 吃晚飯 / 六點半 。→ 我六點半吃晚飯。

1. 打工 / 幾點 / 你 / 哥哥 / 去 ？→

2. 學校 / 小張 / 昨天 / 上課 / 去 。→

3. 以後 / 你 / 四點 / 嗎 / 在家 ？→

4. 昨天早上 / 小玲家 / 玩 / 去 / 我 / 姐姐 。→

5. 這家飯館 / 小強 / 來 / 星期一 / 打工 / 要。→

IV 年、月、日、星期、日期的表示法 Nominalphrasen zur Angabe des Datums

　　如果句子中的時間詞不只一個，通常把表示較大時間單位的詞要放在前面，表示較小時間單位的詞放在後面。

　　Bei mehreren Angaben zum Zeitpunkt wird im Deutschen gewöhnlich wie folgt sortiert: um 17:17 Uhr am Montag, den 16. Februar 2009, im Chinesischen genau umgekehrt, von der größeren zur kleineren Einheit:

2009年二月十六日星期一下午五點十七分

日期			星期
年	月	日	
二〇〇九年 二〇一二年 · · ·	一月 二月 · · ·	一日 二日 · · ·	星期日（天） 星期一 星期二 · ·
去年 今年 明年 哪年	上個月 這個月 下個月 哪個月	昨天 今天 明天 哪天	上（個）星期 這（個）星期 下（個）星期 哪（個）星期

試試看：寫出正確的時間詞 Sortieren Sie die Zeitangaben in die korrekte Reihenfolge:

例 Beispiel：七點 / 星期一 / 上午 → 星期一上午七點

1. 兩點 / 星期三 / 下午→

2. 二月 / 星期六 / 二十五日→

3. 三十日 / 十二月 / 一九九六年 →

4. 二十五日 / 今年 / 十月 →

5. 六點 / 上個星期三 / 二十七分 / 早上 →

 V 如果在句子中同時有表示時間的「時間詞」和表示地點的「處所詞」，通常把時間詞放在前面，處所詞放在後面。

Treffen in einem Satzgefüge Zeit- und Ortsangaben aufeinander, steht die Zeitangabe vor der Ortsangabe:

 試試看：請寫出正確的句子 **Sortieren Sie die Zeitangaben in die korrekte Reihenfolge:**

例 Beispiel：我們 / 在校門口 / 中午 / 十二點 / 星期二 見面好嗎？

→ 我們星期二中午十二點在校門口見面好嗎？

1. 我們 / 在圖書館 / 明天 / 五點 / 下午 見面好嗎？

→

2. 我們 / 下星期四 / 七點 / 在教室 / 晚上 見面好嗎？

→

3. 我們 / 在老師家 / 九點半 / 上午 / 星期六 見面好嗎？

→

4. 我們 / 六日 / 十二月 / 門口 / 在飯館 / 星期三 見面好嗎？

→

5. 我們 / 這個 / 晚上 / 在你家 / 七點 / 星期五 / 見面好嗎？

→

 VI **S＋時間＋要＋VP**(要＝得) Hilfsverb yào + Zeitangabe

S + TW + （要） VP
我　八點半　（要）　上課 。

　　陳述一件事情時，VP前面的「要」可以省略，強調事件的重要性或意願時，通常使用「要」在VP前面。

　　Wenn in Sätzen mit time-when Ausdrücken das Hilfsverb 要 vor dem Verb steht, bedeutet es „müssen".

 試試看：請寫出正確的句子 **Bilden Sie Sätze aus den vorgegebenen Formen:**

例 Beispiel：小文 / 打工 / 中午 / 十二點 / 要

→ 小文中午十二點要打工。

1. 星期天 / 踢足球 / 我們 / 三點 / 下午 / 要

→

2. 要 / 明天 / 去 / 嗎 / 中平/ 買書

→

3. 下星期六 / 去 / 他們 / 要 / 老師家 / 吃飯

→

4. 要 / 我 / 上課/ 去 / 柏林 / 十五日 / 下個月

→

5. 起床 / 明天 / 五點 / 早上 / 要/ 他們

→

VII 副詞「然後」的用法　Das Adverb ránhòu

　　出現在兩個句子中間，有連接詞的功用。通常「然後」後面接的句子中的時間詞是發生比較晚的時間。

　　Das Adverbium 然後 bedeutet „danach", „anschließend" und ist unabhängig von einer Zeitstufe des Verbs.

　　例句：我明天中午十二點要去吃飯，然後下午三點要去餐廳打工。

 試試看：請用「然後」完成句子 **Ergänzen Sie die Sätze:**

例 Beispiel：小華上午九點 去買東西，然後 中午十二點 去吃午飯。

1. 小立	去吃飯，然後	。
2. 小真	去爬山，然後	。
3. 小中	去看書，然後	。
4. 我	去打工，然後	。
5. 我的老師	起床，然後	。

VIII 「先…(VP1)，再…(VP2)」 Die Adverbia xiān und zài

Die Adverbia 先 und 再 gliedern den Ablauf zweier Handlungen:

先 VP1 再 VP2 zuerst Handlung 1, anschließend Handlung 2. Wichtig: das Adverb 再 trägt hier nicht die Bedeutung von „wiederum", „noch einmal".

例：我先去爬山，再回家洗澡。

 試試看：請用「先…(VP1)，再… (VP2)」 **Bilden Sie Sätze nach dem vorgegebenen Muster:**

例 Beispiel：爸爸今天早上八點要吃早飯，十點要看報紙。

→爸爸今天早上要先吃早飯，再看報紙。

1. 媽媽明天下午三點要去學校上課，五點要回家做飯。

→

2. 小李這個星期五晚上六點想和朋友去北京飯館吃飯，十點和他們去唱歌。

→

小華下個星期天中午十二點吃午飯，下午兩點去打工。

→

我下個月二十號下午要去買東西，然後晚上去張玲的生日派對。

→

我今年九月要去德國打工，十月去慕尼黑喝啤酒。

→

IX 「從…(時間詞1)到…(時間詞2)」的用法　Die Coverba cóng und dào

從 und 到 sind beides transitive Verba in der Bedeutung „folgen" und „erreichen". In ihrer semantisch abgeschwächten Form als CV (präpositionsähnlicher Gebrauch) binden sie zwei Objekte, die NPs zur Angabe der Zeit oder des Ortes sein können. Ihre Verwendung entspricht den deutschen Präpositionen „von" … „bis".

從	TW1	到	TW2
從	上午 九點半 星期一 今天	到	下午 十二點 星期五 明天

例：我從一點到四點有空。

Beispiel: Ich habe von 13 Uhr bis 16 Uhr Zeit.

試試看：請用「從…(時間詞1)到…(時間詞2)」造句
　　　　　Bilden Sie Sätze mit den Ausdrücken von ... bis:

例 Beispiel：老師今天有空嗎？

→老師今天從早上到晚上都很忙。

1. 姊姊今天要做什麼？（去上中文課）

→

2. 弟弟明天從幾點到幾點要打工？

→

3. 你這個星期三有時間嗎？（看書）

→

4. 你們今天要去踢足球嗎？

→

5. 你爸爸忙不忙？

→

句子，好(行/可以)嗎？

Anschlussfrage zum Ausdruck eines Vorschlags durch hǎo, kěyǐ, xíng ma

Weitere Möglichkeiten zur Bildung einer Anschlussfrage sind 好嗎 / 行嗎 / 可以嗎 am Satzende eines affirmativen Statements. Diese Konstruktion steht zum Ausdruck einer Frage nach der Zustimmung zu einem Vorschlag: ... ok?, ... geht das?, ... machen wir das so?

是一種表示徵詢對方意見、或提出建議的句型。

例：我們星期六中午見面，好嗎？

Beispiel: Wir treffen uns Samstag Mittag, ok?

試試看：填入「好嗎」或「行嗎」 **Bilden Sie Anschlussfragen mit hǎo ma oder xíng ma:**

例 Beispiel：我們明天一起去圖書館看書，好嗎？

1. 下星期二一起去吃晚飯，	？
2. 我們星期日上午八點半在公園門口見面，	？
3. 你下星期三早上來我家，	？
4.	，好嗎？
5.	，行嗎？
6.	，可以嗎？

四、漢字說明 Schriftzeichenerklärungen

對不起 duìbùqǐ *Entschuldigung* in der Höflichkeitssprache, wörtlich übersetzt: *Ihnen gegenüber wage ich es nicht, mich zu erheben*. Die Grundbedeutung von 對 duì ist *gegenüber*. Doch wie ist der Graph zu erklären? Bildungsmuster ist ⊡, auf der rechten Seite steht als Klassenzeichen # 41 寸 cùn, das in Komposita, wie schon bei 射 shè gezeigt, für 又 yòu, das Piktogramm der Hand, steht. Auf der linken Seite steht eine graphematisch veränderte Form von 凿 záo *Bohrer, Meißel*, wie die siegelschriftliche Form zeigt:

 Der Graph für *Bohrer*, ein Piktogramm des Bohrens mit einem Werkzeug, ist bereits in der Siegelschrift durch zwei Komponenten erweitert worden:

oder bzw. in der modernen Form 鑿. Diese Erweiterungen sind als Klassenzeichen # 167 金 jīn *Metall*, speziell *Gold*, ein Piktogramm 金 von Goldnuggets in der Erde # 32 土 tǔ:

und # 79 殳 shū *Streitaxt*, bzw. *schneidendes Werkzeug*. 對 duì läßt sich somit als assoziatives Kompositum erklären: mit der Hand 寸 und einem Bohrer 凿 ein Werkstück so richten, dass es sich passgenau auf ein anderes fügt. Deshalb sagt man: 對啊 duì a: „Genau!"

五、聽力練習 Hörverständnisübungen

試試看： I.請聽一段對話，試試看你聽到什麼？Hören Sie zunächst den Dialog an.

II.請再聽一次對話。這次對話將分成三段播放，請根據每段話內容，選出正確的答案 Nun hören Sie den Dialog noch einmal an und markieren Sie die richtigen Antworten:

第一段 Absatz 1

1.誰最近很忙？

　a)張玲

　b)王中平

　c)張玲和王中平

2.為什麼王中平很忙？

　a)他每天要上課，也要打工。

　b)他每天要上課，也要打球。

　c)他每天要打工，也要看書。

第二段 Absatz 2

3.張玲每天幾點上德文課？

　a)兩點。

　b)八點。

　c)十點。

4.為什麼張玲下午不打工？

　a)張玲下午要上課。

　b)張玲不喜歡打工。

　c)張玲下午要看書。

第三段 Absatz 3

5.這個星期五是誰的生日？

　　a)張玲的哥哥

　　b)張玲的弟弟

　　c)王中平的哥哥

6.他們幾點去生日派對？

　　a)五點四十五分

　　b)六點四十五分

　　c)七點四十五分

六、綜合練習 Zusammenfassende Übungen

綜合練習生詞　Wortschatz zusammenfassende Übungen

	漢字 Zeichen	拼音 Umschrift	解釋 Erklärung
1	活動	huódòng	(N) Aktivität, Vorhaben, Beschäftigung
2	開車	kāi chē	(VO) Auto fahren (als Fahrer)
3	睡覺	shuì jiào	(VO) schlafen

I 請以漢語的方式念出下列時間。
Lesen Sie die Uhrzeiten auf Chinesisch.

A：14:30　　7:45　　13:15　　12:10　　6:05　　21:50　　8:45

II 兩人一組，互相問答下列問題。

Stellen Sie sich in Zweiergruppen die folgenden Fragen und beantworten Sie sie.

(1) 請問現在幾點？

(2) 你今天幾點起床？

(3) 你幾點上課？幾點下課？

(4) 你平常幾點吃晚飯？

(5) 你星期幾去運動？

III 請老師先問同學今天或明天的活動，再請同學以下列句型敘述被訪問者的活動。

Ihr Lehrer stellt Ihnen Fragen zu heute oder morgen geplanten Aktivitäten. Antworten Sie nach den vorgegebenen Satzmustern.

(1)＿＿＿＿＿(名字) 今天＿＿＿＿＿（時間）要＿＿＿＿＿（活動）。

＿＿＿＿＿＿＿＿明天＿＿＿＿＿（時間）要＿＿＿＿＿（活動）。

(2)＿＿＿＿＿(名字) 今天＿＿＿＿＿（時間）要＿＿＿＿＿（活動）。

＿＿＿＿＿＿＿＿明天＿＿＿＿＿（時間）要＿＿＿＿＿（活動）。

IV 這是馬克一星期的時間表，請敘述馬克的活動。

Hier sehen Sie Marks Wochenplan. Beschreiben Sie seinen Tagesablauf.

	星期一	星期二	星期三	星期四	星期五	週末
7:00			起床			
10:00			上課			
13:00	踢足球		踢足球		踢足球	
15:30						騎自行車
17:10		游泳		游泳		
18:45	打工		打工		打工	
23:00			睡覺			

(1)

(2)請用「從⋯到⋯要/想/得」將馬克這星期的計畫寫下來。

Benutzen Sie die Coverba cóng und dào sowie die Hilfsverben yào, xiǎng und děi zur Beschreibung von Marks Wochenablauf.

例：馬克星期一下午從一點到五點要去踢足球。

1.＿＿＿＿＿＿＿＿＿＿＿＿＿＿＿＿＿＿＿＿＿＿＿

2.＿＿＿＿＿＿＿＿＿＿＿＿＿＿＿＿＿＿＿＿＿＿＿

3.＿＿＿＿＿＿＿＿＿＿＿＿＿＿＿＿＿＿＿＿＿＿＿

(3)請用「要/想/得先⋯再⋯/先⋯然後⋯」將馬克這星期的計畫寫下來。

Gehen Sie in gleicher Weise wie eben vor, nur unter Verwendung der Adverbia xiān und zài bzw. xiān und ránhòu.

例：馬克星期一想先去踢足球再去上課。

1.＿＿＿＿＿＿＿＿＿＿＿＿＿＿＿＿＿＿＿＿＿＿＿

2.＿＿＿＿＿＿＿＿＿＿＿＿＿＿＿＿＿＿＿＿＿＿＿

3.＿＿＿＿＿＿＿＿＿＿＿＿＿＿＿＿＿＿＿＿＿＿＿

Ⅴ 邀約 Einladung

請看看你的時間表，約你的朋友出去。請約定時間，見面的地點，要做什麼，請將對話寫下來。

Suchen Sie in Ihrem Wochenplan nach freien Slots für Verabredungen. Vereinbaren Sie Zeit, Ort und Zweck eines Treffens.

A: 你明天下午有空嗎？

B: 我明天下午要上課。

A: ＿＿＿＿＿＿＿＿＿＿＿＿＿＿＿＿＿＿＿＿＿＿

B: ＿＿＿＿＿＿＿＿＿＿＿＿＿＿＿＿＿＿＿＿＿＿

A: ＿＿＿＿＿＿＿＿＿＿＿＿＿＿＿＿＿＿＿＿＿＿

B: ＿＿＿＿＿＿＿＿＿＿＿＿＿＿＿＿＿＿＿＿＿＿

A: ＿＿＿＿＿＿＿＿＿＿＿＿＿＿＿＿＿＿＿＿＿＿

B: ＿＿＿＿＿＿＿＿＿＿＿＿＿＿＿＿＿＿＿＿＿＿

真實語料 **Sprachliche Realien**

時刻表 Fahrplan

 交通部臺灣鐵路管理局
Taiwan Railways Administration

您欲在 99/9/3 星期五 搭乘列車從 <台北> 前往 <高雄>，預計 00:00 至 23:59 開車

車種	車次	經由	始發站->到達站	台北 開車時間	高雄 到達時間	行駛時間
莒光	11	山	臺東 至 高雄	05:20	11:24	6小時4分
自強	2011	山	臺東 至 高雄	05:20	11:24	6小時4分
復興	101	海	七堵 至 高雄	06:05	13:13	7小時8分
莒光	79	山	臺北 至 花蓮	06:12	11:10	4小時58分
自強	1003	山	七堵 至 屏東	07:00	11:47	4小時47分
莒光	13	海	七堵 至 高雄	07:25	14:20	6小時55分
自強	1005	山	基隆 至 高雄	07:30	12:08	4小時38分
自強	1007	山	蘇澳 至 高雄	08:00	12:45	4小時45分
自強	1011	山	七堵 至 高雄	09:00	13:45	4小時45分
自強	1013	山	七堵 至 高雄	10:00	14:37	4小時37分
莒光	19	海	七堵 至 高雄	10:35	17:05	6小時30分
自強	1017	山	花蓮 至 高雄	11:00	15:55	4小時55分
自強	1019	山	七堵 至 屏東	12:00	16:50	4小時50分
莒光	35	海	七堵 至 高雄	12:25	19:00	6小時35分
莒光	21	山	七堵 至 屏東	12:42	19:24	6小時42分

請你看一看這是幾月幾號，星期幾的火車時刻表？

Für welchen Tag gilt dieser Zugfahrplan?

1005號車從台北開車的時間是幾點幾分？

Wann läuft Zug Nr. 1005 vom Hauptbahnhof Taibei aus?

七、從文化出發 Interkulturelle Anmerkungen

Zeitgefühl

Unterschiedliche Kulturen schätzen die Zeit verschieden ein. Ein altes chinesisches Sprichwort lautet:

「一寸光陰一寸金，yī cùn guāngyīn yī cùn jīn

寸金難買寸光陰」cùn jīn nánmǎi cùn guāngyīn

„Ein Stück Voranschreiten von Licht und Schatten auf dem Boden gleicht einem Stück Gold, aber ein Stück Gold kann kein Voranschreiten von Licht und Schatten erkaufen."

Der Ausdruck 光陰 guāngyīn bezeichnet den Wandel von Licht 光 guāng und Schatten 陰 yīn. Das Sprichwort zeigt, dass schon seit altersher die Zeit in China wie Gold geschätzt und gepflegt. Vielleicht ist es ja gerade diese kulturelle Vorstellung, die erklärt, warum Chinesen oft so lange arbeiten. Schüler in den Grund- und Mittelschulen haben den ganzen Tag Unterricht. Überstunden (加班 jiābān) sind auch für Erwachsene nicht ungewöhnlich. Ob allerdings all diese Zeit beim Arbeiten effektiv 充分有效 chōngfēn yǒuxiào genutzt wird, das variiert von Mensch zu Mensch.

Im Alltag sind Chinesen, was die Zeit angeht, oft recht spontan. Wenn es etwa um ein informelles Treffen oder den Besuch eines Freundes geht, machen sehr wenige Chinesen frühzeitig einen Termin aus. Selbst zu einer Hochzeitsfeier kommen sie oft mehr als eine halbe Stunde später als auf der Einladung angegeben. Wenn sie mit Freunden einen Termin ausgemacht haben, sagen die Chinesen gerne 不見不散 bú jiàn bú sàn, was so viel heißt wie: „Solange wir uns nicht gesehen haben, verlässt niemand den Treffpunkt." Die Redewendung zeugt von Flexibilität, und sie bedeutet, dass manches sich zwar verzögern kann, wichtig aber doch nur ist, dass man sich auf alle Fälle treffen wird.

Durch den Einfluss der Globalisierung und die zunehmende Präsenz multinationaler Unternehmen in China hat sich die Wahrnehmung von und die Einstellung zur Zeit bei der jüngeren Generation allerdings deutlich verändert. Das Lebenstempo wird immer schneller, die Zeitplanung immer detaillierter. Selbstverständlich gibt es hier aber immer noch Unterschiede zwischen Stadt und Land. In der Stadt gibt es bestimmte Standardzeiten: feste Arbeitszeiten etwa oder Abfahrtszeiten für öffentliche Verkehrsmittel. Das Leben auf dem Land andererseits orientiert sich noch immer am Sonnenauf- und Sonnenuntergang; hier bilden der Mondkalender und die traditionellen 12 Doppelstunden des Tages eine Grundlage für das tägliche Leben und Arbeiten. Der Rhythmus der Zeit aber ist in etwa vergleichbar mit dem Geschehen auf einer Bühne: erst wenn sich genug Leute versammelt haben, beginnt das Theater.

時間觀念

　　不同的文化，是以不同的價值觀來衡量時間的。中國古語道，「一寸光陰一寸金，寸金難買寸光陰」。「光陰」就是「時間」，這句話說明了中國的古人認識到時間和黃金一樣珍貴，勸人們珍惜時間。也許是出於這樣的文化心理，中國人的「工作時間」很長：中小學生都是全天上課，而對大人來說，正常工作時間之外的「加班」也不稀奇。至於時間是否充分有效地加以利用了，則因人而異。

　　在日常生活中，中國人使用時間相對比較隨意，靈活性強。對於私人的活動，比如赴約、看朋友等，多數中國人很少會提前很多時間確定。即使是參加婚宴，通常是比喜帖上的時間晚半個小時以上到達。另外中國人在和朋友約定見面時間之後喜歡說一句短語：「不見不散」。這裡其實隱約包含了一種靈活性，意味著時間可以拖延，重要的是我們見到面了。

　　但是隨著「全球化」的進程以及越來越多的跨國公司的存在，中國年輕一代的時間觀念正在改變。生活節奏越來越快，同時對時間的安排也越來越有計畫。當然還是有城鄉的差異。通常城市生活有一套標準時間可以跟隨，如固定的上下班時間和大眾交通運輸工具定時的通達。但是鄉村生活是日出而作，日落而息，農曆和二十四節氣是日常生活和工作的依據，時間的節奏是戲台等著人群擁擠了起來，戲才開鑼！

Lektion 6

第六課
去書店買書
Im Buchladen

本課重點 Lernziele

【1】詢問與說明物品、處所的位置
Beschreibung der Lage von Objekten im Raum

【2】購買物品，詢問價錢及評論
Einkaufen, Frage nach dem Preis

【3】能願動詞「可以」的用法，數量詞（Nu-M）＋多少錢，一點兒的用法
，動詞重疊「V—V」、「VV」的用法
Hilfsverb kěyǐ, Verwendung von Meteralia und Numeralia mit
der Form duōshǎo qián, Verwendung des Meteraliums yìdiǎnr,
Reduplikation von Verba

【4】雙賓動詞「給」、「找」，語助詞「呀」、「吧」
Die transitiven zweiwertigen Verba gěi und zhǎo, ya und ba am
Satzende

【5】間接問句及間接引語
Indirekte Fragesätze und indirekte Rede

一、課文 Lektionstexte

Teil A、去中文書店 In einem chinesischen Buchladen

情境介紹：中平想買中文書，下課後問安娜中文書店在哪裡？

Situation: Zhongping will chinesische Bücher kaufen und fragt Anna nach dem Unterricht, wo ein chinesischer Buchladen ist.

中平：安娜，我想買幾本中文書，你知道哪裡有中文書店嗎？

安娜：學校附近有一家，你找一找。

中平：那家書店在學校後面，還是前面？

安娜：在學校後面。

中平：我也需要一些筆和筆記本，有文具店嗎？

安娜：文具店就在書店旁邊。你要什麼時候去啊？

中平：明天下午。你要不要跟我一起去？

安娜：好啊！我也順便去看看有沒有新書。

問題 Fragen

1. 中文書店在哪裡？

2. 文具店在哪裡？

3. 中平要去文具店買什麼東西？

4. 安娜要和中平一起去嗎？

Teil B、去早餐店買早餐 Frühstück kaufen

情境介紹：立德的宿舍沒有廚房，他每天都去早餐店買早餐。

Situation: In Lides Wohnheim gibt es keine Küche, er muss sich jeden Morgen Frühstück von außerhalb holen.

老闆：你好！請問你要吃什麼？

立德：我要一個蛋餅，兩個包子，一杯熱豆漿。

老闆：你要外帶，還是在裡面吃？

立德：我要外帶。

老闆：好！請等一下。

立德：一共多少錢？

老闆：蛋餅二十五塊，兩個包子三十塊，豆漿十五塊，一共七十塊。

立德：不好意思！我沒有零錢，給你一千塊，請你找錢，可以嗎？

老闆：沒問題！找你九百三十塊。謝謝！再見！

立德：再見！

問題 Fragen

1. 立德要買什麼早餐？

2. 立德要在店裡吃嗎？

3. 立德的早餐多少錢？

4. 老闆找了多少錢給立德？

Teil C、逛街買衣服 Bummeln und Kleidung kaufen

情境介紹：張玲下班後跟同事王小紅去買衣服。

Situation: Zhang Ling und ihre Kollegin Wang Xiaohong gehen nach der Arbeit gemeinsam Kleider shoppen.

店員：歡迎光臨！請問想找什麼衣服？

張玲：我們先看看。

小紅：張玲，你覺得這件黑色大衣怎麼樣？

張玲：還不錯！小姐，可不可以試穿呀？

店員：當然可以！請跟我來，試衣間在後面。

（小紅試穿以後）（nach dem Anprobieren）

小紅：怎麼樣？好看嗎？

張玲：很好看！可是有一點兒小。

小紅：小姐，你們有沒有大一點兒的尺寸？

店員：有，在這裡。

小紅：小姐，這件大衣賣多少錢？

店員：兩千八百塊錢，現在打八折，只賣兩千兩百四十塊。

小紅：太貴了！可以便宜一點兒嗎？

店員：對不起！我們這裡不可以講價。

張玲：我們到別的地方去看看吧！

小紅：好！走吧！

問題 Fragen

1.小紅要試穿什麼衣服？

2.那件衣服怎麼樣？

3.那件黑色大衣賣多少錢？

4.為什麼小紅不買那件大衣？

二、生詞 Wortschatz

(一) 課文生詞 Wortschatz Lektionstexte

	漢字 Zeichen	拼音 Umschrift	解釋 Erklärung
1	吧	ba	(Part) satzschließende Modalpartikel zum Ausdruck der Aufforderung
2	百	bǎi	(Num) hundert
3	包子	bāozi	(N) gefüllte Teigtaschen
4	杯	bēi	(Met) Glas, Becher voll
5	本	běn	(Met) für Bücher, Hefte, Bände
6	筆	bǐ	(N) Pinsel, Stift
7	別的	biéde	(Pron) anderer
8	筆記	bǐjì	(N) „Pinselnotizen" → Aufzeichnungen, Notizen
9	筆記本	bǐjìběn	(N) Notebook, Kladde
10	餅	bǐng	(N) Kuchen, Fladen, Keks
11	不錯	búcuò	(SV) nicht schlecht, ganz gut
12	不好意思	bùhǎoyìsī	(Idiom) zu verlegen sein zu; verschämt sein
13	尺寸	chǐcùn	(N) Kleidergröße
14	穿	chuān	(TV, 1) anziehen (Kleidung)
15	打折	dǎ zhé	(VO) Rabatt geben, Prozente geben
16	帶	dài	(TV, 1) am Körper mit sich führen, mitnehmen
17	蛋	dàn	(N) Ei
18	蛋餅	dànbǐng	(N) Teigfladen mit Eifüllung
19	當然	dāngrán	(Adv) natürlich, selbstverständlich
20	大衣	dàyī	(N) Mantel, Jacke
21	等	děng	(TV, 1) warten
22	等一下	děngyíxià	(Idiom) Moment bitte!
23	店	diàn	(N) Geschäft, Laden
24	店員	diànyuán	(N) Ladenangestellte(r), Verkäufer(in)

25	地方	dìfāng	(N) Gegend, Ort
26	豆	dòu	(N) Bohne, speziell Sojabohne
27	豆漿	dòujiāng	(N) Sojabohnenmilch
28	多少	duōshǎo	(Pron) wie viel(e)?
29	多少錢	duōshǎo qián	(SV) wie teuer sein?
30	兒	ér	(B) Erisationssuffix zur Bildung freier NP
31	附近	fùjìn	(N) in der Nähe
32	給	gěi	(TV, 2) geben; (CV) für
33	貴	guì	(SV) teuer
34	好看	hǎokàn	(SV) nett, hübsch, gut aussehend
35	黑	hēi	(SV) schwarz, dunkel
36	黑色	hēisè	(N, SV) schwarz
37	後面	hòumiàn	(N) hinter
38	歡迎光臨	huānyíng guānglín	(Idiom) Herzlich Willkommen!
39	家	jiā	(Met) für Firmen, Institutionen, Schulen
40	件	jiàn	(Met) Stück [Kleidung, Dokument]
41	講價	jiǎng jià	(VO) Preis herunterhandeln
42	就	jiù	(Adv) gleich, sofort; eben genau
43	覺得	juéde	(TV, 1) empfinden, meinen dass
44	塊	kuài	(N) Dollar; (Met.) Stück
45	老闆	lǎobǎn	(N) Chef, Ladenbesitzer
46	裡面	lǐmiàn	(N) drinnen, innen
47	零錢	língqián	(N) Kleingeld, Wechselgeld
48	賣	mài	(TV, 1) verkaufen
49	沒問題	méi wèntí	(Idiom) kein Problem! Macht nichts!
50	旁邊	pángbiān	(N) neben
51	錢	qián	(N) Geld
52	千	qiān	(Num) tausend

53	前面	qiánmiàn	(N) vorn, vor
54	請	qǐng	(TV, 1) bitten
55	試	shì	(TV, 1) probieren, ausprobieren, anprobieren
56	試衣間	shìyījiān	(N) Umkleidekabine
57	書店	shūdiàn	(N) Buchladen
58	順便	shùnbiàn	(Adv) bei dieser Gelegenheit
59	外帶 (外賣)	wàidài (wàimài)	(N) zum Mitnehmen, to go
60	文具	wénjù	(N) Schreibwaren
61	文具店	wénjùdiàn	(N) Schreibwarenladen
62	新	xīn	(SV) neu
63	需要	xūyào	(TV, 1) brauchen, benötigen
64	呀	yā	(Part) satzschließende Modalpartikel /–a / nach auslautendem /i/ und /ü/
65	一點兒	yìdiǎnr	(Adv) ein bisschen, etwas
66	衣服	yīfu	(N) Kleidung
67	一共	yígòng	(Adv) alles zusammen
68	一些	yìxiē	(N) ein wenig, ein paar
69	再見	zàijiàn	(Idiom) Auf Wiedersehen!
70	早餐	zǎocān	(N) Frühstück
71	早餐店	zǎocāndiàn	(N) Frühstückscafé, Frühstücksladen
72	找	zhǎo	(TV, 2) suchen; besuchen
73	找錢	zhǎo qián	(VO) Wechselgeld herausgeben
74	這裡	zhèli	(Pron) hier
75	只	zhǐ	(Adv) nur
76	知道	zhīdào	(TV, 1) wissen, kennen
77	走	zǒu	(IV) aufbrechen, losgehen

(二) 一般練習生詞　Wortschatz Übungen

	漢字 Zeichen	拼音 Umschrift	解釋 Erklärung
1	杯子	bēizi	(N) Becher, Glas, Tasse
2	狗	gǒu	(N) Hund
3	客人	kèrén	(N) Gast
4	例如	lìrú	(TV, 1) als Beispiel anführen, beispielsweise
5	鉛	qiān	(N) Pb, Blei
6	鉛筆	qiānbǐ	(N) Bleistift
7	熱狗	règǒu	(N) Hot Dog
8	上面	shàngmiàn	(N) oben, über
9	外面	wàimiàn	(N) draußen, außen
10	外套	wàitào	(N) Jacke, Mantel, Überzieher
11	英文	Yīngwén	(N) englische Sprache und Literatur
12	右邊	yòubiān	(N) rechts
13	枝	zhī	(Met) für längliche kleine Objekte: Stifte, Zigaretten
14	桌子	zhuōzi	(N) Tisch
15	左邊	zuǒbiān	(N) links

三、語法練習 Grammatische Übungen

I 說明物品的位置　Ausdrücke zur Orientierung im Raum

　　動詞「在」表示「存在」，一般是以方位詞或表示方位的名詞、代詞做為賓語。句型如下：

　　在 als transitives Verb zum Ausdruck der Existenz bindet als Objekt Nominalphrasen zur Orientierung im Raum, diese Position Words sind im Chinesischen immer Nominalphrasen.

NP/PN	在	（NP/PN）Position Words
筆記本 文具店 他們	在	（桌子）上面 。 （書店）旁邊 。 （飯館）裡面 。

補充：方位詞（**Position Words**）是表示方位的名詞，在上面句型中當做賓語。常見的方位詞
如下表：

Anmerkung: 左, 右, 前, 後, 裏, 外, 上, 下 usw. sind in dieser Funktion immer gebundene Formen, die
sich mit 邊 oder 面 zu einer freien Form verbinden. Nur 中 „mitten" verbindet sich mit 間
zu 中間 „Zwischenraum".

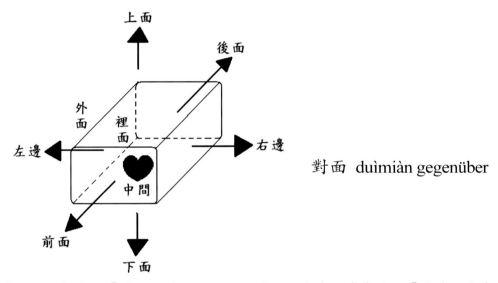

對面 duìmiàn gegenüber

補充：方位詞中，「前面、後面、裡面、外面」在中國常常使用「前邊、後邊、裡邊、外
邊」。

Anmerkung: die genannten Positionswörter können statt mit –miàn auch mit –biān „Seite, Rand"
gebildet werden:

前面	qiánmiàn	前邊	qiánbiān
後面	hòumiàn	後邊	hòubiān
裡面	lǐmiàn	裡邊	lǐbiān
外面	wàimiàn	外邊	wàibiān

✏ 試試看：把正確的方位詞圈起來 **Kreisen Sie die korrekten Positionswörter ein:**

例 Beispiel：筆在筆記本（上面，下面，左邊，⃝右邊 ）。

1.筆記本在桌子（上面，下面，左邊，右邊）。

2. 英文書在筆（上面，下面，左邊，右邊）。

3. 筆在筆記本和英文書（裡面，外面，中間，對面）。

4. 足球在桌子（上面，下面，左邊，右邊）。

5. 手機在筆（上面，下面，左邊，右邊）。

Ⅱ 「N＋在＋哪裡？」的用法與回答：詢問物品的位置之句型如下
Frage nach der räumlichen Lage (1): „Wo ist…?"

　　詢問人或事物的方位可使用NP「在哪裡」或「在什麼地方」在中國北方常使用「在哪兒」，回答時可使用與問式相同的形式，即NP＋在＋方位詞。

Für den Ausdruck von „wo?" gibt es die Möglichkeiten 在哪裡 oder 在什麼地方 zài shénme dìfāng „an welchem Ort? wo genau?". Verbreiteter in Nordchina ist allerdings die erisierte Form 在哪兒. Die Antwort auf diesen Fragetyp benutzt dasselbe Pattern, nur bindet das Verbum 在 dann eine NP zur Angabe der Örtlichkeit.

A:

NP/PN	在	QW
筆 早餐店 他們	在	哪裡　？ 什麼地方？

B:

NP/PN	在	（NP/PN）＋Position Words
筆 早餐店 他們	在	（桌子）上面。 （書店）旁邊。 （飯館）裡面。

✎ 試試看：用完整的句子說出正確的物品位置 Beschreiben Sie in vollständigen Sätzen die Position der Dinge zueinander:

例 Beispiel：A：中文書在哪裡？(筆記本／下面)

　　　　　　　B：[中文書在筆記本下面。]

1. A：中文書店在哪裡？(學校／後面)

　　B：[　　　　　　　　　　　　　　　　　　　　　　　　　]

2.A：筆在哪裡？(小明 / 那兒)

  B：[　　　　　　　　　　　　　　　　　　　　　　　　　　　]

3.A：文具店在哪裡？(書店 / 旁邊)

  B：[　　　　　　　　　　　　　　　　　　　　　　　　　　　]

4.A：北京飯館　　　　　　　　　　　　　　　　？(來來Hotel / 裡面)

  B：[　　　　　　　　　　　　　　　　　　　　　　　　　　　]

5.A：KTV　　　　　　　　　　　　　　　　　　　？(早餐店/ 對面)

  B：[　　　　　　　　　　　　　　　　　　　　　　　　　　　]

 「哪裡＋有＋N？」的用法與回答
Frage nach der räumlichen Lage (2): „Wo gibt es …?"

　　此問式表示某處所存在著某一事物或人，其形式為：處所詞語＋有＋NP（表存在、出現或消失的事物或人）此NP一般為不定詞。

Bei der Frage nach einer Örtlichkeit wird das Pattern des sogenannten Existenzsatzes verwendet [Satztyp mit invertiertem Subjekt zum Ausdruck der Existenz, des Erscheinens oder Verschwindens einer NP] der Form 哪裡＋有＋N? Zu beachten ist, dass bei diesem Satztyp die NP grammatisch und semantisch nicht näher bestimmt sein darf: „irgendein", „so etwas wie…".

A：

QW	有	NP/PN
哪裡 什麼地方	有	書店 早餐店　　？ 中文書店

Die Antwort auf Fragesätze dieses Typs zeigt dasselbe Pattern:

NP Ausdruck zur Angabe der Örtlichkeit ＋ 有 ＋ NP. Diese NP ist auch wieder semantisch unbestimmt: „irgendein".

B：

PW	有	NP/PN
學校　旁邊 文具店　後面 早餐店　前面	有	書店 早餐店　　。 中文書店

試試看：請寫出正確的句子 **Bilden Sie Sätze aus den vorgegebenen Formen:**

例 Beispiel：學校旁邊 / 有 / 飯館。

→ 學校旁邊有飯館。

1. 中文書店 / 有 / 哪裡 ？

→

2. 有 / 前面 / 文具店 / 早餐店嗎？

→

3. 筆記本 / 德文書 / 下面 / 有　嗎 ？

→

4. 人 / 你/ 後面 / 有 。

→

5. 我家 / 有 / 前邊 / KTV。

→

 能願動詞「可以」的用法　Das Hilfsverb kěyǐ

　　能願動詞「可以」經常放在動詞動詞性成分的前面，表示「能夠」或「允許」，否定式是「不可以」，疑問式是「可不可以」或在句尾加疑問助詞「嗎」。

　　Das Hilfsverbum 可以 steht für „können" im Sinne von „erlaubt oder möglich sein", „dürfen" [im Ggs. zu „können" weil „erlernt" oder „physisch zu etwas in der Lage" bzw. weil „die Umstände es so fügen"]. Die negative Form 不可以 steht für „verboten sein", „nicht gestattet sein", der Fragesatz kann mit affirmativ-negativer Positionierung des Hilfsverbs 可不可以 oder durch die Anschlussfrage mit 嗎 gebildet werden.

可以　試穿 　　講價	不可以　試穿 　　　講價	可不可以　試穿 可以　講價　嗎

試試看：以否定式回答問題 **Antworten Sie mit verneinten Sätzen:**

例 Beispiel：我們可以下課嗎？ → [你們不可以下課。]

A：這件大衣可以試穿嗎？ → B：

A：你們這裡可以講價嗎？ → B：

A：你們的早餐可不可以外帶？ → B：

A：我可以跟你們去書店嗎？ → B：

5. 我可以和你一起去看電影嗎？ → B：

V 數量詞（**Nu-M**）＋多少錢？ Frage nach dem Preis mit duōshǎo qián?

A.數字：漢語用「十進位」來稱數。60以上的數說法如下：

Das dezimale Zahlsystem zeigt im Chinesischen als Besonderheit das Wort 萬 „zehntausend", mit dem höherwertige Zahlwörter gebildet werden, z.B. 一百萬 „1 Million".

61	六十一	71	七十一	81	八十一		
62	六十二	72	七十二	82	八十二		
63	六十三	73	七十三	83	八十三		
64	六十四	74	七十四	84	八十四		
65	六十五	75	七十五	85	八十五		
66	六十六	76	七十六	86	八十六		
67	六十七	77	七十七	87	八十七		
68	六十八	78	七十八	88	八十八		
69	六十九	79	七十九	89	八十九		
70	七十	80	八十	90	九十		

91	九十一	101	一百零一
92	九十二	111	一百一十一
93	九十三	199	一百九十九
94	九十四	999	九百九十九
95	九十五	1000	一千
96	九十六	1111	一千一百一十一
97	九十七	9999	九千九百九十九
98	九十八	10000	一萬
99	九十九	15000	一萬五千
100	一百	99900	九萬九千九百

B.量詞 Weitere Meteralia：

　　a.「杯」，例如：八杯豆漿 Becher, Tassen, Gläser mit Getränken

　　b.「個」，例如：兩個漢堡、三個蛋餅 allgemein für „Stück"

　　c.「件」，例如：四件大衣 unpaarige Kleidungsstücke, aber keine Hosen oder Röcke, auch keine Sets wie Kostüme oder Anzüge

　　d.「枝zhī」，例如：六枝筆 kleine lange oder schmale Objekte wie Stifte oder Zigaretten

　　e.「本」，例如：七本中文書 Bücher, Hefte, Zeitschriften

　　f.「張」，例如：一張桌子 flächige Objekte wie Tische, Papierbögen, Bettlaken

C.詢問物品的價錢：

　　如果要詢問的物品數量是一本(枝、個、件、杯)，也可以用「N＋多少錢＋數量詞？」型式。例如：一個漢堡多少錢？ ＝ 漢堡一個多少錢？ ＝ 漢堡多少錢一個？

　　多少錢 ist eine NP mit voller prädikativer Funktion „wie teuer ist...?", „wie viel kostet...?". Das Meteralium kann vor oder nach der nachgefragten NP stehen, aber auch im Anschluss an den prädikativen Ausdruck 多少錢.

A：

NP	Nu-M	多少錢
鉛筆 筆記本 包子	兩枝 三本 四個	多少錢 ？

B：

Nu-M	NP	多少錢
兩枝 三本 四個	鉛筆 筆記本 包子	多少錢 ？

試試看：下面物品的價錢要怎麼問？ **Fragen Sie nach dem Preis der Gegenstände:**

鉛筆五枝多少錢？
或
五枝鉛筆多少錢？

VI 一點兒：表示數量少或程度低 Yìdiǎnr als Meteralium

a.在狀態動詞後做補語，SV＋一點兒，例如：便宜一點兒。

b.在狀態動詞前面做副詞，有(一)點兒＋SV，例如：這件大衣有(一)點兒小。

一點兒 kann zwei verschiedene Funktionen erfüllen:

a.Meteralium: „ein bisschen von etwas"

b.Adverb: „ein bisschen so und so"

有(一)點兒 kann nur adverbial gebraucht werden und hat stets negative Konnotation.

 試試看：填入「一點兒」或「有一點兒」 **Setzen Sie yìdiǎnr oder yǒudiǎnr ein:**

例 Beispiel：這件大衣有一點兒小，你們有沒有大一點兒的。

1. 這個星期我	忙，不可以去看電影。
2. 這枝筆	貴，你們有沒有便宜　　　　的。
3. 這件大衣	大，你們有沒有小　　　　的。

Ⅶ 動詞重疊「Ｖ（一）Ｖ」的用法 Reduplikation transitiver Verba

　　表示動作的動詞可以重疊為「Ｖ－Ｖ」或「ＶＶ」式，動作動詞的重疊表示動作的短暫或嘗試之意，例如：「看一看」、「找一找」或「看看」、「找找」。

　　Die Reduplikation transitiver einsilbiger Verben verändert grammatisch ihre Valenz zum Intransitiven: sie benötigen in dieser Form kein Objekt mehr. Die Reduplikation kann einfach sein oder durch ein eingeschobenes unbetontes 一 „einmal" ergänzt werden, und steht zum Ausdruck der Kürze oder Beiläufigkeit einer Handlung: „mal eben nachschauen", „einen Blick werfen auf", aber auch zum Ausdruck des genauen Gegenteils: „einmal richtig gründlich …".

試試看：填入「Ｖ（一）Ｖ」 **Setzen Sie reduplizierte Verba ein:**

例 Beispiel：我可以　看一看　(看) 這本書嗎？

1. 你　　　　　　　　　　　　　　　　　　(找) 附近有沒有書店。

2. 我們到別的地方去　　　　　　　　　　　　　　　　(看)

3. 我們今天去哪裡吃飯？我　　　　　　　　　　　　　(想)

4. 我們還有時間，先在附近　　　　　　　　　　(走) 吧！

5. 他還在家，我們再　　　　　　　　　　　　(等) 吧！

Ⅷ 雙賓動詞「給、找」的用法 Zweiwertige transitive Verben

　　雙賓動詞 (Double Object Verbs) 是指動詞後面接兩個賓語的動詞，其中一個賓語是「事物的接受者」(I.O.)，另一個賓語是「被給予的事物」(D.O.)。漢語中，能帶雙賓語的動詞，在語義上一般都有給予的意義。

　　Die Mehrzahl der transitiven Verben ist im Chinesischen rechtsbündig einwertig, das heißt nach dem Verb existiert eine durch eine NP zu besetzende Freistelle, die auch besetzt werden muss, soll das Verbum nicht im Passiv stehen. Gibt es im Satz kein Objekt, muss ein sogenanntes leeres Objekt gesetzt werden, wobei jedes transitive Verbum ein charakteristisches semantisch ausgewiesenes Objekt hat: 吃飯、買東西、寫字、穿衣服、喝水. Einige transitive Verba sind jedoch zweiwertig, das heißt, sie können zwei Objekte binden, ähnlich dem indirekten und direkten Objekt bei deutschen Verben. Ob ein Verb ein- oder zweiwertig ist, entscheidet allein der aktuelle Sprachgebrauch, es gibt keine Regel.

Subject	V	I.O.	D.O.
客人		老闆	三百塊
老闆	給	客人	一千塊
我	找(Geld herausgeben)	你	一本書
朋友		我	兩枝筆

試試看：寫出正確的句子 **Bilden Sie Sätze aus den vorgegebenen Formen:**

例 Beispiel：這件大衣 / 你 / 一千五 / 賣 。

→ 這件大衣賣你一千五。

1. 小紅　　　　　給 / 三百塊 / 我 。

→

2. 中平　　　　　/ 五百塊 / 給 / 老闆 嗎？

→

3. 老闆　　　　　/ 二十七塊 / 立德 / 找 嗎？

→

4. 老師　　　　　很多時間 / 給 / 我們。

→

5. 他　　　　　　/ 找 / 我 / 兩千塊錢。

→

Ⅸ 間接問句及間接引語 Indirekte Fragesätze und indirekte Rede

漢語中及物動詞的賓語也有可能是一整個句子，這種句子可代替名詞片語。例句變化如下：

Im Chinesischen kann das Objekt eines transitiven Verbs ein ganzer Satz sein, dieser Satz fungiert als Ersatz für eine Nominalphrase. Es ist die Konstruktion:

V→O　Verb-Objekt Konstruktion, ersetzt durch:

S ε P　kompletter Satz

Bei der deutschen Übersetzung muss dann durch indirekte Frage bzw. indirekte Rede formuliert werden.

Beispiel:

1. 哪裡有中文書店? Wo ist ein chinesischer Buchladen?

   你知道.Du weißt etwas.

   你知道哪裡有中文書店嗎?Weißt du, wo ein chinesischer Buchladen ist?

2. 有沒有新書?Gibt es Neuerscheinungen?

   我也順便去看看.Bei der Gelegenheit geh' ich auch einmal nachschauen.

   我也順便去看看有沒有新書.Bei der Gelegenheit geh' ich auch einmal nachschauen, ob es Neuerscheinungen gibt.

試試看：請將下列的句子翻譯成中文。**Übersetzen Sie die folgende Sätze ins Deutsche.**

---

1. Ich frage mal, ob er morgen kommt.

2. Probiere mal, ob dir der Mantel passt.

3. Ich schaue mal, ob er da ist.

4. Weisst du, wo er ist?

5. Ich weisst nicht, wo ein gutes Restaurant ist.

四、漢字說明 Schriftzeichenerklärungen

面 miàn ist Klassenzeichen # 176, ein relativ seltenes Klassenzeichen, mit der Grundbedeutung *Gesicht*. In Zusammensetzungen wie 裏面 lǐmian *innen* ist es ein Suffix mit der Konnotation *Oberfläche*, in diesem Sinne auch als Meteralium verwendet: 一面湖 yī miàn hú *ein See*. Ein Blick auf die siegel- und bronzeschriftlichen Formen zeigt, dass es sich nicht um ein Piktogramm, d.h. ein Abbild des Gesichtes mit einem Mund in der Mitte (囬 ist eine populäre, nichtstandardisierte Abkürzung für 面) handelt, sondern dass ein assoziatives Kompositum ist: der Umriss eines Kopfes mit # 109, Auge 目 mù in der Mitte: 圁

面, damit folgt der Graph dem Strukturprinzip ⬚ : ein Element von einem anderen Element vollständig umschlossen.

Einige siegelschriftliche Graphen zeigen statt des Auges den Graphen 自 zì, # 132, mit der modernen Bedeutung *selbst*: 圓 ← 囗 + 自 *Umrahmung* mit „*selbst*". Entscheidend ist hier, dass der Graph 自 ein Piktogramm ist, nämlich das der Nase. Im modernen Wort für *Nase*, 鼻子 bízi, das selbst wiederum Klassenzeichen # 209 ist, steht die Nase zuoberst, ergänzt durch # 104 田 tián *Feld* und den untersten Bestandteil, einer Variante von 廾 .

鼻子 bízi ist eine graphematische Erweiterung von 自 zì, um die diversifizierten Bedeutungen von *Nase* und *selbst* zu differenzieren. 鼻 ist ein morphophonematisches Kompositum, wobei der untere Bestandteil, 畀 bì *geben, gewähren*, das Phonetikum ist. Eine weitere historische Erklärung auf der Grundlage der siegelschriftlichen Form 鼻 sieht unter der Nase den Mund und den Hals als Piktogramm. Aber gleich, welcher Möglichkeit man folgt, die Nase gilt in Ostasien als *pars pro toto* für *ich selbst*, was jeder bestätigen kann, der im Land die Leute hat auf ihre Nase deuten sehen, wo man sich in Europa auf die Brust zeigen würde. Insofern ist *Gesicht* eine Umrahmung mit entweder Auge oder Nase als Mittelpunkt, beide Konzepte sind in der chinesischen Antike zu finden.

五、聽力練習 Hörverständnisübungen

試試看： I.請聽一段對話，試試看你聽到什麼？**Hören Sie zunächst den Dialog an.**
II.請再聽一次對話。這次對話將分成三段播放，請根據每段話內容，選出正確
的答案 **Nun hören Sie den Dialog noch einmal an und markieren Sie die richtigen**
Antworten:

第一段 Absatz 1

1.誰買衣服？

　a)張玲

　b)老闆

　c)王中平

2.那件衣服怎麼樣？

　a)有一點兒大

　b)有一點兒小

　c)有一點兒貴

第二段 Absatz 2

3.他要買哪一件衣服？

  a)紅的

  b)黑的

  c)都不買

4.那件衣服賣多少錢？

  a)六百塊錢

  b)三千塊錢

  c)兩千四百塊錢

第三段 Absatz 3

5.書店在哪裡？

  a)在學校對面

  b)在文具店前面

  c)在文具店後面

6.張玲想買什麼？

  a)書

  b)衣服

  c)筆記本

六、綜合練習 Zusammenfassende Übungen

綜合練習生詞　Wortschatz zusammenfassende Übungen

	漢字 Zeichen	拼音 Umschrift	解釋 Erklärung
1	打嘴巴	dǎ zuǐba	(VO) eine Ohrfeige geben, jem. eine kleben
2	頂呱呱	dǐngguāguā	(SV) super, bestens, top
3	孩子	háizi	(N) Kind
4	壞	huài	(SV) Ggs. zu 好 hǎo: schlecht, böse, kaputt
5	筷子	kuàizi	(N) Essstäbchen
6	輛	liàng	(Met) für Fahrzeuge mit Rädern
7	便宜	piányi	(SV) billig
8	蘋果	píngguǒ	(N) Apfel
9	青	qīng	(SV) grün; blau
10	熱	rè	(SV) heiß [Flüssigkeit, Luft]
11	雙	shuāng	(Met) für paarige Gegenstände: Schuhe, Handschuhe
12	上下	shàngxià	(N) oben und unten, alt und jung, jedermann

13	條	tiáo	(Met) für lange, schmale Objekte: Röcke, Hosen
14	碗	wǎn	(N) Schüssel, Schale; (Met) für Gerichte in Schüsseln
15	衣櫃	yīguì	(N) Kleiderschrank
16	椅子	yǐzi	(N) Stuhl
17	元	Yuán	(N) chinesische Yuan, japanische Yen
18	嘴巴	zuǐba	(N) Mund
19	左右	zuǒyòu	(N) rechts und links; überall, ungefähr

I 請根據下列圖案，說出量詞的用法
Benutzen Sie die korrekten Meteralia

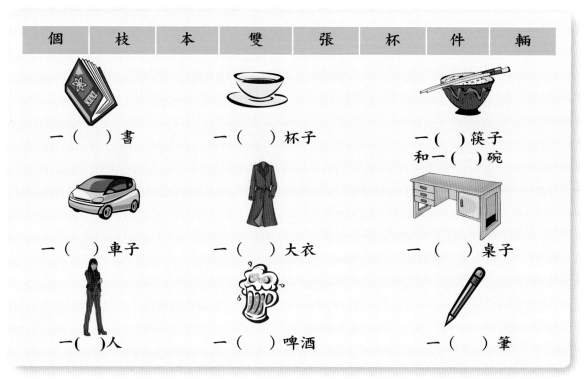

| 個 | 枝 | 本 | 雙 | 張 | 杯 | 件 | 輛 |

一（　）書　　　一（　）杯子　　　一（　）筷子
　　　　　　　　　　　　　　　　　和一（　）碗

一（　）車子　　一（　）大衣　　　一（　）桌子

一（　）人　　　一（　）啤酒　　　一（　）筆

II 童念 Kinderreim

青蘋果，青蘋果，青蘋果，上上下下，左左右右，前前後後
好孩子，好孩子，頂呱呱，壞孩子，壞孩子，打嘴巴。

159

III 請照指示, 完成下面練習
Vervollständigen Sie nach diesen Hinweisen die folgende Übung.

a.請根據下圖，說出不同的方位 Wo befindet sich was?

小真 立德 張玲

書在椅子＿＿＿＿＿＿＿＿＿＿＿　　小真在立德的＿＿＿＿＿＿＿＿＿＿

衣服在衣櫃＿＿＿＿＿＿＿＿＿＿　　書在蘋果＿＿＿＿＿＿＿＿＿＿＿

張玲在立德的＿＿＿＿＿＿＿＿＿　　立德在小真和張玲的＿＿＿＿＿＿

b.學校附近有什麼？請寫下來。Was liegt in der Nähe der Uni?
例：學校附近有書店。

＿＿＿＿＿＿＿＿＿＿＿＿＿＿＿＿＿＿＿＿＿＿＿＿＿＿＿＿＿＿＿＿＿

＿＿＿＿＿＿＿＿＿＿＿＿＿＿＿＿＿＿＿＿＿＿＿＿＿＿＿＿＿＿＿＿＿

＿＿＿＿＿＿＿＿＿＿＿＿＿＿＿＿＿＿＿＿＿＿＿＿＿＿＿＿＿＿＿＿＿

c.多少錢? Was kostet das?

(1) 請根據圖片，回答下列問題：

豆漿15元　　　　蛋餅20元　　　　包子2個30元　　　熱狗25元

一杯豆漿，一個蛋餅，和一條熱狗一共多少錢?

兩個蛋餅和一個包子一共多少錢?

一杯豆漿、一個蛋餅、一個包子和一條熱狗多少錢?

(2)角色扮演：A 同學去早餐店，B 同學是老闆，請買早餐及問價錢。
Rollenspiel: A geht Frühstück kaufen, B ist Chef/in eines typischen
Frühstücksladens. Kaufen Sie ein und fragen Sie nach dem Preis:

老　闆：你好！請問你要吃什麼？

同學A：我要＿＿蛋餅，＿＿ 包子，＿＿＿ 熱豆漿，＿＿＿熱
　　　　狗。

老　闆：你要外帶還是在裡面吃？

同學A：我要外帶，一共多少錢？

老　闆：蛋餅＿＿塊，包子＿＿＿塊，豆漿＿＿＿塊，熱狗＿＿
　　　　塊，一共＿＿＿塊。

同學A：這是＿＿＿塊。

老　闆：這是你的早餐，謝謝！再見！

同學A：再見！

 買衣服 **Kleidung kaufen**

你和你的同學一起去買衣服。請你評論其中一件衣服，問小姐
有沒有其他尺寸，並講價。請把對話寫下來。

Kleidung kaufen: Sie gehen mit Kommilitonen shoppen, diskutieren Sie
die Kleidungsstücke, fragen Sie nach dem Preis und versuchen Sie zu
handeln. Schreiben Sie Ihre Dialoge auf!

Ⓥ 真實語料 Sprachliche Realien

早餐店價目表 Angebot in einem Frühstücksladen

my warm day 麥味登 MENU
早餐速食連鎖的美食家
外帶：　內用桌號：　合計
台南縣永康市大仁街40號
訂購專線：(06)2737-808
麥味登精緻早餐 崑山店

套餐系列（飲料另選折抵10元）
品項	選項	價
兒童套餐（薯條+雞塊+熱狗）	□紅茶□鮮奶茶□冰□熱	50
招牌套餐（鬆餅抹果醬+洋芋沙拉+蛋+紅茶/奶茶）	□紅茶□鮮奶茶□冰□熱	65
法式套餐（法式麵包抹香蒜+蔬菜沙拉+培根+薯餅+蛋+紅茶/奶茶）	□紅茶□鮮奶茶□冰□熱	70
幸福套餐（法式海綿+德式香腸+洋芋沙拉+紅茶/奶茶）	□紅茶□鮮奶茶□冰□熱	75
樂活套餐（法式麵包抹奶油+蛋+黑胡椒雞排+蔬菜沙拉）	□果汁□咖啡□冰□熱	80

中式餐點（加蛋或加起司另加5元）
品項	價	品項	價
全麥蛋餅	20	蘿蔔糕□蛋	25
火腿全麥蛋餅	25	鍋貼□蛋	25
培根全麥蛋餅	25	主廚濃湯	20
玉米全麥蛋餅	25	蔥抓餅□蛋	15
芝士全麥蛋餅	25	南瓜抓餅□蛋	20
鮪魚全麥蛋餅	30		
燻雞蛋餅	30	鐵板麵	35
鮮蔬全麥蛋餅	30	□蘑菇□黑胡椒□蛋	
大阪燒全麥蛋餅	35	大阪燒炒麵	45

活力堡系列（加蛋或加起司另加5元）
品項	選項	價
□鮮蔬□洋芋鮮蔬	□加蛋□加起司	35
燒烤豬肉片	□加蛋□加起司	45
□檸檬雞□豬排	□加蛋□加起司	45
培根芝士	□加蛋	45
卡啦雞腿	□加蛋□加起司	55
超厚牛肉芝士	□加蛋	55

（加蛋或加起司另加5元）
品項	選項	價
鮮蔬	□加蛋□加起司	35
培根芝士	□加蛋	45
□檸檬雞□燻雞	□加蛋□加起司	45
黑胡椒豬排	□加蛋□加起司	50

ＰＩＴＡ系列（口袋堡）均含蛋（加起司另加5元）
品項	選項	價
鮮蔬	□加起司	35
□檸檬雞□大阪燒□燻雞	□加起司	45
□藍帶豬排	□加起司	55
卡啦雞腿（原/辣）	□加起司	55

橫濱湯種三明治
品項	價	品項	價
田園	35	檸檬雞	35
洋芋	35	卡啦雞	35
香雞	35	燻雞	35

品項	價	品項	價
檸檬雞	45	德式香腸	45
大阪燒	45	培根	45

※焗烤現做需等待

蔬果沙拉系列
品項	價	品項	價
火腿沙拉	45	燻雞沙拉	50
洋芋沙拉	45	蔬果沙拉	50

Brunch系列（以下套餐加任何一飲料可享折扣10元）
品項	價
雞翅套餐（香炸雞翅+薯條+法式麵包抹香蒜+荷包蛋）	65
墨西哥手捲餐（燻雞手捲+杏力蛋+法式麵包抹香蒜）	70
丹麥漢堡餐（燒烤豬肉片丹麥堡+蛋+水果沙拉）	75

全麥漢堡系列（加蛋或加芝士另加5元）
品項	選項	價
□火腿□夾蛋	□加蛋□加芝士	20
□豬肉□鮪魚玉米	□加蛋□加芝士	25
□香雞○洋芋○鮮蔬	□加蛋□加芝士	30
培根芝士	□加蛋	30
□燒烤豬肉片○素漢堡	□加蛋□加芝士	35
□香燻雞□檸檬雞	□加蛋□加芝士	35
黑胡椒豬排	□加蛋□加芝士	35
藍帶豬排	□加蛋□加芝士	45
卡啦雞腿□原□辣	□加蛋□加芝士	45
超厚牛肉芝士	□加蛋	50

烤波浪土司系列（加蛋或加芝士另加5元）
品項	選項	價
□火腿□夾蛋	□加蛋□加芝士	15
□肉鬆○鮮蔬	□加蛋□加芝士	20
□豬肉□鮪魚玉米	□加蛋□加芝士	25
□香雞○洋芋鮮蔬	□加蛋□加芝士	25
培根芝士	□加蛋	30
□燒烤豬肉片○素漢堡	□加蛋□加芝士	30
□燻雞□檸檬雞	□加蛋□加芝士	30
黑胡椒豬排	□加蛋□加芝士	30
藍帶豬排	□加蛋□加芝士	40
卡啦雞腿□原□辣	□加蛋□加芝士	40
超厚牛肉芝士	□加蛋	50
□總匯豬排□總匯卡啦雞腿	□加芝士	50
□花生□草莓	□10薄片□20湯種厚片	
□巧克力□奶油	□10薄片□20湯種厚片	
□奶酥□香蒜□藍莓	□10薄片□20湯種厚片	

點心系列
品項	價	品項	價
熱狗	10	香炸雞翅	25
△角薯餅	15	麥克雞塊	30
美國脆薯	20	卡拉雞腿（原/辣）	35
雞塊小不點	25	香檸雞柳條	35
德式香腸	25	荷包蛋	8

飲料系列　本店採用林鳳營鮮奶
品項	中/小杯	選項	大杯	選項
豆漿	10中杯	□冰□熱	15大杯	□冰□熱
古早味紅茶	10中杯	□冰□熱	15大杯	□冰□熱
鮮奶茶	15中杯	□冰□熱	20大杯	□冰□熱
胚芽豆漿	15中杯	□冰□熱	20大杯	□冰□熱
林鳳營鮮奶	30小杯	□冰	40大杯	□冰
山藥薏仁漿	20中杯	□冰□熱	30大杯	□冰□熱
棉花糖可可	20中杯	□冰□熱	30大杯	□冰□熱
胚芽奶茶	20中杯	□冰□熱	30大杯	□冰□熱
冰咖啡二合一	25中杯	□冰	35大杯	□冰
百分百柳橙汁	30中杯	□冰	40大杯	□冰
招牌熱咖啡	30單杯	□熱		
拿鐵咖啡	40單杯	□冰□熱	（無糖）高山冷泡茶	
焦糖咖啡	40單杯	□冰□熱	15大杯	□冰

1. 請你看看上面的照片，你可以猜一猜，起司蛋土司是什麼嗎？
   Können Sie erraten, was wohl ein qǐsīdàntǔsī sein mag?

2. 原味蛋餅一個多少錢？
   Was kostet ein yuánwèi dànbǐng?

七、從文化出發 Interkulturelle Anmerkungen

Handeln

„Geht es nicht ein wenig billiger?"

Beim Einkaufen in China hört man diesen Satz immer wieder. Im Chinesischen gibt es einen speziellen Ausdruck dafür: Man spricht vom „Hin- und Herverhandeln des Preises 討價還價 tǎo jià huán jià." Der deutsche „Festpreis 不二價 bú èrjià" zieht ein ganz anderes Konsumverhalten nach sich. Auf den Märkten oder Nachtmärkten Taiwans oder auf dem Festland, dem Xiushui-Markt in Beijing 北京秀水市場 Běijīng Xiùshuǐ Shìchǎng etwa oder dem Shilin-Nachtmarkt in Taibei 士林夜市 Shìlín Yèshì gibt es keine klar gekennzeichneten Preise für die Waren. Darum hat der Käufer Raum zu verhandeln: Die „Preisanfrage 詢價 xún jià", das „Handeln um den Preis 講價 jiǎng jià" und das „Abtöten des Preises 殺價 shā jià", was heißt, dass der Käufer versucht, den Preis möglichst niedrig zu halten, sind ganz normale Bestandteile eines Einkaufs.

Ein taiwanisches Sprichwort sagt:「嫌貨才是買貨人。」xián huò cái shi mǎi huò rén „Nur ein kritischer Käufer kauft auch etwas." Jeder kann beim Einkaufen verlangen, die Waren auspacken zu dürfen, sie zu prüfen oder anzuprobieren. Ein kritischer Käufer kann auch skeptisch den Preis verhandeln. Auf dem Bekleidungsmarkt ist es zum Beispiel völlig normal, die Waren bis auf den halben vom Verkäufer angegebenen Preis zu drücken.

Was das „Hin- und Herhandeln" angeht, so wird den Menschen aus verschiedenen Gegenden Chinas ganz Unterschliedliches nachgesagt: Die Shanghaier zum Beispiel sind als Schlauberger bekannt und sollen sehr geschickt beim Handeln sein. Im Gegensatz dazu gelten die Nordchinesen als unbedacht, sie verachten es, alles so fürchterlich genau zu nehmen und spotten über die „Trivialitäten", die die Menschen in Shanghai bewegen. Die Taiwaner spielen beim Handeln auf ihre guten Beziehungen mit den Händlern an, um die Preise zu drücken und so ist das Verhandeln dort oft eine sehr freundschaftliche Sache. Dies Art des Handelns, wo es um eine Art „Sympathiegewinn" geht, hat ein menschliches Gesicht. Wenn die Handelei zu heftig betrieben wird, kann das auch verletzend sein, und dann ist der Einkaufsspaß verloren. Beim „Hin- und Herhandeln" braucht man also nicht nur Geschick, man muss sich auch mit den lokalen Gewohnheiten vertraut machen.

Egal ob man dem Sprichwort「無奸不商」wú jiān bù shāng „Kein Geschäft ohne kleine Bosheit" glaubt und so den Händlern nicht vertraut, oder ob man ein echter Schnäppchenjäger ist, es schadet sicher nichts, in die örtlichen Gepflogenheiten einzutauchen und den Spass des Handelns einmal mitzuerleben.

討價還價

　　購物時，人們常常可以聽到一句話，漢語中專門有一個詞來形容，叫「討價還價」。這跟德國「不二價」的銷售方式和消費行為大異其趣！因為商品沒有清楚標明售價，價格是有議價空間的，所以「詢價」、「講價」、「殺價」是大陸和台灣常見的購物流程，尤其在市場或夜市，如有名的北京秀水市場和台灣士林夜市。

　　台灣俗語說：「嫌貨才是買貨人。」用在購物時，買主可以要求拆封、檢查和試用；從挑貨的過程中，顯露出識貨的眼光，但卻是用懷疑價格的態度。舉例來說，在大陸一些賣服裝衣飾的市場，一般認為，把攤主開出的價錢殺下一半，都是正常的。

　　在「討價還價」這一點上，不同地域的人有不同的特點。比如上海人以精明著稱，在購物時特別善於討價，而且很有技巧。但是北方人就比較大大咧咧，不屑於斤斤計較，常常嘲諷上海人的「雞毛蒜皮」。而台灣人則喜歡攀親帶故拉關係來達到殺價的目的，交易就在討價還價中熱絡地進行著。這種帶有「搏感情」式的交易，其實也是人情味的一種流露。但若語言爭鋒和計較太過時，當然就傷感情、破壞購物的樂趣了。「討價還價」不僅需要技巧，還需要熟稔當地的購物習俗。

　　不管是認為商人「無奸不商」的不信任想法，或是貪小便宜的買主心態，不妨入鄉隨俗，體驗「討價還價」的樂趣。

本課重點 Lernziele

【1】在餐廳點菜、買單
Bestellen und Bezahlen im Restaurant

【2】介紹餐廳
Ein Restaurant empfehlen

【3】表示經驗助詞「過」的用法
Der Aspekt der einmaligen oder besonderen Erfahrung durch guò

【4】表示變化或新情況助詞「了」的用法
Aspekt der neuen Situation durch le

【5】用助詞「比」表示比較的用法
Der Vergleichssatz mit bǐ

【6】「V一下」的用法，副詞「再」的用法
Verb plus yíxià, Adverb zài

【7】「又…又…」的用法
Gedoppeltes Adverb yòu... yòu...

一、課文 Lektionstexte

Teil A、點菜 Essen bestellen

情境介紹：中平和馬克到德國的中國餐廳吃中國菜。

Situation: Zhongping mit Mark in einem deutschen Chinarestaurant.

服務生：你們好！這是我們的菜單，兩位想點什麼？

中　平：謝謝！馬克，你想吃什麼呢？

馬　克：我沒有吃過中國菜，也看不懂菜單，你能不能介紹一下？

中　平：好！你想吃肉還是吃魚？

馬　克：我喜歡吃雞肉。

中　平：我想吃魚，好久沒吃魚了！喔！對了，你喜歡什麼口味？

馬　克：我比較喜歡酸酸甜甜的味道。

中　平：我喜歡辣的。

服務生：兩位要點菜了嗎？請問要點什麼菜？

中　平：我們點一個糖醋雞丁，一個紅燒魚和一個麻婆豆腐。

服務生：請問要喝什麼飲料？

馬　克：我要一杯啤酒。

中　平：我要喝香片。

服務生：好！馬上來。

問題 Fragen

1.馬克吃過中國菜嗎？

2.馬克喜歡什麼味道？

3.中平點什麼菜？

4.馬克點什麼飲料？

Teil B、買單 Die Rechnung bezahlen

情境介紹：立德的朋友小真請他去台北的德國餐廳吃飯。

Situation: Lides Freundin Xiaozhen lädt ihn in ein deutsches Restaurant in Taibei ein.

小　真：小姐，我們要買單。

服務生：好，請等一下！…小姐，沙拉、牛排、德國豬腳、蘋果派、黑
　　　　森林蛋糕、一杯紅酒和一瓶啤酒，一共是兩千一百一十五塊
　　　　錢。

立　德：對不起！我們要分開算，各付各的。

小　真：你上個禮拜請我看電影，今天我請你吃飯，好嗎？

立　德：好啊！謝謝你！

小　真：不客氣！

服務生：請問你要刷信用卡，還是付現金？

小　真：我刷卡。

立　德：小真，這家餐廳的菜不錯。

小　真：我也覺得好吃，我們下次再來。

立　德：下次我請你。

問題 Fragen

1.小真和立德吃哪些菜？

2.為什麼小真要請立德吃飯?

3.小真是刷信用卡，還是付現金？

4.小真和立德為什麼想再去那家餐廳？

Teil C、介紹餐廳 Ein Restaurant empfehlen

情境介紹：李明、張玲和小紅辛苦工作了一天以後，想找一家特別好吃的餐廳吃飯。

Situation: Li Ming, Zhang Ling und Xiaohong wollen nach einem harten Arbeitstag ein besonders gutes Restaurant zum Abendessen aussuchen.

李明：小紅，今天好累啊！聽說公司附近有很多好吃的餐廳，你可以介紹一家嗎？

張玲：是啊！現在我肚子好餓，真想大吃一頓。

小紅：你們喜歡什麼口味的菜呢？

張玲：我喜歡又辣又鹹的四川菜。

李明：四川菜比北方菜辣嗎？

小紅：對！北方菜沒有四川菜那麼辣。

李明：太辣的菜我不喜歡。我比較喜歡口味淡一點的菜。

張玲：我喜歡的口味比你的重多了。

小紅：你們兩位的口味這麼不一樣，我想一想，我們應該去什麼餐廳呢？啊！我想到了…

李明、張玲：什麼餐廳？

小紅：我們去吃君悅大飯店的自助餐，你們愛吃什麼就吃什麼，想吃多少就吃多少。

問題 Fragen

1.張玲喜歡什麼口味的菜？

2.北方菜和四川菜，哪個比較辣？

3.誰的口味比較重？

4.他們去哪裡吃飯？

二、生詞 Wortschatz

(一) 課文生詞 Wortschatz Lektionstexte

	漢字 Zeichen	拼音 Umschrift	解釋 Erklärung
1	愛	ài	(TV, 1) lieben, mögen, bevorzugen
2	北方	běifāng	(N) Norden
3	比	bǐ	(B) vergleichen, verglichen mit
4	比較	bǐjiào	(Adv) verhältnismäßig, ziemlich
5	菜單	càidān	(N) Speisekarte
6	茶	chá	(N) Tee [als fertiges Getränk]
7	吃肉	chī ròu	(VO) Fleisch essen
8	次	cì	(Met) für Häufigkeiten: ~mal
9	醋	cù	(N) Essig; (SV) sauer; eifersüchtig
10	大吃一頓	dàchī yídùn	(VO) sich den Bauch richtig vollschlagen
11	淡	dàn	(SV) dünnflüssig, geschmacklos; matt, blass, hell; kühl, elegant
12	蛋糕	dàngāo	(N) Eierkuchen, Kuchen, Gebäck [süß]
13	點菜	diǎn cài	(VO) Gerichte von der Karte auswählen
14	得到	dédào	(TV, 1) erhalten, bekommen
15	德國豬腳	Déguózhūjiǎo	(N) deutsches Eisbein
16	懂	dǒng	(TV, 1) verstehen
17	豆腐	dòufǔ	(N) Bohnenkäse, Tofu
18	對了	duìle	(Idiom) genau! richtig!
19	肚子	dùzi	(N) Bauch, Magen
20	餓	è	(SV) hungrig sein
21	分開	fēnkāi	(SV) getrennt, jeder für sich
22	付	fù	(TV, 1) aushändigen [Geld], bezahlen
23	付錢	fù qián	(VO) bezahlen
24	服務	fúwù	(N) Dienstleistung, Service; (IV) dienen, bedienen
25	服務生（服務員）	fúwùshēng (fúwùyuán)	(N) Angestellte(r) im Dienstleistungsbereich; Kellne (in)
26	各	gè	(Pron.) mehr als einer; verschieden, mannigfach; jeder für sich, jeder einzelne

27	各付各的	gèfùgède	(Idiom) jeder zahlt für sich
28	過	guò	(IV) vorübergehen, passieren [zeitlich und örtlich]; (TV, 1) vorübergehen an; Verbaffix zum Ausdruck des Aspekts der einmaligen oder besonderen Erfahrung in der Vergangenheit
29	還是	háishì	(Adv) oder; nach wie vor
30	黑森林蛋糕	Hēisēnlín dàngāo	(N) Schwarzwälder Kirschtorte
31	紅茶	hóngchá	(N) schwarzer Tee
32	紅酒	hóngjiǔ	(N) Rotwein
33	紅燒魚	hóngshāoyú	(N) scharf rotgedünsteter Fisch
34	雞	jī	(N) Huhn
35	腳	jiǎo	(N) Fuß, Bein
36	雞肉	jīròu	(N) Hühnerfleisch, Huhn [als Gericht]
37	君悅大飯店	Jūnyuè Dàfàndiàn	(N) Grand Hyatt Hotel
38	卡	kǎ	(B, Affix) ~ karte
39	卡片	kǎpiàn	(N) Karte
40	口味	kǒuwèi	(N) Geschmack; Geschmackssinn, Geschmacksrichtung
41	辣	là	(SV) scharf, pfefferig
42	禮拜	lǐbài	(N) Woche
43	買單	mǎidān	(Idiom) die Rechnung bitte!
44	麻婆豆腐	mápódòufǔ	(N) ein scharfes Tofugericht
45	馬上	mǎshàng	(Adv) sofort, augenblicklich
46	茉莉花茶	mòlìhuāchá	(N) Jasmintee
47	那麼	nàme	(Pron) so, derartig
48	哪些	nǎxiē	(Pron) welche? welche bestimmten?
49	呢	ne	(Part) Modalpartikel zum Ausdruck der Verlaufsform des Verbs
50	能	néng	(Aux) können [weil körperlich in der Lage dazu]
51	牛	niú	(N) Büffel, Rind
52	牛排	niúpái	(N) Rindersteak
53	喔	ō	(Interj) oh!
54	瓶	píng	(B) Flasche; (Met) für Getränke in Flaschen

55	蘋果派	píngguǒpài	(N) Apfelkuchen
56	肉	ròu	(N) Fleisch
57	沙拉	shālā	(N) Salat
58	上個	shàngge	(Pron.) der, die, das letzte
59	刷	shuā	(TV, 1) bürsten mit, wischen mit
60	刷(卡)	shuā (kǎ)	(VO) mit Karte bezahlen
61	算	suàn	(TV, 1) zusammenrechnen, abrechnen
62	四川菜	Sìchuān cài	(N) Sichuan-Küche
63	酸酸甜甜	suānsuāntiántián	(SV) süß-sauer
64	糖	táng	(N) Zucker; Bonbon, Süßigkeiten, Zuckersachen
65	糖醋	tángcù	(SV) süß-sauer
66	糖醋雞丁	tángcùjīdīng	(N) süß-saure Hühnerstückchen
67	甜	tián	(SV) süß [Geschmack]
68	位	wèi	(Met) für höhergestellte Persönlichkeiten
69	味道	wèidào	(N) Geschmack, Stil; Gefühl, Erfahrung
70	下次	xiàcì	(N) nächstes Mal
71	鹹	xián	(SV) salzig
72	香	xiāng	(N) Duft; (SV) duftend, wohlschmeckend
73	想到	xiǎngdào	(TV, 1) sich erinnern an, in den Sinn kommen dass
74	香片	xiāngpiàn	(N) Jasmintee
75	現金	xiànjīn	(N) Bargeld, Cash
76	信用卡	xìnyòngkǎ	(N) Kreditkarte
77	飲料	yǐnliào	(N) Getränke
78	應該	yīnggāi	(Aux) sollte, müsste
79	又	yòu	(Adv) wiederum, schon wieder; darüber hinaus, noch dazu
80	魚（條）	yú (Met. tiáo)	(N) Fisch
81	這麼	zhème	(Adv) so
82	真	zhēn	(SV) wirklich, wahrhaftig, ehrlich
83	重	zhòng	(SV) schwer; kräftig (im Geschmack)
84	豬	zhū	(N) Schwein
85	豬腳	zhūjiǎo	(N) Schweinshaxe; Eisbein
86	自助餐	zìzhùcān	(N) Selbstbedienungstheke, Essen am Büffet

(二) 一般練習生詞　Wortschatz Übungen

	漢字 Zeichen	拼音 Umschrift	解釋 Erklärung
1	答案	dá'àn	(N) Lösung, Antwort [Prüfungsaufgabe]
2	根據	gēnjù	(CV) auf der Grundlage von, gemäß
3	南方	nánfāng	(N) Süden
4	日文	Rìwén	(N) japanische Sprache und Literatur
5	酸辣湯	suānlàtāng	(N) saure scharfe [Peking] Suppe
6	完	wán	(IV) zu Ende gehen
7	萬	wàn	(Num) zehntausend
8	寫	xiě	(TV, 1) schreiben; malen

三、語法練習 Grammatische Übungen

I 助詞「過」的用法　Der Aspektmarker -guò

動態助詞「過」是表示過去的經歷，通常緊接在動詞的後面，說明某種動作曾在過去發生，經常用來強調有過某種經歷；否定式是在動詞前面加「沒(有)」；疑問句是在句尾加上「嗎？」或「沒有？」。句型如下：

Das Verbalaffix 過 dient als Marker des Vergangenheitsaspektes der einmaligen oder besonderen Erfahrung: schon einmal etwas getan, erlebt haben oder, wenn verneint, noch nie erfahren oder erlebt haben. 過 schließt sich immer direkt an das Verb an und kann nicht getrennt werden. Die Negation dieses Aspektes ist 沒 (有) V 過.

NP/PN	（沒有）V	過	O	
你 我 立德 他哥哥	吃 沒有學 去 看	過	德國菜。 中文。 台灣 日本電影	嗎？ 沒有？

✏ 試試看：請寫出正確的句子 Bilden Sie Sätze aus den vorgegebenen Formen:

例 Beispiel：我們 / 過 / 中國 / 去 / 沒有 。

　　　　　　我們沒有去過中國。

1. 小真 / 沒有 / 看 / 日本電影 / 過。

→

2. 中平 / 喝 / 嗎 / 德國啤酒 / 過？

→

3. 馬克 / 日文 / 過 / 學 / 沒有。

→

4. 他 / 沒有 / 一萬塊錢的大衣 / 買 / 過。

→

5. 你 / 嗎 / 去 / 柏林的國家圖書館 / 過？

→

 可能補語「V＋得＋結果補語」的用法
Das Komplement des Potentialis zum Ausdruck des Könnens oder Nichtkönnens

在「V＋結果補語」的中間加入「得」，就變成了可能補語「V＋得＋結果補語」。可能補語表示「可以」或「能夠」。否定式是把「得」換成「不」。句型如下：

Wird ein Komplement des Resultats durch 得 oder 不 vom Verb getrennt, entsteht das Komplement des Potentialis zum Ausdruck des Könnens oder Nichtkönnens. Diese Negation ist die einzig mögliche für ein Resultativkomplement in der Zeitstufe Gegenwart, in der Zeitstufe Vergangenheit wird mit 沒 verneint:

吃不完　nicht aufessen können
沒吃完　nicht aufgegessen haben

A.

V	得/不	RC/RE
看 聽 吃	得 不	到 懂 完

173

B.

V	RC/RE	了
看 聽 吃	到 懂 完	了

C.

沒	V	RC/RE
沒	看 聽 吃	到 懂 完

試試看：用「V＋不＋結果補語」的形式改寫句子 Bilden Sie den negativen Potentialis:

例 Beispiel：我喝得完三瓶啤酒。→ [我喝不完三瓶啤酒。]

1. 立德找得到中文書店。 [   ]

2. 小紅吃得完四個蛋餅。 [   ]

3. 中平看得懂德文菜單。 [   ]

III 句子＋「了」的用法

Die Satzschlusspartikel le zum Ausdruck einer geänderten Situation

「了」出現在句尾時，表示變化或出現新的情況。例如：「好久沒吃魚了。」表示以前常吃魚。

Ein modales 了 am Satzende weist auf eine neue Situation in der Gegenwart hin: 好久沒吃魚了„schon lange keinen Fisch mehr gegessen haben [und jetzt wieder einmal essen]". Dieses 了 hat nichts mit dem verbalen Aspektmarker 了 zu tun und steht stets nach einem möglichen Objekt.

試試看：請用「了」寫出正確的句子 Bilden Sie Sätze zur Beschreibung der neuen Situation:

例 Beispiel：Er hat es anfänglich nicht verstanden, aber jetzt versteht er es.

→他懂了。

1. Vorhin war ich noch nicht bereit zu bestellen, aber jetzt möchte ich bestellen.

→

2. Vorhin war er noch nicht da, jetzt ist er aber gekommen.

→

3. Er war ohne Freundin, aber jetzt hat er eine.

→

4. Heute bin ich den ganzen Tag unterwegs gewesen, aber jetzt möchte ich nach Hause gehen.

→

5. Wo ist Herr Wang? Er ist essen gegangen.

→

 SV重疊「AA的」、「AABB的」的用法
Die Reduplikation statischer Verben

單音節狀態動詞的重疊形式是「AA的」，而雙音節狀態動詞的重疊形式是「AABB的」。當「AA的」或「AABB的」出現在定語、謂語的位置，因有描述程度的功能，所以在前面不可再使用程度副詞。句型如下：

Reduplikation von SV: mehrsilbige SV werden nach dem Schema AABB redupliziert. Diese Reduplikation dient zur besonderen Betonung der semantischen Valenz der SV. Reduplizierte SV können als Adjunkte stehen oder das Prädikat bilden bzw. als Prädikatsbestandteil auftreten, sie können nicht durch Adverbia modifiziert werden, aber als abgeleitete Adverbia fungieren.

A.定語：

AA/AABB	的	NP
辣辣 甜甜 酸酸甜甜	的	四川菜 豆漿 味道

B.謂語：

NP	AA/AABB	的
四川菜 豆漿 味道	辣辣 甜甜 酸酸甜甜	的

 試試看：改為「**AA 的**」或「**AABB 的**」 Reduplizieren Sie die Verba:

例 Beispiel：很香的味道 → [香香的味道]

1.蛋糕很甜→ [	]

2.很熱的酸辣湯 → [	]

3.四川菜又鹹又辣→ [	]

V 「**V＋一下**」的用法 Yíxià als Komplement

「動詞＋一下」表示動作經歷的時間短，它的作用和動詞重疊相當。如果動詞後面有賓語，通常放在「一下」的後面。句型如下：

Das Komplement 一下 dient zur Betonung der Kürze oder Beiläufigkeit einer Handlung und wird direkt an das Verb angeschlossen.

V	Nu-M	O
等 看 算 介紹	一下	小紅 德文書 多少錢 菜單

試試看：填入「**V一下**」 Fügen Sie yíxià an das Verb an:

例 Beispiel：我可以___試穿一下___(試穿) 這件衣服嗎？

1. 你可以 _____ (介紹) 這家餐廳嗎？

2. 我們可以先 _____ (看) 菜單嗎？

3. 請你 _____ (等)，小真現在很忙。

4. 請你 _____ （來）我家。

5. 你可以 _____ （說shuō sprechen）你為什麼不來上課嗎？

VI 副詞「再」的用法　Das Abverb zài

　　副詞「再」表示動作或情況將要繼續或將來重複，例如：「我們下次再來。」表示來過這一次之後，還會繼續來第二次，而第二次是尚未實現的動作。

　　Das Adverbium 再 hat die Grundbedeutung „dann" und gliedert die Abfolge zweier aufeinanderfolgender Handlungen: erst Handlung A, dann Handlung B. In der Beutung wiederum, noch einmal steht es in der Regel mit der Angabe einer Häufigkeit wie 一次 yí cì bzw. dann, wenn sich die Handlung noch nicht wiederholt hat. Bei der Angabe wiederholter Handlungen steht stets 又 yòu.

 試試看：填入「再」或「X」 **Fügen Sie zài und ein eventuell notwendiges Objekt ein:**

例 Beispiel：這個電影很好看，我要____再____看一次____X____。

1. 這家餐廳不錯，我們	下次	來。
2. 這件大衣很好看，你要不要	買	一件。
3. 你要不要	點	一杯啤酒？
4. 請你	想一下，	那家餐廳叫什麼？
5.	吃	一點，你好久沒吃魚了。

VII 表示比較的用法　Der Vergleichssatz mit dem Coverb bǐ

　　介詞「比」可以比較兩個事物的性質或特點，用「比」進行比較是漢語中最常用的一種形式。句型如下：

　　Vergleichssätze bilden einen eigenen Satztyp, wobei darauf geachtet werden muss, ob die (relative) Gleichheit oder Ungleichheit zweier Objekte betont werden soll. Der Satztyp mit dem CV 比 drückt in der affirmativen Form Ungleichheit aus und hat die Grundstruktur:

NP1　比　NP2　SV

　　Nach dem SV können Komplemente angefügt werden, z.B. des Maßes oder des Unterschieds.

　　Die Verneinung des 比–Satzes geschieht, wie in allen Coverbkonstruktionen durch Verneinung des Coverbs. Semantisch ist zu beachten: Da der affirmative 比–Satz den relativen Unterschied zweier Vergleichsobjekte beschreibt, drückt der negierte 比–Satz die relative Gleichheit aus, aber mit negativer Konnotation:

177

這次考試不比上次容易。

Diese Klausur ist auch nicht viel einfacher als die letzte. (D.h. beide Klausuren sind schwierig.)

NP1/PN1	比	NP2/PN2	SV（多了）
他 四川菜 我的書	(不)比	小真 北方菜 他的書	忙　。 辣　。 重　。

除了形容詞謂語句之外，動詞謂語句也可以用「比」表示比較。

否定句「比」用「沒有…那麼／這麼」句型。

NP1/PN1	比	NP2/PN2		(AV)VO
他 我 李明	比	小真 他 我		喜歡看書 喜歡踢足球。 想學中文。
中平	沒有	我	那麼／這麼	想看電影

補充：如果「比」的前後兩個成分是名詞性詞組，而且中心語的名詞相同時，常常省去「比」後面的中心語，例如：「我喜歡的口味比你喜歡的口味重。」常常使用「我喜歡的口味比你的重。」省略了「喜歡的口味」。

Wenn das Objekt von 比 bǐ dieselbe Phrase ist wie vor 比 bǐ, kann abgekürzt werden:「我喜歡的口味比你喜歡的口味重。」-->「我喜歡的口味比你重。」

✏️ 試試看：將兩句合併成一句 Verbinden Sie beide Sätze zu einem neuen Satz:

例 Beispiel：小真喜歡唱歌。

　　　　　　小紅很喜歡唱歌。　→ [小紅比小真喜歡唱歌。]

1. 四川菜很辣。

　南方菜有一點辣。→ [　　　　　　　　　　　　　　　　　　]

2. 我的大衣兩千八百塊。

　立德的大衣兩千塊。→ [　　　　　　　　　　　　　　　　　]

3. 馬克喜歡吃雞肉。

　張玲不太喜歡吃雞肉。→ [　　　　　　　　　　　　　　　　]

4. 中平天天運動。

　馬克一個星期運動一次。→ [　　　　　　　　　　　　　　　]

5. 蘋果蛋糕甜甜的。

    Stollen 蛋糕非常甜。→ [   ]

 「又…又…」的用法　Gedoppeltes Adverb yòu

    副詞「又」構成「又…又…」時，表示兩種同性質的狀態、動作或情況累積在一起，不可加程度副詞「很」。句型如下：

    Gedoppeltes 又 yòu bindet zwei Verbalphrasen parataktisch: sowohl ... als auch. Diese wörtliche Übersetzung wirkt im Deutschen allerdings meist umständlich-komisch: niemand sagt „ich bin sowohl müde als auch hungrig", zur Übersetzung reicht ein einfaches und.

又…又…
又SV1 又SV2
又忙又累

試試看：根據題目條件用「又…又…」來造詞 Bilden Sie Sätze mit gedoppeltem yòu:

例 Beispiel：這個菜很鹹也很辣。 →[這個菜又鹹又辣。]

1. 張先生長得很高，也很好看。 → [   ]

2. 北京烤鴨很香，也很好吃。 → [   ]

3. 小明覺得很冷也很餓。 → [   ]

4. 這家店的衣服很難看，也很貴。 → [   ]

5. 蛋餅很好吃，也很便宜。 → [   ]

四、漢字說明 Schriftzeichenerklärungen

鹹 xián *salzig*, nach altchinesischer Naturspekulation eine der *fünf Geschmacksrichtungen* 五味 wǔ wèi, zugeordnet dem Planeten Merkur unter den fünf Planeten 五星 wǔ xīng, der Farbe schwarz unter den fünf Farben 五色 wǔ sè, der Jahreszeit des Winters, der Himmelsrichtung Norden unter den fünf Himmelsrichtungen 五方 wǔ fāng und dem Wasser unter den fünf Wandlungszuständen 五行 wǔ xíng. Die übrigen vier Geschmacksrichtungen sind 酸 suān *sauer*, 苦 kǔ *bitter*, 甘 gān *süß* und 辛 xīn *scharf, herb*. Der Graph folgt dem Bildungsprinzip ⬚, das Klassenzeichen links ist # 197 鹵 lǔ Salz, das Phonetikum auf der rechten Seite ist 咸 xián alle, insgesamt, der Graph ein morphophonematisches Kompositum. 鹵 lǔ ist nicht der einzige Graph für Salz, es gibt noch 鹽 yán, das # 197 auf der oberen rechten Seite zeigt, aber unter # 108 皿 mǐn *Schüsse, Schale*, dem unten stehenden Klassenzeichen, eingeordnet ist. Das gibt bereits einen Hinweis auf den Bedeutungsunterschied: 鹽 yán ist aus Meerwasser gewonnenes Salz, während 鹵 lǔ Steinsalz aus Salzbergwerken bezeichnet. Salz war im chinesischen Altertum sehr wertvoll und stand unter Regierungsmonopol. Hauptvorkommen für Steinsalz waren die Westregionen, speziell Tibet. Eine etymologische Erklärung für die ersten beiden Striche des Graphen 鹵 lǔ ist, das sie eine Verkürzung von # 146 xī 西 bzw. 襾 *Westen* sind, in der Siegelform 🜊 und 🜋. Die zweite Etymologie erklärt den Graphen 鹵 als Piktogramm: ein oben zugebundener Salzsack, der im Inneren durch Striche oder Punkte dargestellte Salzkristalle enthält, vgl. die Siegelformen: 鹵 鹹.

五、聽力練習 Hörverständnisübungen

試試看：Ⅰ.請聽一段對話，試試看你聽到什麼？**Hören Sie zunächst den Dialog an.**
Ⅱ.請再聽一次對話。這次對話將分成三段播放，請根據每段話內容，選出正確的答案 **Nun hören Sie den Dialog noch einmal an und markieren Sie die richtigen Antworten:**

第一段 Absatz 1

1.他們什麼時候去吃飯？

　　a)早上

　　b)中午

　　c)晚上

3.他們去哪裡吃飯？

　　a)四川餐廳

　　b)德國餐廳

　　c)中國餐廳

2.張玲不吃什麼口味的菜？

　　a)鹹的菜

　　b)辣的菜

　　c)酸的菜

第二段 Absatz 2

4.誰去過那家餐廳？

　　a)三個人都去過

　　b)三個人不都去過

　　c)三個人都沒去過

5.他們沒點什麼菜？

　　a)紅燒肉

　　b)麻婆豆腐

　　c)糖醋雞丁

第三段 Absatz 3

6.張玲點什麼飲料？

　　a)茶

　　b)啤酒

　　c)紅酒

六、綜合練習 Zusammenfassende Übungen

綜合練習生詞　Wortschatz zusammenfassende Übungen

	漢字 Zeichen	拼音 Umschrift	解釋 Erklärung
1	並	bìng	(Adv) und, noch dazu
2	宮保	gōngbǎo	(N) Mentor des Kronprinzen [Beamtentitel]
3	宮保雞丁	gōngbǎojīdīng	(N) scharf gebratenes gewürfeltes Hühnerfleisch mit Knoblauch
4	宮保牛肉	gōngbǎoniúròu	(N) scharf gebratenes Rindfleisch mit Knoblauch
5	瓜	guā	(N) Melone, Kürbis, Gurke
6	好	hǎo	(Adv) sehr (viel), total
7	紅燒豆腐	hóngshāodòufǔ	(N) scharf rotgedünsteter Bohnenkäse
8	回答	huídá	(TV, 1) antworten
9	雞丁	jīdīng	(N) gewürfeltes Hühnerfleisch
10	咖啡	kāfēi	(Bin) Kaffee
11	可樂	kělè	(Bin) Cola [Abk. für 可口可樂 kěkǒu kělè Coca Cola]
12	苦	kǔ	(SV) bitter
13	苦瓜	kǔguā	(N) Bittermelone, Momordica balsamina
14	苦瓜牛肉	kǔguāniúròu	(N) Rindfleisch mit Bittermelone
15	辣椒	làjiāo	(N) Cayennepfeffer, Chili, Capsicum, Peperoni
16	辣子	làzi	(N) roter Pfeffer, rote Peperoni
17	辣子雞丁	làzijīdīng	(N) Hühnerstückchen mit scharfen Peperoni
18	牛肉	niúròu	(N) Rindfleisch
19	巧克力	qiǎokèlì	(N) Schokolade
20	認識	rènshi	(TV, 1) kennen, wissen
21	肉絲	ròusī	(N) in schmale Streifen geschnittenes Fleisch
22	如果	rúguǒ	(Konj) wenn, gesetzt den Fall, dass
23	燒	shāo	(TV, 1) dünsten, braten
24	酸	suān	(SV) sauer
25	酸菜	suāncài	(N) sauer eingelegtes Gemüse, Kohl
26	酸菜肉絲	suāncàiròusī	(N) Schweinefleischstreifen mit sauer eingelegtem Gemüse
27	湯	tāng	(N) Suppe
28	糖醋雞片	tángcùjīpiàn	(N) Huhn süß-sauer
29	糖醋魚	tángcùyú	(N) Fisch süß-sauer

30	題目	tímù	(N) Thema, Titel, Überschrift
31	文章	wénzhāng	(N) Artikel, Aufsatz
32	香腸	xiāngcháng	(N) Wurst
33	湯	tāng	(N) Suppe
34	糖醋雞片	tángcùjīpiàn	(N) Huhn süß-sauer
35	糖醋魚	tángcùyú	(N) Fisch süß-sauer
36	題目	tímù	(N) Thema, Titel, Überschrift
37	文章	wénzhāng	(N) Artikel, Aufsatz
38	香腸	xiāngcháng	(N) Wurst
39	應該	yīnggāi	(Aux) sollte, müsste

I
請說出以下圖片的口味。
Beschreiben Sie den Geschmack der Lebensmittel:

辣椒
(làjiāo)

香腸和酸菜
(xiāngcháng hé suāncài)

巧克力
(qiǎokèlì)

苦瓜
(kǔguā)

II
請舉出一道你喜歡的菜和一道不喜歡的菜，並說明他們的口味。
Beschreiben Sie den Geschmack eines Gerichtes, das Sie mögen und eines, das Sie nicht gerne essen:

例：我喜歡糖醋魚，因為酸酸甜甜的，很好吃。
我不喜歡麻婆豆腐，因為太辣了。

III 角色扮演：請使用下列菜單及句型點菜
Rollenspiel: Bestellen im Restaurant

學生A、B、C 為一家人，今天是A的生日，一家人到餐廳吃飯點菜，請從下列菜單中點兩道菜。

學生D為服務生，請為這一家人介紹一下菜單，並請為他們點菜。

Bestellen Sie Essen mit der nachstehenden Speisekarte. Die Studierenden A, B und C sind eine Familie, weil A heute Geburtstag hat, soll gemeinsam im Restaurant gegessen werden. D ist die Bedienung und empfiehlt etwas von der Speisekarte.

如，句型：

　　1.請問您想（要）～
　　2.我想～
　　3.～還是～？
　　4.我喜歡～
　　5.我比較喜歡～
　　6.我沒V過～
　　7.～酸酸的（甜甜的……）

菜單 Speisekarte

辣子雞丁	糖醋魚	麻婆豆腐	酸菜肉絲	苦瓜牛肉
糖醋雞片	紅燒魚	紅燒豆腐	德國豬腳	宮保牛肉
啤酒	紅酒	紅茶	咖啡	可樂

句型：Satzmuster：

服務生：你好！這是我們的菜單，請問想點什麼？
學生A：我想點＿＿＿＿＿＿＿＿和＿＿＿＿＿＿＿＿。
學生B：我想點＿＿＿＿＿＿＿＿和＿＿＿＿＿＿＿＿。
學生C：我想點＿＿＿＿＿＿＿＿和＿＿＿＿＿＿＿＿。
服務生：請問要喝什麼飲料？
學生A：我要一杯＿＿＿＿＿＿＿＿＿＿＿＿＿＿＿＿。
學生B：我要一杯＿＿＿＿＿＿＿＿＿＿＿＿＿＿＿＿。
學生C：我要一杯＿＿＿＿＿＿＿＿＿＿＿＿＿＿＿＿。
服務生：你們點的是＿＿＿＿＿＿＿＿＿＿＿＿＿＿＿。

短文閱讀：介紹餐廳 Lesetext: Ein Restaurant vorstellen

我想介紹一下這家餐廳。這個餐廳叫吃吃喝喝，是一家德國餐廳。這個星期我和朋友去這家餐廳吃飯。他們菜單上的菜很多，有牛排、德國豬腳、黑森林蛋糕、蘋果派...，他們也有自助餐，你想吃什麼就吃什麼，想吃多少就吃多少。我喜歡這家餐廳的蘋果派，酸酸甜甜的，非常好吃。他們也有德國啤酒，一杯1000 c.c. 只要100塊錢，我可以喝兩杯。如果你有空也可以去這家餐廳吃吃他們的蛋糕，喝喝他們的啤酒。

請把根據上面的文章回答下面的題目，並把答案寫下來。

Beantworten Sie die Fragen nach der Lektüre des Textes:

1. 請問這家餐廳叫什麼名字？

_____

2. 這家餐廳是什麼餐廳？

_____

3. 他們有什麼菜？

_____

4. 他喜歡這家餐廳的什麼菜？為什麼？

_____

5. 他們的啤酒多少錢一杯？

_____

6. 你去這家餐廳，要點什麼菜？

_____

 真實語料 Sprachliche Realien

a. 菜色 Chinesische Gerichte

辣子雞丁   糖醋魚   麻婆豆腐

b. 餐廳菜單 Speisekarte im Restaurant

1. 你吃過中國菜嗎？你喜歡嗎？為什麼？

_____

_____

2. 下面的菜單，你認識哪些菜？請寫下來。

_____

_____

3. 這些菜，多少錢？請寫下來。

_____

七、從文化出發 Interkulturelle Anmerkungen

Essgewohnheiten

Konfuzius hat gesagt: „Das Verlangen nach Nahrung und Sex ist Teil der menschlichen Natur." (子曰:「食色性也。」 Zǐ yuē: shí sè xìng yě.)

Ein anderes altes Sprichwort heißt: „Die Menschen erklären die Nahrung zu ihrem Himmelreich." (「民以食為天。」 Mín yǐ shí wéi tiān.)

Statt mit „Hallo!" oder „Wie geht's?" begrüßt man sich auf der Straße in Taiwan liebevoll mit „Schon satt gesessen?" (「吃飽了沒？」 Chībǎo le méi?)

Und auch im Alltag eines alten Beijingers ist eine bekannte Begrüßungsformel: „Hast du schon gegessen?" (「你吃了嗎？」 Nǐ chīle ma?)

All das macht klar, welch wichtige Stellung das Essen in der chinesischen Kultur hat.

In China gibt es die sogenannten „Vier großen Küchen": die kantonesische Küche (aus Guangdong und anderen Orten), die Sichuan-Küche (aus den Provinzen Sichuan, Hunan und Guizhou), die Huaiyang-Küche (aus Jiangsu und Zhejiang) und die Shandong-Küche (aus den nördlichen Provinzen); jede dieser Küchen steht für einen ganz anderen Geschmack. In der kantonesischen Küche gibt es viele Meeresfrüchte, sie ist leicht im Geschmack und enthält viele Sorten von Suppen. Die Sichuan-Küche ist bekannt für ihre scharf-würzigen Gerichte. Die Huaiyang-Küche schmeckt etwas süßer und in der Shandong Küche spielen Zwiebeln und Knoblauch eine wichtige Rolle. Das sind natürlich nur sehr grobe Unterschiede.

Taiwan, aus historischen Gründen eine Einwanderungsgesellschaft, vereinigt eine große Vielfalt unterschiedlichster Küchen aus dem Festland. Natürlich gibt es auch taiwanesische Gerichte. Außerdem gibt es dort auch beliebte japanische, europäische sowie amerikanische Delikatessen. Die Zuwanderung südostasiatischer Arbeiter und ihrer Familien in den letzten Jahren hat dazu geführt, dass nun auch thailändische, vietnamesische und indonesische Restaurants überall zu sehen sind.

Traditionelle Feste sind mit bestimmten Speisen eng verbunden, so isst man z.B. am 5. April, dem „Totengedenktag 清明節 Qīngmíngjié", so genannte Run-Kuchen 潤餅 rùnbǐng in Taiwan und eine spezielle Sorte grüner Knödel in den Gebieten südlich des Unterlaufs des Yangzi in China. Am 5. Mai, dem „Drachenbootfes t端午節 Duānwǔjié" rudert man nicht nur in Drachenbooten, sondern stellt auch die pyramidenförmigen Reiskuchen, Zòngzi 粽子, her. Am 15. August, dem „Mondfest 中秋節 Zhōngqiūjié", bewundert man den Vollmond und gleichzeitig genießt man kleine Mondkuchen 月餅 Yuèbǐng.

In Taiwan muss man unbedingt mal einen Nachtmarkt besuchen und dort Delikatessen aus verschiedenen Orten probieren, so etwa in den Restaurants der 永康街

Yǒngkāngjiē in Taibei, oder den Snack-Bars für Gebäck in Zhanghua und Lugang, oder Snacks in Fucheng in Tainan. Auch auf dem Festland gibt es ebenso unzählige berühmte Snack-Straßen, so etwa vor dem Stadtgotttempel 城隍廟 Chénghuángmiào in Shanghai oder den 護國寺 Huòguósì [Gokokuji] in Beijing.

Egal ob in Taiwan oder auf dem Festland, probieren muss man alles einmal!

飲食習慣

子曰:「食色性也。」另外有一句古語，叫「民以食為天」。在台灣，街頭巷尾一般的問候語不是「嗨！」或「你好嗎？」而是親切地一聲:「吃飽了沒？」在老北京的日常生活中，也有一句著名的問候語:「你吃了嗎？」可見，飲食在華人文化中佔據了重要地位。

中國有「四大菜系」之說，即粵菜（廣東等地）、川菜（四川、湖南和貴州等）、淮揚菜（江浙）和魯菜（北方多省），口味各不相同。粵菜中多海鮮，口味比較淡，湯的品種多。川菜以辣著稱，淮揚菜以甜為特色，而魯菜中多喜歡放蔥蒜。當然，這只是粗略的劃分而已。

在台灣，由於歷史原因所形成的移民社會，飲食匯聚了中國大江南北，當然還有台菜。此外，還有廣受歡迎的日式、歐式、美式等料理，加上近期東南亞勞工和配偶的移入，更是泰式、越南、印尼餐館林立。

除了豐富的中外東西飲食，傳統節日更是節慶與食物緊密地相結合，例如農曆四月五日「清明節」祭祖，在臺灣吃潤餅，在江南吃青糰，五月五日「端午節」划龍舟包粽子，八月十五日「中秋節」賞月佐月餅。

在台灣，絕不能錯過逛夜市吃小吃和品嘗各地美食，如台北永康街的餐館，彰化鹿港的糕餅和台南府城的小吃。到大陸各地，那著名的小吃街更是舉不勝舉，如上海的城隍廟和北京的護國寺。

不管到台灣，還是去大陸，一定要吃吃看！

第八課
複習 Wiederholung

請閱讀下列短文後回答問題：Beantworten Sie die Fragen nach der Lektüre der Texte:

A:中平，安娜和馬克 Zhongping, Anna und Mark

　　星期一中平想買幾本書、幾枝筆和筆記本，可是他不知道哪裡有中文書店和文具店。安娜說學校後面有一家書店，書店旁邊有一家文具店，他們星期二下午可以一起去。星期三，安娜想和中平一起去吃晚飯，可惜中平很忙，他四點下課，四點半要先去看書，然後再去打工，他九點半吃晚飯。星期五晚上中平和馬克去中國餐廳吃中國菜。馬克沒吃過中國菜，也看不懂菜單，他說他喜歡吃雞肉，喜歡酸酸甜甜的味道；中平好久沒吃魚了，所以他們點了糖醋雞丁和紅燒魚。

　　1.星期一中平想買什麼？

　　2.哪裡有書店？

　　3.書店旁邊有什麼？

　　4.星期三安娜想和中平一起去吃晚飯嗎？

　　5.中平星期三下午四點半要做什麼？

　　6.中平星期三幾點吃晚飯？

　　7.星期五中平和馬克去哪裡？

　　8.馬克看得懂菜單嗎？

9.馬克喜歡吃什麼？

10.馬克喜歡什麼味道？

B:立德和小真 Lide und Xiaozhen

立德最近非常忙，他每天早上九點到十二點都有中文課，每天早餐都吃外帶的蛋餅、包子和豆漿。他星期一、三、五晚上要打工，每個星期四下午要去打球。下個星期小文生日，所以他得先去買東西，然後再去他的生日派對。他星期日五點半起床和德國朋友去爬山，然後中午和小真去吃飯。聽說學校附近有一家餐廳的菜不錯，他們想去試試。立德想要各付各的，可是小真要請他吃飯，因為上個星期他請小真看電影。

1.立德從幾點到幾點有中文課？

2.他每天早餐都吃什麼？

3.他星期一晚上要做什麼？

4.他星期幾去打球？

5.小文什麼時候生日？

6.他星期日幾點起床？

7.他星期日做什麼？

8.小真為什麼請他吃飯？

9.這家餐廳的菜好吃嗎？

C:張玲、小紅和李明 Zhang Ling, Xiaohong und Li Ming

星期天中午12點張玲和李明在公司門口見面，他們一起去一家好吃的飯館吃北京烤鴨。星期一張玲和小紅去買衣服。小紅想買一件黑色的大衣，可是這件大衣有點小，小姐給他一件大一點的。大衣一件兩千八百塊，打八折，只賣兩千兩百四十塊，可是小紅還想講價，小姐說不可以，所以他們不買了。星期二晚上張玲、李明和小紅要一起吃晚飯，張玲喜歡

又辣又鹹的四川菜，李明喜歡口味淡一點的菜，太辣的菜他不喜歡吃，他們的口味很不一樣，所以他們去吃自助餐，想吃什麼就吃什麼。

　　1.星期天中午張玲和李明去哪裡？

　　2.他們在哪裡見面？

　　3.星期一小紅和誰去買衣服？

　　4.小紅想買什麼衣服？

　　5.這件衣服多少錢？

　　6.張玲喜歡什麼口味的菜？

　　7.李明喜歡什麼口味的菜？

　　8.他們去哪裡吃飯？

II. 聽力 Hörverständnis

請聽一段對話，試試看你聽到什麼？Hören Sie zunächst den Dialog an.

請再聽一次對話。這次對話將分成三段播放，請根據每段話內容，選出正確的答案

Nun hören Sie den Dialog noch einmal an und markieren Sie die richtigen Antworten:

A:張玲和李明 Zhang Ling und Li Ming

第一段 Absatz 1

1.請問現在幾點？

　a.一點半

　b.三點半

　c.五點半

2.李明今天忙不忙？

　a.他今天很忙。

　b.他今天不太忙。

　c.我們不知道。

3.李明下班以後要

    a.他要先去買東西，再去看電影。

    b.他要先去買菜，再去買書。

    c.他要先去看足球比賽，再去喝啤酒。

第二段 Absatz 2

4.張玲星期三晚上要做什麼？

    a.他要跟李明去看電影。

    b.他要跟他爸爸媽媽去日本餐廳吃飯。

    c.他要回家。

5.張玲星期幾有空？

    a.星期四

    b.星期五

    c.星期六

第三段 Absatz 3

6.張玲和李明要去哪裡吃飯？

    a.日本餐廳

    b.德國餐廳

    c.法國餐廳

7.這家餐廳的菜怎麼樣？

    a.又貴又難吃

    b.又鹹又辣

    c.又便宜又好吃

8.他們在哪裡見面？

  a.餐廳門口

  b.公司門口

  c.家門口

B:中平和安娜 Zhongping und Anna

第一段 Absatz 1

1.中平和安娜去買什麼？

  a.早餐

  b.午餐

  c.晚餐

2.安娜想吃什麼？

  a.蛋餅

  b.包子

  c.熱豆漿

3.他們要外帶，還是內用？

  a.外帶

  b.內用

  c.我們不知道

第二段 Absatz 2

4.他們為什麼要一起付？

  a.中平想請安娜。

  b.他們沒有零錢。

  c.安娜想請中平

5.一共多少錢？

　　a.80塊錢

　　b.88塊錢

　　c.102塊錢

第三段 Absatz 3

6.中平還想去哪裡？

　　a.文具店

　　b.書店

　　c.買衣服

7.安娜今天早上還要做什麼？

　　a.他要去上課。

　　b.他要去看看有什麼新書。

　　c. 他要去買衣服。

C:立德和小真 Lide und Xiaozhen

第一段 Absatz 1

1.幾個人去吃飯？

　　a.一個人

　　b.兩個人

　　c.三個人

2.這家餐廳有什麼好吃的菜？

　　a.四川菜

　　b.北方菜

　　c.德國菜

3.小真來過這家餐廳嗎？

    a.小真常來這家餐廳。

    b.小真沒來過這家餐廳。

    c.我們不知道。

第二段 Absatz 2

4.小真喜歡什麼菜？

    a.小真喜歡四川菜。

    b.小真喜歡酸酸甜甜的菜。

    c.小真喜歡又鹹又辣的菜。

5.他們點什麼飲料？

    a.他們點一杯啤酒和一杯綠茶。

    b.他們點一杯紅茶和一杯香片。

    c.他們點兩杯啤酒。

第三段 Absatz 3

6.他們刷卡，還是付現金？

    a.他們刷卡

    b.他們付現金

    c.我們不知道

7.這家餐廳怎麼樣？

    a.不便宜又難吃

    b.服務生不太好

    c.又便宜又好吃

生詞 Wortschatz

	漢字 Zeichen	拼音 Umschrift	解釋 Erklärung
1	地點	dìdiān	(N) Ort, Lokalität
2	綠	lù	(SV) grün
3	綠茶	lùchá	(N) grüner Tee
4	每個	měigè	(Pron) jeder, jede, jedes
5	晚餐	wǎncān	(N) Abendessen
6	王立	Wáng Lì	(N) Wang Li
7	午餐	wǔcān	(N) Mittagessen
8	主語	zhǔyǔ	(N) Subjekt, Satzgegenstand

III. 綜合練習 Zusammenfassende Übungen

A.張玲的朋友 Zhang Lings Freund

1.為下面的短文寫上拼音 Schreiben Sie den nachfolgenden Text in Pinyin:

你們好，我叫王立，是張玲的朋友，我家在北京，平常我喜歡看看電影、聽聽音樂，也常常去運動。今天我和張玲都很累，因為昨天晚上我們去李明的生日派對。他的派對很好玩，人很多，自助餐的菜也都很好吃。

2.請你的老師教你唱生日快樂歌

Lassen Sie sich von Ihrer Lehrerin / Ihrem Lehrer „Happy Birthday to You" auf Chinesisch beibringen:

B.買手機 Handykauf

1.請試著把對話順序找出來

Bringen Sie den Dialog in die richtige Reihenfolge:

Zhāng Líng: Wǒmen xiān kànkan.

Nánpéngyǒu: Tài guì le! Piányí yìdiǎn, xíng ma?

Diànyuán: Huānyíng guānglín, qǐngwèn xiǎng zhǎo shénme shǒujī?

Nánpéngyǒu: Duì, yǒudiǎn dà.

Zhāng Líng: Wǒ bù xǐhuān hēisè de.

Zhāng Líng: Zhège tài dà le, wǒ yě bù xǐhuān.

Nánpéngyǒu: Zhège búcuò.

Diànyuán: Nín yào bú yào kàn yíxià zhège shǒujī?

Zhāng Líng: Zhège shǒujī wǒ méi kànguò, hěn hǎokàn.

Nánpéngyǒu: Yíge duōshǎo qián?

Nánpéngyǒu: Zhège zěnmeyàng?

Diànyuán: Duìbùqǐ, yīnwèi shì xīn shǒujī, bù néng jiǎngjià.

Diànyuán: Zhège shǒujī hěn xīn, liǎngwàn sānqiān liùbǎi yuán.

Diànyuán: Dāngrán kěyǐ.

Nánpéngyǒu: Qǐngwèn, nǐmen zhèlǐ kěyǐ shuākǎ ma?

Zhāng Líng: Bù hǎo, wǒ jiù xǐhuān zhège.

Nánpéngyǒu: Xiǎolíng, wǒmen kànkan biéde, hǎo bù hǎo?

2.請用漢字把這個對話寫出來

Schreiben Sie den soeben richtig sortierten Dialog in Schriftzeichen:

C:什麼在哪裡和哪裡有什麼？ Wo ist ..., und wo gibt es...?

1.請按照下面的圖，告訴我們位置用有和在

Beschreiben Sie Ihren Standort anhand der Zeichnung:

1.立德學校旁邊有＿＿＿＿＿＿。

2.張玲的公司在＿＿＿＿＿＿＿。

3.＿＿＿＿＿＿＿＿＿＿＿＿

4.＿＿＿＿＿＿＿＿＿＿＿＿

5.＿＿＿＿＿＿＿＿＿＿＿＿

6.＿＿＿＿＿＿＿＿＿＿＿＿

7.＿＿＿＿＿＿＿＿＿＿＿＿

2.請畫出你學校或你家附近的設施，也問問你同學他家或學校附近有什麼。

Zeichnen Sie eine Skizze der Umgebung Ihres Instituts oder Ihrer Wohnumgebung und fragen Sie Ihre Mitschülerinnen und Mitschüler nach ihrem beruflichen oder häuslichen Umfeld:

1.你家在哪裡？

2.你家附近有餐廳嗎？

3.你學校附近有…？

4.＿＿＿＿＿＿＿＿＿＿＿＿＿＿＿＿＿＿＿＿＿＿＿＿

5.＿＿＿＿＿＿＿＿＿＿＿＿＿＿＿＿＿＿＿＿＿＿＿＿

6.＿＿＿＿＿＿＿＿＿＿＿＿＿＿＿＿＿＿＿＿＿＿＿＿

IV. 文化及問題討論 Interkulturelle Diskussion

A.文化討論 Interkulturelle Unterschiede

❶ 約會 Verabredungen

你經常和朋友相約出去玩或吃飯嗎？在德國和朋友吃飯需要多久前預約？也請問問你的中國朋友。

Verabreden Sie sich häufig mit Freunden zum Essen? Wie lange vorher muss man das in Deutschland festlegen? Fragen Sie mal Ihre chinesischen Bekannten, wie das bei ihnen ist.

❷ 誰付錢？ Wer zahlt?

在德國和朋友出去吃飯，都是各付各的嗎？

和中國朋友出去吃飯，都是他買單嗎？

Zahlt in Deutschland im Restaurant jeder für sich? Wenn Sie mit chinesischen Bekannten ausgehen, übernehmen dann immer diese die Rechnung?

❸ 殺價、砍價，可以嗎？ Ist der Preis verhandelbar?

在中國買東西，經常得砍價，你知道在哪裡買東西可以砍價？應該如何砍價？在德國也可以砍價嗎？

Beim Einkaufen in China muss man oft den Preis drücken, aber nicht überall. Wissen Sie wo? Und wie verhandelt man über den Preis einer Ware? Geht das auch in Deutschland?

B.自我檢視 Eigene Einschätzungen

❶ 溝通能力 Kommunikationsfähigkeit

a.一天的計畫 Tagesplan

你能寫出你一天的計畫嗎？幾點幾分做什麼事情？

Schreiben Sie Ihren Tagesplan auf! Wann wird was erledigt?

我早上7點20分＿＿＿＿＿＿＿＿＿＿＿＿＿＿＿＿＿＿

＿＿＿＿＿＿＿＿＿＿＿＿＿＿＿＿＿＿＿＿＿＿＿＿＿

＿＿＿＿＿＿＿＿＿＿＿＿＿＿＿＿＿＿＿＿＿＿＿＿＿

b.點菜、買單 Bestellen im Restaurant und die Rechnung bezahlen

你去中國餐館能點菜、買單嗎？需要哪些句子？服務員會說哪些句子？

Können Sie im chinesischen Restaurant bestellen und bezahlen? Was könnte das Personal zu Ihnen sagen?

點菜：Speisekarte:

服務員：　　　　　　　　　　　我：

你要點菜了嗎？　　　　　　　＿＿＿＿＿＿＿＿＿＿。

您要點什麼飲料？　　　　　　＿＿＿＿＿＿＿＿＿＿。

＿＿＿＿＿＿＿＿＿？　　　　＿＿＿＿＿＿＿＿＿＿。

買單：Die Rechnung bitte!

服務員：　　　　　　　　　　　我：

　　　　　　　　　　　　　　　小姐，我想買單。

＿＿＿＿＿＿＿＿＿＿。　　　＿＿＿＿＿＿＿＿＿？

＿＿＿＿＿＿＿＿＿＿。　　　＿＿＿＿＿＿＿＿＿。

＿＿＿＿＿＿＿＿＿＿。

c.你買東西的時候，能請店員拿東西給你嗎？你能講價、評論嗎？請想幾
個句子：

Können Sie sich von einem Verkäufer die Ware zeigen lassen, den Preis
verhandeln und den richtigen Wert einschätzen? Schreiben Sie einige Sätze
auf!

這個太貴了！

你們有沒有＿＿＿＿＿＿＿＿＿＿＿＿＿＿＿＿＿＿＿＿＿＿＿＿？

我覺得＿＿＿＿＿＿＿＿＿＿＿＿＿＿＿＿＿＿＿＿＿＿＿＿＿＿

＿＿＿＿＿＿＿＿＿＿＿＿＿＿＿＿＿＿＿＿＿＿＿＿＿＿＿＿＿

＿＿＿＿＿＿＿＿＿＿＿＿＿＿＿＿＿＿＿＿＿＿＿＿＿＿＿＿＿

❷語法　Grammatik

a.漢語語序 Wortreihenfolge im Satz: Bringen Sie die Phrasen in die korrekte
Reihenfolge:

漢語的語序如何？請排排下面這個句子。

時間	地點	主語	動詞
今天	在學校	我	看書

b. 了 /le/

漢語中的了怎麼使用？

請收集課文中出現的了，歸納一下了怎麼使用。

Welche Funktionen hat 了 le im Satz? Sammeln Sie alle Vorkommen von /le/
in den einzelnen Lektionen und systematisieren Sie die Bedeutungen:

第三課：太可惜了。

第三課：慢跑太累了。

＿＿＿＿＿＿＿＿＿＿＿＿＿＿＿＿＿＿＿＿＿＿＿＿＿＿＿＿＿

＿＿＿＿＿＿＿＿＿＿＿＿＿＿＿＿＿＿＿＿＿＿＿＿＿＿＿＿＿

本課重點 Lernziele

【1】討論選課、考試、開會
　　Sich über die Wahl der Kurse, über Prüfungen und über eine
　　Besprechung unterhalten

【2】副詞「在」的用法，「除了…還…」的用法
　　Coverb zài, syntaktische Klammer chúle NP hái

【3】助詞「吧」的用法，「…以前」、「…以後」的用法
　　Modalpartikel ba, die NP yǐqián und yǐhòu

【4】動詞的結果補語，「V得＋補語」的用法
　　Resultativkomplement und Potentialis

【5】能願動詞「會」、「應該」及「得」的用法，助詞「過」的用法
　　Hilfsverben huì, yīnggāi und děi; Verbalaspekt durch guò

201

一、課文 Lektionstexte

Teil A、你選什麼課？ Welche Kurse wählst du?

情境介紹：馬克下課後在圖書館看書，中平走過來……

Situation: Nach Unterrichtsschluss sitzt Mark in der Bibliothek, als Zhongping vorbeikommt …

中平：這個週末你打算做什麼呢？

馬克：我應該念書，因為下星期一我有「中國文學」課。

中平：你在看什麼書？

馬克：我在看「中國文學」，你呢？這個學期你上什麼課？

中平：我這個學期上「漢德翻譯」課，還選修「中國歷史」。

馬克：我除了「中國文學」，還上語法課、會話課和漢字課。

中平：「中國文學」課的老師是李教授吧？！他教得怎麼樣？。

馬克：他教書教得很好，我們都覺得很有意思，可是功課太多了。

中平：我的「漢德翻譯」功課也很多，每次上課都很緊張。

馬克：你們什麼時候上「漢德翻譯」課？我可以去旁聽嗎？

中平：我想可以吧！我們星期三早上九點十分到十一點上課。

馬克：我們八點半在校門口見，好嗎？

中平：沒問題！我去打工了，再見！

馬克：再見！

問題 Fragen

1.馬克週末要做什麼？

2.馬克修什麼課？

3.馬克覺得李教授的課怎麼樣？

4.中平覺得「漢德翻譯」課怎麼樣？

Teil B、打電話 Telefonieren

情境介紹：考試快到了，立德打電話給小真，討論考試的事。

Situation: Demnächst ist Prüfung, Lide ruft Xiaozhen an und unterhält sich mit ihr über die Prüfung.

立德：喂，我是立德，請問小真在不在？

小真：我就是。立德，你好！請問有什麼事?

立德：我想跟你討論下禮拜的考試。你知道要考幾課嗎？

小真：老師說一共要考八課。

立德：這麼多啊！你都念完了嗎？

小真：差不多了。你呢？

立德：我有很多不懂的地方，你可以幫我嗎？

小真：沒問題。你什麼時候有空？

立德：明天中午十二點以後，我都有時間。

小真：那麼，我們下課以後先一起去吃飯，再去圖書館念書。

立德：謝謝你！這是我第一次考試，聽說我們老師的考試很難，不用功
　　　不行。

小真：不要太緊張，你好好地準備，我想不會有問題。

立德：因為這裡的考試跟德國的很不一樣，所以我有點兒擔心。

小真：放心吧！你平常很用功念書，一定沒問題。

立德：明天下課後我會在學校門口等你。

小真：好，明天見。

問題 Fragen

1. 立德為什麼打電話給小真？

2. 小真和立德考試準備了嗎？

3. 小真和立德打算下課以後做什麼？

4. 為什麼立德覺得很緊張？

Teil C、開會 Besprechung

情境介紹：公司有客戶要來，老闆通知李明準備開會的事情。

Situation: Ein Kunde hat sich angemeldet, und Li Mings Chef bittet sie, die Besprechung vorzubereiten.

李明：張小姐，老闆說明天早上十點要開會，請你準備一下。

張玲：開什麼會呢？我應該準備什麼？

李明：下個月有德國客戶要來看樣品，不知道工廠做好了沒有？

張玲：我已經打電話問過了，我想下個星期三以前會做好。

李明：這件事麻煩你注意一下。

張玲：沒問題。

李明：喔，對了！你還要跟客戶介紹產品。

張玲：好！還有別的事嗎？

李明：沒有了。最近很忙嗎？你看起來有點兒累。

張玲：是啊！我每天都有好多事兒，常常得加班。

李明：沒辦法，在貿易公司工作就是這樣。

張玲：你快下班了吧？我今天還得加班。

李明：真辛苦！我還要上課，我得走了。

張玲：你快走吧，要不然會遲到。

李明：明天見！

張玲：再見！

問題 Fragen

1.為什麼張玲的老闆要開會？

2.張玲為什麼打電話給工廠？

3.張玲要介紹什麼給客戶？

4.為什麼張玲很累？

二、生詞 Wortschatz

(一) 課文生詞 Wortschatz Lektionstexte

	漢字 Zeichen	拼音 Umschrift	解釋 Erklärung
1	班	bān	(N) Klasse, Gruppe, Team; Arbeitsschicht
2	辦	bàn	(TV, 1) machen, tun, erledigen
3	辦法	bànfǎ	(N) Methode, Weg, Lösung
4	幫	bāng	(TV, 2) helfen
5	差不多	chàbuduō	(Adv) ungefähr, circa
6	產品	chǎnpǐn	(N) Ware, Produkt
7	遲到	chídào	(IV) zu spät kommen
8	除了	chúle	(Konj) abgesehen von, außer wenn
9	打電話	dǎ diànhuà	(VO) jem. anrufen, ein Telefongespräch führen
10	擔心	dān xīn	(VO) sich Sorgen machen um
11	打算	dǎsuàn	(TV, 1) planen, vorhaben
12	得	děi	(Aux) müssen
13	第一次	dìyícì	(N) das erste Mal
14	放	fàng	(TV, 1) hinstellen, absetzen, niederlegen
15	放心	fàngxīn	(VO) sich keine Sorgen mehr machen
16	翻譯	fānyì	(TV, 1) übersetzen; (N) Übersetzer, Dolmetscher
17	工廠	gōngchǎng	(N) Produktionsstätte, Fabrik, Werk
18	功課	gōngkè	(N) Hausaufgaben
19	還	hái	(Adv) außerdem, dazu noch
20	漢德翻譯	Hàn-Dé fānyì	(N) Übersetzung Chinesisch-Deutsch
21	好多	hǎoduō	(SV) eine Menge von
22	好好	hǎohāo	(SV) richtig gut
23	話	huà	(N) Rede, Gesagtes, Meinung
24	會話	huìhuà	(N) Konversation
25	加	jiā	TV, 1) hinzufügen, vermehren, dazutun
26	加班	jiā bān	(VO) Überstunden machen

27	教	jiāo	(TV, 2) unterrichten, beibringen
28	教書	jiāo shū	(VO) unterrichten, lehren
29	教授	jiàoshòu	(N) Professor
30	緊張	jǐnzhāng	(SV) angespannt, nervös
31	開會	kāi huì	(VO) Besprechung/Sitzung/Konferenz haben
32	看起來	kànqǐlái	(VK) es sieht aus, als ob; wenn man es ins Auge fasst, dann…
33	考試	kǎoshì	(N) Prüfung
34	客戶	kèhù	(N) Kunde, Abnehmer
35	快	kuài	(SV) schnell
36	快…了	kuài… le	(Aspekt) gleich, jeden Moment
37	歷史	lìshǐ	(N) Geschichte
38	麻煩	máfan	(N) Ärger, Umstände; (TV, 1) jem. Umstände machen, auf die Nerven fallen; (SV) ärgerlich, lästig, umständlich
39	貿易	màoyì	(N) Handel, Business, Kommerz
40	每次	měicì	(Adv) jedesmal
41	念	niàn	(TV, 1) laut vorlesen
42	念書	niàn shū	(VO) studieren
43	念完	niànwán	(TV, 1) zu Ende studieren, Fach oder Lehrveranstaltung abschließen
44	旁聽	pángtīng	(TV, 1) Gasthörer sein
45	討論	tǎolùn	(TV, 1) diskutieren; (N) Diskussion
46	喂	wéi	(Interj) hallo? (am Telefon)
47	心	xīn	(N) Herz
48	辛苦	xīnkǔ	(N) Mühsal, Schwierigkeiten
49	選	xuǎn	(TV, 1) aussuchen, auswählen
50	選修	xuǎnxiū	(TV, 1) als Wahlfach haben
51	學期	xuéqí	(N) Semester
52	樣品	yàngpǐn	(N) Warenmuster
53	要不然	yàobùrán	(Konj) andernfalls, sonst
54	一定	yídìng	(Adv) bestimmt, auf jeden Fall

55	已經	yǐjīng	(Adv) bereits, schon
56	以前	yǐqián	(N) bevor, vor, früher
57	意思	yìsi	(N) Sinn, Bedeutung
58	用功	yònggōng	(SV) fleißig
59	有意思	yǒuyìsi	(SV) interessant
60	這樣	zhèyàng	(Pron) so, dermaßen
61	中國文學	Zhōngguó wénxué	(N) Chinesische Literatur (Studienfach)
62	準備	zhǔnbèi	(TV, 1) vorbereiten
63	注意	zhùyì	(TV, 1) Wert legen auf, achten auf, berücksichtigen
64	做好	zuòhǎo	(TV, 1) fertig stellen

(二) 一般練習生詞　Wortschatz Übungen

	漢字 Zeichen	拼音 Umschrift	解釋 Erklärung
1	必修課	bìxiūkè	(N) Pflichtkurs
2	生字	shēngzì	(N) neue Schriftzeichen [einer Lektion]
3	踢球	tī qiú	(VO) einen Ball kicken, Fußball spielen
4	小明	Xiǎomíng	(N) Xiaoming
5	正在	zhèngzài	(Adv) gerade, gerade bei, soeben, jetzt

三、語法練習 Grammatische Übungen

Ⅰ 副詞「在」的用法　Die Verlaufsform durch zài

　　漢語的動詞沒有時態，若在動詞的前面加上副詞「在」可以表示動作正在進行，常和語氣助詞「呢」連用。句型如下：

Der Aspekt der Verlaufsform des chinesischen Verbs entspricht der Konstruktion to be + Vb-ing im Englischen. Es wird ausgedrückt, dass sich eine Handlung im Verlauf befindet (Aspect of progression), nicht zu verwechseln mit dem durativen Aspekt, der das weitere Andauern einer Handlung bezeichnet. Die Verlaufsform des Verbs sagt nichts über die zeitliche Länge einer Handlung aus. Die vollständige Form dieses progressiven Aspekts lautet:

NP 正在 Vb 呢

Dabei kann wie folgt geklammert werden:

(正) 在 Vb (呢) oder: 正 (在) Vb (呢) , aber auch: (正在) Vb 呢

Das bedeutet, ein bloßes 呢 nach einem transitiven oder intransitiven Verb kann die vollständige Verlaufsform vertreten (oft schwer zu erkennen). In Fragesätzen wird 呢 durch 嗎 ersetzt.

名詞或代詞	(正) 在	V+O	(呢)
我 立德	(正) 在	看書 做功課	(呢)。

名詞或代詞	(正) 在	V+O	嗎
你 他哥哥	(正) 在	吃飯 學中文	嗎？

✏ 試試看：用「在」來造句 Bilden Sie Sätze mit der Verlaufsform des Verbs:

例 Beispiel：我們、聽音樂 → [我們在聽音樂。]

1. 小真、學日文 → [　　　　　　　　　　　　　　]
2. 中平、唱歌、嗎 → [　　　　　　　　　　　　　]
3. 馬克、開會、呢 → [　　　　　　　　　　　　　]
4. 我們、吃飯→ [　　　　　　　　　　　　　　　]
5. 他、看書、嗎？ → [　　　　　　　　　　　　　]

Ⅱ 「除了⋯還⋯」的用法 Die syntaktische Klammer chúle NP hái

漢語的「除了」相當於德語的„abgesehen von, außer"，可以在後面加上「以外」。「除了⋯還⋯」的「還」，也可以換成「也」。主語的位置可以有以下兩種：

除 chú ist ein Verb in der Bedeutung wegnehmen, beseitigen; dividieren durch; 除了 chúle ist eine Konjunktion im Sinne von abgesehen von, außer und kann die folgende syntaktische Klammer komplett ersetzen:

208

除了 chúle NP / VP 以外 yǐwài , hái 還 VP

„abgesehen von ... auch noch...“

S除了…(以外)，還(也)…	除了…(以外)，S還(也)…
我除了上語法課，還上漢字課。 小中除了喜歡慢跑，還喜歡踢足球。	除了上語法課，我還上漢字課。 除了慢跑，小中還喜歡踢足球。

試試看：用「S除了…，還…」的形式改寫句子 Bilden Sie Sätze mit chúle ... hái:

例 Beispiel：小真喜歡看書和聽音樂。

→[小真除了喜歡看書，還喜歡聽音樂。]

1. 立德週末要打籃球和買書。

→[   ]

2. 小紅喜歡吃麻婆豆腐和糖醋雞丁。

→[   ]

3. 中平明天要考試和打工。

→[   ]

4. 李明明天要跟客戶介紹產品，還要開會。

→[   ]

5. 我這個學期要上翻譯課和文學課。

→[   ]

Ⅲ 助詞「吧」的用法 Fragende Vermutung durch satzschließendes ba

「吧」出現在句尾構成疑問句時，和「嗎」出現在句尾構成的疑問句不同。例如：「漢字課的老師是李教授吧？」通常表示問話者推測漢字課的老師是李教授，只是想再確認一下。而「漢字課的老師是李教授嗎？」則表示問話者並不知道漢字課的老師是誰。

Anschlussfrage mit 吧: Während 嗎 am Satzende aus einem affirmativen Statement eine Frage bildet, dient 吧 zum Ausdruck der fragenden Vermutung: doch wohl …?; ist nicht …?

試試看：請用「吧」回答問題 **Bilden Sie Sätze mit ba:**

例 Beispiel：A：[立德去哪裡了？]　　B：他去打工了吧！

1.A：馬克是中國人嗎？

　B：[　　　　　　　　　　　　　　　　　　　　　　　　]

2.A：李明昨天去哪裡了？

　B：[　　　　　　　　　　　　　　　　　　　　　　　　]

3.A：他什麼時候有會話課？

　B：[　　　　　　　　　　　　　　　　　　　　　　　　]

4.A：小王在學校嗎？

　B：[　　　　　　　　　　　　　　　　　　　　　　　　]

5.A：李老師去上課了嗎？

　B：[　　　　　　　　　　　　　　　　　　　　　　　　]

Ⅳ 結果補語的用法 Das Komplement des Resultats (Resultativkomplement)

　　結果補語表示動作所產生的結果，在形式上可在動作動詞之後加上動作動詞或狀態動詞，表示通過動作所產生的某種結果。在動詞與補語之間可使用「得」或「不」表示「可能性」，在補語之後使用「了」，不僅表示動作完成，而且表示動作完成後產生某種具體的結果。結果補語的否定形式為「沒＋動詞＋補語」，表示沒有得到結果。

　　Ein TV oder IV (jedoch kein SV) kann ein weiteres TV, IV oder SV rechts binden. Dies dient zum Ausdruck des Resultats, Ergebnisses einer vollzogenen Handlung. Diese Bindung ist fest und kann nur durch 得 oder 不 zum Ausdruck des Komplements des Potentialis gelöst werden. Objekte dürfen nicht eingeschoben werden, sondern stehen nach dem Resultativkomplement. Da das Ergebnis einer Handlung erst nach ihrem Abschluss beurteilt werden kann, haftet dem Resultativkomplement eine starke Konnotation des verbalen Aspektes der Abgeschlossenheit einer Handlung an, die durch ein 了 nach dem Komplement verstärkt wird. Die negative Form des Komplements des Resultats ist 沒 oder 沒有 und trägt stets die Bedeutung der Nicht-Abgeschlossenheit der Handlung, oft verstärkt durch 還：(noch) nicht … haben. Die Verneinung eines Resultativkomplements in der

Zeitstufe Präsens kann nur durch eingeschobenes 不 erfolgen (negativer Potentialis): nicht … können. Vgl. die Formen:

吃 essen 完 beenden 吃完 V←K aufessen

吃完了 aufgegessen haben

沒吃完 nicht aufgegessen haben

還沒 (有) 吃完 noch nicht aufgegessen haben

吃不完 nicht aufessen können 吃得完 aufessen können

V	結果補語	了
看 聽 吃	到 懂 完	了

1.孩子吃完午飯了。

2.那個人，我看到了。

3.老師的話，學生聽懂了。

沒	V	結果補語
沒	看 聽 吃	到 懂 完

1.孩子沒吃完午飯。

2.那個人，我沒看到。

3.老師的話，學生沒聽懂。

✎ 試試看：請用V＋結果補語回答下列問題 **Bilden Sie Sätze mit dem Komplement des Resultats zum Ausdruck von noch nicht sein / haben:**

例 Beispiel：你這些菜都吃完了嗎？ 我這些菜都還沒吃完。

1. 你工作做完了嗎？[   ]

2. 你考試準備好了嗎？[   ]

3. 你們開會開完了嗎？[   ]

4. 你這一課語法聽懂了嗎？[   ]

5. 你這本書翻譯好了嗎？[   ]

試試看：用「V＋不＋結果補語」的形式改寫句子 **Bilden Sie Sätze mit dem negativen Komplement des Potentialis zum Ausdruck von nicht … können:**

例 Beispiel：我喝得完三瓶啤酒。→ [我喝不完三瓶啤酒。]

1. 立德找得到中文書店。[　　　　　　　　　　　　　　　　　　　　　　]

2. 小紅吃得完四個蛋餅。[　　　　　　　　　　　　　　　　　　　　　　]

3. 中平看得懂德文菜單。[　　　　　　　　　　　　　　　　　　　　　　]

4. 你們學得完這一本書嗎？[　　　　　　　　　　　　　　　　　　　　]

5. 他六點以前做得完這件事嗎？[　　　　　　　　　　　　　　　　　　]

V 「V得 + 補語」的用法 Das Komplement des Grades

「V得 + 補語」是一種「程度補語」，若動詞後面緊接賓語，就不能再接「程度補語」。如果賓語和程度補語要同時出現，就必須重複動詞。句型如下：

Dieses Komplement dient zur Angabe der Intensität, des Grades oder Umfangs einer Handlung und bietet für Deutschsprachige eine der Hauptschwierigkeiten, denn es entspricht deutschen Adverbialkonstruktionen mit Adjektiven in adverbialer Stellung: Schnell laufen, gut kochen, viel essen, hastig schreiben, sorgfältig arbeiten usw. müssen im Chinesischen mit dem Sprachmittel des Gradkomplements ausgedrückt werden, wenn es sich um ein allgemeines Statement oder eine Beurteilung einer regelmäßigen oder häufigen Handlung dreht. (Zum Ausdruck des speziellen Einzelfalles oder der Besonderheit einer Handlung steht ein anderes Sprachmittel zur Verfügung, die abgeleitete Adverbialkonstruktion mit 地 /de/.)

Beim Gradkomplement werden zwei Fälle unterschieden: mit oder ohne eingebundenm Objekt.

Ohne Objekt: NP Vb 得 /de/ SV

Ist das SV einsilbig, muss ein Zusatz hinzutreten, in der Regel ein Adverbium, wobei die leere Form 很 ist. Phonetisch gibt es zu 的 /de/ keinen Unterschied, bei der Schreibung kann aber nur 得 verwendet werden.

Beispiel: 他吃得很快 [Wörtl. Er isst schnell.] Er ist bei den Mahlzeiten immer in Hektik, schlingt alles hastig hinunter, lässt sich keine Zeit usw. , das heißt, es handelt sich um ein Urteil: Im Gegensatz zu anderen nimmt er seine Mahlzeiten nicht geruhsam zu sich (generelle Aussage).

Mit Objekt: NP V → O V得 /de/ SV

Das Verb wird wiederholt und mit 得 /de/ markiert. Für das SV gilt dieselbe Regel wie ohne Objekt.

我媽媽做飯做得很好。

Meine Mutter ist eine gute Köchin. / kann gut kochen / kocht immer gut usw. Zu beachten: dieses Statement bedeutet nicht: Meine Mutter hat (heute einmal / ausnahmsweise) gut gekocht.

Da die vollständige Form des Gradkomplements mit Objekt recht lang ist, kann sie durch Positionierung des Objekts als Themasubjekt am Satzanfang verkürzt werden: 飯我媽媽做得很好。

S＋VO＋V得＋補語	S＋V得＋補語
老師教書教得很好。 立德說中文說得很慢。 小真寫字寫得很快。	老師教得很好。 立德說得很慢。 小真寫得很快。

S＋O＋V得＋補語	O+S＋V得＋補語
老師書教得很好。 立德中文說得很慢。 小真字寫得很快。	書老師教得很好。 中文立德說得很慢。 字小真寫得很快。

 試試看：填入「V得＋補語」 **Bilden Sie Urteilssätze mit dem Komplement des Grades:**

例 Beispiel：A：馬克踢球踢得怎麼樣？　B：馬克踢球 [踢得很好。]

1. 中平吃飯 [　　　　　　　　　　　　　　　　　　　　]

2. 小紅準備考試 [　　　　　　　　　　　　　　　　　　]

3. 李教授教中國文學 [　　　　　　　　　　　　　　　　]

4. 小真昨天考試 [　　　　　　　　　　　　　　　　　　]

5. 我念書 [　　　　　　　　　　　　　　　　　　　　　]

VI 「…以前」、「…以後」的用法

Ausdrücke der Vor- und Nachzeitigkeit durch yǐqián und yǐhòu

表示時間的「以前」和「以後」，前面可以使用時間詞或動詞組，形成「時間詞/動詞組＋以前」和「時間詞/動詞組＋以後」的形式。句型應用如下：

以前 yǐqián und 以後 yǐhòu sind beides Nominalphrasen mit der Bedeutung: früher einmal, in der Vergangenheit bzw. ab jetzt, in Zukunft:

以前他當過老師。 Früher war er eine Zeit lang Lehrer.

以後我想去中國工作。 In Zukunft werde ich in China arbeiten.

Im Anschluss an eine Phrase zum Ausdruck des Zeitpunktes (time-when expression) oder nach einer verbalen Konstruktion stehen diese NP zum Ausdruck der Vor- oder Nachzeitigkeit:

開會以前　　vor der Versammlung / Sitzung

下課以後　　nach Unterrichtsschluss.

時間詞＋以前/以後	動詞組＋以前/以後
十點以前 下午五點以後	開會以前 下課以後

時間詞＋動詞組＋以前/以後
十點開會以前 下午五點下課以後

試試看：請寫出正確的句子 Vervollständigen Sie die Sätze unter Verwendung von yǐqián und yǐhòu:

例 Beispiel：我/ 以前 / 十點 / 明天　都要準備考試。

　　　　　→我明天十點以前都要準備考試。

1.張玲＿＿＿＿＿＿/ 開會 / 以前 / 明天 都沒有時間寫功課。

→

2.中平＿＿＿＿＿＿/ 昨天 / 以後 / 打完籃球 就去圖書館唸書了。

→

3.我們＿＿＿＿＿＿/ 以後 / 中午 / 下課 一起去學校對面吃飯。

→

4.我們＿＿＿＿＿＿/ 明天 / 以前 / 考試　要準備完八課。

→

5.你們＿＿＿＿＿/ 以前 / 上選修課 要先上完必修課。

→

VII 能願動詞「會」的用法 Das Hilfsverb huì

　　能願動詞「會」經常放在動詞或動詞性成分的前面，表示「未來」將發生的動作的可能性，否定式是「不會」，疑問式是「會不會」或在句尾加疑問助詞「嗎」。

　　會 huì als Hilfsverb nach einer Phrase zum Ausdruck des Zeitpunktes (time-when expression) drückt die (gesicherte) Erwartung in der Zukunft aus: werden, bis hin zu müssen. Negiert: nicht können.

　　我明天會等你。 Morgen werde ich auf dich warten.
　　我明天會去上課。 Morgen muss ich zum Unterricht.
　　他明天不會來。 Morgen wird er nicht kommen können.

S＋會＋VP		S＋不會＋VP
我明天會	等你。 去上課。	他明天不會來。
S＋會不會＋VP		S＋會＋VP＋嗎
你明天會不會去圖書館？		你明天會去圖書館嗎？

Das Hilfsverb 應該 yīnggāi oder 該 gāi steht für müsste, sollte, negiert nicht dürfen:
你應該早一點來。Du solltest ein bisschen früher kommen.
上課的時候不應該吃東西。Im Unterricht sollte man / darf man nichts essen.
Das Hilfsverbum 得 děi dient zum Ausdruck der Notwendigkeit: müssen, und ist stark umgangssprachlich, d.h. nicht-formell:
現在你得吃一點東西。Du musst jetzt etwas essen.

✎ 試試看：請翻成華語 Übersetzen Sie ins Chinesische:
例 Beispiel：Wirst du heute zum Japanischunterricht gehen?

→ [你今天會去上日文課嗎？]

1. Ich muss bis morgen die Übersetzung fertig vorbereitet haben.

→ [   ]

2. Li Ming wird nach dem Feierabend Fußball spielen gehen.

→ [   ]

3. Heute Abend sollte er Hausaufgaben schreiben.

→ [   ]

4. Soll ich dir bei der Prüfungsvorbereitung helfen?

→ [   ]

5. Wirst du morgen einen Mantel anziehen?

→ [   ]

Ⅷ 助詞「過」的用法 Der Verbalaspekt durch -guò

助詞「過」放在動詞或動詞性成分的後面，可以表示動作的「完成」。

Verbindet sich der verbale Aspekt zum Ausdruck der einmaligen oder besonderen Erfahrung (in der Vergangenheit) durch 過 mit einer Zeitangabe und einem satzschließenden 了, dann bedeutet diese Konstruktion: „innerhalb des genannten Zeitraums vollendet haben":

我已經吃過飯了。 Ich habe bereits gegessen.

你今天做過運動了嗎？ Hast du heute (schon) Sport gemacht?

S/T＋V＋過＋(O)了
我已經吃過飯了。 你今天做過運動了嗎？

試試看：以「V＋過」完成下面的句子 Bilden Sie Sätze mit guò:

例 Beispiel：A：你要不要試穿這件衣服？ B：[這件衣服已經試穿過了。]

1.A：你要喝咖啡嗎？　　　　　　　　　B：[   ]

2.A：今天我們要上第五課生字。　　　　B：[   ]

3.A：今天的報紙你看了嗎？　　　　　　B：[   ]

4.A：你今天去不去學校？　　　　　　　B：[   ]

5.A：你這學期要上馬教授的翻譯課嗎？ B：[   ]

四、漢字說明 Schriftzeichenerklärungen

算 suàn trägt die Grundbedeutung rechnen, kalkulieren und zeigt die Struktur ▦ : zuoberst das Klassenzeichen # 118 zhú *Bambus* in seiner gebundenen Form ⺮, die stets als oberstes Element eines Graphen erscheint. Freie Form ist 竹 als Wort in der modernen Sprache –z suffigiert: 竹子 zhúzi *Bambus*. Der Graph ist ein Piktogramm der herabhängenden, spitzen Bambusblätter, wie die siegelschriftlichen Formen zeigen:

Das Klassenzeichen denotiert aus Bambus hergestellte oder mit ihm in Zusammenhang stehende Objekte und ist deshalb häufig: im 康熙字典 Kāngxī Zìdiǎn sind über 1000 Einzelzeichen unter *Bambus* eingeordnet. In der Mitte des Graphen steht # 109 目 mù *Auge*, unten das schon von 鼻 bí *Nase* her bekannte Element 廾. Ein Vergleich mit den antiken Formen zeigt, dass in der heutigen Schrift homographe Formen zu früheren Stadien der Schriftentwicklung wohlunterschieden waren: mit *Auge* hat der Graph suàn

nichts zu tun: Es handelt sich deutlich sichtbar um ein Piktogramm zweier Hände (unten), die einen Abakus manipulieren, das auch aus der europäischen Antike bekannte Rechenbrett mit verschiebbaren Kugeln, in China im Fünfersystem. Eine genaue Beschreibung der Funktionsweise mit Bildtafeln findet sich in Joseph Needham und Wang Lings *Science and Civilisation in China*, Bd. 3, *Mathematics and the Sciences of Heaven and Earth*, Cambridge University Press 1959, S. 74 ff. Das Graphem 廾 ist hier eine historische „Kurzform" für zweimal yòu 又 bzw. cùn 寸 *Hand*. Das erklärt suàn 算 als Ableitung von 具 jù *Gerät, Werkzeug*, ein Irrtum, auf den bereits der qingzeitliche Philologe 段玉裁 Duàn Yùcái (1735–1815) in seinem 1815 erschienenen monumentalpeniblen 說文解字注 *Shuō wén jiě zì zhù* Kommentar zum *Shuō wén jiě zì* hingewiesen hat. Bambus steht als Klassifikator für dieses Zeichen, weil ein 算盤 suànpán *Rechenbrett* bis heute aus Bambus gefertigt ist, man kann es auf jedem Markt, in jedem Laden in China im Einsatz sehen.

五、聽力練習 Hörverständnisübungen

試試看：Ⅰ.請聽一段對話，試試看你聽到什麼？**Hören Sie zunächst den Dialog an.**
　　　　Ⅱ.請再聽一次對話。這次對話將分成三段播放，請根據每段話內容，選出正確的答案 **Nun hören Sie den Dialog noch einmal an und markieren Sie die richtigen Antworten:**

第一段 Absatz 1

1.小明這學期選幾門課？

　a)一門

　b)兩門

　c)三門

2.小明沒選什麼課？

　a)中國歷史

　b)德國文學

　c)漢德翻譯

3.小明選修的課怎麼樣？

　a)沒什麼意思

　b)上課以前要準備

　c)老師給的功課很少

第二段 Absatz 2

4.小明每天什麼時候上課？

　a)上午

　b)下午

　c)晚上

5.為什麼小明這學期不打工？

　　a)沒有時間

　　b)他有很多錢

　　c)他不喜歡打工

第三段 Absatz 3

6.小明他們現在要去哪裡？

　　a)回家

　　b)去學校

　　c)去餐廳

7.小明他們現在要做什麼？

　　a)先上課，再吃飯。

　　b)先打工，再吃飯。

　　c)先吃飯，再做功課。

六、綜合練習 Zusammenfassende Übungen

綜合練習生詞 **Wortschatz zusammenfassende Übungen**

	漢字 Zeichen	拼音 Umschrift	解釋 Erklärung
1	必修	bìxiū	(IV) obligatorisch belegen müssen, vorgeschrieben sein [Lehrveranstaltungen]
2	告訴	gàosu	(TV, 2) sagen, erzählen, mitteilen
3	計畫	jìhuà	(N) Plan, Vorhaben, Absicht
4	輕	qīng	(SV) leicht von Gewicht
5	輕鬆	qīngsōng	(SV) entspannt, locker, gelöst

I 你今天有什麼計畫，請告訴同學你今天的時間表。請把你同學的時間表寫下來。

Was haben Sie heute vor? Erzählen Sie sich gegenseitig Ihre Pläne und schreiben Sie sie auf:

例:我今天＿＿＿點以前要＿＿＿＿，＿＿＿＿＿點以後要＿＿＿＿＿＿＿

＿＿＿＿＿＿＿＿＿＿＿＿＿＿＿＿＿＿＿＿＿＿＿＿＿＿＿＿＿＿＿＿

＿＿＿＿＿＿＿＿＿＿＿＿＿＿＿＿＿＿＿＿＿＿＿＿＿＿＿＿＿＿＿＿

II 請問立德在做什麼？ **Was macht Lide gerade?**

III 以下是馬克一星期的時間表，請以「除了…還」回答下列問題。
Hier ist Marks Wochenplan. Beantworten Sie die Fragen mit dem Satzmuster chúle … hái:

A 問:請問馬克星期 _____ 要做什麼？

B 答: 馬克除了要_____，還要_____。

A問: 請問馬克覺得怎麼樣？

B答: 馬克覺得(有點兒、很)_____。

星期一	星期二	星期三	星期四	星期五	星期六	星期天
漢德翻譯		開會	中國歷史	德文	去圖書館	買書
	中國文學					
會話課		漢字課	會話課		踢足球	
	慢跑			漢德翻譯		看電影

(累)　　(擔心)　　(緊張)　　(輕鬆 qīngsōng)

IV 請問你兩個同學下列問題，請把答案寫下來。
Stellen Sie Mitstudierenden die folgenden Fragen und notieren Sie sich die Antworten:

1. 你這個學期有什麼課？
2. 什麼課是選修課？
3. _____課的老師是誰？
4. 他教得怎麼樣？
5. 你下學期想上什麼／誰的課？
6. 你這個學期什麼時候考試？有幾個考試？
7. 你想和誰一起準備考試？

V 真實語料 Sprachliche Realien

國立臺灣師範大學英語系大學部課表

英語系 三乙　　　　　　　　　　　　　　　　　　　　　　　　　九十九 學年度 上

		星期一	星期二	星期三	星期四	星期五
1	08:00~08:50		英語語言史 吳靜蘭 (正306)	班導時間(誠107) A 陳齊瑞 B 張瓊惠		英國文學史： 浪漫時期至現代 郭慧珍 (正305)
2	09:00~09:50					
3	10:10~11:00	英國文學史： 中古時期至十八世紀 張瓊惠 (正302)	高級英語聽講 A 曾於萱 (誠701B) B 柯珍宜 (誠701A)	通識	英語教學概論(上) 劉宇挺(正304)	高級寫作 A 路慎宜(誠106) E 曾靜芳(正305) B 陳春燕(正302) F 陳乃嫻(正306) C 李宜倩(正303) D 劉宇挺(誠304)
4	11:10~12:00					
5	12:10~01:00	基礎英語口譯 侯慧如 (誠701B)	性/別文學(上)(6-8) 賴守正(博413)	後殖民文學(上)(6-8) 蘇榕(正305)		
6	01:10~02:00					
7	02:10~03:00		語言與大腦(上)(6-8) 詹曉蕙(正303)	語言分析(上)(6-8) 吳靜蘭 (正306)	英語演講 A 劉宇挺(誠304) B 曾於萱(正301)	日文(二)(7-8) 李文晴 (誠205)
8	03:10~04:00		法文(二) 邱大環(博410)			
9	04:10~05:00	莎士比亞 林璄南 (正304)	職場英文(上) 曾於萱 (誠304) 西班牙文(二)颯楊 (正302)	歐洲文學 賴守正 (博413)		
10	05:10~06:00					

1.請問，這是哪一個大學的課表？

　Von welcher Universität stammt dieser Unterrichtsplan?

2.請問這是什麼系的課表？

　Von welcher Fakultät oder welchem Seminar ist der Plan?

3.請問他們有什麼課？

　Welche Kurse werden angeboten?

七、從文化出發 Interkulturelle Anmerkungen

Schule und Studium

Das Schul- und Universitätsleben in China besteht hauptsächlich aus Lernen. Die Aufnahmeprüfungen für den Universitätszugang sind in Taiwan wie auch auf dem Festland sehr schwierig, und es gibt einen richtig harten Konkurrenzdruck. Deswegen konzentrieren sich die Schüler der oberen Mittelschule (vergleichbar mit dem deutschen Gymnasium) auf Lernen, und es bleibt ihnen gewöhnlich nicht viel Freizeit. Erst auf der Universität, nach bestandener Eingangsprüfung, wird das Leben wieder ein wenig bunter und vielfältiger. Es gibt in Taiwan ein beliebtes Sprichwort: man sagt, dass man in seiner Universitätszeit drei Pflichtfächer zu belegen habe: „Ausbildung", „Vereine" und „Liebe" (「學業」xuéyè、「社團」shètuán、「愛情」aìqíng).

Im universitären Studiengang kann man die Lehrmethoden in China und Taiwan im Vergleich zu den Lehrmethoden an europäischen und amerikanischen Universitäten durchaus als konservativ bezeichnen. Der Unterricht an den chinesischen Universitäten wird von Vorlesungen der Dozenten bestimmt, Frontalunterricht ist die Regel, Diskussionen sind die Ausnahme.

Neben dem gewählten Hauptfach kann man auch Nebenfächer belegen oder einen Studiengang mit Doppelabschluss machen. Es gibt Pflichtleistungspunkte und fakultative Leistungspunkte. Wenn man innerhalb von vier Studienjahren die vorgeschriebene Zahl an Leistungspunkten gesammelt hat, gilt das Studium als abgeschlossen.

Die Universitäten in Taiwan haben die Tradition eines „Betreuersystems" begründet: In so genannten „Studentenfamilien" wird den jüngeren Studenten geholfen, sich an das Campusleben an der Universität zu gewöhnen, es werden Tutorien angeboten, die ihnen helfen, Probleme zu lösen und Freundschaften zu knüpfen.

Neben dem Studium können die Studenten studentischen Vereinigungen 社團 shètuán ganz unterschiedlicher Ausrichtung beitreten:

Das Angebot reicht von der Organisation gemeinsamer Outward Wilderness Expeditionen und künstlerisch-kreativen Angeboten bis in den Technikbereich. In diesen Gruppen und Vereinen treffen sich Studenten mit gleichen Vorlieben und Interessen. Hier haben sie die Möglichkeit, ihren Blickwinkel zu erweitern und Netzwerke aufzubauen. Durch die rasante Entwicklung der Informationstechnologie verlagert sich die Vereinstätigkeit zunehmend ins Internet. Auch das BBS (Bulletin Board System) und Blogs bilden heute wichtige Studentengemeinschaften. In der Volksrepublik China sind die bekanntesten BBS das „Weiming BBS (未名BBS)" der Universität Beijing (bbs.pku.edu.cn) und das „Shuimu Qinghua BBS (水木清華BBS) " der Qinghua-Universität (http://www.ptt.cc/index.html).

Das bekannteste BBS in Taiwan ist „PTT 批踢踢實業坊 Pītītī Shíyèfāng" (http://

223

www.ptt.cc/index.html). Die BBS haben sich zu wichtigen Orten entwickelt, an denen Studenten über die verschiedensten Themen diskutieren können.

Liebe wird ebenfalls als ein wichtiges Element der universitären Erfahrung angesehen. Studenten haben, nachdem sie das von ihnen oft als monoton und langweilig empfundene Schulleben, das nur aus Lernen bestand, endlich hinter sich gebracht haben, zum ersten mal Zeit und Muße, sich auch in Liebesbeziehungen, die oft bei der Teilnahme in studentischen Gruppen und Vereinen entstehen, zu versuchen. Diese Erfahrungen gelten dann oft als die glücklichsten der gesamten Studienzeit.

中學與大學

在上大學以前，校園生活主要以課業為主。因為無論臺灣的學測還是大陸的高考，競爭都十分激烈，所以高中生們在學習之外，往往沒有很多自由時間。進入大學後，校園生活才多采多姿起來。臺灣有一句流行的話：大學有三個必修學分，「學業」、「社團」和「愛情」。

學業方面，相較於歐美大學的開放自由，台灣和大陸大學的上課方式還是顯得中規中矩。課堂上一般以老師的講授為主，討論課比較少。選擇了主修科系，還可以增修輔系或雙學位，有固定必修和選修的學分，四年內修完規定的學分即可畢業。台灣的大學還有導師制或家族學長姐制的傳統，主要是幫助學生適應校園生活，課業相授解惑和凝聚情誼。

課業之餘，可以參加社團。五花八門的社團，從團康服務、藝術休閒、技術學習各類都有。除了可以尋找氣味相投的同儕團體，也是開擴生活圈，拓展人際關係的入門。近些年來，隨著信息技術的發展，網絡上的學生社區也越來越豐富，成為大學生課餘生活的一部分，比如BBS (Bulletin Board System 電子佈告欄系統或網絡論壇)、Blog（大陸叫「博客」，臺灣叫「部落格」）等。大陸最有名的校園BBS有北大的「未名BBS」（bbs.pku.edu.cn），清華的「水木清華BBS」（http://www.smth.edu.cn/）等，而台灣則是「批踢踢實業坊ptt」（http://www.ptt.cc/index.html）。這些網絡社區成為學生們討論各種問題的平臺。

關於愛情這門學分，在脫離高中只以課業為重的枯燥生活後，大學生可以透過社團和聯誼活動，為青春和愛情帶來生機，增添大學生活的色彩。

Lektion

10

第十課
找工作
Auf
Arbeitssuche

本課重點 Lernziele

【1】找工作、討論工作、面試
Auf Arbeitssuche, Gespräche über den Job, Vorstellungsgespräch

【2】「V＋起來」的用法、「V＋去」的用法，「V＋了」的用法
Die Komplemente qǐlái und qù, Verbalsuffix le

【3】能願動詞「會」的用法，「多久」的用法
Das Hilfsverb huì, das Interrogativpronomen duōjiǔ

【4】「叫」、「請」的用法、「V得補語」的用法
Die transitiven Verben jiào und qǐng zum Ausdruck der Bitte; das Komplement des Potentialis

【5】「V＋MW」的用法
Verben in der Kombination mit Meteralia zur Angabe der Häufigkeit

225

一、課文 Lektionstexte

Teil A、討論工作 Gespräche über den Job

情境介紹：週末晚上，中平在學生宿舍門口碰到了安娜。

Situation: An einem Abend am Wochenende trifft Zhongping Anna vor dem Studentenwohnheim.

中平：嗨！安娜，今天一整天都沒有看到你，你到哪兒去了？

安娜：我打工去了。

中平：你看起來有一點兒累，你今天工作了多久？

安娜：八個鐘頭。我本來下午四點下班，可是今天人好多，老闆叫我幫他忙。

中平：不好意思，請問你的工資怎麼樣？

安娜：不太高，不過，老闆人很好。

中平：工作累，工資又低，你要不要換工作呀？

安娜：換什麼工作呢？現在工作很難找。

中平：你不是會彈鋼琴嗎？！你可以當鋼琴老師。

安娜：對呀！我怎麼沒想到呢。

中平：我用電腦幫你設計一張海報，你可以貼在餐廳門口，也可以放在網路上。

安娜：這個主意聽起來真不錯，謝謝你！

中平：不客氣！好朋友就是要互相幫忙呀！

問題 Fragen

1.為什麼安娜不能四點下班?

2.中平為什麼要安娜換工作?

3.安娜會什麼樂器?

4.中平怎麼幫安娜?

Teil B、找工作 Auf Arbeitssuche

情境介紹：立德想去旅行，可是錢不夠，他想找工作。
Situation: Lide will verreisen, hat aber nicht genug Geld. Er möchte einen Job suchen.

立德：我明年想去日本旅行，所以我想賺一點錢。

小真：你會說德文，你想不想教德文？

立德：好啊！我也會說英文。

小真：那就更好了！我上個星期看到一個徵德文家教的廣告，你有沒有興趣？

立德：那個廣告上寫什麼？

小真：有一位林太太想找一位會說德文的大學生，每個星期上兩次課，一次兩個小時。

立德：聽起來還不錯，那家教費用（鐘點費）呢？

小真：這我就不知道了，你可以跟她面談時再問她。我們一起去看一下那個廣告。

立德：好！走吧！

徵德語家教一名
德語系三年級或四年級學生，德語母語人士更好。教中學生，一個星期兩次，一次兩個小時。費用面談。
如果你有興趣，請電：099968668林太太

小真：你快抄電話吧！

立德：好！我好緊張，這是我第一次在外國找工作。

小真：別緊張，我會幫你，放心吧！

問題 Fragen

1. 立德為什麼要賺錢？

2. 立德會說哪些語言？

3. 廣告上寫什麼？

Teil C、面試 Vorstellungsgespräch

情境介紹：李明的公司需要一位秘書，有五位小姐來面試。

Situation: In Li Mings Firma wird eine Sekretärin gesucht, fünf junge Damen erscheinen zum Vorstellungsgespräch.

李　明：請問您貴姓大名？

面試者：我姓方叫文麗。

李　明：請談一下您以前的工作經驗，好嗎？

面試者：我今年剛從大學貿易系畢業，還沒有經驗，可是念書時在貿易公司實習過。

李　明：您為什麼對秘書工作有興趣呢？

面試者：我想做秘書工作可以很快地認識公司各方面的業務。

李　明：您會說什麼語言？

面試者：除了英文、日文以外，我也學過一點兒德文。

李　明：很好，因為我們公司是國際貿易公司，跟世界上很多國家做生意。

面試者：我對世界各地的文化也很有興趣。

李　明：您會使用電腦嗎？

面試者：會，我學過很多有關商業電腦的知識。

李　明：這個工作的內容是接聽電話、安排總經理的工作時間，處理這些事情，您認為自己有能力做得到嗎？

面試者：我會盡力做到。

李　　明：現在請您到會議室準備筆試，錄取結果會在一個星期內通知您。

面試者：謝謝！

問題 Fragen

1. 方文麗有什麼工作經驗？

2. 方文麗為什麼對秘書工作有興趣？

3. 為什麼李明覺得面試者會說外語很好？

4. 公司秘書的工作有哪些？

二、生詞 Wortschatz

(一) 課文生詞　Grundwortschatz

	漢字 Zeichen	拼音 Umschrift	解釋 Erklärung
1	安排	ānpái	(TV, 1) planen, organisieren
2	幫忙	bāng máng	(VO) helfen, assistieren, unterstützen
3	筆試	bǐshì	(N) schriftliche Prüfung, Test
4	畢業	bìyè	(IV) Schul- oder Hochschulabschluss machen, graduieren
5	不過	búguò	(Adv) aber, jedoch
6	抄	chāo	(TV, 1) notieren, aufschreiben
7	處理	chǔlǐ	(N) behandeln, bearbeiten, managen
8	大名	dàmíng	(N) Ihr werter Vorname (Höflichkeitsfloskel)
9	當	dāng	(TV, 1) einen Job machen als, einen Beruf ausüben
10	地	de	(B) Auszeichnung des abgeleiteten Adverbiums
11	德語系	Déyǔxì	(N) Abteilung für Deutsche Sprache

12	低	dī	(SV) niedrig
13	電腦	diànnǎo	(N) Computer, PC
14	多久	duōjiǔ	(Pron) wie lange?
15	放	fàng	(TV, 1) abstellen, hinlegen; inserieren [Zeitung], einstellen [Internet]
16	方文麗	Fāng Wénlì	(N) Fang Wenli (f.)
17	方面	fāngmiàn	(N) Hinsicht, Bezug, Aspekt
18	費用	fèiyòng	(N) Aufwendungen, Spesen, Unkosten
19	剛	gāng	(Adv) soeben, gerade
20	高	gāo	(SV) hoch; groß [Körpergröße]
21	各地	gèdì	(N) alle [möglichen] Orte, vielerlei Gegenden
22	更	gèng	(Adv) noch mehr
23	工資	gōngzī	(N) Lohn, Gehalt
24	廣告	guǎnggào	(N) Anzeige [in der Zeitung]; Reklame, Werbung, Kundeninformation
25	國際	guójì	(N) international
26	嗨	hāi	(Interj) Hi!
27	海報	hǎibào	(N) Poster, Plakat, Werbeanzeige
28	換	huàn	(TV, 1) auswechseln, eins gegen das andere austauschen
29	會議	huìyì	(N) Versammlung, Konferenz, Besprechung
30	會議室	huìyìshì	(N) Besprechungszimmer
31	互相	hùxiāng	(Adv) gegenseitig, einander
32	家教	jiājiào	(N) Privatlehrer, Hauslehrer
33	叫	jiào	(TV, 1) [mit Namen] heißen; nennen; auffordern, beauftragen
34	結果	jiéguǒ	(N) Ergebnis, Resultat
35	接聽電話	jiētīng diànhuà	(VO) Telefongespräche annehmen und durchstellen, Telefondienst haben
36	經驗	jīngyàn	(N) Erfahrung, Arbeitspraxis
37	盡力	jìnlì	(IV) sein bestes tun, vollen Einsatz zeigen
38	錄	lù	(TV, 1) aufzeichnen, protokollieren; aufnehmen [Video, Audio]

39	錄取	lùqǔ	(TV, 1) aufnehmen, zulassen zu
40	旅行	lǚxíng	(IV) reisen, verreisen [als Tourist, nicht geschäftlich]
41	面試者	miànshìzhě	(N) Interviewpartner, zum Vorstellungsgespräch eingeladene Person
42	面談	miàntán	(N) persönliches Gespräch, Interview, Vorstellungsgespräch
43	秘書	mìshū	(N) Sekretär(in)
44	母語	mǔyǔ	(N) Muttersprache
45	內	nèi	(B) Gegensatz zu 外 wài: innen, innerhalb
46	內容	nèiróng	(N) Inhalt
47	能力	nénglì	(N) Fähigkeit, Können
48	年級	niánjí	(N) Jahrgang (Schule, Universität)
49	琴	qín	(N) Wölbbrettzither, Qin, Koto
50	取	qǔ	(TV, 1) abholen, wegnehmen
51	人士	rénshì	(N) Person, Mensch
52	認為	rènwéi	(TV, 1) glauben, meinen, halten für
53	商業	shāngyè	(N) Kommerz, Handel, Business
54	設計	shèjì	(TV, 1) entwerfen, konzipieren, projektieren
55	生意	shēngyì	(N) Geschäft, Business
56	世界	shìjiè	(N) Welt
57	實習	shíxí	(N) Praktikum
58	使用	shǐyòng	(TV, 1) benutzen, gebrauchen
59	太太	tàitai	(N) Ehefrau; Frau, Mrs.
60	談	tán	(TV, 1) besprechen, sich beraten
61	彈	tán	(TV, 1) ein Saiteninstrument durch Zupfen oder Anschlagen spielen
62	彈鋼琴	tán gāngqín	(VO) Klavier spielen
63	貼	tiē	(TV, 1) ankleben, aufkleben
64	通知	tōngzhī	(TV, 1) benachrichtigen
65	網路(網絡)	wǎnglù (wǎngluò)	(N) Internet
66	文化	wénhuà	(N) Kultur
67	小時	xiǎoshí	(N) Stunde

68	興趣	xìngqù	(N) Interesse
69	業務	yèwù	(N) beruflich, fachlich; Berufspraxis
70	以外	yǐwài	(N) außer, abgesehen von
71	一整天	yìzhěngtiān	(N) den ganzen Tag lang
72	用	yòng	(TV, 1) benutzen, gebrauchen, verwenden
73	有關	yǒuguān	(IV) angehen, betreffen; (SV) betreffend, zuständig
74	樂器	yuèqì	(N) Musikinstrument
75	語言	yǔyán	(N) Sprache
76	張	zhāng	(Met.) für flache Dinge wie Plakate, Tische, Geldscheine
77	徵	zhēng	(TV, 1) anfordern, ausschreiben; über eine Anzeige suchen
78	者	zhě	(B) Affix zur Bildung v. Nominalphrasen; adverbiabildendes Suffix
79	知識	zhīshì	(N) Kenntnisse, Know-how, Erfahrung
80	鐘點費	zhōngdiǎnfèi	(N) Honorar, Stundenlohn
81	鐘頭	zhōngtóu	(N) Stunde
82	賺	zhuàn	(TV, 1) verdienen, seinen Schnitt machen
83	主意	zhǔyì	(N) Idee, Vorschlag
84	總	zǒng	(B) zusammenfassen, gesamt~ , zentral~
85	總經理	zǒngjīnglǐ	(N) General Manager, Direktor
86	做生意	zuò shēngyì	(VO) Geschäfte machen

(二) 一般練習生詞　Wortschatz Übungen

	漢字 Zeichen	拼音 Umschrift	解釋 Erklärung
1	遍	biàn	(Met) für Häufigkeiten: ~mal [von Anfang bis Ende]
2	場	chǎng	(Met) für eine Weile andauernde Ereignisse: Träume, Regengüsse, Aufführungen, Spiele
3	吵	chǎo	(SV) lärmend, laut, nervend
4	借	jiè	(TV, 1) ausleihen, sich borgen

5	開始	kāishǐ	(IV) anfangen, beginnen, (TV, 1) anfangen lassen, (B) Anfang
6	趟	tàng	(Met) für Ortswechsel, ~ mal [unterwegs sein]
7	小方	Xiǎofāng	(N) Xiaofang
8	小英	Xiǎoyīng	(N) Xiaoying
9	有趣	yǒuqù	(SV) unterhaltsam, interessant

三、語法練習 Grammatische Übungen

I 「V＋起來」的用法 Das Direktionalkomplement qǐlái als Satzadjunkt

當「V＋起來」做為插入語或句子的前一部分時，常常有估計的意味，中間不能加「得」或「不」。後面常跟著SV。句型如下：

Verb plus 起來 qǐlái hat hier die Bedeutung von „wenn man etwas betrachtet, hört, riecht, usw., dann...", z.B. 立德看起來很累。Lìdé kànqǐlái hěn lèi. „Lide sieht geschafft aus." Als Ergänzung steht oft ein SV, ein Potentialis mit 得 oder 不 kann jedoch nicht gebildet werden.

V+起來	SV
看起來	很累
聽起來	很吵
彈起來	不錯
寫起來	不難

試試看：用「V起來」來造句 Bilden Sie Sätze mit dem Direktionalkomplement qǐlái:

例 Beispiel：中文（學）→ [中文學起來很有趣。]

1. 英文歌（唱）→ [   ]

2. 德國啤酒（喝）→ [   ]

3. 中文（說）→ [   ]

4. 你的名字（聽）→ [   ]

5. 你（看）→ [   ]

II 「V＋去」的用法 Das Richtungsverb qù

「去」當動詞時，可以放在另一個動詞性詞語的後面。句型如下：
去 qù ist ein transitives Verb, das als Objekt auch VO-Konstruktionen binden kann. Wird es an eine VO-Konstruktion angeschlossen, fungiert es als Richtungsverb mit finalem Nebensinn: um zu.

	V＋去了
A：你到哪兒去了？	B：我　打工　去了。

試試看：用「去」來回答句子 Beantworten Sie die Fragen unter Verwendung von qù:

例 Beispiel：小真上星期到哪兒去了？

(北京)→ [小真到北京開會去了]

1. 王老師到哪兒去了？(踢足球)→ [   ]

2. 小紅呢？(吃飯)→ [   ]

3. 中平呢？(打工)→ [   ]

4. 你們昨天晚上做什麼了？(看電影)→ [   ]

5. 他上星期為什麼沒來？(上日文課)→ [   ]

III 「V＋了」的用法 Aspekt der vollendeten Handlung

漢語的動詞後面加上「了」表示動作的完成。動詞後的名詞性成分要放在「了」的後面；有修飾名詞的數量詞時，數量詞要放在名詞的前面。句型如下：

了 le direkt im Anschluss an ein Verb und stets vor einem möglichen Objekt, es bildet einen wichtigen Verbalaspekt: Die Abgeschlossenheit einer Handlung.

S	V	了	N.M.	N
馬克	看	了	一個	電影。
我	工作	了	八個	鐘頭。
張玲	喝	了	兩碗	湯。

試試看：請寫出正確的句子 **Bilden Sie korrekte Sätze:**

例 Beispiel：我中午/ 了 / 啤酒 / 喝 / 三杯 。 → 我中午喝了三杯啤酒。

1. 張玲 / 兩件 / 買 / 大衣 / 了 。

→

2. 中平去圖書館 / 書 / 七本 / 了 / 借 。

→

3. 我們 / 中國菜 / 五道 / 點 / 了 。

→

4. 中平 / 吃 / 了 / 包子 / 十個 。

→

5. 張老師 / 小時 / 幾個 / 教 / 了 。

→

IV 能願動詞「會」的用法 Das Hilfsverb huì

能願動詞「會」經常放在動詞或動詞性成分的前面，除了表示「未來」將發生的動作或事件之外，還可以表示有「能力」做某事，否定式是「不會」，疑問式是「會不會」或在句尾加疑問助詞「嗎」。

會 huì als Hilfsverb (Aux-form) vor einem weiteren Verb steht außer zum Ausdruck der näheren Zukunft (werden) auch zur Beschreibung des Könnens, weil erlernt, im Gegensatz zu Können, weil körperlich in der Lage dazu bzw. Können, weil es erlaubt oder möglich ist. In dieser Funktion des Könnens findet 會 auch als transitives Verbum Verwendung.

S＋會＋VP		S＋不會＋VP
立德 會	說中文。	馬克 不會 說中文。
小真 會	彈鋼琴。	小紅 不會 彈鋼琴。

S＋會不會＋VP	S＋會＋VP＋嗎
德平會不會說中文？	德平會說中文嗎？
張玲會不會彈鋼琴？	張玲會彈鋼琴嗎？

試試看：以「會＋VO」來造句 **Bilden Sie Sätze mit der Struktur huì + VO:**

例 Beispiel：小馬、德文歌 → [小馬會唱德文歌嗎？]

1. 李明、足球 → [   ]

2. 小英、中國菜 → [   ]

3. 小方、鋼琴 → [   ]

4. 你、日語 → [   ]

5. 他、電腦 → [   ]

V 「多久」的用法 Das Interrogativpronomen duōjiǔ

代詞「多」常放在單音節 SV 前面，構成詢問數量或程度的疑問句。句末可以加「呢」。句型如下：

多 plus SV bildet zusammengesetzte Interrogativpronomina des Typs:

wie...? (wie lange, wie viel, wie wenig, wie kurz, wie weit, usw.) Ein Fragesatz dieses Typs wird gerne mit 呢 am Satzschluss ausgezeichnet.

N	V了	多	SV
你	工作了	多	久

A: 你今天工作了多久？

B:　　　　　　　　　　　　八個鐘頭。
我　　工作了八個鐘頭。
我今天工作了八個鐘頭。

試試看：請回答或造問句 **Bilden Sie Fragen und Antworten:**

例 Beispiel：我工作了十年。 → [你工作了多久？]

A：你今天慢跑跑了多久？ → B：[   ]

A：你用電腦用了多久？ → B：[   ]

B：他看這本書看了一個月。→ A：[　　　　　　　　　　]

B：中平吃飯吃了三個小時。→ A：[　　　　　　　　　　]

B：小紅看電影看了六個小時。→A：[　　　　　　　　　]

VI 「叫」、「請」的用法
Die transitiven Verba jiào und qǐng zum Ausdruck der Aufforderung

「叫」、「請」可以構成兼語句。在「老闆叫我幫他忙」中，「我」既是「叫」的賓語，也是「幫忙」的主語。句型如下：

叫 rufen, heißen und 請 einladen, bitten sind zweiwertige transitive Verba zum Ausdruck der Aufforderung oder des Auftrags. Das erste Objekt ist im Regelfall eine NP zum Ausdruck der Person, die aufgefordert wird, das zweite Objekt eine VO-Konstruktion, die den Inhalt der Bitte oder Aufforderung beschreibt. Formal handelt es sich um einen Kupplungssatz (pivotal sentence), da das Objekt des ersten Verbs das grammatische Subjekt des zweiten Verbs ist.

N1	叫	N2	VO
立德	叫	我	幫他忙
媽媽	請	小紅	買早餐

 試試看：以「叫」和「請」來造句 Bilden Sie Aufforderungssätze mit jiào und qǐng:

例 Beispiel：教德文→ [林太太叫我教他德文。]

1. 看書→ [　　　　　　　　　　　　]

2. 設計海報 → [　　　　　　　　　　]

3. 安排開會時間→ [　　　　　　　　　]

4. 找工作→ [　　　　　　　　　　　]

5. 來一下→ [　　　　　　　　　　　]

VII 「V＋MW」的用法

Verben in der Kombination mit Meteralia zur Angabe der Häufigkeit

常見的動量詞有「次、場、回、趟、遍」等，用來表示動作的次數。句型如下：

Einige Meteralia wie cì, chǎng, huí, tàng und biàn dienen zur Angabe der Häufigkeit einer Handlung und stehen als Komplemente nach dem Verb, Objekte werden nachgesetzt.

V＋MW
上三次課
看兩場電影
去過三回
去了三趟
說了五遍

試試看：以「V＋MW」來造句 Bilden Sie Sätze mit dem Komplement der Häufigkeit:

例 Beispiel：有考試、五次→ [這個學期有五次考試。]

1. 開會、三次 → [   ]

2. 去中平家、四趟→ [   ]

3. 看比賽、六場 → [   ]

4. 和小真一起去爬山、兩次 → [   ]

5. 他去過北京、三次→ [   ]

四、漢字說明 Schriftzeichenerklärungen

經 jīng: 經理 jīnglǐ Manager, 五經 wǔ jīng die fünf kanonischen Klassiker, 經濟 jīngjì Wirtschaft, 已經 yǐjīng bereits, schon, was hat das miteinander zu tun? In allen Wörtern kommt 經 jīng vor, welches Konzept steckt hinter diesem Zeichen?

Struktur des Graphen ist ⿰, links steht Klassenzeichen # 120 糸 mì Seide, in seiner linksgebundenen Form 糹. Das Wort für Seide ist 絲綢 sīchóu, der erste Graph sī 絲

ist eine Doppelung von 糸 mì, dennoch wird mì oft fälschlich sī gelesen. Unter diesem Klassenzeichen sind alle Begriffe subsumiert, die irgendwie mit Serikultur oder textiler Technologie zu tun haben. Die siegelschriftlichen Formen zeigen den Graphen als Piktogramm

aufgehaspelter Rohseide:

Auf der rechten Seite erscheint 巠 jīng, ein relativ seltener Graph, der, schlägt man ihn nach, erklärt wird als *unterirdische Wasseradern,* mit Bezug zur chinesischen Geomantik, der 風水 Fēngshuǐ-Spekulation. So schon die Erklärung im 說文解字 *Shuō Wén Jiě*

Zì. Die siegelschriftliche Form 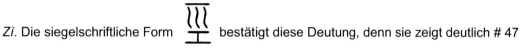 bestätigt diese Deutung, denn sie zeigt deutlich # 47

川 chuān *Wasserlauf* 〣 〣 〣 〣 über # 48 工 gōng *Winkelmaß.* Hier handelt es sich aber bereits um eine siegelschriftliche Kurzform: der untere Bestandteil ist das Phonetikum 壬 in der Lesung tíng aufrecht stehen, nicht in der Lesung rén, dem 9. der 10 Himmelsstämme 天干 tiāngān. Das Zeichen 經 jīng wird aber im 說文解字 *Shuō Wén Jiě Zì* mit *weben* erklärt, daher das Klassenzeichen 糸 mì, mit 巠 jīng als Phonetikum. Der bereits früher erwähnte 段玉裁 Duàn Yùcái hat aber nachgewiesen, dass es in der Siegelschrift einen Homographen zu 巠 jīng gegeben hat, der tatsächlich 工 gōng als Bestandteil aufweist, es sich also um ein handwerkliches Gerät oder mechanische Vorrichtung handeln muss. Die antiken Formen, besonders die erste in der sogenannten großen

Siegelschrift 大篆 dàzhuàn lassen erkennen, dass es sich um ein Pikto-

gramm handelt: das Bild des Webstuhls mit einem Seiden-

strang auf der linken Seite als Klassenzeichen. Die Grundbedeutung von 經 jīng ist *Kettfa-*

den auf dem Webstuhl, der tragende Faden für den Schussfaden 緯 wěi. So kommt es zu der Bedeutung *Klassisches Schrifttum* als normative Grundlage jeglicher Gedankengebäude, eine abgeleitete Bedeutung von 經 jīng ist *wie an einem Faden durchlaufen* (zeitlich und örtlich), deshalb 已經 yǐjīng *bereits zeitlich durchlaufen: schon,* ein 經理 jīnglǐ ist jemand, der die innere, im Jadeit verborgene Struktur 理 lǐ erkennt und ordnet, 經濟 jīngjì steht für 經世濟民 jīng shì jì mín *durch Organisation des Landes dem Volk helfen* und ist ein in Japan entstandener Neologismus des 19. Jahrhunderts: 經濟 keizai.

五、聽力練習 Hörverständnisübungen

試試看：Ⅰ.請聽一段對話，試試看你聽到什麼？**Hören Sie zunächst den Dialog an.**

Ⅱ.請再聽一次對話。這次對話將分成三段播放，請根據每段話內容，選出正確的答案 **Nun hören Sie den Dialog noch einmal an und markieren Sie die richtigen Antworten:**

第一段 Absatz 1

1.學明最近在忙什麼？

　a)打工

　b)工作

　c)找工作

2.學明什麼時候開始工作？

　a)這星期五

　b)上星期一

　c)下星期一

3.學明去哪裡工作？

　a)貿易公司

　b)中國飯館

　c)德文學校

第二段 Absatz 2

4.學明會說什麼語言？

　a)英語、德語、台語

　b)德語、日語、漢語

　c)英語、德語、漢語

5.在貿易公司，學明不做什麼工作？

　a)接聽電話

　b)安排開會時間

　c)跟外國客戶開會

第三段 Absatz 3

6.學明的新工作每天要上多久的班？	7.學明覺得新工作怎麼樣？
a)七個小時	a)工作很輕鬆
b)八個小時	b)工資很不錯
c)九個小時	c)工作非常累

六、綜合練習 Zusammenfassende Übungen

綜合練習生詞　**Wortschatz zusammenfassende Übungen**

	漢字 Zeichen	拼音 Umschrift	解釋 Erklärung
1	讀	dú	(TV, 1) lesen; studieren
2	讀書	dú shū	(VO) an einer Hochschule studieren
3	架	jià	(Met) für größere Apparate: Klaviere, Flugzeuge, Motorräder
4	經理	jīnglǐ	(N) Manager, Geschäftsführer, Chef
5	年齡	niánlíng	(N) Lebensalter
6	申請	shēnqǐng	(TV, 1) beantragen; (N) Antrag, Gesuch
7	姓名	xìngmíng	(N) vollständiger Name
8	薪資	xīnzī	(N) Gehalt, Lohn

Ⅰ　請根據圖片，利用「V起來SV」造句，SV可自行變化使用。
Bilden Sie zu den Bildern Sätze mit qǐlái:

例：學德語　德語學起來很有趣。

(用這台電腦)　　(彈這架鋼琴)

(寫中文)　　(喝這杯咖啡)

241

II 請根據下列提示，以「V了＋動量/名量/時量詞」造句。

Bilden Sie Sätze mit dem Aspekt der Vollendung und Objekten mit Numeralia und Meteralia:

例: 喝湯 我喝了兩碗湯。

（點菜）　　　（踢球）　　　（讀書）

（上課）　　　（開會）

III 請根據下列圖片以「會…嗎?」問 B，B 請以「會」、「不會」、「不太會」回答問題。

Bilden Sie zu den Bildern Fragesätze mit huì und antworten Sie mit „ja", „nein", oder „nicht besonders":

例: A：你會說漢語嗎？　B：我會說漢語。

IV 你要找工作，請A根據下列表格，詢問B的經驗和興趣。

Auf Arbeitssuche: Bilden Sie anhand folgender Tabelle Fragen und Antworten nach Berufserfahrungen, Kenntnissen und Interessen:

申請表
姓名:
年齡:
工作經驗:
語言:
能力: 1)電腦 …
興趣: 1) 唱歌…

A: (名字) 請問您貴姓大名？ B:_____。

A: (年齡) _____ B:_____。

A: (工作經驗) _____ B:_____。

A: (語言)_____ B:_____。

A: (能力) _____ B:_____。

A: (興趣) _____ B:_____。

V 請利用下面的句子和你的同學談談你的工作經驗，請把答案寫下來。

Benutzen Sie die folgenden Sätze für Fragen nach Berufserfahrungen und notieren Sie die Antworten:

我在_____工作過。

我在那裡工作了_____。

我那時候每天要工作_____。

這個工作的薪資_____。

我的老闆_____。

我的同事_____。

_____。

_____。

VI 真實語料 Sprachliche Realien

簡式履歷表 Tabellarischer Lebenslauf

請試著填這份履歷，不會的字可以查字典。

Füllen Sie den Vordruck aus! Unbekannte Zeichen können Sie im Wörterbuch nachschlagen.

履歷表

姓　名		英文姓名		
身分證字號		出生日期		請貼相片
外國國籍				
電子郵件信箱				
戶籍地				
現居住所		電話		

學歷	學校名稱	科系	修業期間	學位

訓練	訓練機構	訓練名稱	訓練期間	備註

外語	□英語　　□日語　　□德語　　□其他(　　　　)			

專業證照	核發機構	證照名稱	生效日期	證件文號

兵役	□役畢　　□服役中　　□未役　　□免役			
身心障礙	□是 (種類□極重度　□重度　□中度　□輕度)			□否
原住民	□是(　　　　族)	□否		

經歷	服務機關(構)、公司名稱	部門	職稱	服務期間

自述及專長				

244

七、從文化出發 Interkulturelle Anmerkungen

Auf Arbeitssuche

Bis etwa 1978 wurde in der Volksrepublik China im Rahmen der planwirtschaftlichen Ordnung Arbeit nicht gesucht (und gefunden), sondern je nach Geburtsort einfach „verteilt". Das bedeutete, dass selbst Arbeiterkinder damit nicht nur Zugang zu Bildung hatten, sondern auch die Möglichkeit, einen guten Arbeitsplatz zu bekommen. Allerdings mussten diejenigen, die in ländlichen Haushalten registriert waren, auch auf dem Land bleiben und dort arbeiten, nur ein Bruchteil von ihnen war in der Lage, durch Bestehen der Hochschulaufnahmeprüfung eine Statusänderung zu erreichen.

Seit dem Beginn der Reformpolitik wanderten dennoch viele Menschen aus ländlichen Gebieten in die Städte ab und verkauften ihre billige Arbeitskraft an Fabriken oder auf Baustellen. Darum kann man heute von zwei unterschiedlichen Arbeitsmärkten sprechen: Der erste für gering qualifizierte Arbeitskräfte, der zweite für hochqualifizierte Arbeitskräfte mit Hochschulbildung. Heutzutage ist es aber selbst für Personen mit hohem Bildungsabschluss kein Leichtes mehr, einen guten Job zu finden.

Wenn man ungefähr weiß, in welche Richtung es beruflich gehen soll, ist das Verfassen eines Lebenslaufs der nächste wichtige Schritt bei der Stellensuche. In Taiwan ist ein einfacher Vordruck für einen solchen Lebenslauf in jedem Convenience-Stores erhältlich. Allerdings bevorzugen es die meisten Taiwaner und Chinesen, ihren Lebenslauf eigenhändig zu erstellen. Ein kurzer, fokussierter und kohärenter Lebenslauf ist besonders effektiv.

Für die Jobsuche gibt es viele Möglichkeiten. Die Teilnahme an staatlichen Prüfungen und damit verbunden das Streben nach einem vom Staat vergüteten Job und damit einhergehenden Sozialleistungen, der sogenannten „eisernen Reisschüssel" (鐵飯碗 tiěfànwǎn, ist für viele Chinesen immer noch die erste Wahl. Auch „Beziehungen" (關係 guānxi) spielen für den Zugang zu bestimmten Arbeitsstellen, etwa im Staatsapparat oder bei staatlichen Unternehmen, eine prominente Rolle. Es gibt einen festen Ausdruck für solche, die sich in ihrer Arbeitssuche völlig „auf ihre (alten) Eltern verlassen" (倚老 yǐlǎo). Dennoch muss man sagen, dass durch die Internationalisierung der chinesischen Unternehmen die meisten Stellenausschreibungen inzwischen transparenter geworden sind.

Man sucht in China und Taiwan über Jobmakler, Zeitungen, Online-Rekrutierungen oder Headhunting-Firmen eine passende Arbeitsstelle, aber vor allem auch auf Jobmessen. In China und Taiwan finden nur wenige eine Stelle dort, wo sie auch ein Praktikum gemacht haben, oft im Gegensatz zu deutschen Studenten. Zwar ist das Kommunizieren im Gedränge einer Jobmesse nicht immer ganz problemlos, aber es kann den Anwerbungsprozess vereinfachen. Arbeitsuchende erhalten in China zuweilen sogar direkt auf der Messe schon einen Arbeitsvertrag. In den meisten Fällen ist ein Interview allerdings weiterhin unverzichtbar.

找工作

　　1950 到 1978 年，計劃經濟時期的大陸，「工作」不是「找」的，而是根據出生分配的。工人子弟不但能獲得受教育機會，還能分配到好的工作職位。而持農村戶口的人，除了能通過高考改變身份的很少一部分，多半一輩子都得務農。1978年以來，很多農村人到城裡打工，在工作環境很差的工廠、工地出賣廉價勞動力。因此，有勞動力市場和人才市場的區分：前者針對的是技術含量低的勞力，後者面向受過高等教育的腦力勞動者。現在，不斷「貶值」的兩岸高學歷者想要在人才市場找份好工作也不是一件容易的事。

　　根據自己的興趣和能力確定職業定位以後，準備履歷表是求職的重要一步。在臺灣，簡單格式的履歷表，各家便利商店都買得到。但臺灣人和大陸人一樣，更喜歡自行製作履歷表。一份簡潔，而又重點突出、條理分明的履歷才能吸引招聘者的注意。❶

　　找工作的管道有很多種，參加國家考試，找「鐵飯碗」仍是很多中國人的職業首選。❷而「關係」對於獲取大陸某些職位仍很重要，如政府公務員、國有企業職員。甚至有一部分「倚老」族全靠父母親友四處奔走托人找工作。不過隨著中國企業的國際化，大多數的招聘越來越透明。

　　除了通過仲介，報紙，或網路招聘和獵頭公司找尋工作資訊之外，❸大陸與台灣的求職者，很少像德國人那樣在實習單位找到職位，而是通過各類招聘會找工作。這種面對面的交流雖然擁擠，卻能大大簡化招聘流程。求職者甚至可以直接在招聘會拿到工作合約。不過大多數時候，面試仍必不可少。

❶ 簡體中文的履歷表寫作指導和範例: http://www.51job.com/careerpost/jianlishuoming/index.php
　簡體中文的履歷表寫作指導和範例: http://www.ejob.gov.tw/findjob/researchjob/researchjob_ch.aspx

❷ 「鐵飯碗」指擔任公職。因為不必擔憂失業，不會「壞」，所以「鐵」。

❸ 台灣的人力資源網站主要有：http://www.104.com.tw104人力銀行、http://www.1111.com.tw/default.asp
　1111人力銀行，由於雇主同樣通過網站尋找雇員，填入資料之後，你也可能主動收到工作訊息。針對外國人在華求職的網站有：http://www.thatischina.com/，http://www.hellochina.com/

第十一課
生病了！
Krank
geworden!

本課重點 Lernziele

【1】生病、掛號、看病

Krankheit, Anmeldung in der Arztpraxis, Untersuchung und
Behandlung

【2】「如果…(的話)，…就…」的用法，「可以」的用法

Konditionalsätze mit rúguǒ … jiù; Hilfsverb kěyǐ zum Ausdruck der
Erlaubnis

【3】介詞「給」的用法，「V了＋TS(的)＋O」的用法

Coverb gěi; Komplemente zur Angabe der Zeitdauer

【4】「什麼…都…」的用法，「…才…」的用法

Interrogativpronomina als Indefinitpronomina; Adverb cái

一、課文 Lektionstexte

Teil A、生病了！　Krank geworden!

情境介紹：中平覺得身體不舒服，但是今天的課很重要，所以他還是去上課了，一走進教室，安娜就問她…

Situation: Zhongping fühlt sich nicht wohl, will aber trotzdem zum Unterricht, weil heute etwas Wichtiges erklärt wird. Als sie den Klassenraum betritt, fragt Anna gleich …

安娜：咦，中平，你還好嗎？你看起來有點兒不舒服的樣子，是不是生病了？

中平：是啊！昨天我一直打噴嚏，流鼻水，今天早上起床覺得頭痛，喉嚨也痛，我想可能是感冒了。

安娜：你現在覺得怎麼樣？如果很嚴重的話，你就應該去看醫生。

中平：我全身酸痛，可能發燒了，可是我不知道去哪裡看醫生。

安娜：我給你介紹我的家庭醫生，你可以去看她，她是一位很親切的醫生。

中平：謝謝你！你真是我的好朋友。

安娜：別客氣！我馬上給她打電話預約看病的時間。

中平：你可以陪我去嗎？我在這兒還沒看過醫生呢！

安娜：沒問題！

問題 Fragen

1.中平哪裡不舒服？

2.中平為什麼不去看醫生？

3.安娜覺得他的家庭醫生怎麼樣？

4.安娜怎麼幫中平找醫生？

Teil B、掛號 Anmeldung in der Arztpraxis

情境介紹：立德生病了，他到了診所的掛號處。

Situation: Lide ist krank geworden und steht vor dem Aufnahmeschalter einer Arztpraxis.

立德：你好！我要掛號。

護士：第一次來嗎？

立德：嗯，我第一次來。

護士：請你填一下資料，給我你的健保卡，掛號費是兩百塊。

立德：填好了。

護士：你要掛哪一科？

立德：我不知道應該掛哪一科？

護士：你哪裡不舒服？

立德：我肚子痛，拉了兩天的肚子，還有頭痛、想吐。

護士：你應該掛內科，你的號碼是11號，你到候診室的椅子上坐一下，
很快就輪到你了。

立德：謝謝！

護士：這是你的健保卡，先還給你。看過了醫生，再到領藥處拿藥。

問題 Fragen

1. 第一次看病要做什麼？

2. 立德哪裡不舒服？

3. 立德掛了號以後，護士要立德做什麼？

4. 立德看完醫生後應該做什麼？

Teil C、看病 Untersuchung und Behandlung

情境介紹：李明的工作太多，常常加班，這幾天他覺得特別累，也不想吃東西他去看醫生。

Situation: Li Ming ist überarbeitet und macht immer wieder Überstunden, so dass er sich in den letzten Tagen besonders müde fühlt. Sein Appetit ist auch schlecht, und deshalb sucht er einen Arzt auf.

醫生：你哪裡不舒服？

李明：我覺得非常累，沒有力氣，胃口也不好，什麼東西都吃不下。

醫生：有沒有發燒？我量一下體溫。

李明：我不知道。

醫生：三十八度半，有點兒發燒。我看看你的眼睛和手心。

李明：請問我生了什麼病？

醫生：現在還不知道，你等一下去抽血，我要看驗血結果才能知道。

（一個鐘頭以後）(eine Stunde später)

醫生：李先生，你的肝發炎了。

李明：怎麼辦呢？

醫生：你這幾天要請假多休息，我給你開三天的藥，一天吃三次，千萬別喝酒，別熬夜，三天以後再來醫院檢查。

李明：我需要住院嗎？

醫生：如果三天後沒有好一點兒，可能就要住院治療了。

李明：好！我馬上跟公司請假在家休息。

問題 Fragen

1. 李明哪裡不舒服？

2. 醫生為什麼要李明抽血？

3. 醫生要李明看完病以後做什麼？

4. 如果吃藥後病沒有好一點兒，李明怎麼辦？

二、生詞 Wortschatz

(一) 課文生詞 Wortschatz Lektionstexte

	漢字 Zeichen	拼音 Umschrift	解釋 Erklärung
1	熬	áo	(TV, 1) köcheln, einkochen lassen
2	熬夜	áo yè	(VO) die Nacht durchmachen [mit Arbeit], die ganze Nacht aufbleiben
3	別	bié	(Adv.) nicht (negativer Imperativ)
4	病	bìng	(N) Krankheit; (IV) krank werden
5	鼻子	bízi	(N) Nase
6	才	cái	(Adv) erst, erst dann
7	吃不下	chībúxià	(VK) etwas nicht hinunter bekommen, nicht schlucken oder essen können
8	抽	chōu	(TV, 1) herausziehen
9	抽血	chōu xiě	(VO) Blut abnehmen
10	打噴嚏	dǎ pēntì	(VO) niesen
11	等一下	děngyíxià	(Adv) in einem Augenblick, gleich
12	度	dù	(N) Grad [auf einer Skala]
13	發	fā	(TV, 1) fā herauslassen, abgeben; ausstrahlen, erzeugen
14	發燒	fā shāo	(VO) Fieber haben
15	發炎	fā yán	(VO) sich entzünden
16	肝	gān	(N) Leber
17	感	gǎn	(TV, 1) fühlen, verspüren
18	感冒	gǎn mào	(VO) sich erkälten
19	掛	guà	(TV, 1) fest aufhängen, anbringen
20	掛號	guàhào	(IV) registrieren, einschreiben
21	掛號費	guàhàofèi	(N) Registrierungsgebühr, Aufnahmegebühr
22	喉嚨	hóulóng	(N) Kehle, Hals
23	候診室	hòuzhěnshì	(N) Wartezimmer
24	還	huán	(TV, 2) zurückgeben

25	護士	hùshì	(N) Krankenschwester, med. Assistentin
26	健保卡	jiànbǎokǎ	(N) Krankenversicherungskarte
27	檢查	jiǎnchá	(TV, 1) untersuchen
28	家庭	jiātíng	(N) Familie
29	開藥	kāi yào	(VO) Medikamente verschreiben, verordnen
30	看病	kàn bìng	(VO) Patienten behandeln [Arzt]; zum Arzt gehen [Patient]
31	科	kē	(N) Fachgebiet [Medizin], Station [Krankenhaus]
32	可能	kěnéng	(Adv) möglicherweise; (N) Möglichkeit
33	拉肚子	lā dùzi	(VO) Durchfall haben
34	量	liáng	liáng (TV, 1) messen, abmessen
35	量體溫	liáng tǐwēn	(VO) Fieber messen
36	領藥處	lǐngyàochù	(N) Krankenhausapotheke, Ausgabestelle für verschriebene Medikamente
37	力氣	lìqì	(N) Körperkraft, physische Stärke
38	流	liú	(IV) fließen, strömen
39	流鼻水	liú bíshuǐ	(VO) Nasenlaufen haben
40	輪到	lúndào	(TV, 1) an die Reihe kommen
41	嗯	ń, ńg	(Interj) hm!
42	拿	ná	(TV, 1) nehmen, ergreifen
43	內科	nèikē	(N) innere Medizin; Station für Internistik
44	陪	péi	(TV, 1) begleiten
45	噴	pēn	(TV, 1) versprühen
46	噴嚏	pēntì	(N) Niesen
47	千萬	qiānwàn	(Adv.) hundertprozentig, auf jeden Fall
48	請假	qǐng jià	(VO) Urlaub nehmen, sich krank melden
49	親切	qīnqiè	(SV) lieb, nett, vertraut
50	全身	quánshēn	(N) der gesamte Körper, alles am Körper
51	如果…的話	rúguǒ...dehuà	(Konj) wenn, angenommen, gesetzt der Fall
52	生病	shēng bìng	(VO) krank werden, krank sein

53	手心	shǒuxīn	(N) Handfläche
54	舒服	shūfú	(SV) bequem, gemütlich; ausgeruht, gesund
55	酸(痠)痛	suāntòng	(N) Muskelschmerzen haben, Muskelkater
56	特別	tèbié	(Adv) besonders
57	填	tián	(TV, 1) ausfüllen
58	體溫	tǐwēn	(N) Körpertemperatur, Fieber
59	痛	tòng	(SV) schmerzen, weh tun
60	頭痛	tóutòng	(SP) Kopfschmerzen haben
61	吐	tù	(IV) erbrechen, sich übergeben
62	胃口	wèikǒu	(N) Appetit
63	溫	wēn	(N) Wärme, Hitze; (SV) warm, heiß
64	先生	xiānshēng	(N) Herr [nachgestellt als Adreßform]; Ehemann
65	血	xiě, xuè	(N) Blut
66	休息	xiūxí	(TV, 1; IV) sich ausruhen, frei machen; seinen arbeitsfreien Tag haben; geschlossen haben (Läden, Ämter)
67	驗血	yàn xiě	(VO) Blut untersuchen
68	樣子	yàngzi	(N) Art und Weise, Aussehen
69	眼睛	yǎnjīng	(N) Auge
70	嚴重	yánzhòng	(SV) ernsthaft, schwer
71	藥	yào	(N) Medizin, Medikament
72	夜	yè	(N) Nacht
73	咦	yí	(Interj) ey?
74	醫生	yīshēng	(N) Arzt
75	醫院	yīyuàn	(N) Krankenhaus
76	一直	yìzhí	(Adv) die ganze Zeit über, ständig
77	預約	yùyuē	(TV, 1) vereinbaren, absprechen
78	治療	zhìliáo	(TV, 1) medizinisch behandeln; (N) Therapie
79	住	zhù	(TV, 1) wohnen, bewohnen
80	住院	zhù yuàn	(VO) im Krankenhaus liegen
81	坐	zuò	(IV) sich setzen; (TV, 1) sich auf etw. setzen, niederlassen

(二) 一般練習生詞 Wortschatz Übungen

	漢字 Zeichen	拼音 Umschrift	解釋 Erklärung
1	蛋花湯	dànhuātāng	(N) Brühe mit gequirltem Ei
2	打針	dǎ zhēn	(VO) Spritze geben [Arzt]; Spritze bekommen [Patient]
3	封	fēng	(Met) für Briefe
4	下雨	xià yǔ	(VO) regnen
5	寫作業	xiě zuòyè	(VO) Schulaufgaben machen
6	信	xìn	(N) Brief
7	雨	yǔ	(N) Regen
8	針	zhēn	(N) Nadel; Spritze; Akupunkturnadel
9	走路	zǒu lù	(VO) zu Fuß gehen
10	最好	zuìhǎo	(Adv) am besten
11	作業	zuòyè	(N) Hausaufgaben, Schulaufgaben

三、語法練習 Grammatische Übungen

I 「如果…(的話)，…(就)…」的用法 Konditionalsätze mit rúguǒ (dehuà),… (jiù)…

連接詞「如果」構成的句子具有「假設」之意，末尾可加助詞「的話」。其後常接另一個句子來表示推斷出的結論或提出的問題，常用「…就…」來呼應。「如果」和「的話」可以省略其中一個。句型如下：

Die Konjunktion rúguǒ „wenn" leitet konditionale Nebensätze ein, der folgende Hauptsatz wird in der Regel mit jiù „dann" ausgezeichnet. Am Ende der Bedingungsphrase kann ein … dehuà „wenn man annimmt, dass…" stehen. Rúguǒ kann durch … dehuà ersetzt werden (und umgekehrt), das hauptsatzeinleitende jiù ist ebenfalls fakultativ.

如果…（的話），	…（就）…
如果很嚴重的話，	你(就)應該去看醫生。
如果三天後沒有好一點，	你可能(就)要住院治療了。

試試看：用「如果…的話」來造句 Bilden Sie Konditionalsätze mit rúguǒ … dehuà:

例 Beispiel：[如果不能來上課的話]，你就應該先請假。

1. [   ]，我就不去打球了。

2. [   ]，李明就不能去開會了。

3. [   ]，立德就要去圖書館看書了。

4. [   ]，你就先回家休息吧。

5. [   ]，我就陪你去看醫生。

Ⅱ 「可以」的用法 Hilfsverb kěyǐ zum Ausdruck der Erlaubnis

能願動詞「可以」除了表示能夠、允許之意，還可以表示建議。句型如下：

Neben dem Ausdruck der Möglichkeit beschreibt das Hilfsverb kěyǐ auch Zustimmung oder Erlaubnis: es ist möglich, es geht, ist erlaubt. Desweiteren kann kěyǐ auch einen Vorschlag ausdrücken.

> **S＋可以＋VP＋…**
>
> 你可以去看她，她是一位很親切的醫生。

試試看：用「可以＋VP」來造句 **Bilden Sie Sätze mit dem Hilfsverb kěyǐ:**

例 Beispiel：A：小真到哪裡去了？(圖書館) →

             B：[你可以到圖書館找找看。]

1. A：我不喜歡喝酸辣湯。(蛋花湯) →B：[   ]

2. A：北京有什麼好吃的？(烤鴨) →B：[   ]

3. A：我們週末做什麼？(爬山) →B：[   ]

4. A：我不知道這兒附近有沒有好醫生? →B：[   ]

5. A：我最近常常咳嗽 (késòu husten)？ →B：[   ]

Ⅲ 介詞「給」的用法 Das Coverb gěi

「給」當介詞時，後面可為「接受者」或「受益者」，具有交付、傳遞與受益之意。可以放在動詞前，有時也可以放在動詞後。句型如下：

Das Coverb gěi entspricht in seiner Funktion dem Dativ des deutschen indirekten Objektes und findet meist dann Verwendung, wenn z.B. durch eine V→O Konstruktion bei einwertigen transitiven Verben die Stelle des 1. Objektes bereits ausgefüllt ist: dǎ diànhuà V→O anrufen,

gěi NP dǎ diànhuà CV→O V→O jemanden anrufen, oder auch:

dǎ diànhuà gěi NP jemanden anrufen.

gěi kann in dieser Funktion auch als Komplement des Resultats Verwendung finden: huángěi V←K zurückgeben an, jemandem zurückgeben.

…給＋NP＋VP＋… 引進動作的受益者	…VP＋給＋NP＋… 引進交付、傳遞的接受者
我最好馬上給他打電話。	這是你的健保卡，先還給你。

 試試看：請寫出正確的句子 Bringen Sie die Formen in die korrekte Reihenfolge:

例 Beispiel：醫生 / 藥 / 給 / 開 / 我 。→醫生給我開藥。

1. 張玲昨天 / 給 / 介紹 / 李明 / 一位朋友 。

→

2. 中平上週 / 寫了 / 家裡 / 給 / 一封信 。

→

3. 老師 / 一本書 / 每個學生 / 都買了 / 給 。

→

4. 醫生 / 打了 / 他 / 給 / 一針 。

→

5. 護士 / 我 / 量 / 給 / 體溫 。

→

IV 「V了＋TS(的)＋O」的用法 Komplemente zur Angabe der Zeitdauer

「V了＋TS」表示動作持續一段時間，如果動詞帶有賓語，則時間詞可以放在賓語前面，構成V了＋TS(的)＋O」形式；時間詞也可以放在賓語後面，但是動詞必須重複，構成V＋O＋V了＋TS」形式。句型如下：

Ein durch den Aspektmarker le ausgezeichnetes Verb kann als Komplement einen Ausdruck zur Angabe der Zeitdauer (Time spent, TS) binden: etwas so und so lange getan haben. An das Verb gebundene Objekte müssen getrennt und können durch ein 的 /de/ markiert werden. Alternativ dazu kann das Verb zunächst das Objekt und in seiner reduplizierten Form das Komplement binden:

睡覺　　　　　　　　shuì jiào V→O schlafen
睡覺了　　　　　　　shuì jiào le geschlafen haben
睡了兩個小時的覺　　shuìle liǎng ge xiǎoshí de jiào
睡覺睡了兩個小時　　shuì jiào shuìle liǎng ge xiǎoshí
　　　　　　　　　　zwei Stunden lang geschlafen haben

V了＋TS(的)＋O	V＋O＋V了＋TS
拉了兩天的肚子 看了兩小時的書	拉肚子拉了兩天 看書看了兩小時

 試試看：用「**V了＋TS(的)＋O**」來改寫句子

Bilden Sie Sätze mit dem Komplement der Zeitdauer:

例 Beispiel：我昨天走路走了六個鐘頭 → [我昨天走了六個鐘頭的路。]

1. 小紅學德文學了兩年。→ [　　　　　　　　　　　　　　　]

2. 立德填資料填了三十分鐘。→ [　　　　　　　　　　　　　]

3. 李明開會開了好幾個小時。→ [　　　　　　　　　　　　　]

4. 他發燒發了三天。→ [　　　　　　　　　　　　　　　　　]

5. 我吃藥吃了五年。→ [　　　　　　　　　　　　　　　　　]

Ⅴ 「什麼…都…」的用法 Interrogativpronomina als Indefinitpronomina

指示詞「什麼」出現在「都」之前時，表示在所說的範圍內沒有例外。否定式是在動詞前面加上「不、沒」。句型如下：

Das Interrogativpronomen shénme was? wird durch Zusatz von dōu zum Indefinitpronomen: was auch immer alles. Eine Verneinung kann durch bù für die Zeitstufe Gegenwart bzw. méi für die Zeitstufe Vergangenheit vor dem Verb erfolgen:

什麼…都＋V	什麼…都＋不/沒＋V
李明什麼東西都吃。 小紅什麼書都看。	李明什麼東西都不吃。 小紅什麼書都不看。

試試看：用「什麼…都…」來造句 Bilden Sie Sätze mit Indefinitpronomen:

例 Beispiel：李明不吃感冒藥、不吃胃藥… → [李明什麼藥都不吃。]

1. 小明昨天沒寫作業、沒看書、沒打球、…。

→ [   ]

2. 林小姐沒買衣服，沒買鞋子，…。

→ [   ]

3. 啤酒、紅酒、白酒、…他都不喝。

→ [   ]

4. 老李沒有房子，沒有車子，沒有錢，…。

→ [   ]

5. 大華不喜歡吃肉，不喜歡吃青菜，不喜歡吃麵，…。

→ [   ]

VI 「…才…」的用法 Das Adverb cái

副詞「才」前的句子表示某種條件下，「才」後面的情況才會發生。句型如下：

Das Adverb cái drückt als Verbindungsglied zweier Hauptsätze eine Bedingung aus: (erst) wenn [Satz 1], dann [Satz 2]

…，才…
我要看驗血結果，才能知道你生什麼病。 明天不下雨，我才去。

試試看：以「…，才…」來完成句子
Vervollständigen Sie das Satzgefüge durch cái und einen zweiten Hauptsatz:

例 Beispiel：學語言要多練習，[才會學得又快又好。]

1. 你要多休息，[   ]

2. 有時間應該多運動，[   ]

3. 考試前要多準備，[   ]

4. 不要熬夜，[   ]

5. 有實習的經驗，[   ]

四、漢字說明 Schriftzeichenerklärungen

病 bìng *krank*: der Graph zeigt die Struktur eines zweiseitigen Rahmens, der ein weiteres Element umschließt: ⬚ . Dieser Rahmen ist Klassenzeichen # 104 疒 mit der Lesung nì. Zu unterscheiden sind die graphematisch ähnlichen Klassenzeichen # 27 厂 hàn *Abhang* und # 53 广 yǎn *Dach, Abdeckung*, die heute als Kurzformen für die Zeichen 厰 chǎng *Fabrik* und 廣 guǎng *weitläufig* verwendet werden. Mit 疒 nì werden sämtliche „Krankheiten" verschriftet, darunter kurioserweise auch 瘦 shòu *schlank, dünn*. Was könnte die Etymologie eines derart umfassenden Krankheitsbegriffes sein? Die siegelschriftliche Form für 疒 nì ist 疒 . Es fällt auf, dass der erste Punkt der modernen Form fehlt und die linksstehenden seitlichen Elemente anders verlaufen. Die Erklärung hierfür liegt in der siegelschriftlichen Form von Klassenzeichen # 75 木 mù *Holz*, das Piktogramm eines Baumes ist 木 . In der archaischen Schrift sind Spiegelung, Drehung und Zerlegung an der Spiegelachse Ausdruckselemente, so dass bei einer Zerlegung an der Längsachse die beiden Elemente 爿 und 片 entstehen, die Klassenzeichen # 90 爿 qiáng *linke Hälfte eines gespaltenen Holzes → kräftig, stark*, und # 91 片 piàn *rechte Hälfte eines gespaltenen Holzes, dünne Scheibe, schwach*. Der Begriff der *Scheibe* ist auch in modernen Ausdrücken wie 唱片 chàngpiàn *Schallplatte*, noch erhalten. 爿 qiáng zeigt sich in 壯 zhuàng *robust, stark*. Mit einem zusätzlichen 木 mù entsteht 牀 chuáng, das *Bett*, in der heute gebräuchlichen Form 床. Das ist die abgeleitete Bedeutung von 疒 , und ältere als siegelschriftliche Formen auf Orakelknocheninschriften geben 病 als Piktogramm eines Menschen im Bett. In der Siegelschrift ist der Graph aber bereits entwickelt als morphophonetisches Kompositum mit 丙 bǐng als Phonetikum: 疒 + 丙 → 病 , wobei der Strich über 丙 als Rudi-

ment des Piktogramms für Mensch, 亻人 rén, Klassenzeichen # 9, interpretiert wird. 丙

bǐng ist das dritte Zeichen der schon erwähnten zehn *Himmelsstämme* 天干 tiāngān, die

jeweils paarweise den fünf *Wandlungszuständen* 五行 wǔxíng zugeordnet werden, wie

folgt:

1.	jiǎ	甲			
			→ 木 mù	Holz
2.	yǐ	乙			
3.	bǐng	丙			
			→ 火 huǒ	Feuer
4.	dīng	丁			
5.	wù	戊			
			→ 土 tǔ	Erde
6.	jǐ	己			
7.	gēng	庚			
			→ 金 jīn	Metall
8.	xīn	辛			
9.	rén	壬			
			→ 水 shuǐ	Wasser
10.	guǐ	癸			

丙 丙 丙 bǐng ist dem Zustand *Feuer* zugeordnet, womit sich für den Graphen

病 病 die Erklärung ergibt: *Mensch im Bett im Zustand fiebriger Hitze.*

五、聽力練習 Hörverständnisübungen

試試看：I.請聽一段對話，試試看你聽到什麼？**Hören Sie zunächst den Dialog an.**

II.請再聽一次對話。這次對話將分成三段播放，請根據每段話內容，選出正確的答案 **Nun hören Sie den Dialog noch einmal an und markieren Sie die richtigen Antworten:**

第一段 Absatz 1

1.明德在哪裡？

　a)學校

　b)醫院

　c)公司

第二段 Absatz 2

2.因為生病，明德這幾天不想做什麼？

　a)吃東西

　b)看醫生

　c)做運動

3.明德得吃幾天的藥？	4.明德不需要做什麼？
a)兩天	a)吃藥
b)三天	b)喝水
c)四天	c)住院

第三段 Absatz 3

5.明德哪裡不舒服，哪一個不對？	6.這幾天明德最好別做什麼？
a)頭痛	a)吃藥
b)肚子痛	b)喝酒
c)全身痠痛	c)工作

六、綜合練習 Zusammenfassende Übungen

綜合練習生詞　Wortschatz zusammenfassende Übungen

	漢字 Zeichen	拼音 Umschrift	解釋 Erklärung
1	渴	kě	(SV) durstig sein
2	咳嗽	ké sòu	(VO) Husten; husten
3	冷	lěng	(SV) kühl, kalt
4	明德	Míngdé	(N) Mingde
5	水	shuǐ	(N) Wasser, Flüssigkeit
6	無聊	wúliáo	(SV) langweilig, öde
7	醫保卡	yībǎokǎ	(N) Krankenversicherungskarte

I 我們學了哪些身體部位？請寫出來。

Welche Körperteile können Sie benennen? Notieren Sie sich die Begriffe.

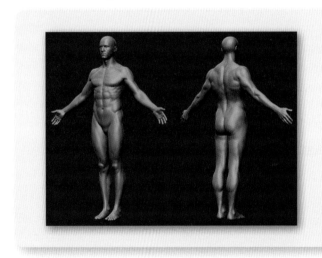

II 請根據下列圖片，告訴醫生你怎麼了？

Erklären Sie dem Arzt anhand der Zeichnungen, was Ihnen fehlt:

III 兩個同學一組，請一個同學扮演醫生，另一個為病人，說說看病的狀況。請問他哪裡不舒服，給他量體溫，給他一些建議，並採取一些治療方式。請把對話寫下來。

Jeweils zwei Studierende finden sich als Arzt und Patient zusammen. Der Arzt fragt, was dem Patienten fehlt, misst Fieber, gibt gute Ratschläge und tut etwas zur Behandlung der Krankheit. Schreiben Sie einen Dialog.

A: 你哪裡不舒服？

B: _____ 。

A: _____ 。

B: _____ 。

IV 怎麼辦？兩個同學一組，請一個同學表演動作，如累、冷等，另一個同學用下列的句型給建議。

In Zweiergruppen: Einer spielt einen körperlichen Zustand vor wie Müdigkeit, Kälte und ähnliches, der andere gibt gute Ratschläge und benutzt dabei die nachstehenden Satzmuster:

可以…

馬上…

千萬別…

最好…

你應該…

你要多…

例: A:我有點兒渴。　B: 你可以喝啤酒。

累、餓、忙、冷、熱、緊張、無聊、不舒服、發燒、肚子痛、頭痛、咳嗽

V A打電話給B，安排週末的活動，請根據以下的圖片，不需要按照順序，以「先…再」討論活動。

A ruft B an und vereinbart eine Unternehmung zum Wochenende. Verwenden Sie die nachstehenden Bilder (in beliebiger Reihenfolge) und benutzen Sie xiān...zài:

VI 真實語料 Sprachliche Realien

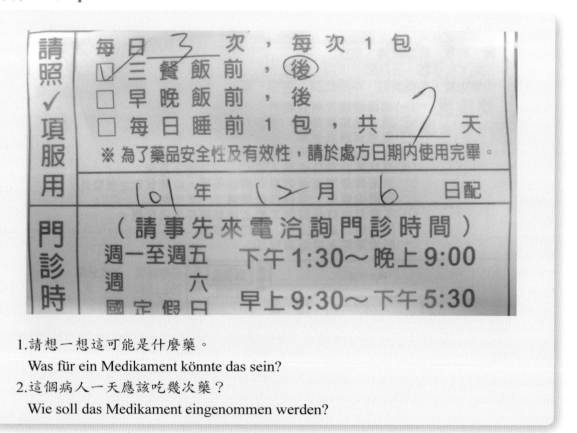

1.請想一想這可能是什麼藥。

Was für ein Medikament könnte das sein?

2.這個病人一天應該吃幾次藥？

Wie soll das Medikament eingenommen werden?

七、從文化出發 Interkulturelle Anmerkungen

Medizinische Versorgung

Die traditionelle chinesische Medizin (TCM) ist ein ganz außergewöhnlicher Bestandteil der chinesischen Kulturtradition. Lange vor unserer Zeitrechnung hatten die Chinesen bereits angefangen, ihr eigenes medizinisches System zu entwickeln. Anders als die westliche Schulmedizin legt die chinesische traditionelle Medizin großen Wert auf Ganzheitlichkeit, wobei der menschliche Körper in seiner Verbindung zu der ihn umgebenden Natur wahrgenommen wird.

Bei der mit qiē zhěn 切診 oder qiē mài 切脉 (Pulstasten) bezeichneten Diagnosetechnik ermitteln die Ärzte, in dem sie den Puls des Patienten erfühlen, den Gesamtzustand seines Körpers. Zur Behandlung werden Zhōngyào 中藥 (traditionelle Arzneimittel) verschrieben, oder die Methoden tuīná 推拿 und ànmó 按摩 (zwei Massagetherapien), qìgōng 氣功 (Meditation- und Konzentrationstherapie) und zhēnjiǔ 針灸 (Akupunktur und Moxibustion) angewandt, wobei die Akupunktur als die am häufigsten verwendete Therapieform gilt. Chinesen tendieren dazu, sich bei chronischen Krankheiten und wenn es um gesunde Lebensformen geht, an die von Natur aus gemäßigteren Methoden und Praktiken der chinesischen traditionellen Medizin zu halten, während sie sich bei akuten Krankheiten oft der westlichen Schulmedizin zuwenden.

Das Versicherungssystem in China sieht sowohl Behandlungen in den Bereichen traditioneller chinesischer wie auch westlicher Schulmedizin vor. Alle Bürger Taiwans und alle Ausländer, die langfristig in Taiwan studieren oder arbeiten, können über die so genannte Volks-Gesundheitsversicherung (Abkürzung: 健保 Jiànbǎo) ärztliche Betreuung genießen. Der Versicherte zahlt lediglich eine Anmeldegebühr und einen Anteil an der Behandlung- und Arzneigebühr. Normalerweise werden die Medikamente den Patienten unmittelbar nach der ärztlichen Behandlung oder im Krankenhaus mitgegeben.

In der Volksrepublik China können sich sowohl die Bauern vom Land als auch die städtischen Arbeiter und Angestellten mit Hilfe einer medizinischen Versicherungskarte (Abkürzung: 醫保卡 Yībǎokǎ) ärztliche Behandlungs- und Arzneigebühren wieder zurückerstatten lassen. Dafür muss man monatlich nur eine (sehr moderate) Krankenversicherungsgebühr zahlen: für eine Bauernfamilie beträgt sie zum Beispiel etwa 10 Yuan pro Jahr. Allerdings gehört eine ganze Reihe von Behandlungsformen nicht in den Leistungsbereich der Krankenversicherung, so dass Patienten oft noch einen erheblichen Anteil an der Behandlungsgebühr selbst bezahlen müssen.

Auch sind Arzneimittel oft überteuert. Im Jahre 2009 kündigte die chinesische Gesundheitsbehörde allerdings eine weitere Reform des Krankenversicherungssystems an, um zu erreichen, dass im Jahr 2020 jeder Chinese einen medizinischen Grundservice genießt.

醫療系統

　　中醫，是中國傳統文化中極具特色的一環。早在西元前，中國人就開始發展一套自己的醫學體系。不同於西方醫學的科學性，中國醫學重視人體本身的統一性、完整性及其與自然界的相互關係。

　　中醫看診最獨特的就是「切診」，中醫師會切按病人脈搏，去瞭解整體的狀況。醫療上也有許多特別方式，使用中藥、推拿、按摩、氣功等，其中以針灸法可能最為普遍。由於中醫溫和本質，中國人至今仍傾向於養生和慢性病找中醫，急性病看西醫。

　　除了中西醫並存，當代中國的醫療保障制度較以前大為改觀。在台灣，所有國民，以及長期在台工作讀書的外籍人士都可以使用全民健康保險（簡稱健保）IC卡看病，❶只需支付掛號費，及部分自行負擔的醫藥費，一般說來，在診所內看完病便能領藥。

　　而在大陸，不管是農民還是城市職工，每月只需交納一部分保險費——最低一個農民家庭一年只需交10元人民幣的保費，就可以憑醫療保障卡（簡稱醫保卡）報銷醫療費。雖然目前大陸還存在看病貴的問題：很多看病費用根本不在醫保統籌範圍，病人仍要承擔一筆相當的醫療費，而且藥費往往高得驚人。

　　但這畢竟意味著十幾億的人口擁有了享受基本醫療衛生的權利。而且2009年3月，中國大陸衛生當局宣佈將進一步改革醫保制度，「（2020年）實現人人享有基本醫療衛生服務。」❷

❶ 台灣中央健康保險局：http://www.nhi.gov.tw/

❷ 中共中央國務院 關於深化醫藥衛生體制改革的意見：http://www.gov.cn/jrzg/2009-04/06/content_1278721.htm

Lektion 12

第十二課
複習 Wiederholung

I. 閱讀 Leseverständnis

請閱讀下列短文後回答問題：Beantworten Sie die Fragen nach der Lektüre der Texte:

A:

馬克下星期一有中國文學課，所以他正在看中國文學。除了中國文學，馬克還上語法課、會話課和漢字課。上中國文學課的老師是李教授，他教書教得很好，學生們都覺得很有意思，但是功課很多。中平這個學期上漢德翻譯課，還選修中國歷史。中平翻譯課的功課也很多，每次上課中平都很緊張。馬克想去旁聽漢德翻譯課，他們約好星期三早上八點半在校門口見面，然後一起去上課。

週末安娜工作了八個鐘頭，因為週末人多，安娜的老闆叫她幫忙。可是她的工資不太高，工作又累，所以中平問她要不要做別的工作。安娜會彈鋼琴，可以當鋼琴老師。中平用電腦幫安娜設計一張海報，安娜可以貼在餐廳門口，也可以放在網路上。

今天中平看起來不太舒服的樣子，他一直打噴嚏，流鼻水，喉嚨痛，頭也痛，可能是感冒了。他全身酸痛，可能發燒了，所以安娜給他介紹她的家庭醫生，她說她的家庭醫生很親切。安娜也會陪中平去看醫生，因為中平還沒在德國看過醫生。

1.中平這學期選修了什麼課？

2.這學期上中國文學課的老師是誰？他教得怎麼樣？

3.馬克想去旁聽什麼課？

4.馬克和中平在哪裡見面，然後一起去上課？

5.週末安娜工作了幾個鐘頭？

6.安娜的工資怎麼樣？

7.中平幫安娜設計的海報，安娜可以貼在哪裡？

8.中平哪裡不舒服？

9.誰陪中平去看醫生？

B:

　　小真和立德下禮拜有一個考試，一共要考八課。立德平常很用功，可是因為這是他第一次在台灣考試，所以他有點緊張，他跟小真說他有很多不懂的地方，問小真能不能幫他。小真說沒問題，她都念得差不多了，可以幫立德，所以他們約好下課以後先一起去吃飯，再去圖書館唸書。

　　立德明年想去日本旅行，所以想多賺一點錢，小真上星期看到一個徵德文家教的廣告，有一位林太太想找一個會說德文的大學生，每個星期上兩次課，每次兩個小時。小真覺得立德會說德文，可以試試這個工作。

　　立德去應徵這個工作以後生病了。他拉了兩天肚子，頭痛、想吐。他去看醫生，因為他第一次去，所以先填了資料，護士叫他掛內科，看過了醫生，再到領藥處拿藥。醫生叫他病好了以後，再去工作。

1.立德平常很用功，下星期的考試他為什麼覺得緊張？

2.小真準備考試準備得怎麼樣？

3.小真和立德一起去圖書館念書以前要先去哪裡？

4.立德明年想去哪裡旅行？

5.他想怎麼賺錢？

6.這個工作他一星期要工作幾個鐘頭？

7.立德生病了，他拉了幾天的肚子？

8.他還有哪裡不舒服？

9.他去看醫生，護士叫他掛哪一科？

10.看過醫生以後，他應該做什麼？

C：

老闆說明天早上十點要開會，請張玲先準備一下。張玲應該打電話問工廠樣品做好了沒有，因為下個月有德國客戶要來看樣品。這件事張玲已經打電話問過工廠了，他們說下個星期三以前可以做好。另外，張玲還得給客戶介紹產品。張玲一邊工作，一邊學漢語，每天都有好多事，所以看起來很累。

李明的公司需要一個新的秘書，秘書工作的內容是接聽電話、安排總經理的工作時間。除了面試以外，還有筆試。有一位來面試的小姐，她剛從大學貿易系畢業，她雖然沒有工作的經驗，可是念書時已經在貿易公司實習過，她除了會說英文、日文以外，也學過一點德文。另外她也學過很多商業電腦知識，對世界各地的文化也很有興趣。

李明工作非常多，這兩天覺得非常累，沒有力氣，胃口也不好，全身都不舒服，下班以後他去看了醫生，醫生說他有點發燒。後來醫生叫他去驗血。驗血以後才知道李明的肝發炎了。醫生給他開了三天的藥，叫他別喝酒，別熬夜，三天以後再到醫院檢查，如果三天以後沒有好一點，可能就要住院治療了，所以李明準備馬上跟公司請假在家休息。

1.明天開會張玲應該準備什麼？

2.張玲為什麼看起來很累？

3.李明公司的秘書工作內容是什麼？

4.來面試的小姐有工作經驗嗎？

5.他在大學的時候在哪裡實習過？

6.這位小姐對什麼有興趣？

7.李明為什麼去看醫生？

8.他抽血檢查以後，醫生說他怎麼了？

9.醫生叫他別做什麼？

10.如果三天以後沒有好一點，李明應該怎麼辦？

II. 聽力　Hörverständnisübungen

請聽一段對話，試試看你聽到什麼？Hören Sie zunächst den Dialog an.

請再聽一次對話。這次對話將分成三段播放，請根據每段話內容，選出正確的答案

Nun hören Sie den Dialog noch einmal an und markieren Sie die richtigen Antworten:

A:中平跟安娜 Zhongping und Anna

第一段 Absatz 1

1.考試考完了，安娜打算做什麼？

　a.安娜打算好好地休息。

　b.安娜想好好地和朋友出去玩。

　c.安娜要去打工賺錢。

2.安娜中國文學考試考得怎麼樣？

　a.她考得很不好。

　b.她考得非常好。

　c.她考得還不錯。

3.安娜怎麼準備考試？

   a.她一個人在家念書。

   b.她上個星期每天都跟馬克一起去圖書館念書。

   c.安娜沒準備考試。

第二段 Absatz 2

4.中平下學期想上什麼課？

   a.除了歷史課，他還想上翻譯課。

   b.除了文學課，他還想上翻譯課。

   c.除了歷史課，他還想上語法課。

5.下學期教歷史課的老師是誰？

   a.下學期教歷史課的老師是張老師。

   b.下學期教歷史課的老師是林老師。

   c.下學期教歷史課的老師是王老師。

第三段 Absatz 3

6.這位老師教書教得怎麼樣？

   a.這位老師教書教得很好。

   b.這位老師的學生都不喜歡他。

   c.這位老師教書教得還可以。

7.為什麼安娜沒有時間上歷史課？

   a.因為她還有很多課。

   b.因為這門課的功課很多，她還要打工。

   c.因為她還要和中平一起去圖書館念書。

B:立德和小真 Lide und Xiaozhen

第一段 Absatz 1

1.立德找了什麼工作？

    a.他當貿易公司秘書。

    b.他當德文家教。

    c.他教小朋友彈鋼琴。

2.他給誰打電話了？

    a.他給王太太打電話。

    b.他給張先生打電話。

    c.他給林太太打電話？

第二段 Absatz 2

3.誰想學德文？

    a.王太太的先生想學德文。

    b.林太太的妹妹想學德文。

    c.林太太想學德文。

4.為什麼他想學德文？

    a.因為他快要畢業了，想去德國念書。

    b.因為他快要畢業了，想要去德國公司上班。

    c.因為他先生要去德國工作。

5.他們談了多久？

    a.他們談了三十分鐘。

    b.他們談了一個鐘頭。

    c.他們談了兩個鐘頭。

6.這個工作的工資怎麼樣？

    a.工資很高，一個鐘頭八百塊錢。

    b.工資很高，一個鐘頭五百塊錢。

    c.工資不太高，一個鐘頭三百塊錢。

第三段 Absatz 3

7.立德現在一共上了幾次課了？

    a.他一共上了三次課了。

    b.他一共上了四次課了。

    c.他一共上了五次課了。

8.立德的學生怎麼樣？

    a.他很用功。

    b.他不太用功。

    c.立德沒說。

C:李明和張玲 Li Ming und Zhang Ling

第一段 Absatz 1

1.張玲為什麼給李明打電話？

    a.因為他感冒了。

    b.因為他生病了。

    c.因為他沒去上班。

2.李明好一點了沒有？

    a.他好一點了。

    b.他好多了。

    c.他還是不太舒服。

第二段 Absatz 2

3.李明去看了什麼醫生？

　a.他去看了內科醫生。

　b.他去看了家庭醫生。

　c.我們不知道。

4.李明的醫生說了什麼？

　a.李明吃一點藥，多休息，過幾天就會好了。

　b.如果李明沒有好一點，就應該住院治療。

　c.李明不需要請假，可以去上班，但是別熬夜。

第三段 Absatz 3

5.張玲和李明說什麼？

　a.張玲叫李明明天去上班，因為老闆說要開會。

　b.張玲說李明應該在家休息。

　c.張玲叫李明別再熬夜上班了。

6.張玲下班以後要做什麼？

　a.張玲下班以後要去看李明。

　b.張玲下班以後要陪李明去看醫生。

　c.張玲下班以後要幫李明打電話預約看病的醫生。

7.如果李明明天還不舒服，張玲要做什麼？

　a.張玲要陪李明去看醫生。

　b.張玲要幫李明做他的工作。

　c.張玲要幫李明打電話。

生詞 Wortschatz

	漢字 Zeichen	拼音 Umschrift	解釋 Erklärung
1	出去	chūqù	(IV) ausgehen, das Haus verlassen
2	出去玩	chūqùwán	(IV) ausgehen, um die Häuser ziehen
3	耳朵	ěrduo	(N) Ohr
4	建議	jiànyì	(N) Vorschlag; (TV, 1) vorschlagen
5	老虎	lǎohǔ	(N) Tiger
6	另外	lìngwài	(Adv.) weiters, darüber hinaus, zusätzlich
7	奇怪	qíguài	(SV) komisch, sonderbar, merkwürdig
8	上班	shàng bān	(VO) zur Arbeit gehen
9	上次	shàngcì	(N) letztes Mal
10	雖然	suīrán	(Konj) obwohl
11	未	wèi	(Adv) noch nicht
12	尾巴	wěibā	(N) Schwanz [von Tieren]
13	未來	wèilái	(N) Zukunft
14	小朋友	xiǎopéngyǒu	(N) Kind, Kinder [allgemeine Adressform für unbekannte Kinder] 12
15	允許	yǔnxǔ	(N) Erlaubnis; (TV, 1) zulassen, gestatten
16	隻	zhī	(Met) für Tiere allgemein

III. 綜合練習 Zusammenfassende Übungen

A: 童謠 Kinderlied

請老師念一次這首童謠，請你把聲調寫上。和同學們一起唱這首歌。

Lassen Sie sich das folgende Kinderlied vorlesen. Ergänzen Sie zu den Schriftzeichen Pinyin. Anschließend singen Sie es zusammen mit Ihren Mitschülern.

兩	隻	老虎
liang	zhi	laohu

兩　　隻　　老虎
liang　zhi　laohu

兩　　隻　　老虎
liang　zhi　laohu

跑　得　快，跑　得　快。
pao　de　kuai　pao　de　kuai

一　隻　沒有　耳朵，
yi　zhi　meiyou　erduo

一　隻　沒有　尾巴，
yi　zhi　meiyou　weiba

真　奇怪，真　奇怪。
zhen　qiguai　zhen　qiguai

B:妳和東美的對話 Dialog zwischen Ihnen und Dongmei

1.請試著和東美對話，填上適當的回答:

Tragen Sie in Schriftzeichen passende Antworten ein:

東美：好久不見！

你：＿＿＿＿＿＿＿＿＿＿＿＿＿＿＿＿。

東美：我很好，你呢？最近怎麼樣？

你：＿＿＿＿＿＿＿＿＿＿＿＿＿＿＿＿。

東美：你這個學期上什麼課？

你：我除了＿＿＿＿＿＿＿＿，還＿＿＿＿＿＿＿＿。

東美：你們漢學系有幾位教授？

你：＿＿＿＿＿＿＿＿＿＿＿＿＿＿＿＿。

東美：他們教書教得怎麼樣？

你：＿＿＿＿＿＿＿＿＿＿＿＿＿＿＿＿。

東美：你們有很多考試和功課嗎？

你：＿＿＿＿＿＿＿＿＿＿＿＿＿＿＿＿＿＿＿＿＿。

東美：你們下一次考試是什麼時候？

你：＿＿＿＿＿＿＿＿＿＿＿＿＿＿＿＿＿＿＿＿＿。

東美：你們要考什麼？

你：＿＿＿＿＿＿＿＿＿＿＿＿＿＿＿＿＿＿＿＿＿。

東美：你考試準備好了嗎？

你：＿＿＿＿＿＿＿＿＿＿＿＿＿＿＿＿＿＿＿＿＿。

東美：考試的時候，你緊張嗎？

你：＿＿＿＿＿＿＿＿＿＿＿＿＿＿＿＿＿＿＿＿＿。

東美：你在哪裡準備考試？

你：＿＿＿＿＿＿＿＿＿＿＿＿＿＿＿＿＿＿＿＿＿。

東美：你喜歡平常念書，還是喜歡考試前才念書？

你：＿＿＿＿＿＿＿＿＿＿＿＿＿＿＿＿＿＿＿＿＿。

東美：你上次考試準備了多久？

你：＿＿＿＿＿＿＿＿＿＿＿＿＿＿＿＿＿＿＿＿＿。

2.也問問你同學同樣的問題：

Stellen Sie diese Fragen nun Ihren Kommilitonen:

＿＿＿＿＿＿＿＿＿＿＿＿＿＿＿＿＿＿＿＿＿＿＿＿＿

＿＿＿＿＿＿＿＿＿＿＿＿＿＿＿＿＿＿＿＿＿＿＿＿＿

＿＿＿＿＿＿＿＿＿＿＿＿＿＿＿＿＿＿＿＿＿＿＿＿＿

＿＿＿＿＿＿＿＿＿＿＿＿＿＿＿＿＿＿＿＿＿＿＿＿＿

C:安娜的打工計畫 Annas Jobpläne

1.請試著把對話順序找出來:

Bringen Sie die Äußerungen in die richtige Reihenfolge:

Ānnà : Nǐ hǎo, wǒ jiù shì. qǐngwèn nín shì?

Lǐ Hóng : Wǒ jiào Lǐ Hóng, wǒ zài wǎnglù shàng kàndào nín de guǎnggào,qǐngwèn nín zài zhǎo gōngzuò ma?

Ānnà : Wǒ méiyǒu jīngyàn, búguò, wǒ duì jiāo gāngqín hěn yǒu xìngqù, tán gāngqín tán le shíbā nián le.

Lǐ Hóng : Wéi, nǐ hǎo, qǐngwèn Lín Ānnà xiǎojiě zài ma?

Lǐ Hóng : Tài hǎo le, wǒ zhèngzài bāng wǒ de péngyǒu zhǎo yí ge gāngqín lǎoshī.

Lǐ Hóng : Qǐngwèn nǐ yǒu jiāo gāngqín de jīngyàn ma?

Ānnà : Wéi?

Ānnà : Yí ge zhōngtóu yào yìqiān èrbǎi yuán.

Lǐ Hóng : Qǐngwèn nín gōngzī yí ge xiǎoshí xūyào duōshǎo qián?

Ānnà : Hǎo, nà wǒmen dào shíhòu jiàn.

Ānnà : Duì, wǒ kěyǐ jiāo gāngqín, yě kěyǐ jiāo dàtíqín.

Lǐ Hóng : Xià xīngqīsān xiàwǔ liǎngdiǎn, zài nín xuéxiào ménkǒu jiànmiàn, kěyǐ ma?

Lǐ Hóng : Hǎo, wǒmen kěyǐ xiān shàng yí cì kè, shìshì kàn ma?

Ānnà : Méiyǒu wèntí. Wǒmen shénme shíhòu jiànmiàn?

2.請用漢字把這個對話寫出來:

Schreiben Sie den soeben richtig sortierten Dialog in Schriftzeichen:

D:生病了？ Krank geworden?

1.身體部位你認識什麼身體部位？請寫出來:

Welche Teile des Körpers können Sie auf Chinesisch benennen.
Schreiben Sie sie auf:

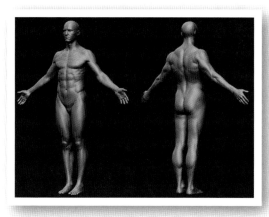

2.病痛 Schmerzen

你知道什麼病？請寫下來:

Welche Arten von Schmerzen können Sie auf Chinesisch benennen?
Schreiben Sie sie auf:

頭痛　　　　＿＿＿＿＿＿　　　　＿＿＿＿＿＿　　　　＿＿＿＿＿＿

＿＿＿＿＿＿　　　　＿＿＿＿＿＿　　　　＿＿＿＿＿＿　　　　＿＿＿＿＿＿

3.為什麼會生病？請把你知道的寫下來:

Warum wird man krank? Schreiben Sie einige Ursachen auf:

太累了！　　　　＿＿＿＿＿＿　　　　＿＿＿＿＿＿　　　　＿＿＿＿＿＿

＿＿＿＿＿＿　　　　＿＿＿＿＿＿　　　　＿＿＿＿＿＿　　　　＿＿＿＿＿＿

4.生病了，怎麼辦？

Was ist bei Krankheit zu tun?

去看醫生　　　　＿＿＿＿＿＿　　　　＿＿＿＿＿＿　　　　＿＿＿＿＿＿

＿＿＿＿＿＿　　　　＿＿＿＿＿＿　　　　＿＿＿＿＿＿　　　　＿＿＿＿＿＿

IV. 文化及問題討論 Interkulturelle Diskussion

A: 文化討論 Kulturelle Unterschiede

❶校園生活：你的校園生活中，什麼對你來說最重要？功課？工作？玩樂？
請問問你的同學，也問問你的中國朋友。

Leben auf dem Universitätscampus: Was ist Ihnen am Wichtigsten? Unterricht?
Hausaufgaben? Arbeiten? Spaß und Freizeit? Fragen Sie Ihre Kommilitonen und
Ihre chinesischen Freunde.

❷工作：說說你的工作經驗，你做過什麼工作？怎麼找到工作？也問問你的
中國朋友。

Arbeit: Beschreiben Sie Ihre Berufserfahrungen, in welchen Jobs haben Sie
schon gearbeitet? Wie findet man Arbeit? Fragen Sie auch Ihre chinesischen
Freunde.

❸生病：如果你生病了，你會怎麼辦？馬上去看醫生？還是先在家休息？你
的中國朋友呢？

Krankheit: Was machen Sie, wenn Sie krank werden? Sofort zum Arzt? Oder erst
einmal zu Hause bleiben? Was meinen Ihre chinesischen Freunde?

B: 自我檢視 Eigene Einschätzungen

❶溝通能力 Kommunikationsfähigkeit

a. 你能和同學討論你這學期選修的課嗎？

Können Sie sich mit Ihren Kommilitonen über die einzelnen von Ihnen
belegten Lehrveranstaltungen unterhalten?

你這學期選了什麼課？

我這學期＿＿＿＿＿＿＿＿＿＿，還＿＿＿＿＿＿＿＿＿＿＿＿＿＿。

除了＿＿＿＿＿＿＿＿＿＿，我還有＿＿＿＿＿＿＿＿＿＿＿＿。

＿＿＿＿＿＿＿＿＿＿＿＿課的老師是＿＿＿＿＿＿＿＿＿＿。

他教得怎麼樣？

_____。

_____課怎麼樣？

_____。

你什麼時候上_____課？

_____。

b.你能用中文找工作嗎？請說說你的工作能力。

Können Sie sich auf Chinesisch einen Job suchen? Beschreiben Sie Ihre Fähigkeiten und Kenntnisse.

你會說什麼語言？

我會_____。

你會使用電腦嗎？

_____。

除了_____，我還會_____。

c.如果你生病了，你能說一下自己生了什麼病嗎？如果你生病了，應該怎麼辦？

Können Sie im Fall einer Krankheit Ihre Symptome beschreiben? Was tun Sie, wenn Sie krank geworden sind?

我生病了/我感冒了。

我_____不舒服。

我_____痛。

我_____發炎了。

生病了，應該多_____。

多_____。

別_____。

千萬別_____。

最好_____。

最好馬上_____。

281

❷ 語法 Grammatik

a.補語：這些句子有什麼特色？你能分析一下嗎？告訴我們有什麼不一樣。

Komplemente: Was ist die Besonderheit an den folgenden Sätzen? Analysieren Sie die Unterschiede.

看得懂／看不懂

看懂了／沒看懂

他看書看得很快。

他看起來很累。

b.能願動詞：我們學了哪些能願動詞？這些能願動詞如何與德語的能願動詞對應？你能用這些能願動詞造句嗎？

Hilfsverben: Welche Hilfsverben kennen Sie schon und welchen deutschen Hilfsverben entsprechen diese? Bilden Sie einige Sätze.

可以（允許 yǔnxǔ Erlaubnis）：＿＿＿＿＿＿＿＿＿＿＿＿＿＿＿＿

可以（建議 jiànyì Vorschlag）：＿＿＿＿＿＿＿＿＿＿＿＿＿＿＿＿

應該：＿＿＿＿＿＿＿＿＿＿＿＿＿＿＿＿＿＿＿＿＿＿＿＿＿＿＿

得：＿＿＿＿＿＿＿＿＿＿＿＿＿＿＿＿＿＿＿＿＿＿＿＿＿＿＿＿

會（未來 wèilái Zukunft）：＿＿＿＿＿＿＿＿＿＿＿＿＿＿＿＿＿

會（能力 nénglì Fähigkeit）：＿＿＿＿＿＿＿＿＿＿＿＿＿＿＿＿

本課重點 Lernziele

【1】討論坐車、問路
　　Mit Bahn oder Bus fahren; nach dem Weg fragen

【2】「怎麼＋VP」、「經過」的用法
　　zěnme + V als Subjektsausdruck; Coverb jīngguò

【3】「A離B...」「往＋方位詞＋V」的用法
　　Coverb lí; Coverb wǎng/wàng + PW + V

【4】「就」、「還是」的用法
　　jiù als Adverb; Alternativfrage mit háishì

一、課文 Lektionstexte

Teil A、坐火車 Zug fahren

情境介紹：快放假了，中平想在德國旅行，他問馬克怎麼坐火車。

Situation: Bald gibt es Ferien. Zhongping will eine Reise durch Deutschland machen und fragt Mark, wie man mit dem Zug fährt.

中平：嗨！馬克，快放假了，我想到德國別的地方去看看，你能告訴我什麼地方最好玩嗎？

馬克：我是柏林人，當然覺得柏林是最有意思的城市，而且柏林還是德國的首都呢！

中平：從海德堡怎麼去柏林？

馬克：你可以坐火車去，先從海德堡坐區間車到曼海姆，再轉城際快車經過法蘭克福到柏林。

中平：大概需要多長時間？

馬克：我想大概五個鐘頭就到了，你可以上網看看。

中平：聽說德國火車票相當貴，有沒有比較便宜的方法？

馬克：你也可以搭便車，在校園或學生餐廳有時候可以看到「搭便車」的廣告，現在也有這種網站了，網址是 www.mitfahrgelegenheit.com。

中平：哇！你知道的還真不少！謝謝你！你想不想跟我一起去呢？

馬克：當然想啊！很可惜我放假得打工，不能跟你一起去玩。祝你旅途愉快！

問題 Fragen

1.馬克為什麼要中平去柏林玩?

2.從海德堡坐火車到柏林怎麼走?

3.中平為什麼不想搭火車?

4.馬克為什麼不能和中平一起去?

Teil B、問路 Nach dem Weg fragen

情境介紹：立德想去買書，可是他迷路了。

Situation: Lide will Bücher kaufen, hat sich aber verlaufen.

立德：對不起！請問，台北車站怎麼走?

路人：你往前直走，到了第三個路口，過馬路，然後往左轉，經過兩個
十字路口就到了。

立德：從這裡到台北車站走路要多久?

路人：大概要十分鐘吧！

立德：謝謝！我知道了。請問，車站附近有書店嗎?

路人：有，在重慶南路，那兒有很多書店。

立德：從台北車站到重慶南路怎麼走?

路人：你可以走天橋或捷運地下道到車站對面的百貨公司，往右轉過兩
個紅綠燈，在路口的銀行左轉，就是重慶南路了。

立德：謝謝你！

路人：不客氣！

問題 Fragen

1. 到台北車站怎麼走？

2. 車站附近哪裡有書店？

3. 從台北車站到重慶南路會經過哪些地方？

Teil C、在北京搭車 In Peking Bus fahren

情境介紹：李明到北京出差，他問飯店的櫃臺服務員怎麼到後海去。

Situation: Li Ming ist auf Dienstreise in Peking und fragt beim Empfang im Hotel, wie man nach Houhai kommt.

李　明：請問從這兒到後海怎麼走？

服務員：您想走路去，還是坐車去？

李　明：這兒離後海多遠？走路要多久？

服務員：這兒離後海大概五公里，走路可能要一個小時。

李　明：那麼遠啊！

服務員：是啊！北京很大。您坐公交車去吧！坐公交車去很快。

李　明：我想坐地鐵到後海，應該怎麼坐？

服務員：我們現在在天安門，您先往南走四百米，然後往右拐，就可以看到前門。從前門坐地鐵，坐到積水潭，再走路過去，或者在積水潭倒 305 或 5 路公交車，坐四站下車，後海就在那兒附近。

李　明：聽起來有點麻煩。

服務員：那您打車吧！打車又快又方便。

問題 Fragen

1. 從飯店到後海可以怎麼走？

2. 服務員要李明怎麼到後海去？

3. 怎麼坐地鐵到後海去？

4. 李明為什麼不坐地鐵到後海去？

二、生詞 Wortschatz

(一) 課文生詞 Wortschatz Lektionstexte

	漢字 Zeichen	拼音 Umschrift	解釋 Erklärung
1	百貨公司	bǎihuògōngsī	(N) Kaufhaus, Warenhaus; Department Store
2	便車	biànchē	(N) Mitfahrgelegenheit
3	城際快車	chéngjìkuàichē	(N) Inter-City [Zug]
4	城市	chéngshì	(N) Stadt
5	車票	chēpiào	(N) Fahrkarte, Ticket
6	車站	chēzhàn	(N) Bahnhof, Busbahnhof; Haltestelle
7	重慶南路	Chóngqìngnánlù	(N) Chongqing South Road [in Taibei]
8	搭	dā	(TV, 1) als Beförderungsmittel nehmen, reisen mit
9	搭便車	dā biànchē	(VO) per Anhalter fahren; mit einer Fahrgemeinschaft fahren
10	打車	dǎ chē	(VO) ein Taxi nehmen
11	大概	dàgài	(Adv) ungefähr, so in etwa
12	倒車（轉車）	dǎo chē(zhuǎn chē)	(VO) umsteigen, Transportmittel wechseln
13	燈	dēng	(N) Laterne, Lampe, Licht
14	地鐵	dìtiě	(N) U-Bahn [in Peking]
15	地下	dìxià	(N) unterirdisch

287

16	地下道	dìxiàdào	(N) Tunnel, Unterführung
17	對面	duìmiàn	(N) gegenüber
18	多長	duōcháng	(Pron) wie weit? wie lange?
19	多遠	duōyuǎn	(Pron) wie weit?
20	而且	érqiě	(Konj) gleichzeitig noch, obendrein, noch dazu
21	法蘭克福	Fǎlánkèfú	(N) Frankfurt
22	方便	fāngbiàn	(SV) bequem, günstig
23	放假	fàng jià	(VO) Ferien, Urlaub machen
24	方法	fāngfǎ	(N) Methode, Art und Weise
25	拐	guǎi	(IV) abbiegen, um die Ecke gehen / fahren
26	公交車 （公共汽車/公車）	gōngjiāochē (gōnggòngqìchē/ gōngchē)	(N) Bus
27	公里	gōnglǐ	(N) Kilometer
28	紅綠燈	hónglǜdēng	(N) Verkehrsampel, Lichtsignal
29	後海	Hòuhai	(N) Houhai (Ausflugsregion in Peking)
30	火車	huǒchē	(N) Zug, Eisenbahn
31	捷運	jiéyùn	(N) Metro, S-Bahn, U-Bahn [in Taibei]
32	經過	jīngguò	(TV, 1; CV) passieren, an etwas vorbei fahren; durch, über
33	積水潭	Jīshuǐtán	(N) See in Peking; Haltestelle dieses Namens
34	離	lí	(CV) von, ab
35	路口	lùkǒu	(N) Straßeneinmündung
36	路人	lùrén	(N) Passant
37	旅途	lǚtú	(N) Reiseweg, Reiseplan; unterwegs
38	馬路	mǎlù	(N) Straße
39	曼海姆	Mànhǎimǔ	(N) Mannheim
40	米	mǐ	(N) Reis; Meter
41	票	piào	(N) Ticket, Eintrittskarte, Fahrkarte
42	橋	qiáo	(N) Brücke
43	區間	qūjiān	(N) Intervall, Teilstrecke

44	區間車	qūjiānchē	(N) Pendelzug, Regionalexpress
45	十字路口	shízìlùkǒu	(N) Kreuzung
46	首都	shǒudū	(N) Hauptstadt
47	潭子	tánzi	(N) See, Teich
48	天安門	Tiān'ānmén	(N) Tor des Himmlischen Friedens, Tian'anmen
49	天橋	tiānqiáo	(N) Fußgängerbrücke
50	哇	wā	(Interj) wow!
51	往	wàng	(CV) in Richtung auf
52	往	wǎng	(TV, 1) sich hinbegeben zu
53	網址	wǎngzhǐ	(N) Internetadresse
54	相當	xiāngdāng	(Adv) verhältnismäßig, ziemlich
55	校園	xiàoyuán	(N) Campus, Universitätsgelände
56	銀	yín	(N) Ag, Silber
57	銀行	yínháng	(N) Bank
58	右轉（右拐）	yòuzhuǎn	(TV, 1) rechts abbiegen
59	遠	yuǎn	(SV) weit entfernt sein
60	愉快	yúkuài	(SV) glücklich, fröhlich
61	站	zhàn	(IV) dastehen, sich hinstellen
62	祝	zhù	(TV, 2) Glückwünsche aussprechen
63	轉	zhuǎn	(IV) abbiegen, um die Ecke biegen; wenden
64	左轉（左拐）	zuǒzhuǎn	(TV, 1) links abbiegen

(二) 一般練習生詞　Wortschatz Übungen

	漢字 Zeichen	拼音 Umschrift	解釋 Erklärung
1	電影院	diànyǐngyuàn	(N) Kino
2	天津	Tiānjīn	(N) Tianjin [in Hebei]
3	跳	tiào	(IV) hüpfen, springen
4	跳舞	tiàowǔ	(VO) tanzen
5	鐵路	tiělù	(N) Eisenbahnlinie
6	造句	zào jù	(VO) Sätze bilden
7	種	zhǒng	(Met) für Sorten, Arten, Varianten von

三、語法練習 Übungen zur Grammatik

I 「怎麼＋VP」的用法 zěnme + V als Subjektsausdruck

副詞性疑問代詞「怎麼」加上動詞時，具有詢問「方式」之意，此時動詞不使用否定式。句型如下：

怎麼 ist ein Interrogativpronomen mit der Bedeutung wie? und kann in einem Satz SEP die volle Funktion des Subjektausdrucks übernehmen. Die Verbalphrase ist ein TV oder IV. Das Objekt des deutschen Satzes wird als Themasubjekt an den Beginn der Konstruktion gestellt:

Themasubjekt	Subjekt	Prädikatsausdruck IV
從台北車站到重慶南路	怎麼	走？

Wie kommt man vom Hauptbahnhof Taibei zur Chongqing South Road?

怎麼＋VP
從台北車站到重慶南路怎麼走？
從海德堡怎麼去柏林呢？

試試看：用「怎麼＋VP」來造句 **Bilden Sie Sätze mit zěnme + V:**

例 Beispiel：做功課→[今天的功課怎麼做？]

1. 寫字 → [	]
2. 坐地鐵 → [	]
3. 去後海 → [	]
4. 用電腦 → [	]
5. 開門 → [	]

II 「就」的用法 Das Adverb jiù

「就」當副詞時，後面若加上「動詞」，表示動作或情況比說話者預期的時間早。句型如下：

就 ist ursprünglich ein TV in der Bedeutung sich nähern, sich bewegen in Richtung auf. Als Adverb hat es die Bedeutung gleich, dann sofort.

就＋VP
我想差不多五個鐘頭就到了。
明天就開學了。

試試看：請寫出正確的順序 **Bringen Sie die Formen in die korrekte Reihenfolge:**

例 Beispiel：醫生	/ 開藥 / 三天前 / 了 / 就 。
	醫生三天前就開藥了。
1. 張玲	/ 就 / 了 / 昨天 / 生病 。
2. 中平	/ 了 / 開學 / 就 / 上週 。
3. 老師	/ 下個月 / 去柏林 / 了 / 就 。
4. 我	想到 / 上星期 / 了 / 這件事 / 就。
5. 你	走 / 再 / 就 / 十分鐘 / 圖書館 / 到 / 了。

III 「往」的用法 Das Coverb wǎng/wàng

介詞「往」常和方位詞、處所詞組合成介詞組，放在動詞前面來表示「動作的方向」。句型如下：

往 hat zwei Lesungen: wǎng als TV: sich bewegen nach, in Richtung auf, oft als Komplement des Resultats: 開往 kāiwǎng 首都的火車 der Zug in die Hauptstadt.

Als CV wird es immer wàng gelesen und bedeutet nach, in Richtung auf: 往前走 wàng qián zǒu geradeaus gehen:

往＋方位詞(處所詞)＋V		
往	前	走
往	後	看
往	左	轉
往	右	拐

 試試看：以「往＋方位詞＋V」來造句 **Bilden Sie Sätze mit wàng + PW + V:**

例 Beispiel：東、重慶南路 → [你往東走就會到重慶南路了。]

1. 右、早餐店 → [	]
2. 前、學生餐廳 → [	]
3. 南、醫院 → [	]
4. 後、書店 → [	]
5. 左、車站 → [	]

Ⅳ 「還是」的用法 Alternativfragen mit háishì

連接詞「還是」可以構成「VP1/NP1還是VP2/NP2」的選擇式疑問句，「還是」前後的動詞可以相同，也可以不相同。句型如下：

Mit der Konjunktion 還是 werden Alternativfragen mit der Bedeutung entweder ... oder? gebildet. Zu beachten ist, dass vor und hinter 還是 jeweils eine Verbalphrase erscheinen muss, außer in Abkürzungen, d.h. unvollständigen Sätzen.

VP1/NP1＋還是＋VP2/NP2
走路去，還是坐車去？ 咖啡，還是紅茶？

試試看：用「還是」來造句 **Bilden Sie Alternativfragen:**

例 Beispiel：上班、運動 → [你上星期六去上班，還是去運動？]

1. 坐地鐵、打車 → [　　　　　　　　　　　　　　　　　　　]

2. 聽音樂、看報紙 → [　　　　　　　　　　　　　　　　　　　]

3. 學生、老師 → [　　　　　　　　　　　　　　　　　　　　　]

4. 坐快車、慢車 → [　　　　　　　　　　　　　　　　　　　　]

5. 寫e-mail、打電話 → [

Ⅴ 「離」的用法 Das Coverb lí

動詞「離」接處所詞(Place Words)時，是表示「距離、相距」之意。句型如下：

離 lí ist als Verb eine gebundene Form mit der Bedeutung verlassen:

離開 líkāi. Als CV ist es eine freie Form in der Bedeutung entfernt sein von, Objekt muss immer ein PW sein. In dieser Bedeutung kann es auch als freies TV fungieren: so und so weit entfernt sein von:

PW1　離 PW2
這兒離後海多遠？ 台中離台北一百五十公里。

試試看：以「…離…」來回答 Antworten Sie mit lí:

例 Beispiel：北京、天津、幾公里 → [北京離天津多遠？]

1. 這兒、電影院、五公里 → [   ]

2. 醫院、學校、10條街 → [   ]

3. 天安門、積水潭、幾公里 → [   ]

4. 這裡、KTV、七公里 → [   ]

5. 火車站、你家、不太遠 → [   ]

四、漢字說明 Schriftzeichenerklärungen

網 wǎng *Netz* kommt vor in modernen Begriffen wie 網路 wǎnglù oder 網絡 wǎngluò *Internet*, bzw. 上網 shàng wǎng *ins Internet gehen* vor, hat aber auch die konkrete Bedeutung *Netz* im Sinne von *Fischnetz* 漁網 yúwǎng.

Der Graph hat die Struktur ⬚ und steht unter dem schon besprochenen Klassenzeichen # 120 糸 mì *Seide*, in seiner linksgebundenen Form 糹. Rechts steht als Phonetikum das Element 罔 wǎng *durch Verdecken täuschen*, das selbst wieder ein morphophonematisches Kompositum mit dem phonetischen Bestandteil 亡 wáng *untergehen, umkommen, sterben* ist. 亡 wáng zeigt als siegelschriftliche Form 乚 mit dem Piktogramm des Menschen rén, hier aber in der Variante von Klassenzeichen # 11 入 rù *eintreten*. Die Klassenzeichen # 9 人 rén und # 11 入 rù sind allographische Varianten derselben archaischen Grundform 𠂉 人. 乚 hat als eigentliche Bedeutung *einen unbekannten Ort betreten*, davon abgeleitet die Bedeutung *sterben, untergehen*. Bei 網 wǎng findet man das Phänomen der graphematischen Erweiterung eines Zeichens zur Verschriftung einer Spezialbedeutung: 罔 wǎng *durch Verdecken täuschen* ergibt mit Klassenzeichen # 120 糸 mì *Seide* den Begriff *Netz zum Fangen von Tieren*: 網 wǎng. Frühe siegelschriftliche Formen zeigen ein Piktogramm: 网 bzw. 网, das Klassenzeichen #169 門 mén *zweiflügelige Türe*, einem Piktogramm 門 oder 門, sehr ähnlich ist. Die Bedeutung wird erklärt als *aufgespannter Holzrahmen mit einem Netz zum Fangen von Vögeln*. Spätere siegelschriftliche Formen zeigen den Graphen auch als Kompositum: 网 絧 䉶 網. Auffällig ist, dass in einem weiteren Zeichen für *Netz*, 羅 luó einer der Graphen für *Vogel*, # 172 隹 zhuī integriert ist: 羅 羅. In der Volksrepublik China wird als Kurzform 簡體字 jiǎntǐzì in der modernen Schrift wieder das archaische Piktogramm verwendet: 网路 wǎnglù *Internet*.

五、聽力練習 Hörverständnisübungen

試試看： I .請聽一段對話，試試看你聽到什麼？**Hören Sie zunächst den Dialog an.**
II.請再聽一次對話。這次對話將分成三段播放，請根據每段話內容，選出正確的答案 **Nun hören Sie den Dialog noch einmal an und markieren Sie die richtigen Antworten:**

第一段 Absatz 1

1.現在立德想去哪裡？

a)車站

b)餐廳

c)百貨公司

2.大千百貨公司的東西怎麼樣？

a)又多又貴

b)又少又便宜

c)又多又便宜

第二段 Absatz 2

3.立德覺得那家百貨公司遠不遠？

a)相當近

b)有一點遠

c)有一點近

4.坐車到百貨公司要多久？

a)五分鐘

b)十分鐘

c)二十分鐘

294

第三段 Absatz 3

5.立德跟朋友可能在哪裡吃飯？

　a)公司附近的餐廳

　b)百貨公司裡的餐廳

　c)百貨公司附近的餐廳

6.立德怎麼去百貨公司？

　a)走路

　b)坐公車

　c)搭便車

六、綜合練習 Zusammenfassende Übungen

綜合練習生詞　Wortschatz zusammenfassende Übungen

	漢字 Zeichen	拼音 Umschrift	解釋 Erklärung
1	冰	bīng	(SV) kühl, kalt; (N) Eis
2	長	cháng	(SV) lang, weit
3	工具	gōngjù	(N) Werkzeug, Mittel, Instrument
4	交通	jiāotōng	(N) Straßenverkehr, Verkehr
5	列	liè	(TV, 1) in Reihe stellen, aufreihen
6	目的	mùdì	(N) Ziel
7	目的地	mùdìdì	(N) Zielort, Zielpunkt, Bestimmungsort
8	啤酒屋	píjiǔwū	(N) Bierstand, Beisel, Bierkneipe
9	鐵	tiě	(N) Fe, Eisen
10	下列	xiàliè	(N) unten angeführt
11	依照	yīzhào	(CV) gemäß, gestützt auf, nach
12	造	zào	(TV, 1) herstellen, verfertigen, machen
13	指示	zhǐshì	(N) Hinweis; (TV, 1) hinweisen auf

I 請告訴老師/同學，從你家到學校怎麼走？（或從學校怎麼回你家？）
Beschreiben Sie, wie Sie von zu Hause zur Universität und wieder zurück kommen.

II 怎麼走?

Kommen Sie zum Ziel? A erklärt B anhand der folgenden Karte den Weg zum Ziel. Alternativ: A sagt, wo sie hin will und folgt den Erklärungen von B.

(1) 請A根據下列地圖，要B依照A的指示，說出目的地。

或 (2) 請A說出目的地，B再告訴A怎麼走？

請用「往…」、「經過」造句。

(1) A：先往…走，經過…， 請問我到哪裡去？

(2) A：請問到「醫院」怎麼走？

百貨公司	啤酒屋wū	足球場	學校	醫院

火車站	書店	餐廳	天橋

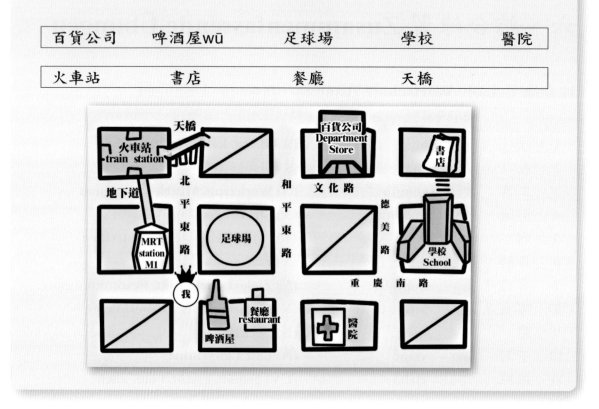

III 請根據事實回答下列問題，請把答案寫下來。

Beantworten Sie die folgenden Fragen und notieren Sie die Antworten:

(1) 你放假時，怎麼回家？

(2) 你覺得 Deutsche Bahn 怎麼樣？

(3) 你覺得德國什麼地方最好玩？為什麼？

(4) 你家附近有車站嗎？

(5) 你平常都怎麼到學校？

(6) 你家離學校多遠？

(7) 你搭過便車嗎？

(8) 從學校到書店怎麼走？

IV 請根據下列主題，A以「還是」問問題，B回答後，再以「又…又」說明原因。

A stellt Alternativfragen zu den folgenden Themen an B, anschließend begründet B seine Antwort mit yòu … yòu:

例：喝飲料

　　A：你要咖啡，還是紅茶？

　　B：我要紅茶，紅茶又冰又甜。

點中國菜　　A：你要點…還是…

吃甜點　　　A：你要吃…

交通工具　　A：你要搭…

國家　　　　A：你喜歡…

上課　　　　A：你喜歡上…

真實語料 Sprachliche Realien

台灣師大夜市美食地圖 Restaurantplan der NTNU-Gegend

【交通指南】 Verkehrshinweise:

停車：Bushaltestellen

以龍泉街、師大路、雲和街、泰順街為主要範圍，就近可在師範大學停車場停車。

搭車：Metroanschluss, Linienbusse

捷運可在新店線台電大樓站下。

公車可搭3、15、18、235、237、254、278、295、662、663、74、和平幹線在「師大路站」、「師大一站」下車。

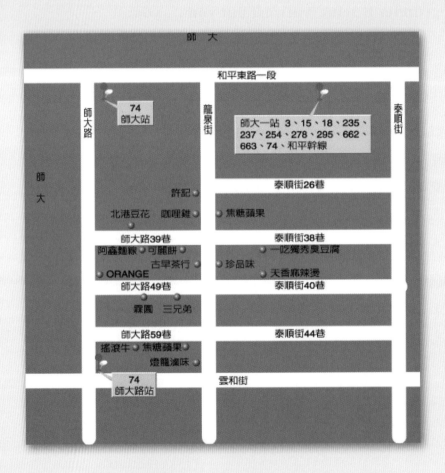

請根據上面的圖，回答下列問題：

Beantworten Sie die Fragen anhand des obigen Plans:

1. 請查查字典找出五家餐館，你想，他們賣什麼？

2. 請問從師大一站到搖滾牛怎麼走？

3. 你的學校附近，也有這樣的美食嗎？請你畫一張地圖，告訴你同學，從你家到你最喜歡的餐廳怎麼走。

七、從文化出發 Interkulturelle Anmerkungen

Züge und Zugstrecken

Personenzüge in der Volksrepublik China werden in folgende Kategorien eingeteilt: „China Railway High-speed" 高鐵 gāotiě, „Express" 特快 tèkuài, „Direktexpress" 直快 zhíkuài, „Normaler Eilzug" 普快 pŭkuài, „Direktzug" 直客 zhíkè und „Normaler Personenzug" 普客 pŭkè. Die Geschwindigkeit eines Zuges ist an seiner Seriennummer zu erkennen: je kleiner die Nummer, desto weniger Bahnhöfe fährt der Zug an, und desto höher ist entsprechend seine Geschwindigkeit. Bei den Waggons gibt es auch unterschiedliche Kategorien: harter Sitzen 硬坐 yìngzuò, weicher Sitz 軟坐 ruănzuò, harter Schlafplatz 硬臥 yìngwò, weicher Schlafplatz 軟臥 ruănwò, sowie Einzelkabinen 單間包廂 dānjiān bāoxiāng.

In Taiwan werden die Züge in sechs Kategorien unterteilt: „Taiwan High Speed Rail" 高鐵 gāotiě, 自強號 „Zìqiánghào", 莒光號 „Jŭguānghào" und 復興號 „Fùxīnghào" sind Langstreckenzügen, deren Komfort und Preis in dieser Reihenfolge abnimmt. Je höher die Zugklasse, desto weniger häufig halten die Züge und desto schneller erreichen sie ihren Zielort. Die elektrisch betriebenen Züge (電聯車 „Diànliánchē"), die normalen Züge (普通號 „Pŭtōnghào") sowie die klimatisierten Passagierzüge (冷氣柴客 „Lěngqì Cháikè") sind Kurzstreckenzüge, und dienen Pendlern als alltägliche Verkehrsmittel.

Anders als auf dem Festland gibt es in Taiwan keine Schlafwagen. Mit dem „Zìqiáng"-Zug braucht man vom südlichsten Zipfel der Insel bis in den äußersten Norden nur ca. sieben bis acht Stunden. Seit 2007 gibt es in Taiwan auch den so genannten „Taiwan High Speed Rail" (台灣高鐵 Táiwān Gāotiě), der die Reisezeit deutlich reduziert: Die Strecke von Taipei nach Kaohsiung dauert damit kaum mehr als eineinhalb Stunden, was ideal für Langstreckenreisende ist.

Weil das chinesische Territorium auf dem Festland so riesig ist, ist es zunächst nicht überraschend, dass man zuweilen über 10 Stunden im Zug verbringt. Die Fahrt von Peking nach Shanghai etwa dauerte früher mindestens 10 Stunden, von Peking nach Guangzhou dauert sie bis zu 22 Stunden, und bis nach Lhasa etwa 45 Stunden. Der in den letzten Jahren auf dem Festland entwickelte Gāotiě-Zug erreicht eine Geschwindigkeit von bis zu 350 km/h, Andere Züge erreichen immerhin noch eine Geschwindigkeit von 200 km/h, und so benötigt man nun von Peking nach Shanghai nur noch 5 Stunden, von Shanghai nach Nanjing nur etwas mehr als eine Stunde, und von Peking nach Tianjin lediglich 30 Minuten.

Normalerweise können die Passagiere in den Bahnhöfen und an den Verkaufsstellen Tickets kaufen, aber an Feiertagen oder vor den Ferien, vor allem aber während des Frühlingsfestes, ist es wegen des hohen Bedarfs sehr schwierig, ein Ticket zu bekommen. Scharen von Menschen schlafen in den Bahnhöfen oder warten vor den Verkaufsstellen, nur um rechtzeitig einen Zug nach Hause zu erwischen. Im Zug gibt es eine allgemeine

Versorgung mit kostenlosem heißen Wasser sowie einfachen und günstigen Lunchboxen. Die meisten Leute betreten den Zug allerdings sowieso mit ganzen Reisetaschen voller Proviant, in der Erwartung, eine sehr lange Zeit im Zug zu verbringen. Sowohl in den Sitzwagen als auch in den Schlafwagen kann man ständig beobachten, wie die Menschen Melonensamen, Sonnenblumenkerne und andere kleine Snacks knabbern. Ob man sich kennt oder nicht, man plaudert miteinander. So ist eine Fahrt mit dem Zug in der Volksrepublik China nicht bloß eine Art sich fortzubewegen, es ist auch eine sehr gute Gelegenheit, etwas über das Leben dort zu erfahren.

鐵路系統及路線

中國大陸的旅客列車大致分為「高鐵」、「特快」、「直快」、「普快」、「直客」、「普客」等。一般說來，車速可從編號辨識：車次編號越小，列車停靠站就越少，列車的行車速度也越快。車廂種類可硬坐，軟坐，硬臥，軟臥或單間包廂等。而台灣火車可以分為高鐵、自強號、莒光號、復興號是長途車，等級依次下降。一般來說，等級愈高，沿途停靠站也愈少，愈快到達目的地，而電聯車、普通號、冷氣柴客等，多為短程，是通勤族的日常交通工具。

與大陸不同，台灣火車並無臥舖車廂，搭乘自強號，由南到北，不過七八小時。2007年，台灣高速鐵路(台灣高鐵)開始營運，大大縮短交通時間，從臺北到高雄如今只需一個半小時，為許多人長程旅行的選擇。

大陸幅員遼闊，以前搭乘火車前往他地，花上十幾個小時都不驚訝。若從北京出發，到上海最快也要十小時，到廣州要二十二小時，到拉薩則得花上四十五小時左右的時間。但近幾年大陸發展全國的高速鐵路網，高鐵的時速達到三百五十公里，次一級的城際動車也達時速兩百公里，搭高鐵從北京到上海只要五小時，上海到南京只要一個多小時，北京到天津只要半小時，非常方便。

平時，乘客可在火車站和代售點買到各種火車票，但到了年節假日，尤其春節期間，因為密集運輸量，往往一票難求。大批人潮露宿火車站，或等在欄杆外，只為了搭上返鄉車。火車上，一般供應免費熱開水和便宜餐盒，不過，大部分的人都會準備裝有足夠食物的旅行袋上車，等著消磨長長時光。不論是座舖或臥舖，總可以看到人們嗑著瓜子、葵花子等小點心，不管認不認識，彼此話家常起來。因此，在大陸搭火車，不單單是一種交通移動，更是一種體驗在地生活的好機會。

本課重點 Lernziele

【1】訂機票、飯店，討論旅行經驗，寫明信片

Flugtickets und Hotelzimmer buchen; Reiseerlebnisse; Ansichtskarten schreiben

【2】能願動詞「能」、「是…的」的用法

Hilfsverb néng; Verbalaspekt mit shì … de

【3】「從來」、「本來…，現在…」的用法

Cónglái, běnlái und xiànzài als Adverbia

【4】「一邊…，一邊…」、「雖然…，可是…」的用法

Syntaktische Klammern yìbiān … yìbiān und suīrán … kěshì

一、課文 Lektionstexte

Teil A、訂機票、訂飯店 Flugtickets und Hotelzimmer buchen

情境介紹：安娜打工賺了錢，他打算跟朋友到中國、台灣和日本去旅行，於是到亞洲旅行社買機票。

Situation: Anna hat sich durch Jobben Geld verdient und will mit Freunden zusammen nach China, Taiwan und Japan reisen. Nun geht sie ins Reisebüro, um ihr Flugticket zu kaufen.

安　　娜：先生，您好！我想買從柏林到台北的機票。

旅行社：請問您在網路上訂過位了嗎？

安　　娜：還沒有。

旅行社：您想什麼時候出發？

安　　娜：我打算九月九號出發。

旅行社：您要買來回票嗎？

安　　娜：對！我想十月十號回來。

旅行社：從柏林到台北不能直飛，您想在哪裡轉機？

安　　娜：我想在香港轉機，先在那裡待三天再去台北。

旅行社：請問一共幾位？

安　　娜：兩位。

旅行社：請等一下，我看看！好，我幫您訂了九月九號早上十點柏林起飛的飛機，回程是十月十號下午五點台北飛香港。

安　　娜：嗯，可以。可以麻煩您訂飯店嗎？

旅行社：沒問題。您有沒有特別喜歡的飯店？

安　　娜：我沒去過香港，不知道哪一家飯店比較好。

旅行社：九龍飯店怎麼樣？離市區很近，房間雖然不大，可是很乾淨。

安　　娜：好！請幫我訂雙人房，九月十號、九月十一號兩個晚上。我想十二號下午去台北。

旅行社：好！您要刷卡還是付現金？刷卡可附送旅行保險。

安　娜：太好了！我刷卡。

問題 Fragen

1.安娜去旅行社做什麼？

2.安娜的來回日期是什麼時候？

3.安娜的飛機直飛台北嗎？

4.安娜為什麼要住九龍飯店？

5.安娜為什麼不付現金？

Teil B、討論旅行經驗　Reiseerlebnisse

情境介紹：立德和小真開學前碰了面，討論寒假的生活。

Situation: Lide und Xiaozhen treffen sich vor Semesterbeginn und sprechen über die vergangenen Winterferien.

小真：快要開學了。

立德：是啊！這個寒假過得特別快。

小真：你寒假過得怎麼樣？

立德：很不錯。我在台灣的南部和東部旅行了一個月。

小真：你去了哪些地方？

立德：我去了墾丁和花蓮。我在墾丁待了兩個禮拜，每天都去衝浪。

小真：你不覺得冬天衝浪太冷了嗎？

立德：南部的天氣很暖和，沒下雨，每天都是晴天。你去過墾丁嗎？

小真：小時候去過，現在已經不太記得了。

303

立德：墾丁和花蓮的風景不一樣，可是都很漂亮。

小真：你是一個人去的嗎？

立德：不是，我是跟一個日本同學一起去的。

小真：你們是怎麼去的？

立德：我們先坐火車，再轉公車到墾丁。

小真：你們一定拍了很多照片吧！

立德：是啊！改天照片洗好了再給你看。從墾丁到花蓮的海岸美極了！

小真：台灣是一個島，四邊都是海，可是東邊跟西邊的海岸景色完全不同。

立德：我真的很高興能夠利用這次的寒假到處去旅行。

小真：下次我帶你去中部爬山吧！

立德：好極了！

問題 Fragen

1.立德寒假去了哪裡？

2.南部的冬天天氣怎麼樣？

3.立德怎麼去墾丁？

4.立德下次打算去哪裡？

Teil C、一張明信片 Eine Ansichtskarte

情境介紹：李明去北京出差，順道去了一些有名的地方，他寫了一封明信片給同事小紅。

Situation: Auf einer Dienstreise nach Peking hat Li Ming die Gelegenheit genutzt, einige berühmte Sehenswürdigkeiten zu besuchen. Er schreibt eine Ansichtskarte an seine Kollegin Xiaohong.

親愛的小紅：

　　我現在在青島，上個星期我到北京出差，處理完了公事以後，我去參觀了天壇和紫禁城。我聽說青島是一個很有意思的城市，所以我就順道來了。我是從北京坐火車來的，路上可以看到很多不同的景色。我在這兒碰到了一個德國朋友，我們兩個人坐在海邊聊天，欣賞海邊的景色和各種不同的船，我從來沒看過那麼多人在海邊散步。青島非常熱鬧，有很多好吃的海鮮和小吃，也有好喝的啤酒，我想在這兒多待幾天。我本來還想去天津看看，可是現在不想去了。

　　很高興我可以利用這次出差的機會，一邊工作，一邊旅行，真是太值得了。可惜我的假期不長，下個禮拜有一個重要的客戶要看樣品，我必須趕回公司。我們到時候再聊吧！

祝你　平安、愉快！

李明
二〇一三年八月三十號

問題 Fragen

1.李明辦完公事後去了哪裡？

2.李明是怎麼從北京到青島的？

3.李明覺得青島怎麼樣？

4.李明為什麼喜歡這次的出差?

二、生詞 Wortschatz

(一) 課文生詞 Wortschatz Lektionstexte

	漢字 Zeichen	拼音 Umschrift	解釋 Erklärung
1	保險	bǎoxiǎn	(N) Versicherung
2	本來	běnlái	(Adv) ursprünglich, eigentlich
3	必須	bìxū	(Aux) müssen, notwendig sein
4	不同	bùtóng	(SV) verschieden, andersartig
5	參觀	cānguān	(TV, 1) besichtigen
6	船	chuán	(N) Schiff, Boot
7	出差	chūchāi	(IV) auf Dienstreise gehen, dienstlich unterwegs sein
8	出發	chūfā	(IV) aufbrechen
9	從來	cónglái	(Adv) seit jeher, schon immer
10	待	dāi	(TV, 1) bleiben, verweilen
11	島	dǎo	(B) Insel
12	到處	dàochù	(N) überall
13	訂	dìng	(TV, 1) vereinbaren, festlegen; abonnieren
14	訂位	dìngwèi	(N) Platzreservierung
15	東部	dōngbù	(N) Osten, östliche Region
16	冬天	dōngtiān	(N) Winter
17	飛	fēi	(IV) fliegen
18	風	fēng	(N) Wind
19	風景	fēngjǐng	(N) Landschaft, Prospekt
20	附送	fùsòng	(N) kostenlose Beigabe, Werbegeschenk
21	改天	gǎitiān	(N) ein andermal, später, irgendwann
22	趕	gǎn	(TV, 1) einholen, rechtzeitig erreichen
23	趕回	gǎnhuí	(TV, 1) sich beeilen zurückzukommen
24	乾淨	gānjìng	(SV) sauber, reinlich
25	高興	gāoxìng	(SV) erfreut, glücklich
26	各種	gèzhǒng	(N) alle Arten von
27	公事	gōngshì	(N) Dienstsache, berufliche Angelegenheit

28	夠	gòu	(Adv) genug, genügend
29	海岸	hǎi'àn	(N) Meeresküste
30	海鮮	hǎixiān	(N) Meeresfrüchte, Seafood
31	寒假	hánjià	(N) Winterferien
32	花蓮	Huālián	(N) Hualian [in Taiwan]
33	回程	huíchéng	(N) Rückreise, Rückweg
34	回來	huílái	(IV) zurückkehren, zurückkommen
35	極	jí	(Adv) extrem, äußerst
36	假期	jiàqí	(N) Ferienzeit
37	記得	jìdé	(TV, 1) sich erinnern an
38	機會	jīhuì	(N) Gelegenheit, Möglichkeit
39	景色	jǐngsè	(N) Landschaft, Natursehenswürdigkeit
40	機票	jīpiào	(N) Flugticket
41	九龍	Jiǔlóng	(N) Kowloon (in Hongkong)
42	開學	kāi xué	(VO) Semesterbeginn
43	墾丁	Kěndīng	(N) Kending
44	來回票	láihuípiào	(N) Round-trip Ticket; Hin- und Rückflugkarte
45	利用	lìyòng	(TV, 1) benutzen, verwenden
46	旅行社	lǚxíngshè	(N) Reisebüro
47	美	měi	(SV) schön
48	明信片	míngxìnpiàn	(N) Ansichtskarte
49	南部	nánbù	(N) Süden, südliche Region
50	能夠	nénggòu	(Aux) können
51	暖和	nuǎnhuo	(SV) angenehm warm
52	拍照片	pāi zhàopiàn	(VO) Photos machen
53	碰到	pèngdào	(TV, 1) treffen auf, zufällig treffen, sehen
54	漂亮	piàoliàng	(SV) hübsch, gefällig
55	平安	píng'ān	(N) Frieden, Ruhe; (SV) glatt, ohne Störung, wohlbehalten
56	起飛	qǐfēi	(IV) starten, abheben

57	青島	Qīngdǎo	(N) Qingdao
58	晴天	qíngtiān	(N) heiterer Tag, schönes Wetter
59	熱鬧	rènào	(SV) geschäftig, chaotisch, voller Rummel, in Hochbetrieb
60	散步	sàn bù	(VO) spazieren gehen
61	市區	shìqū	(N) Stadt, City
62	雙人房	shuāngrénfáng	(N) Doppelzimmer
63	順道	shùndào	(N) auf dem Weg liegen
64	送	sòng	(TV, 1) geleiten, bringen; schenken
65	台灣	Táiwān	(N) Taiwan
66	天壇	Tiāntán	(N) Himmelstempel (in Peking)
67	完全	wánquán	(Adv) vollständig
68	洗	xǐ	(TV, 1) waschen, spülen
69	洗照片	xǐ zhàopiàn	(VO) Film entwickeln und Photos abziehen
70	小吃	xiǎochī	(N) Imbiss (am Stand), Snack
71	欣賞	xīnshǎng	(TV, 1) genießen, sich an etwas als Kenner erfreuen
72	照片	zhàopiàn	(N) Photo
73	值得	zhíde	(SV) lohnenswert
74	直飛	zhífēi	(N) Direktflugverbindung
75	中部	zhōngbù	(N) Mitte, mittlere Region
76	重要	zhòngyào	(SV) wichtig, wesentlich
77	轉機	zhuǎnjī	(IV) umsteigen (Flugzeug); (N) Transit
78	紫禁城	Zǐjìnchéng	(N) Verbotene Stadt (in Peking)

(二) 一般練習生詞　Wortschatz Übungen

	漢字 Zeichen	拼音 Umschrift	解釋 Erklärung
1	大陸	dàlù	(N) Festland [im Ggs. zu Insel]; Volksrepublik China [im Ggs. zu Taiwan]
2	大聲	dàshēng	(SV) laut [Gespräch, Stimme]
3	改	gǎi	(TV, 1) korrigieren, verbessern, verändern

4	胖	pàng	(SV) dick, beleibt, vollschlank
5	瘦	shòu	(SV) mager, dünn, schlank
6	暑假	shǔjià	(N) Sommerferien
7	小莉	Xiǎolì	(N) Xiaoli
8	夜市	yèshì	(N) Nachtmarkt
9	坐船	zuò chuán	(VO) das Schiff nehmen, mit dem Schiff fahren

三、語法練習 Übungen zur Grammatik

I 能願動詞「能」的用法 Das Hilfsverb néng

能願動詞「能」經常放在動詞或動詞性成分的前面，表示身體上的能力或「情況上許可」，多用於疑問或否定，表示肯定時常用「可以」。

Das Hilfsverb 能 néng hat neben der Bedeutung können, weil körperlich dazu in der Lage sein, auch die Funktion von erlaubt sein, möglich sein. Eine affirmative Antwort auf die mit 能 néng gestellte Frage im Sine von „darf man?" lautet meist 可以 kěyǐ „es geht, man darf das".

不能＋VP	能＋VP＋嗎	可以＋VP
他不能喝酒。	他能喝酒嗎？	他能喝酒。
公園裡不能打球。	公園裡能打球嗎？	公園裡可以／能打球。
到日本不能直飛。	到日本能直飛嗎？	到日本可以／能直飛。

試試看：以「不能＋VP」來造句 Bilden Sie Sätze mit dem negierten Hilfsverb bù néng:

例 Beispiel：大聲說話 → [公車上不能大聲說話。]

1. 吃飯／五碗飯 → [   ]

2. 買酒／十六歲(suì Jahre) → [   ]

3. 刷卡／飛機票 → [   ]

4. 買來回票／去香港 → [   ]

5. 講價／夜市 → [   ]

II　「雖然…，可是…」的用法　Die syntaktische Klammer suīrán … kěshì

　　連接詞「雖然」表示說話者同意前句為事實，可是後句才是說話者真正的看法。當「雖然」出現在前一個句子時，可放在主語前或主語後，後一個句子常用「可是、但是、仍然」等連接詞來相互呼應。句型如下：

　　Die Konjunktion 雖然 suīrán bildet zusammen mit den Adverbien 可是、但是、仍然 kěshì, dànshì und réngrán syntaktische Klammern zur Bildung konzessiver Phrasen „obwohl / wenn auch …, dennoch / aber / nach wie vor …".

雖然…，可是…
這間房間雖然不大，可是很乾淨。 飯店雖然離市區很遠，可是交通很方便。

　　試試看：用「可是…」來完成句子 Vervollständigen Sie die Sätze mit kěshì:

例 Beispiel：雖然暑假很長，[可是小真只有七天的假期。]

1. 雖然馬克打工很累，[　　　　　　　　　　　　　　　]
2. 雖然這裡有很多家中國飯館，[　　　　　　　　　　　]
3. 雖然慕尼黑的冬天很冷，[　　　　　　　　　　　　　]
4. 雖然這幾天天氣很暖和，[　　　　　　　　　　　　　]
5. 雖然直飛北京的機票比較便宜，[　　　　　　　　　　]

III　「是…的」的用法　Der Verbalaspekt mit shì … de

　　「是…的」用來強調過去事件的各種訊息，如時間、地點、方式等，在「是」後面接要強調的成分。句型如下：

　　Mit 是 shì Vb 的 de wird der verbale Aspekt zur besonderen Betonung von Zeitpunkt oder Umstand einer abgeschlossenen Handlung gebildet, wobei shì ausfallen kann:

是＋表示動作方式的詞組＋VP＋的		
張先生是	坐飛機	來 的
他是	一個人	去 的
我們是	上星期	來 的

試試看：請用括號裡的詞回答問題。**Beantworten Sie die Fragen unter Verwendung der Begriffe in der Klammer:**

例 Beispiel：A：老師是怎麼來的？（開車）B：老師是開車來的。

1. 張玲 是怎麼去開會的？（坐車）

2. 中平 是什麼時候來上班的？（上午十點半）

3. 立德 是跟誰一起去台灣的？（李明）

4. 你 這件衣服是在哪裡買的？（夜市）

5. 這張機票 是誰買的？（林小姐）

Ⅳ 「從來不／沒」的用法 Das Adverb cónglái

副詞「從來」表示從過去到現在都是如此，常用於否定句。「從來不」與說話者意志有關，表示從過去、現在到將來都是如此；如果用「從來沒」時，則與過去到現在的經驗有關，後面接的動詞可以帶「過」。句型如下：

從來 als Adverbium bedeutet seit jeher, schon immer. Mit der Negation 不 vor dem Verb bedeutet es seit jeher nicht, seit jeher kein … Mit der Negation 沒 vor dem Verb entsteht der Sinn noch niemals … In diesem Fall steht das Verb meist im Aspekt der besonderen Erfahrung in der Vergangenheit, ausgedrückt durch affigiertes 過 -guò:

從來＋不＋VP	從來＋沒＋V＋過
從來不看 從來不買	從來沒看過 從來沒買過

試試看：以「從來不、從來沒~過」來改寫句子
Bilden Sie korrekte Sätze aus den vorgegebenen Formen:

例 Beispiel：打工 → [立德從來不打工。/立德從來沒打過工。]

1. 打棒球 → [   ]

2. 吃四川菜 → [   ]

3. 喝啤酒 → [   ]

4. 去東京出差 → [   ]

5. 坐船 → [   ]

Ⅴ 「本來…，現在…」的用法 běnlái und xiànzài als Adverbia

副詞「本來」是表示原先、先前之意，可以放在主語的前面，當和「現在」搭配時，可以更清楚說明一件事情的前後變化或差異。句型如下：

本來 běnlái als Adverb steht im Sinne von ursprünglich, eigentlich. Es korrespondiert mit dem Nomen 現在 xiànzài in adverbialem Gebrauch vor einer zweiten Verbalphrase jetzt aber …, um einen geänderten Umstand, eine neue Situation auszudrücken. Oft schließt die Phrase mit einem 了 le zur Betonung dieser neuen Situation.

本來…，現在…
他本來很胖，現在瘦了。 我本來很想去天津，可是現在不想去了。

試試看：用「本來…，現在…」來造句 **Bilden Sie korrekte Sätze aus den vorgegebenen Formen unter Verwendung von běnlái und xiànzài:**

例 Beispiel：喝酸辣湯 →

[李明本來很想喝酸辣湯，可是現在不想了。]

1. 坐地鐵 → [   ]

2. 去餐廳打工 → [   ]

3. 到北京出差 → [   ]

4. 參觀天壇 → [   ]

5. 在香港轉機 → [   ]

Ⅵ 「一邊…，一邊…」的用法 Die Syntaktische Klammer yìbiān … yìbiān

副詞「一邊」放在動詞前，連續使用兩次時表示兩個動作同時進行。句型如下：

Das gedoppelte Adverb 一邊 vor einem Verbpaar drückt die Gleichzeitigkeit zweier Handlungen aus: auf der einen Seite …, auf der anderen Seite aber auch …

Bei der Übersetzung ins Deutsche ist ein bloßes „und" völlig ausreichend.

一邊＋VP，一邊＋VP
一邊工作，一邊旅行 一邊打電腦，一邊聽電話

試試看：以「一邊…，一邊…」來回答

Beantworten Sie die Fragen unter Verwendung von yìbiān … yìbiān:

例 Beispiel：喝咖啡、看風景 → [小真一邊喝咖啡，一邊看風景。]

1. 旅行、拍照 → [   ]

2. 喝茶、看報紙 → [   ]

3. 做飯、聽音樂 → [   ]

4. 開會、聊天 → [   ]

5. 工作、上網 → [   ]

四、漢字說明 Schriftzeichenerklärungen

能 néng als Hilfsverb bedeutet: *können* mit der Konnotation: *weil man zu etwas körperlich in der Lage ist*. Der Graph hat die Struktur ⬚⬚ und zeigt insgesamt drei verschiedene Klassenzeichen: Oben links # 28 厶 sī *eigennützig, privat*, darunter # 130 肉 ròu *Fleisch*, in seiner linksgebundenen, dem Klassenzeichen # 74 月 yuè Mond, ähnelnden Form, und auf der rechten Seite zweimal # 21 匕 bǐ *Löffel*. Eingeordnet ist 能 néng unter # 130, aber es hätte wenig Sinn, die drei unterschiedlichen Zeichenkomponenten interpretieren zu wollen, denn 能 gehört zur Kategorie 假借字 jiǎjièzì, der phonematisch entlehnten Zeichen, seine

Grundbedeutung ist völlig anders. Die Siegelschrift zeigt das Piktogramm 𦝠 𤘩 eines Tieres mit aufgerissenem Maul: eines Bären. Deutlich identifizierbar auf der rechten Seite die vier Beine, im Zeichen zu gedoppeltem 匕 bǐ geworden. Die Graphen für viele andere Tiere sind ebenfalls Piktogramme, aber als eigenständige Klassenzeichen erhalten geblieben, wie:

牛 牛　# 93　niú　　*Büffel*

馬 馬　# 187　mǎ　　*Pferd*

鼠 鼠　# 208　shǔ　　*Ratte*

龍　#212　lóng　*Drachen*

黽　#205　mǐn　*Kröte*

龜　#213　guī　*Schildkröte*

魚　#195　yú　*Fisch*

鳥　#196　niǎo　*Vogel*

Andere sind, wie der Bär 能, keine Klassenzeichen geblieben, sondern unter häufig vorkommende Klassenzeichen subsummiert worden, wobei die konkrete Bedeutung dieses Klassenzeichens oft mit dem gemeinten Tier zu tun hat:

燕　yàn　*Schwalbe*　→ #86　灬　huǒ　*Feuer*

兕　sì　*Nashorn*　→ #10　儿　rén　*Mensch gehend*

象　xiàng　*Elephant*　→ #152　豕　shǐ　*Schwein*

Da durch die Entlehnung von 能 in der Bedeutung *Bär* für *können* ein Homograph entstanden ist, sind zur Differenzierung bereits auf Orakelknocheninschriften vier „Beine" hinzugefügt worden, wenn der Graph in der Bedeutung *Bär* zu verstehen ist. Schon die Siegelschrift stilisiert diese durch das Graphem für *Feuer*, in der modernen Schrift repräsentiert durch die subskribierte gebundene Form für #86, das 灬 四點火 sìdiǎnhuǒ *vier-Punkte-Feuer*:

熊　xióng　Bär [ursidae]

五、聽力練習 Hörverständnisübungen

試試看：Ⅰ.請聽一段對話，試試看你聽到什麼？Hören Sie zunächst den Dialog an.

Ⅱ.請再聽一次對話。這次對話將分成三段播放，請根據每段話內容，選出正確的答案 Nun hören Sie den Dialog noch einmal an und markieren Sie die richtigen Antworten:

第一段 Absatz 1

1.小莉想去哪裡旅行？

  a)臺灣

  b)德國

  c)大陸

2.這次旅行一共要去幾天？

  a)八天

  b)九天

  c)十天

第二段 Absatz 2

3. 這次的旅行不去哪一個城市？

  a)漢堡

  b)海德堡

  c)慕尼黑

4.為什麼去德國的機票比較貴？

  a) 飛機不是直飛的

  b) 現在去德國的人比較少

  c) 現在去德國的人比較多

第三段 Absatz 3

5.他們什麼時候去德國？

  a)十月三號

  b)十月五號

  c)十月十二號

6.小莉跟幾個朋友一起去旅行？

  a)一個

  b)兩個

  c)三個

六、綜合練習 Zusammenfassende Übungen

綜合練習生詞 Wortschatz zusammenfassende Übungen

	漢字 Zeichen	拼音 Umschrift	解釋 Erklärung
1	龍	lóng	(N) Drachen

I 兩人一組：A 請根據下圖，以「能」或「可以」問 B 問題。

In Zweiergruppen: A stellt B anhand des folgenden Wochenplans Fragen mit néng oder kěyǐ:

例 A：星期一10點你能打球嗎？

	星期一	星期二	星期三	星期四	星期五
09:00	上課			運動	衝浪
10:00			上課		
11:00		打工			打工
12:00					

B 以「不能」或「可以」回答。

B antwortet anhand des folgenden Wochenplans mit bù néng oder kěyǐ:

例 B: 星期一10點我不能打球，我要上課。

	星期一	星期二	星期三	星期四	星期五
09:00		上課			衝浪
10:00	上課			打工	
11:00			運動		
12:00		打工			上課

II 請根據下圖以「本來…現在」說說發生的情況。

Beschreiben Sie geänderte Umstände / neue Situationen anhand der Zeichnungen mit běnlái … xiànzài:

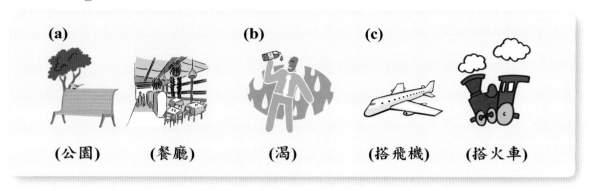

(a)   (b)   (c)

(公園)   (餐廳)   (渴)   (搭飛機)   (搭火車)

III (a) 兩個同學一組，請A表現動作，B使用「一邊…一邊」說出A的動作。

     In Zweiergruppen: einer imitiert eine beliebige Handlung, der andere beschreibt sie mit yìbiān … yìbiān:

(b) 請根據圖片，使用「一邊…一邊」，說說看他（們）在做什麼？

     Beschreiben Sie die gezeichneten Handlungen mit yìbiān … yìbiān:

(1)   (2)   (3)

(4)   (5)

317

IV 你出去玩的時候，買了一張明信片。請參考下列的詞彙，寫給你的好朋友。

Sie haben auf Ihrer Reise eine Ansichtskarte gekauft. Schreiben Sie einem guten Freund/einer guten Freundin unter Verwendung folgender Vokabeln:

| 待 | 覺得 | 風景 | 喜歡 | 照片 | 旅館 | 坐火車／飛機 | 是…的 |

V 真實語料 Sprachliche Realien

墾丁國家公園 Nationalpark Kěndīng

北京 Beijing

1. 請上網看看這兩個地方的照片，你覺得你比較想去哪一個地方，為什麼？請告訴你的同學。

   Schauen Sie sich die Webseiten an und entscheiden Sie, wo Sie lieber hinfahren würden. Warum? Erklären Sie es Ihren Kommilitonen.

2. 請打電話給旅行社，問問去這個地方坐飛機要多久，需要多少錢。

   Rufen Sie ein Reisebüro an und erkundigen Sie sich, wie lange es mit dem Flugzeug zu Ihrem Reiseziel dauert und was es kostet.

七、從文化出發 Interkulturelle Anmerkungen

Reisephilosophien

Das Reisen in einer Reisegruppe, abgekürzt mit 跟團 gēn tuán, (was so viel heißt wie „der Reisengruppe folgen") ist sowohl in Taiwan als auch auf dem Festland sehr beliebt. Diese Art zu reisen ist deswegen so gefragt, weil eine eigene Planung der Reiseroute nicht nötig ist und weil auch Sprachprobleme während der Reise gar nicht erst auftreten können. Außerdem kann man auf diese Art und Weise ja auch neue Freunde kennenlernen. In Taiwan gibt es noch eine Reihe besonderer Gruppenreisen, so zum Beispiel die Pilgerfahrten. In diesem Fall bilden Anhänger eines bestimmten Tempels Gruppen und fahren dann zu einem anderen Tempel, um die dortigen Götter zu verehren und sich so rituell und religiös auszutauschen.

Was vielen Deutschen sofort auffällt ist, dass Touristen aus Taiwan und vom Festland, wohin sie auch immer reisen mögen, andauernd fotografieren. Sie halten nicht an, um die Schönheit der Natur irgendwo zu bewundern oder die Beschreibungen ausgestellter Kunstgegenstände auch nur kurz zu lesen. Stattdessen lichten sie sich vor jedem erkenntlichen Objekt allein oder in Gruppen ab. Warum? Es ist nicht so einfach für die Leute aus Taiwan und dem Festland, ins Ausland zu reisen. Das liegt einerseits daran, dass sie jedes Jahr nur über etwa eine Woche Urlaubszeit verfügen, und andererseits daran, dass die Reisekosten für sie ziemlich hoch sind. Folglich wollen sie in ihrem sehr kurzen Urlaub möglichst viele sehenswerte Orte bereisen und möglichst viele Erinnerungsfotos schießen. Weil die immer knapp bemessene Zeit auch dazu führt, dass sie körperlich völlig erschöpft sind, entstehen unvermeidlich etwas skurrile Verhaltensweisen, etwa dass sie in dem Moment sofort einschlafen, in dem sie in den Reisebus eingestiegen sind, oder dass sie gleich auf die Toilette rennen, wenn ihr Reisebus einmal kurz hält, und auch, dass sie sofort den Fotoapparat zur Hand nehmen, wenn sie aus dem Reisebus ausgestiegen sind. Nicht zuletzt können sie oft gar nichts von ihrer Reise erzählen, wenn man sie nachher danach fragt.

Jüngere Leute andererseits machen so genannte 窮遊 qióngyóu (so auf dem Festland) oder 貧窮旅行 pínqióng lǚxíng (so auf Taiwan), also „Arme-Leute-Reisen", die so heißen, weil junge Leute in der Tat mit und für sehr wenig Geld reisen. Der chinesische Spruch 讀萬卷書，行萬里路 Dú wàn juàn shū, xíng wàn lǐ lù „Lies zehntausend Bücher und reise zehntausend Kilometer" bringt einen traditionell chinesischen Gedanken zum Ausdruck: die Menschen sollen ermutigt werden, hinaus in die Natur zu gehen, die Welt zu erkunden und unterschiedlichste Kulturen zu erleben. Was auch immer der Zweck einer Reise für den einzelnen sein mag, eines ist ganz klar, nämlich, dass sich so eine Reise aus einer aktiven und unternehmungslustigen Lebenseinstellung speist.

319

旅遊哲學

　　跟旅行團旅行，簡稱「跟團」，在台灣與大陸相當普遍，以這樣的方式遊覽，不必自行規畫行程，還能避免語言問題，同時結識「驢友」，因此很受歡迎。在台灣，也有一些特別的團體旅遊方式，如「進香團」，通常是聚集一廟信徒，一同前往到另一間廟宇去朝貢拜拜，進行宗教交流。

　　或許很多德國人不理解，為什麼大陸、台灣觀光客，不管去哪總是四處拍照，很少停下腳步，仔細感受大自然的美景，或者研究文物展品的相關知識？其實，對大陸或是台灣人而言，出國一趟實不容易。每年年假只有一周，旅費又不便宜，因此，總希望在有限時間內多看景點，多攝影留念。於是，在體力與時間拉扯之下，難免產生「上車睡覺，停車撒尿，下車拍照，回去一問什麼都不知道」的有趣現象。

　　然而，現今大陸與台灣年輕人的旅遊方式，主要還是以自助遊，深度遊為主，大陸稱為「窮遊」，台灣稱為「貧窮旅行」——即花小錢旅行。不過，俗話說得好，「讀萬卷書，行萬里路。」在中國傳統思維裡，本就鼓勵人們勇於出門，探索世界，體驗不同文化，且不論目的和理念為何，旅行本身已展現一種積極的生活態度。

第十五課
搬家
Umzug

本課重點 Lernziele

【1】搬家、去郵局寄包裹、去銀行換錢
  Umziehen; zur Post Pakete aufgeben; zur Bank Geld wechseln

【2】「把」、「被」的用法
  bǎ-Sätze und bèi-Sätze

【3】能願動詞「會」的用法
  Hilfsverb huì

【4】「才」的用法
  Das Adverb cái

一、課文 Lektionstexte

Teil A、搬家 Umzug

情境介紹：學期結束了，中平要搬家，他打電話請馬克幫她忙。

Situation: Das Semester ist vorbei und Zhongping muss umziehen. Er ruft Mark an, um ihn um Hilfe zu bitten.

中平：喂，是馬克嗎？我這個週末要搬家，你可以來幫我忙嗎？

馬克：好啊！你大概幾點要搬呢？

中平：我已經跟朋友借了一輛車了，你早上十點左右過來就可以了。

（到了週末早上十點）(zehn Uhr morgens am Wochenende)

馬克：早！中平，你的東西還真不少哇！

中平：嗨！早，謝謝你過來。請你先幫我把這張桌子和椅子搬到外面去。

馬克：沒問題！桌子上的電腦你要放在哪裡？

中平：你先把它放在床上吧！

馬克：你要不要先把床上的東西拿走？要不然沒有地方放電腦。

中平：好，我把這些箱子拿到車上去。

（一個小時以後）(eine Stunde später)

馬克：差不多都搬好了，你再看看還有什麼東西忘了拿？

中平：喔！對了，我的自行車還停在宿舍後面呢！

馬克：我們把自行車搬上車去就可以出發了。

中平：今天辛苦你了！謝謝你！

馬克：應該的，好朋友不必那麼客氣！

中平：我們把東西搬好以後，先把車開回去還給我朋友，然後我請你吃晚飯。

馬克：好，我們走吧！

1.中平為什麼打電話給馬克？

2.馬克搬了哪些東西？

3.搬家後，兩人要做什麼？

Teil B、去郵局寄包裹 Zur Post Pakete aufgeben

情境介紹：立德想寄一些東西回德國，他到了郵局…

Situation: Lide will ein paar Sachen nach Deutschland schicken, auf der Post dann …

立　　德：你好！我想把這個包裹寄到德國去。

郵局職員：你的包裹裡有什麼東西？

立　　德：有書、茶葉和月餅。

郵局職員：書和茶葉沒有問題，但是月餅很容易壞，你的月餅有肉嗎？

立　　德：有。

郵局職員：每個國家的規定不一樣，按照德國的規定，肉品是不能寄的。如果被德國海關發現的話，你的包裹可能會被退回。

立　　德：月餅，我回家以後上網查一查再決定怎麼做吧！今天我先把這些書和茶葉寄出去。

郵局職員：你的包裝不合規定，請你去二號窗口買一個箱子，然後把這張單子填好，收件人的姓名和地址要寫清楚。

（過了十分鐘）(zehn Minuten später)

立　　德：我把箱子包裝好了，單子也填好了。

郵局職員：寄件人的姓名還沒填。

立　　德：喔！我這就寫上去。

郵局職員：你要寄快遞嗎？

立　　德：不用，我想寄一般航空郵件就可以了。

郵局職員：一共是四百六十塊錢。

立　　德：請問大概幾天會到德國？

郵局職員：差不多一個禮拜就到了。

問題 Fragen

1.立德的包裹裡有什麼東西？

2.為什麼不能寄月餅到德國去？

3.要怎麼寄包裹？

4.寄包裹到德國大概要多久？

Teil C、到銀行換錢 Zur Bank Geld wechseln

情境介紹：李明的人民幣用完了，他到銀行換錢。

Situation: Li Mings chinesisches Geld ist aufgebraucht, sie geht zur Bank, um Geld zu wechseln.

銀行職員：您好！請問您要辦什麼事情？

李　　明：我想換錢。

銀行職員：匯兌部門在二樓，請往右轉走樓梯到二樓3號櫃台。

李　　明：謝謝！

（李明到了二樓3號櫃台前面）(vor Schalter Nr. 3 im ersten Stock)

銀行職員：你好！請問你換現金，還是旅行支票？

李　　明：我想把歐元現金換成人民幣。請問今天的匯率怎麼樣？

銀行職員：今天早上歐元對人民幣的現金匯率是1比9.05，沒有以前那麼高了。

李　　明：一歐元才換九塊人民幣，真可惜！

銀行職員：請把這張表格填好以後給我。你要換多少歐元？

李　　明：一千兩百歐元。要不要付手續費？

銀行職員：不用。

（李明填好了表格，交給了櫃台行員）(Formular ist ausgefüllt und abgegeben)

銀行職員：請給我你的護照和現金。

李　　明：好！

銀行職員：你拿這張單子到樓下2號櫃台領錢，換成人民幣一共是一萬零八百七十二塊錢。

李　　明：謝謝你！再見！

銀行職員：再見！

問題 Fragen

1.李明要到銀行哪裡換錢？

2.李明換錢時歐元對人民幣的匯率是多少？

3.李明填表後，還需要怎麼做？

二、生詞 Wortschatz

(一) 課文生詞 Wortschatz Lektionstexte

	漢字 Zeichen	拼音 Umschrift	解釋 Erklärung
1	按	àn	(TV, 1) niederdrücken, pressen auf
2	按照	ànzhào	(CV) gemäß, nach, auf der Grundlage von
3	把	bǎ	(CV) nehmen; (Met.) für Dinge mit Griff oder Henkel
4	搬	bān	(TV, 1) bewegen, schleppen (schwere Objekte)
5	搬家	bān jiā	(VO) umziehen
6	辦事情	bàn shìqíng	(VO) erledigen, besorgen, zu tun haben
7	包	bāo	(TV, 1) einpacken, einwickeln
8	包裹	bāoguǒ	(N) Päckchen, Paket
9	包裝	bāozhuāng	(N) Verpackung; (TV, 1) einpacken, verpacken
10	被	bèi	(B, N) Bettdecke, Steppdecke; (CV) Zeichen des Passivs
11	表格	biǎogé	(N) Formular, Formblatt
12	不必	búbì	(Adv) nicht notwendigerweise, nicht unbedingt
13	部門	bùmén	(N) Dezernat, Behörde, Amt
14	不用	búyòng	(Aux) nicht nötig sein
15	查	chá	(TV, 1) überprüfen, checken
16	茶葉	cháyè	(N) Tee [als Ware]
17	成	chéng	(TV, 1) werden zu
18	窗口	chuāngkǒu	(N) Schalter; Schalterfenster
19	但是	dànshì	(Adv) aber, jedoch
20	單子	dānzi	(N) Karte, Zettel, Schein
21	地址	dìzhǐ	(N) Adresse
22	兌換	duìhuàn	(TV, 1) Geld wechseln, (N) Geldumtausch, Exchange
23	發現	fāxiàn	(TV, 1) entdecken, herausfinden

24	規定	guīdìng	(N) Bestimmung, Vorschrift
25	櫃台	guìtái	(N) Schalter, Servicebereich
26	國家	guójiā	(N) Staat, Nation
27	過來	guòlái	(TV, 1; IV) herkommen
28	海關	hǎiguān	(N) Zollamt, Zoll
29	航空	hángkōng	(N) Luftpost
30	航空郵件	hángkōng yóujiàn	(N) Luftpostsache
31	行員	hángyuán	(N) Bankangestellte/r
32	合	hé	(TV, 1) übereinstimmen mit
33	換錢	huàn qián	(VO) Geld wechseln
34	換成	huànchéng	(TV, 1) einwechseln in, zu
35	匯兌部門 (外匯兌換處)	huìduìbùmén (wàihuìduìhuànchù)	(N) Devisenabteilung; Foreign exchange office
36	匯率	huìlǜ	(N) Umrechnungskurs, Exchange rate
37	護照	hùzhào	(N) Reisepass
38	寄	jì	(TV, 1) schicken (postalisch)
39	寄件人	jìjiànrén	(N) Absender
40	交給	jiāogěi	(TV, 1) übergeben, aushändigen
41	決定	juédìng	(TV, 1) bestimmen, beschließen; (N) Beschluss
42	開回去	kāihuíqù	(VK) mit dem Auto zurückfahren
43	快遞	kuàidì	(N) Expresszustellung
44	領錢	lǐng qián	(VO) Geld erhalten/abheben, Lohn bekommen
45	樓梯	lóutī	(N) Treppe [im Haus], Stiege
46	拿走	názǒu	(VK) wegnehmen, mitnehmen
47	歐元	Ōuyuán	(N) Euro
48	清楚	qīngchǔ	(SV) klar, deutlich lesbar
49	人民	rénmín	(N) Volk
50	人民幣	Rénmínbì	(N) Volksgeld, Chinesischer Yuan
51	肉品	ròupǐn	(N) Fleischerzeugnisse, Wurstwaren

52	上去	shàngqù	(IV) hinaufgehen
53	事情	shìqíng	(N) Sache, Angelegenheit
54	收件人	shōujiànrén	(N) Empfänger
55	手續費	shǒuxùfèi	(N) Bearbeitungsgebühr
56	宿舍	sùshè	(N) Wohnheim, Studentenwohnheim
57	它	tā	(Pron) es
58	停	tíng	(TV, 1) zum Stehen bringen, anhalten, parken
59	退回	tuìhuí	(TV, 1) zurückschicken, remittieren
60	忘	wàng	(TV, 1) vergessen
61	箱子	xiāngzi	(N) Kiste, Kasten, Koffer
62	一般	yìbān	(SV) gewöhnlich, allgemein, Standard~
63	郵件	yóujiàn	(N) Postsache
64	郵局	yóujú	(N) Postamt
65	月餅	yuèbǐng	(N) Mondkuchen
66	支票	zhīpiào	(N) Scheck
67	職員	zhíyuán	(N) Angestellte(r), Mitarbeiter(in)
68	左右	zuǒyòu	(Adv) ungefähr

(二) 一般練習生詞　Wortschatz Übungen

	漢字 Zeichen	拼音 Umschrift	解釋 Erklärung
1	大明	Dàmíng	(N) Daming

三、語法練習 Übungen zur Grammatik

Ⅰ 「把」的用法 Der bǎ-Satz

　　介詞「把」常跟名詞組合，放在動詞前，表示「處置、支配」之意。「把」後面的名詞大多是後面及物動詞的賓語，原來是「S＋V＋O」，加入「把」後變成「S＋把＋O＋V＋…」，否定式是在「把」前面加上否定詞「不、沒、別、不要」。句型如下：

Das Morphem 把 bǎ hat als verbale Grundbedeutung etwas am Griff in die Hand nehmen. Als Meteralium fungiert es für Objekte mit Griff oder Henkel: Regenschirme, Bratpfannen, aber auch Stühle. Als Coverb bildet es den so genannten Objektveränderungssatz mit der Grundkonstruktion:

S＋把＋O＋V＋…: Dieser Satztyp wird verwendet, wenn ein semantisch bestimmtes Objekt im Raum bewegt oder qualitativ verändert wird. Für diesen Satztyp gelten zwei Bedingungen:

1. Das Objekt darf nicht unbestimmt sein (irgendwelche Sachen, jemand, dies und das).

2. Die Verbalphrase darf nicht einfach sein, d.h. das Verb braucht eine Ergänzung (Aspektmarker, Komplement, Objekt) oder wird einfach redupliziert.

Beachten Sie den Unterschied:

他吃藥了。Er hat ein Medikament, irgendwelche Medizin genommen, steht unter Medikamenteneinfluss, hat was genommen.

他把藥吃了。Er hat sein Medikament [ihm verschrieben, seine regelmäßigen Pillen etc.] genommen.

你把電腦放在床上。Stell den [bestimmten, nur einen, den, um den es geht] Computer auf den Tisch!

電腦可以放在桌上。Computer [irgendwelche, im Prinzip, mehrere] kann man auf den Tisch stellen.

Die Verneinung des bǎ-Satzes erfolgt durch bù 不 oder méi(yǒu) 沒(有) vor dem Coverb.

S ＋ 把 ＋ O ＋ V ＋ …				
我	把	椅子	搬	到外面
你	把	電腦	放	在床上

試試看：用「S＋把＋O＋V＋…」V＋過」來改寫 **Bilden Sie Objektveränderungssätze, fügen Sie, falls nötig, ein –guò an das Verb an:**

例 Beispiel：他拿走床上的東西。 → [他把床上的東西拿走了。]

1. 箱子立德拿到車上去了。 → [   ]

2. 書和茶葉我寄到德國。 → [   ]

3. 單子小紅填好了。 → [   ]

4. 書請你放在書包裡。 → [   ]

5. 月餅我想帶回家。 → [   ]

II 介詞「被」的用法 Der bèi-Satz

介詞「被」用於被動句，「被」前面的名詞一定是「被」後面動詞所表示動作的接受者。如果不強調動作的施行者，「被」後面的名詞可以省略。句型如下：

被 ist als Nomen eine gebundene Form mit der Bedeutung Bettdecke, Steppbett [vgl. Schreibung]. Als grammatischer Marker dient es zur Bildung der echten Passivform, das heißt im Unterschied zum situativen Passiv einer Phrase, in der jemand etwas erleidet oder ein negativer Umstand herbeigeführt wird. Vor einem transitiven Verb transponiert es dieses ins Passiv, zusätzlich kann der Verursacher der Leideform ausgezeichnet werden. Ähnlich dem Objektveränderungssatz darf im bèi-Satz das Verbum nicht einfach sein, sondern braucht einen Zusatz.

發現 entdecken

被發現 entdeckt werden

被發現了 entdeckt worden sein

被海關發現了 vom Zoll entdeckt worden sein

Für die Übersetzung ins Deutsche gilt: Passivkonstruktion nur, wenn ein Schaden vorliegt o. ä., sonst wirkt das Passiv stilistisch zu „amtlich"

馬克拿走了啤酒。Mark hat Bier mitgenommen / weggenommen.

馬克把啤酒拿走了。Mark hat [unser] Bier [vollständig] mitgenommen.

啤酒被馬克拿走了。

Das Bier ist von Mark [dem Übeltäter] mitgenommen worden [und jetzt ist leider nichts mehr da].

330

→ Mark hat sämtliches vorhandene Bier mitgenommen.

自行車被中平騎走了。

Zhongping ist mit dem Fahrrad [das jemand anderem gehört] weggefahren [und jetzt fehlt das Fahrrad].

→ Zhongping war es, die …

N1 ＋ 被 ＋ (N2) ＋ V ＋…

肉品　被 **(德國海關)** 發現了。
自行車　被　**(中平)**　騎走了。

✏️ 試試看：改成被動句 **Bilden Sie bèi-Sätze:**

例 Beispiel：他用完了我的錢。 → [我的錢被他用完了。]

1. 馬克拿走了啤酒。 → [   ]

2. 小玲喝光了我的可樂。 → [   ]

3. 姊姊穿走了我的外套。 → [   ]

4. 小明騎走我的自行車了。 → [   ]

5. 他把我的晚飯吃了。 → [   ]

Ⅲ 「才」的用法　Das Adverb cái

副詞「才」可以表示數量少、程度低，具有「只」之意。句型如下：

才 (纔) als Adverb trägt neben der Bedeutung erst auch eine konzessive Funktion im Sinne von nur, lediglich, bloß:

…才…

一歐元才換九塊人民幣。
他才比我早到一天。

✏️ 試試看：用「才」來造句 **Bilden Sie Sätze mit cái:**

例 Beispiel：這本書 → [這本書才五塊錢人民幣，真便宜。]

1. 學中文 / 六個月 / 不太好 → [   ]

2. 出國 / 一次 / 不夠 → [   ]

3. 喝啤酒 / 一杯 / 不舒服 → [   ]

4. 寄 / 一封信 / 太忙了 → [   ]

5. 坐飛機 / 三個小時 / 真快 → [   ]

四、漢字說明 Schriftzeichenerklärungen

把 bǎ *Griff* und 被 bèi *Bettdecke*: beides sind morphophonematische Komposita mit der Struktur ⬚⬚. Grundbedeutung von 把 bǎ ist *eine Sache am Griff in die Hand nehmen*, daher die grammatische Funktion als Meteralium für Objekte mit Griff wie *Messer* 一把 刀子 yī bǎ dāozi, *Regenschirme* 一把雨傘 yī bǎ yǔsǎn, aber auch *Stühle* 一把 椅子 yī bǎ yǐzi. Als Coverb fungiert 把 bǎ im Objektveränderungssatz 把字句 bǎzìjù zur Bindung des vorgezogenen Objekts. Der Graph steht unter Klassenzeichen # 64 手 shǒu *Hand* in seiner linksgebundenen Form 提手旁 tíshǒupáng *aufrechtstehende Hand an der Seite*. Das Phonetikum ist 巴 bā. Die Siegelschrift zeigt das Piktogramm einer den Kopf hebenden Schlange semimythologischen Ursprungs, beheimatet im gebirgigen Westen,

daher auch der Name eines antiken Reiches in der Region der heutigen regierungsunmittelbaren Millionenstadt 重慶 Chóngqìng in der Provinz 四川 Sìchuān; 巴蜀 Bā-Shǔ ist eine der literarischen Bezeichnungen für Sìchuān.

被 bèi ist eingeordnet unter # 145 衣 yī *Kleidung* in der linksgebundenen Form 衤, nicht zu verwechseln mit der linksgebundenen Form von # 113 示 shì *offenbaren*, die als distinktives Merkmal einen Strich weniger hat: 礻. Diese Einordnung weist auf die Grundbedeutung von 被 bèi hin: die *gefütterte Steppdecke*, das *Oberbett*, daher der Ausdruck 被 褥 bèirù *Oberbett und Unterbett, komplettes Bettzeug*. Die freie Form ist 被子 bèizi. Phonetikum ist # 107 皮 pí *Haut*, der siegelschriftliche Graph zeigt eine Hand 彐 und ein Tier, dem das Fell abgezogen wird, daher auch die Bedeutung *Leder*.

丮 肙 肙 皮 . Das Klassenzeichen # 145 ist ein Piktogramm von Ober- und

Untergewand: 仐 亽 宀 衣 , der zusammengesetzte Graph zeigt noch deutlich

die einzelnen Bestandteile:

裒 襂 䶒 被 .

Weiterführende Literatur zur Schriftzeichenkunde:

Wieger, Léon S.J. (1856-1933) *Chinese Characters: Their Origin, Etymology, History, Classification and Signification*, 820 pp. (Translated into English by L. Davrout, S.J.) New York: Paragon Book Reprint Corp. & Dover Publications, Inc. 1965 (ursprünglich erschienenen als 2nd edition, enlarged and revised according to the 4th French edition, Xianxian (Hebei): Catholic Mission Press, 1927.) Als Reprint leicht ereichbar, immer noch ein Standardwerk zur Etymologie auf der Grundlage der Erklärungen im *Shuō wén jiě zì*.

Fazzioli, Edoardo *Caratteri Cinesi*. Milano: Arnoldo Mondadori, 1986. Übersetzt als *Gemalte Wörter. 214 chinesische Schriftzeichen – vom Bild zum Begriff. Ein Schlüssel zum Verständnis Chinas, seiner Menschen und seiner Kultur*. Reprint Wiesbaden: Fourier 2003, 251 pp. Kein Werk mit wissenschaftlichem Anspruch, sondern eher esoterisch, aber anschaulich gemacht. Viele Erklärungen sind traditionelle Eselsbrücken zum Memorieren der Zeichen; es werden nur die 214 Klassenzeichen erklärt.

Neuere chinesischsprachige Literatur zum Thema:

Tang, Han 唐汉: *Hanzi Mima* 汉子密码 *Geheimcode der chinesischen Zeichen*. Xi'an (Shaanxi): Shaanxi Shifan Daxue Chubanshe, 2009, 827 pp. Anschauliches, reich bebildertes Nachschlagewerk für chinesische Studenten, erklärt ca. 1000 häufig vorkommende Graphen.

Yan, Zhaozhi 颜照之: Zizhong zi. Tan gu shuo jin jué Hanzi. 字中字。谈古说今嘅汉子。 *Zeichen in Zeichen. Alte und neue Aspekte zur gründlichem Erklärung der chinesischen Zeichen*. Shanghai: Shanghai Wenhua Chubanshe 2009, 1423 pp. Informatives Nachschlagewerk für die „chinesische Allgemeinbildung", bringt zu jeder objektiv gehaltenen Zeichenerklärung eine meist historische Anekdote oder lustige Geschichte.

Ding, Yicheng; Zhang, Guoqing; Fu, Jinbi; Cui, Chongqing 丁义诚、张国庆、富金壁、崔重庆: Hanzi xiangjie. 1500 ge changyong Hanzi de yin, xing, yi, yong xiangjie. 汉子详解。1500 个常用汉字的音、形、义、用详解 *Zeichen im Detail: 1500 häufig vorkommende Schriftzeichen nach Lesung, Gestalt, Bedeutung und Anwendungsweise genau erklärt*. 2 Bände in 4 Teilen, Peking: Xin Shijie Chubanshe New World Press 2009, 692 u. 863 pp., Sachbuch mit akademischem Anspruch in leichtverständlichem Chinesisch, gute Illustrationen.

333

五、聽力練習 Hörverständnisübungen

試試看： I.請聽一段對話，試試看你聽到什麼？Hören Sie zunächst den Dialog an.

II.請再聽一次對話。這次對話將分成三段播放，請根據每段話內容，選出正確的答案 Nun hören Sie den Dialog noch einmal an und markieren Sie die richtigen Antworten:

第一段 Absatz 1

1.小美的新家怎麼樣？

a)很大

b)很貴

c)很舒服

2.小美要大明把箱子放在哪裡？

a)車子

b)床旁邊

c)桌子上

第二段 Absatz 2

3.小美的電腦要放在哪裡？

a)床上

b)桌子上

c)門旁邊

4.小美的自行車怎麼了？

a)壞了

b)忘了搬了

c)給朋友了

第三段 Absatz 3

5.小美的書在哪裡？

a)新家

b)大明家

c)台灣的家

六、綜合練習 Zusammenfassende Übungen

綜合練習生詞　Wortschatz zusammenfassende Übungen

	漢字 Zeichen	拼音 Umschrift	解釋 Erklärung
1	吃掉	chīdiào	(TV, 1) aufessen
2	美元	Měiyuán	(N) US Dollar
3	牌子	páizi	(N) Tafel, Schild, Etikett
4	牌價	páijià	(N) Tageskurs [Devisen]

I 請利用下列圖片以「把」字句說說東西在哪裡？

Bilden Sie bǎ-Sätze anhand der Bilder, indem Sie die Veränderung des Standorts der Objekte angeben:

例：我把書放在桌子上。

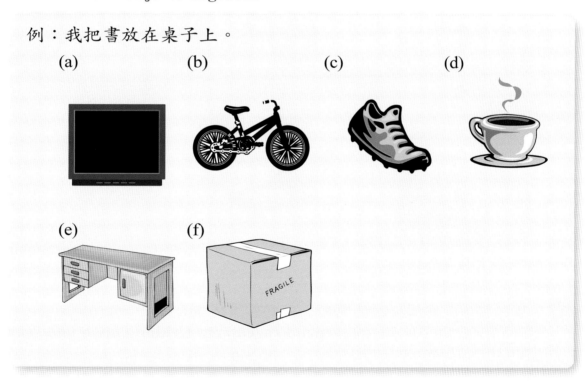

(a)　　(b)　　(c)　　(d)

(e)　　(f)

II 請A以「把」字句要B做出下列行動。
Richten Sie Aufforderungssätze zur Veränderung oder Bewegung an Ihren Gesprächspartner, z.B. „Leg dir die Hand auf den Kopf!":

> 例：請把手放在頭上。

III 請利用下列圖片以「被」字句說說東西怎麼了？
Bilden Sie anhand der Bilder bèi-Sätze zur Beschreibung eines neuen Zustands, z.B. „Ich habe das Wasser ausgetrunken.":

例：水被我喝光了。
(a)　　　　　(b)　　　　　(c)　　　　　(d)

（喝光了）　（穿走）　　（吃掉）　　（拿走）

(e)　　　　　(f)

（吃光了）　（買光）

IV 請回答下列有關換錢的問題，並將答案寫下來.
Beantworten Sie die folgenden Fragen zum Geldumtausch und schreiben Sie Ihre Antworten auf:

> (a) 你換過錢嗎？換過什麼錢？（把）
> (b) 在德國換錢要填表格嗎？
> (c) 你知道現在人民幣的牌價嗎？
> (d) 在德國換錢要看護照嗎？
> (e) 100歐元換成美元是多少錢？

真實語料 **Sprachliche Realien**

http://www.hongkongpost.com/chi/locations/branch/index.htm

1. 這是哪個地方的郵局網頁？

Aus welcher Region ist diese Webseite der Post?

2. 上環郵局的地址是什麼？

Wie lautet die Adresse dieser Post?

3. 這個郵局還提供什麼其他服務？

Welche Dienstleistungen bietet diese Post an?

七、從文化出發 Interkulturelle Anmerkungen

Wohnen

Aufgrund der geographischen Ausdehnung Chinas bestehen große Unterschiede zwischen Norden und Süden. Die völlig unterschiedlichen Umweltbedingen ziehen völlig unterschiedliche Lebensformen nach sich. Ausdrücke wie 「南床北炕」 nán chuáng běi kàng „im Süden das Bett, im Norden der Kang" (炕 kàng ist eine aus Ziegeln gemauerte beheizbare Schlafbank), illustrieren das: Die Nordchinesen schlafen nämlich auf einem Kang, auf dem man sich im kalten Winter wärmen kann; die Leute im Süden dagegen schlafen in Betten, weil im Süden ein feucht-heißes Klima herrscht und Luft unter dem Bettrahmen besser zirkulieren kann. Ein anderes Beispiel: 「南船北馬」 nán chuán běi mǎ „im Süden Schiffe, im Norden Pferde" erklärt sich so, dass man im Norden Chinas wegen der Nicht-Beschiffbarkeit der meisten Flüsse auf Pferde als Hauptbeförderungsmittel angewiesen war, während man im Süden wegen des Überreichtums an Wasser zu Schiff reiste, da dort Landwege in der Regel nicht ausgebaut bzw. zu unpraktisch waren.

Und so gibt es in China auch eine ganze Reihe von markanten Gebäuden, deren Bauweise von der Umwelt bedingt, bzw. an sie angepasst ist. Der Vierseitenwohnhof im Norden 四合院 sìhéyuàn, oder der Gartenhof 園林 yuánlín im Süden, die Wohnhöhlen 窯洞 yáodòng im Nordwesten, oder in West-Yunnan die Hängebauwerke über Gewässern 吊角樓 diàojiǎolóu, und schließlich Hausboote an den Küsten. Die traditionellen Gebäude in Taiwan sind meist noch vom Stil des südlichen Teils der Provinz Fujian geprägt. Im Süden Taiwans kann man in ländlichen Gebieten noch traditionelle Häuser wie etwa Vierseitenwohnhöfe und die berühmten 轆轤把 „Lùlúba-Häuser" sehen. Wegen des oft, auch im Sommer, regnerischen Wetters haben viele Gebäude in Taiwan „Arkaden" für Fußgänger als Schutzdach. In großen Städten dominieren allerdings moderne Hochhäuser und Apartment Buildings, das „Economic Trade Mansion" in Shanghai sowie der „Taibei 101" gehören zu den weltweit berühmtesten Wolkenkratzern.

Wegen der großen städtischen Bevölkerung auf dem Festland und in Taiwan fühlt man sich dort oft sehr beengt. Im Gegensatz zu Deutschland, wo viele Leute reine Wohngebiete zum Leben bevorzugen, wohnt man in China, wo viel Gewicht auf die Bequemlichkeit des Lebens gelegt wird, immer eher in einer Mischung aus Wohn- und Geschäftshäusern. Viele Geschäfte sind bis 22 Uhr abends und sogar am Wochenende geöffnet. Darüber hinaus finden sich überall 24-Stunden Convenience-Stores, wo man, neben dem Kauf von Lebensmitteln und Getränken, zum Beispiel Bankgeschäfte erledigen, Fotos entwickeln oder Fotokopie- und Druckdienste erhalten kann.

住宿

中國幅員遼闊，南北自然環境差異大，造就了不同的生活景觀，產生很多有趣的諺語，如「南床北炕」，北人睡炕，南人睡床，因為南方潮濕，架床便於通風；北方寒冷，打炕可以取暖；「南船北馬」，北人騎馬，南人坐船，因為北方多平原，平原上好跑馬；南方多水鄉，水鄉裡要行船。

因此，中國境內有許多因應環境，十分有特色的建築：像北方四合院，江南園林，西北窯洞，滇西吊角樓，沿海船屋……。台灣傳統建築則以閩南式樣居多，在南部農村，可以看到四合院、轆轤把等的傳統房舍，而因為多雨，台灣建築多有「騎樓」，供以行人遮擋風雨。在大城市，常見的仍是現代化的高樓與公寓建築，如上海的金茂大廈、台北的「台北101」，都是世界知名的摩天大樓。

由於人口眾多，在大陸與台灣的城市裡，容易感覺擁擠。相較德國人喜歡純住宅區的安寧，大陸與台灣反倒多是住商混合，相當重視生活便利機能。許多店家，即使是週末或晚上仍繼續營業，甚至要到十點才關門，此外，隨處可見二十四小時營業的便利商店，在裡頭，除了可以買到食物、飲料，就連繳交各類帳單、沖洗照片、影印打印等事務都能完成。這一點和德國店家的營業風格，是相當不同的。

第十六課
複習 Wiederholung

I. 閱讀 Leseverständnis

請閱讀下列短文後回答問題：Beantworten Sie die Fragen nach der Lektüre der Texte:

A:

快要放假了，安娜打算跟朋友到亞洲旅行，他想九月九號出發去台北，十月十號回柏林，但是因為從柏林到台北不能直飛，所以他準備在香港轉機，先在那裡待三天再去台北，另外他也請旅行社幫他訂香港的飯店。旅行社的小姐幫他選了一家離市區近，房間不大，可是很乾淨的旅館。因為刷卡可附送旅行保險，所以安娜決定刷卡。

中平呢？他想到德國其他城市去看看，馬克覺得中平可以去柏林，柏林是很有意思的城市，而且還是德國的首都。他說中平可以坐火車去，大概需要五個鐘頭。另外還有一個比較便宜的方法，就是搭便車，可以在學校或學生餐廳看到廣告，也可以上網找。

馬克不能和中平一起去柏林玩，因為他得打工，但是他放假的時候幫中平搬了家。中平跟朋友借了車，馬克只需要幫忙搬東西，他先把桌子和椅子搬到外面，然後中平把床上的箱子拿到車上，馬克再把電腦放到床上。搬家的時候，他們差點忘了自行車。搬好東西、還了車，中平請馬克吃飯，感謝他幫忙搬家。

1.安娜放假打算做什麼？

2.他想在哪裡轉機？

3.他想在轉機的地方待幾天？

4.旅行社的小姐幫他訂了什麼樣的旅館？

5.中平放假想做什麼？

6.馬克為什麼建議中平去柏林？

7.坐火車去需要幾個小時？

8.你覺得去旅行 坐火車好，還是搭便車好？為什麼？

9.中平什麼時候搬家？

10.馬克幫中平把電腦搬到什麼地方？

B:

立德去郵局寄包裹，他想給他的家人寄一些台灣的書、茶葉和月餅，但是因為他的月餅有肉，如果被德國的海關發現了，包裹可能會被退回，所以他只寄了書和茶，還買了一個箱子，一共花了四百六十塊錢。快遞很貴，所以他只寄航空的。航空也很快，差不多一個禮拜就到了。

寄了包裹，他想去車站附近的書店買書。路人告訴他車站附近的重慶南路有很多書店，立德可以從捷運地下道到車站對面的百貨公司，然後右轉，過兩個紅綠燈，在路口的銀行左轉，就到重慶南路了。他買了書以後，和小真在火車站見面，他們一起去吃飯

立德告訴小真他寒假過得很不錯，他去台灣的南部和東部旅行了一個月，他在墾丁待了兩個禮拜，每天都是晴天，他每天都去衝浪。立德這次旅行是跟一個日本朋友一起去的，他們先坐火車再轉公車到墾丁，然後再從墾丁去花蓮，他們路上拍了很多照片，立德覺得兩個地方風景不一樣，但都很漂亮。

1.立德想寄什麼東西？

2.根據德國海關的規定，如果包裹裡有肉品，會怎麼樣？

3.立德寄包裹一共花了多少錢？

4.寄了包裹以後，他去了哪裡？

5.從火車站到重慶南路怎麼走？

6.立德的寒假過得怎麼樣？

7.他去了哪些地方？

8.他在那裡待了多久？

9.他是跟誰一起去的？

10.他們的旅行是怎麼安排的？

C:

李明到北京出差，他人民幣用完了，所以先去銀行換錢，那一天歐元牌價是九百零五，他換了一千兩百歐元，一共一萬零八百七十二塊錢，那一家銀行很好，換錢不需要手續費，只要給銀行職員看護照就可以了。換了錢以後，他想去後海看看，後海離他的飯店大概五公里，走路

可能要一個小時，他本來想坐地鐵去，他可以從前門坐地鐵坐到積水潭，然後再走路或倒車到後海，但是坐地鐵聽起來也不太容易，所以他可能打車去。

他在北京處理完公事以後，去青島玩，路上看到了很多不同的景色，還碰到了一個德國朋友。他和朋友坐在海邊聊天，欣賞海邊的景色，他從來沒看過那麼多人在海邊散步。青島很熱鬧，有很多好吃的海鮮和小吃，也有好喝的啤酒。他本來還想去天津，後來不去了。他很高興，有機會可以旅行，可惜假期不長，下禮拜他就得趕回公司，因為有一個重要的客戶要來公司看樣品。

1.李明到哪裡出差？

2.他在銀行換了多少人民幣？

3.那一天歐元的牌價是多少？

4.那家銀行換錢需要手續費嗎？

5.後海離飯店多遠？

6.李明可以怎麼到後海？

7.李明處理完公事以後，去哪裡旅行？

8.他在路上碰到了誰？

9.他覺得青島怎麼樣？

10.他為什麼下禮拜得趕回公司？

II. 聽力 Hörverständnisübungen

請聽一段對話，試試看你聽到什麼？ Hören Sie zunächst den Dialog an.

請再聽一次對話。這次對話將分成三段播放，請根據每段話內容，選出正確的答案
Nun hören Sie den Dialog noch einmal an und markieren Sie die richtigen Antworten:

A:中平和安娜 Zhongping und Anna
第一段 Absatz 1

1.中平什麼時候搬家？

  a.他今天搬家。

  b.他昨天搬家。

  c.他上個星期搬家。

2.中平的東西多不多？

  a.中平說他的東西不太多。

  b.中平的東西很多，所以搬家很累。

  c.馬克說中平的東西不少。

第二段 Absatz 2

3.安娜本來要跟誰去旅行？

    a.她本來要跟一個中國朋友去旅行。

    b.她本來要跟馬克去旅行。

    c.她本來要跟一個日本朋友去旅行。

4.這個朋友為什麼不能和安娜一起去了？

    a.因為他得打工。

    b.因為他的奶奶生病了，他得回家看奶奶。

    c.因為他生病了，得回家休息。

5.安娜旅館和機票都訂好了，怎麼辦？

    a.中平可以跟安娜一起去。

    b.中平說安娜也可以一個人去旅行，一個人旅行也很好玩。

    c.中平說安娜可以問問馬克，因為他不用上班。

第三段 Absatz 3

6.中平打算放假的時候去幾個城市旅行？

    a.他想去三個城市。

    b.他想去四個城市。

    c.他想去七個城市。

7.中平打算怎麼去？

    a.他打算搭便車去。

    b.他打算坐火車去。

    c.他還不知道他要怎麼去。

8.中平打算在每一個城市待多久？

    a.他準備待三個月。

    b.他準備待四天。

    c.他準備待十天。

B:立德和媽媽 Lide und seine Mutter
第一段 Absatz 1

1.誰給立德打電話？

    a.立德的奶奶給他打電話。

    b.立德的媽媽給他打電話。

    c.立德的爸爸給他打電話。

2.立德的家人給他寄了什麼東西？

    a.他們給他寄了大衣，Lebkuchen和蛋糕。

    b.他們給他寄了咖啡和 Lebkuchen。

    c.他們給他寄了 Lebkuchen、書和大衣。

3.立德的家人寄包裹是寄什麼的？

    a.寄航空的。

    b.寄快遞的。

    c.寄海運的。

第二段 Absatz 2

4.立德的爸爸媽媽去哪裡度假了？

  a.他們去森林度假。

  b.他們去北海度假。

  c.他們去黑森林度假。

5.他們在那裡待了多久？

  a.他們在那裡待了一個星期。

  b.他們待了差不多兩個月。

  c.他們在那裡待了差不多兩個星期。

6.立德的奶奶呢？她去哪兒了？

  a.他去柏林看他的大學同學。

  b.他去漢堡看他的朋友。

  c.他在家休息。

第三段 Absatz 3

7.立德告訴媽媽他寒假做了什麼事？

  a.他告訴媽媽他去美國衝浪了。

  b.他告訴媽媽他去衝浪、游泳了。

  c.他告訴媽媽他在家裡看了一本中國文學。

8.立德今天晚上有什麼事？

  a.他想和小真去吃飯。

  b.他要和小真去唱歌。

  c.他要和小真去喝一杯。

C:李明和小紅 Li Ming und Xiaohong

第一段 Absatz 1

1.小紅是什麼時候收到李明的明信片的？

    a.小紅是今天收到的。

    b.小紅是昨天收到的。

    c.小紅是上個星期收到的。

2.李明在青島待了幾天？

    a.他在青島待了三天。

    b.他在青島待了一個星期。

    c.他在青島待了五天。

3.李明什麼時候去天津？

    a.他上個月去天津。

    b.他上個星期去天津。

    c.他下個月去天津。

第二段 Absatz 2

4.李明覺得北京怎麼樣？

    a.他覺得北京有很好喝的啤酒。

    b.他覺得北京太大了，去哪裡都要幾個小時。

    c.他覺得北京什麼都有，有地鐵、公車、出租車。

5.李明給小紅多少人民幣？

    a.李明給小紅五六千塊錢。

    b.李明給小紅七千多塊錢。

    c.李明只給小紅旅館和吃飯的錢。

第三段 Absatz 3

6.李明公司的客戶從哪裡來？

　　a.他們從北京來。

　　b.他們從上海來。

　　c.他們從廣州來。

7.客戶已經到了嗎？

　　a.客戶還沒到。客戶到了以後，小紅會告訴李明。

　　b.客戶已經到了，小紅會打電話請客戶來辦公室。

　　c.他們不知道，小紅會幫李明打電話問問。

生詞 Wortschatz

	漢字 Zeichen	拼音 Umschrift	解釋 Erklärung
1	北海	Běihǎi	(N) Beihai [Hafenstadt in der Provinz Guangxi und bekannter Ferienort mit 1,6 Mill. Einwohnern]
2	出租	chūzū	(TV, 1) vermieten
3	度假	dù jià	(VO) die Ferien verbringen
4	感謝	gǎnxiè	(TV, 1) danken, Dank empfinden gegenüber
5	公尺	gōngchǐ	(N) Meter
6	乖	guāi	(SV) artig, brav, lieb
7	乖乖	guāiguāi	(N) Adressform für kleine Kinder: Liebes! Herzchen!
8	廣州	Guǎngzhōu	(N) Guangzhou, Canton, Provinzhauptstadt von 廣 Guǎngdōng
9	航空公司	hángkōng gōngsī	(N) Luftverkehrsgesellschaft, Carrier
10	寄信	jì xìn	(VO) Brief aufgeben [Post]
11	狼	láng	(N) Wolf
12	奶奶	nǎinai	(N) Großmutter [mütterlicherseits]
13	其他	qítā	(Pron) übrige, andere, sonstige
14	讓	ràng	(TV, 1) lassen, zulassen, veranlassen, auffordern

15	森林	sēnlín	(N) Wald
16	收到	shōudào	(TV, 1) bekommen, erhalten
17	特色	tèsè	(N) Eigenart, besondere Note, Flair
18	推	tuī	(TV, 1) stossen, drücken, Ggs. zu 推 lā
19	推薦	tuījiàn	(TV, 1) empfehlen
20	小羊	xiǎoyáng	(N) Lamm
21	羊	yáng	(N) Ziege; Schaf
22	亞洲	Yàzhōu	(N) Asien
23	野狼	yěláng	(N) böser Wolf [Märchen]
24	用完	yòngwán	(TV, 1) aufbrauchen
25	洲	zhōu	(N) Kontinent, Erdteil
26	租	zū	(TV, 1) mieten

III. 綜合練習 Zusammenfassende Übung en

A:「把」的練習 Übungen zu bǎ-Sätzen

1.請老師念一次這首童謠，請你把聲調寫上。和同學們一起唱這首歌。

Ihre Lehrerin / Ihr Lehrer liest Ihnen das folgende Kinderlied vor. Anschließend ergänzen Sie Pinyin und singen das Lied mit Ihren Kommilitonen.

小孩子乖乖

小孩子乖乖

把門兒開開

快點開開

我要進來

不開不開不能開

你是大野狼

不讓你進來

2.你能改寫這首童謠嗎？請和同學一起試試看。

Können Sie nun die fehlenden Teile in Schriftzeichen ergänzen?

小羊兒＿＿＿＿＿＿＿＿＿＿＿＿＿＿＿＿＿＿＿＿＿＿＿＿＿＿＿＿

把＿＿＿＿＿＿＿＿＿＿＿＿＿＿＿＿＿＿＿＿＿＿＿＿＿＿＿＿＿＿

快點＿＿＿＿＿＿＿＿＿＿＿＿＿＿＿＿＿＿＿＿＿＿＿＿＿＿＿＿＿

我要＿＿＿＿＿＿＿＿＿＿＿＿＿＿＿＿＿＿＿＿＿＿＿＿＿＿＿＿＿

不＿＿＿＿＿＿不＿＿＿＿＿不能＿＿＿＿＿＿＿＿＿＿＿＿＿＿＿＿

你是大野狼

不讓＿＿＿＿＿＿＿＿＿＿＿＿＿＿＿＿＿＿＿＿＿＿＿＿＿＿＿＿＿

3.下面的句子都可以改成「有」和「把」的句子嗎？如果不可以，請説出原因。

Können die folgenden Sätze alle in „yǒu"-und „bǎ"-Sätze umgewandelt werden?
Falls nicht, nennen Sie bitte den Grund.

a.妹妹穿走了姐姐的外套。

b.這張桌子中平搬出去了。

c.這本書小玲沒送給我。

d.錢媽媽昨天已經給我了。

e.車他可能開到學校去了。

B:旅遊經驗　Reiseerlebnisse

1.旅遊報導：請看看下面的介紹，告訴你的同學你想去哪一個地方？為什麼？

Lesen Sie die Reiseempfehlungen auf den Webseiten und erklären Sie Ihren
Kommilitonen, wo Sie hinfahren möchten und warum.

http://www.emisu.com.tw/Tourguide/main.html

http://www.emisu.com.tw/Tourguide/
scence/A01.html

http://www.emisu.com.tw/Tourguide/scence/A03.html

http://www.emisu.com.tw/Tourguide/scence/A04.html

2.問問你的同學他們的旅行經驗。

　Fragen Sie Ihre Kommilitonen nach ihren Reiseerlebnissen:

　　a.上次旅行，你去了什麼地方？

　　b.你是什麼時候去的？

　　c.你是跟誰一起去的？

　　d.你是怎麼去的？

　　e.你覺得那個地方怎麼樣？

　　f.那個地方你去過幾次？

　　g.你在那裡待了多久？

　　h.你去旅行的時候住在哪裡？

　　i.下次旅行你想去哪裡？

C:到銀行換錢　Zur Bank Geld wechseln

1.請看看下面兩張照片：哪一個是中國銀行，哪一個是台灣銀行。

Schauen Sie sich die folgenden Fotos an, welches ist von einer Bank in China, welches von einer Bank in Taiwan?

2.這兩個銀行（中國及台灣）詞彙及數字的使用有什麼不一樣？請比較。

Wie unterscheiden sich die beiden Banken im Gebrauch der Fachausdrücke und der Verwendung der Ziffern? Vergleichen Sie die Verwendungsweisen.

中國

序号	币种名称	升降	买入价	卖出价	中间价	最高价	最低价
1	澳大利亚元/港币	⬆	8.0715	8.0835	8.0775	8.1212	8.0404
2	澳大利亚元/加拿大元	⬆	1.0168	1.0198	1.0183	1.0174	1.0100
3	澳大利亚元/美元	⬆	1.0334	1.0364	1.0349	1.0395	1.0295
4	澳大利亚元/日元	⬆	79.1600	79.4600	79.3100	80.2000	78.9900
5	澳大利亚元/瑞士法郎	⬆	0.7466	0.7496	0.7481	0.7576	0.7410
6	澳大利亚元/新加坡元	⬆	1.2528	1.2558	1.2543	1.2564	1.2461
7	白银(盎司)/美元	⬆	38.1850	38.3350	38.2600	38.8375	37.1500
8	铂金(盎司)/美元	—	1747.2500	1759.2500	1753.2500	1755.7500	1743.2500
9	港币/日元	⬇	9.8012	9.8372	9.8192	9.8859	9.7948
10	加拿大元/港币	⬆	7.9257	7.9383	7.9320	7.9878	7.9095
11	加拿大元/日元	⬇	77.7400	78.0400	77.8900	78.9700	77.6100
12	加拿大元/新加坡元	⬆	1.2302	1.2332	1.2317	1.2363	1.2265
13	美元/港币	⬇	7.8021	7.8081	7.8051	7.8062	7.7997
14	美元/加拿大元	⬇	0.9825	0.9855	0.9840	0.9845	0.9751
15	美元/日元	⬇	76.4900	76.7900	76.6400	77.1700	76.4400
16	美元/瑞士法郎	⬇	0.7214	0.7244	0.7229	0.7310	0.7168
17	美元/新加坡元	⬇	1.2105	1.2135	1.2120	1.2114	1.2051
18	欧元/澳大利亚元	⬇	1.3853	1.3901	1.3877	1.3891	1.3792

台灣

資料產生日 100/08/10			時間 16:00	
幣別	即期買匯	現金買匯	即期賣匯	現金賣匯
美金	28.9200	28.6500	29.0200	29.1700
港幣	3.6880	3.5780	3.7480	3.7580
英鎊	46.9700	46.0700	47.3700	48.0200
日圓	0.3765	0.3702	0.3806	0.3811
澳幣	29.9000	29.7000	30.1400	30.3700
加拿大幣	29.4000	29.1300	29.6000	29.8700
新加坡幣	23.9100	23.5000	24.0900	24.2500
南非幣	4.0000	—	4.1200	—
瑞典幣	4.4600	—	4.5600	—
瑞士法郎	39.9500	39.3500	40.1500	40.4000
泰幣	0.9520	0.8670	0.9940	1.0120
紐西蘭幣	24.1500	23.9000	24.3500	24.5600
歐元	41.5200	41.0200	41.9200	42.1700
韓幣	—	0.0250	—	0.0290
馬來幣	—	8.1940	—	10.3060
印尼幣	—	0.0028	—	0.0039

3.請用下列詞彙寫一個在中國銀行或台灣銀行換錢的對話。

Erstellen Sie unter Verwendung der folgenden Fachausdrücke jeweils einen Dialog in einer Bank in China und einen Dialog in einer Bank in Taiwan:

匯率　手續費　換錢　護照　歐元　填表　比

銀行行員：您好，請問我可以為您服務嗎？

你：＿＿＿＿＿＿＿＿＿＿＿＿＿＿＿＿＿＿＿＿＿＿＿＿＿＿＿＿

銀行行員：＿＿＿＿＿＿＿＿＿＿＿＿＿＿＿＿＿＿＿＿＿＿＿＿

D:怎麼走？ Wie kommt man dahin?

1.請試著把對話順序找出來。

Bringen Sie die Äußerungen in die richtige Reihenfolge:

Lùrén : Bù yídìng, yěxǔ yào děng shí dào shíwǔ fēnzhōng.

Xiǎo Wáng : Xiānsheng, duìbùqǐ, qǐngwèn yíxià, zhèr fùjìn yǒu yínháng ma?

Xiǎo Wáng : Gōngchē děi děng hěn jiǔ ma?

Xiǎo Wáng : Qǐngwèn Táiwān Yínháng zěnme zǒu?

Lùrén : Nà nín dào Déguó Yínháng ba! Déguó Yínháng jiù zài duìmiàn.

Xiǎo Wáng : Tài hǎole, xièxie.

Lùrén : Xiān wàng qián zǒu sānbǎi gōngchǐ, wàng yòu zhuǎn, zài guò liǎng ge hónglǜdēng, zài wàng zuǒ zhuǎn, dào le dì sì ge lùkǒu, guò mǎlù, ránhòu wàng zuǒ zhuǎn zǒu dàgài liǎngbǎi gōngchǐ jiù dàole.

Xiǎo Wáng : Tīng qǐlái bú tài róngyì.

Lùrén : Zhèr fùjìn yǒu yí ge Táiwān Yínháng, yě yǒu yí ge Déguó Yínháng.

Lùrén : Nà nín yě kěyǐ zuò gōngchē qù. Nín wàng qián zǒu, dào qiánmiàn hónglǜdēng nà ge lùkǒu zuò èrbǎi wǔshí hào gōngchē, zuò dào dì èr zhàn xiàchē. Táiwān Yínháng jiù zài Sānwáng Shūdiàn pángbiān.

Xiǎo Wáng : Wǒ méiyǒu nàme duō shíjiān le.

2.請用漢字把這個對話寫出來

Schreiben Sie den soeben richtig sortierten Dialog in Schriftzeichen:

Ⅳ. 文化及問題討論 Interkulturelle Diskussion

A:文化討論 Kulturelle Unterschiede

❶問路:問路時,德國的指示有地方特色嗎?請問問你從北京來或是其他地方來的中國朋友,比較看看,有什麼不一樣。你們想,為什麼會有不同?

Wenn Sie in Deutschland nach dem Weg fragen, erfahren Sie dann Einzelheiten über die Besonderheiten Ihres Ziels? Fragen Sie Ihre chinesischen Bekannten aus Peking oder von anderswo in China, worin die Unterschiede bestehen. Was kann der Grund dafür sein?

❷旅行:德國的學生放假都做什麼?大部分的人都旅行嗎?中國學生呢?他們都去什麼地方旅行?都住在什麼地方?請你問問你的中國朋友。

Was machen deutsche Studenten in den Semesterferien? Gehen fast alle auf Reisen? Und chinesische Studenten? Wo fahren diese hin und in welchem Teil Chinas sind sie zu Hause? Fragen Sie Ihre chinesischen Freunde.

❸搬家:說說你的搬家經驗,都是誰來幫忙呢?還是請搬家公司?也問問你的中國朋友搬家的經驗。

Erzählen Sie von Ihrem letzten Umzug, wer hat Ihnen geholfen? Oder haben Sie eine Firma kommen lassen? Lassen Sie sich von Ihren chinesischen Kommilitonen deren Umzugserlebnisse schildern.

B:自我檢視 Eigene Einschätzungen

❶溝通能力Kommunikationsfähigkeit

a.你能告訴別人到哪裡要怎麼走或怎麼坐車嗎?請試試看。

Können Sie anderen erklären, wie man zu Fuß oder mit Bus und Bahn irgendwo hinkommt? Versuchen Sie es.

從柏林怎麼到慕尼黑?

你可以_____。

先從_____,

再轉_____,經過_____到慕尼黑。

大概需要多長時間?

_____。

356

b.請問火車站怎麼走？（直走，左轉，右轉，路口，紅綠燈，３百公尺，做公車，轉車…）

Fragen Sie nach dem Weg zum Bahnhof oder erklären Sie, wie man da hinkommt.

_____ ,

_____ ,

_____ 。

c.你能用中文和你的同學談談你的旅行經驗嗎？或用中文訂機票嗎？

Können Sie Ihren Kommilitonen auf Chinesisch von Ihrer letzten Reise erzählen? Oder können Sie ein Flugticket bestellen?

1.你想買哪一家航空公司的機票？_____

你想從哪裡出發，到哪裡？_____

你想買來回票嗎？_____

你想什麼時候出發？_____

回程應該是什麼時候？_____

一共幾位？_____

2.你去了什麼地方？_____

你是怎麼去的？_____

你是跟誰去的？_____

你覺得那個地方怎麼樣？有什麼特色？_____

我從來沒有…。_____

d.你能用中文寄信或包裹或到銀行換錢嗎？請試試看。

Können Sie auf Chinesisch auf der Post Briefe und Pakete aufgeben oder auf einer Bank Geld wechseln?

1.寄東西

你好，我想寄_____ 。

裡面有_____ 。

這張單子_____ ？

我想寄_____ 。（航空／快遞）

多久能到？

2.換錢

請問您換現金還是旅行支票？

_____ 。

_____ ？（匯率）

一比四十七。

你要換多少歐元？

_____ 。

❷語法 Grammatik

a.把和被：把字句和被字句有什麼一樣和不一樣的地方？他們有什麼特色？什麼時候用呢？請和同學討論討論。

Welche Gemeinsamkeiten und welche Unterschiede bestehen zwischen bǎ- und bèi-Sätzen? Welche Besonderheiten haben beide Satztypen und wann werden sie verwendet?

小樂把床搬走了。

床被（小樂）搬走了。

b.是…的：什麼時候我們需要用這個句型？下面這四個句子的問句是什麼？請和同學討論。

Wann wird der verbale Aspekt der vollendeten Handlung mit shì … de verwendet?

1.我昨天跟小華去郵局寄包裹了。

2.我昨天是跟小華去的。

3.我坐火車去柏林看朋友。

4.我是坐火車去的。

編號	拼音 Umschrift	繁體字 Vokabeln	簡體 Kurzzeichen	課文 Lektion
		A		
1	a	啊	啊	1
2	ài	愛	爱	7
3	àn	按	按	15
4	Ānnà	安娜	安娜	5
5	ānpái	安排	安排	10
6	ànzhào	按照	按照	15
7	áo	熬	熬	11
8	áo yè	熬夜	熬夜	11
		B		
9	ba	吧	吧	6
10	bǎ	把	把	15
11	bā	八	八	2
12	bàba	爸爸	爸爸	2
13	bǎi	百	百	6
14	bǎihuògōngsī	百貨公司	百货公司	13
15	Bālí	巴黎	巴黎	2
16	bàn	半	半	5
17	bàn	辦	办	9
18	bān	班	班	9
19	bān	搬	搬	15
20	bān jiā	搬家	搬家	15
21	bàn shì	辦事	办事	15
22	bànfǎ	辦法	办法	9
23	bāng	幫	帮	9
24	bāng máng	幫忙	帮忙	10
25	bàngqiú	棒球	棒球	3
26	bào	報	报	3
27	bāo	包	包	15
28	bāoguǒ	包裹	包裹	15
29	bǎoxiǎn	保險	保险	14
30	bàozhǐ	報紙	报纸	5
31	bāozhuāng	包裝	包装	15
32	bāozi	包子	包子	6
33	bèi	被	被	15
34	bēi	杯	杯	6
35	běifāng	北方	北方	7
36	Běihǎi	北海	北海	16
37	Běijīng	北京	北京	1
38	bēizi	杯子	杯子	6
39	běn	本	本	6
40	běnlái	本來	本来	14
41	bǐ	比	比	7
42	bǐ	筆	笔	6
43	biàn	遍	遍	10
44	biànchē	便車	便车	13
45	biǎo	表	表	5
46	biǎogé	表格	表格	15
47	bié	別	别	11
48	biéde	別的	别的	6
49	bǐjì	筆記	笔记	6
50	bǐjiào	比較	比较	7
51	bǐjìběn	筆記本	笔记本	6
52	bìng	並	并	7
53	bìng	病	病	11
54	bǐng	餅	饼	6
55	bīng	冰	冰	13
56	bǐsài	比賽	比赛	5
57	bǐshì	筆試	笔试	10
58	bìxiū	必修	必修	9
59	bìxiūkè	必修課	必修课	9
60	bìxū	必須	必须	14
61	bìyè	畢業	毕业	10
62	bízi	鼻子	鼻子	11
63	Bólín	柏林	柏林	2
64	bù	不	不	1
65	búbì	不必	不必	15
66	búcuò	不錯	不错	6
67	búguò	不過	不过	10
68	bùhǎoyìsī	不好意思	不好意思	6
69	búkèqi	不客氣	不客气	2
70	bùmén	部門	部门	15
71	bùtóng	不同	不同	3
72	búyòng	不用	不用	15

編號	拼音 Umschrift	繁體字 Vokabeln	簡體 Kurzzeichen	課文 Lektion
		C		
73	cái	才	才	11
74	cài	菜	菜	5
75	càidān	菜單	菜单	7
76	cānguān	參觀	参观	14
77	cāntīng	餐廳	餐厅	5
78	chá	茶	茶	7
79	chá	查	查	15
80	chà	差	差	5
81	chàbuduō	差不多	差不多	9
82	cháng	長	长	13
83	cháng	常	常	3
84	chǎng	場	场	10
85	chàng gē	唱歌	唱歌	3
86	chǎnpǐn	產品	产品	9
87	chǎo	吵	吵	10
88	chāo	抄	抄	10
89	cháyè	茶葉	茶叶	15
90	chē	車	车	3
91	Chén Hàn	陳漢	陈汉	2
92	chéng	成	成	15
93	chéngjìkuàichē	城際快車	城际快车	13
94	chéngshì	城市	城市	13
95	chéngxù	程序	程序	10
96	chēpiào	車票	车票	13
97	chēzhàn	車站	车站	13
98	chī	吃	吃	5
99	chī ròu	吃肉	吃肉	7
100	chībúxià	吃不下	吃不下	11
101	chǐcùn	尺寸	尺寸	6
102	chídào	遲到	迟到	9
103	chīdiào	吃掉	吃掉	15
104	chōng làng	衝浪	冲浪	3

編號	拼音 Umschrift	繁體字 Vokabeln	簡體 Kurzzeichen	課文 Lektion
105	Chóngqìngnánlù	重慶南路	重庆南路	13
106	chōu	抽	抽	11
107	chōu xiě	抽血	抽血	11
108	chuán	船	船	14
109	chuān	穿	穿	6
110	chuáng	床	床	5
111	chuāngkǒu	窗口	窗口	15
112	chūchāi	出差	出差	14
113	chūfā	出發	出发	14
114	chūkǒu	出口	出口	10
115	chúle	除了	除了	9
116	chǔlǐ	處理	处理	10
117	chūqù	出去	出去	12
118	chūqùwán	出去玩	出去玩	12
119	chūzū	出租	出租	16
120	cí	詞	词	1
121	cì	次	次	7
122	cóng	從	从	5
123	cónglái	從來	从来	14
124	cù	醋	醋	7
		D		
125	dà	大	大	4
126	dǎ	打	打	3
127	dā	搭	搭	13
128	dā biànchē	搭便車	搭便车	13
129	dǎ chē	打車	打车	13
130	dǎ diànhuà	打電話	打电话	9
131	dǎ gōng	打工	打工	5
132	dǎ pēntì	打噴嚏	打喷嚏	11
133	dǎ qiú	打球	打球	3
134	dǎ zhé	打折	打折	6
135	dǎ zhēn	打針	打针	11
136	dǎ zuǐba	打嘴巴	打嘴巴	6
137	dá'àn	答案	答案	7

編號	拼音 Umschrift	繁體字 Vokabeln	簡體 Kurzzeichen	課文 Lektion		編號	拼音 Umschrift	繁體字 Vokabeln	簡體 Kurzzeichen	課文 Lektion
207	dú	讀	读	10		239	fāngfǎ	方法	方法	13
208	dù	度	度	11		240	fāngmiàn	方面	方面	10
209	dù jià	度假	度假	16		241	fànguǎn	飯館	饭馆	5
210	dú shū	讀書	读书	10		242	fàngxīn	放心	放心	9
211	duàn	段	段	1		243	fángzi	房子	房子	14
212	duìbuqǐ	對不起	对不起	5		244	fānyì	翻譯	翻译	9
213	duìhuàn	兌換	兑换	15		245	fāxiàn	發現	发现	15
214	duìle	對了	对了	7		246	fēi	飛	飞	14
215	duìmiàn	對面	对面	13		247	fēicháng	非常	非常	4
216	duō	多	多	3		248	fèiyòng	費用	费用	10
217	duōcháng	多長	多长	13		249	fēn (zhōng)	分(鐘)	分(钟)	5
218	duōjiǔ	多久	多久	10		250	fēng	封	封	11
219	duōshǎo	多少	多少	6		251	fēng	風	风	14
220	duōshǎo qián	多少錢	多少钱	6		252	fēngjǐng	風景	风景	14
221	duōyuǎn	多遠	多远	13		253	fēnkāi	分開	分开	7
222	dùzi	肚子	肚子	7		254	fù	付	付	7
E						255	fù qián	付錢	付钱	7
223	è	餓	饿	7		256	fùjìn	附近	附近	6
224	ér	兒儿	儿儿	6		257	fùsòng	附送	附送	14
225	èr	二	二	2		258	fúwù	服務	服务	7
226	ěrduo	耳朵	耳朵	12		259	fúwùshēng	服務生	服务生	7
227	érqiě	而且	而且	13		260	fúwùyuán	服務員	服务员	7
F						261	fùxí	復習	复习	4
228	fā	發	发	11		**G**				
229	fā shāo	發燒	发烧	11		262	gǎi	改	改	14
230	fā yán	發炎	发炎	11		263	gǎitiān	改天	改天	14
231	Fǎguó,Fàguó	法國	法国	1		264	gǎn	感	感	11
232	Fǎlánkèfú	法蘭克福	法兰克福	13		265	gǎn	趕	赶	14
233	fàn	飯	饭	5		266	gān	肝	肝	11
234	fàng	放	放	9		267	gǎn mào	感冒	感冒	11
235	fāng	方	方	1		268	gāng	剛	刚	10
236	fàng jià	放假	放假	13		269	gǎnhuí	趕回	赶回	14
237	Fāng Wénlì	方文麗	方文丽	10		270	gānjìng	乾淨	干净	14
238	fāngbiàn	方便	方便	13		271	gǎnxiè	感謝	感谢	16

編號	拼音 Umschrift	繁體字 Vokabeln	簡體 Kurzzeichen	課文 Lektion	編號	拼音 Umschrift	繁體字 Vokabeln	簡體 Kurzzeichen	課文 Lektion
272	gāo	高	高	10	306	guā	瓜	瓜	7
273	gāo'ěrfū	高爾夫	高尔夫	3	307	guàhào	掛號	挂号	11
274	gàosu	告訴	告诉	9	308	guàhàofèi	掛號費	挂号费	11
275	gāoxìng	高興	高兴	14	309	guǎi	拐	拐	13
276	gè	各	各	7	310	guāi	乖	乖	16
277	gē	歌	歌	3	311	guāiguāi	乖乖	乖乖	16
278	gè, ge	個	个	2	312	guàng jiē	逛街	逛街	3
279	gèdì	各地	各地	10	313	guǎnggào	廣告	广告	10
280	gèfùgède	各付各的	各付各的	7	314	Guǎngzhōu	廣州	广州	16
281	gēge	哥哥	哥哥	2	315	guānxi	關係	关系	5
282	gěi	給	给	6	316	guì	貴	贵	6
283	gēn	跟	跟	3	317	guīdìng	規定	规定	15
284	gèng	更	更	10	318	guìtái	櫃台	柜台	15
285	gēnjù	根據	根据	7	319	guìxìng	貴姓	贵姓	1
286	gèzhǒng	各種	各种	14	320	guò	過	过	5
287	gōngbǎo	宮保	宫保	7	321	guójí	國籍	国籍	1
288	gōngbǎojīdīng	宮保雞丁	宫保鸡丁	7	322	guójì	國際	国际	10
289	gōngbǎoniúròu	宮保牛肉	宫保牛肉	7	323	guójiā	國家	国家	15
290	gōngchǎng	工廠	工厂	9	324	guòlái	過來	过来	15
291	gōngchē	公車	公车	13	**H**				
292	gōngchǐ	公尺	公尺	16	325	hái	還	还	3
293	gōnggòngqìchē	公共汽車	公共汽车	13	326	hāi	嗨	嗨	10
294	gōngjiāochē	公交車	公交车	13	327	hǎi'àn	海岸	海岸	14
295	gōngjù	工具	工具	13	328	hǎibào	海報	海报	10
296	gōngkè	功課	功课	9	329	Hǎidébǎo	海德堡	海德堡	2
297	gōnglǐ	公里	公里	13	330	hǎiguān	海關	海关	15
298	gōngshì	公事	公事	14	331	háihǎo	還好	还好	2
299	gōngsī	公司	公司	5	332	háishì	還是	还是	7
300	gōngyuán	公園	公园	5	333	hǎixiān	海鮮	海鲜	14
301	gōngzī	工資	工资	10	334	háizi	孩子	孩子	6
302	gōngzuò	工作	工作	1	335	Hànbǎo	漢堡	汉堡	2
303	gòu	夠	够	14	336	Hàn-Dé fānyì	漢德翻譯	汉德翻译	9
304	gǒu	狗	狗	6	337	hángkōng	航空	航空	15
305	guà	掛	挂	11	338	hángkōng gōngsī	航空公司	航空公司	16

編號	拼音 Umschrift	繁體字 Vokabeln	簡體 Kurzzeichen	課文 Lektion
339	hángkōng yóujiàn	航空郵件	航空邮件	15
340	hángyuán	行員	行员	15
341	hánjià	寒假	寒假	14
342	Hànxué	漢學	汉学	4
343	Hànxuéxì	漢學系	汉学系	4
344	Hànzì	漢字	汉字	1
345	hào	號	号	5
346	hǎo	好	好	1
347	hǎochī	好吃	好吃	5
348	hǎoduō	好多	好多	9
349	hǎohāo	好好	好好	9
350	hǎojiǔbújiàn	好久不見	好久不见	2
351	hǎokàn	好看	好看	6
352	hàomǎ	號碼	号码	5
353	hǎowán	好玩	好玩	5
354	hé	合	合	15
355	hé	和	和	2
356	hē	喝	喝	3
357	hēi	黑	黑	6
358	hēisè	黑色	黑色	6
359	Hēisēnlín dàngāo	黑森林蛋糕	黑森林蛋糕	7
360	hěn	很	很	2
361	hóngchá	紅茶	红茶	7
362	hóngjiǔ	紅酒	红酒	7
363	hónglǜdēng	紅綠燈	红绿灯	13
364	hóngshāodòufǔ	紅燒豆腐	红烧豆腐	7
365	hóngshāoyú	紅燒魚	红烧鱼	7
366	hòu	後	后	3
367	Hòuhǎi	後海	后海	13
368	hóulóng	喉嚨	喉咙	11
369	hòumiàn	後面	后面	6
370	hòuzhěnshì	候診室	候诊室	11
371	huà	話	话	9
372	huàbào	畫報	画报	3

編號	拼音 Umschrift	繁體字 Vokabeln	簡體 Kurzzeichen	課文 Lektion
373	huài	壞	坏	6
374	Huālián	花蓮	花莲	14
375	huán	還	还	11
376	huàn	換	换	10
377	huàn qián	換錢	换钱	15
378	huànchéng	換成	换成	15
379	huānyíng guānglín	歡迎光臨	欢迎光临	6
380	huì	會	会	3
381	huí jiā	回家	回家	5
382	huíchéng	回程	回程	14
383	huídá	回答	回答	7
384	huìduìbùmén (wàihuì duìhuànchù)	匯兌部門（外匯兌換處）	汇兑部门（外汇兑换处）	15
385	huìhuà	會話	会话	9
386	huílái	回來	回来	14
387	huìlǜ	匯率	汇率	15
388	huìyì	會議	会议	10
389	huìyìshì	會議室	会议室	10
390	huò	或	或	2
391	huǒchē	火車	火车	5
392	huódòng	活動	活动	5
393	hùshì	護士	护士	11
394	hùxiāng	互相	互相	10
395	hùzhào	護照	护照	15
		J		
396	jí	及	及	4
397	jí	極	极	14
398	jì	寄	寄	15
399	jǐ	幾	几	2
400	jī	雞	鸡	7
401	jì xìn	寄信	寄信	16
402	jià	架	架	10
403	jiā	放	放	9
404	jiā	家	家	2

編號	拼音 Umschrift	繁體字 Vokabeln	簡體 Kurzzeichen	課文 Lektion	編號	拼音 Umschrift	繁體字 Vokabeln	簡體 Kurzzeichen	課文 Lektion
405	jiā bān	加班	加班	9	439	jīngguò	經過	经过	13
406	jiājiào	家教	家教	10	440	jīnglǐ	經理	经理	10
407	jiàn	件	件	6	441	jǐngsè	景色	景色	14
408	jiàn	見	见	3	442	jīngyàn	經驗	经验	10
409	jiàn miàn	見面	见面	5	443	jìnkǒu	進口	进口	10
410	jiànbǎokǎ	健保卡	健保卡	11	444	jìnlì	盡力	尽力	10
411	jiǎnchá	檢查	检查	11	445	jīnnián	今年	今年	5
412	jiǎng jià	講價	讲价	6	446	jīntiān	今天	今天	3
413	jiànyì	建議	建议	12	447	jǐnzhāng	緊張	紧张	9
414	jiào	叫	叫	1	448	jīpiào	機票	机票	14
415	jiǎo	腳	脚	7	449	jīròu	雞肉	鸡肉	7
416	jiāo	教	教	9	450	Jīshuǐtán	積水潭	积水潭	13
417	jiāo shū	教書	教书	9	451	jiù	就	就	6
418	jiāogěi	交給	交给	15	452	jiǔ	九	九	2
419	jiàoshì	教室	教室	5	453	Jiǔlóng	九龍	九龙	14
420	jiàoshòu	教授	教授	9	454	jiùshì	就是	就是	4
421	jiāotōng	交通	交通	13	455	juéde	覺得	觉得	6
422	jiàqí	假期	假期	14	456	juédìng	決定	决定	15
423	jiārén	家人	家人	3	457	Jūnyuè Dàfàndiàn	君悅大飯店	君悦大饭店	7
424	jiātíng	家庭	家庭	11	458	jùxíng	句型	句型	3
425	jìdé	記得	记得	14			**K**		
426	jǐdiǎn	幾點	几点	5	459	kǎ	卡	卡	7
427	jīdīng	雞丁	鸡丁	7	460	kāfēi	咖啡	咖啡	7
428	jiè	借	借	10	461	kāi chē	開車	开车	5
429	jiéguǒ	結果	结果	10	462	kāi huì	開會	开会	9
430	jiějie	姊姊 / 姐姐	姊姊 / 姐姐	2	463	kāihuíqù	開回去	开回去	15
431	jièshao	介紹	介绍	4	464	kāi xué	開學	开学	14
432	jiěshì	解釋	解释	1	465	kāi yào	開藥	开药	11
433	jiētīng diànhuà	接聽電話	接听电话	10	466	kāishǐ	開始	开始	10
434	jiéyùn	捷運	捷运	13	467	kàn	看	看	3
435	jìhuà	計劃	计划	9	468	kàn bìng	看病	看病	11
436	jīhuì	機會	机会	14	469	kànqǐlái	看起來	看起来	9
437	jìjiànrén	寄件人	寄件人	15	470	kǎoshì	考試	考试	9
438	jìnchūkǒu	進出口	进出口	10	471	kǎoyā	烤鴨	烤鸭	5

編號	拼音 Umschrift	繁體字 Vokabeln	簡體 Kurzzeichen	課文 Lektion
472	kǎpiàn	卡片	卡片	7
473	kè	刻	刻	5
474	kè	課	课	1
475	kě	渴	渴	11
476	kē	科	科	11
477	ké sòu	咳嗽	咳嗽	11
478	kèhù	客戶	客户	9
479	kělè	可樂	可乐	7
480	Kěndīng	墾丁	垦丁	14
481	kěnéng	可能	可能	11
482	kèqi	客氣	客气	2
483	kèrén	客人	客人	6
484	kěshì	可是	可是	2
485	kèwén	課文	课文	1
486	kěxí	可惜	可惜	3
487	kěyǐ	可以	可以	5
488	kǒuwèi	口味	口味	7
489	kǔ	苦	苦	7
490	kuài	快	快	9
491	kuài	塊	块	6
492	kuài... le	快…了	快…了	9
493	kuàidì	快遞	快递	15
494	kuàizi	筷子	筷子	6
495	kǔguā	苦瓜	苦瓜	7
496	kǔguāniúròu	苦瓜牛肉	苦瓜牛肉	7

		L		
497	là	辣	辣	7
498	lā	拉	拉	10
499	lā dùzi	拉肚子	拉肚子	11
500	lái	來	来	3
501	láihuípiào	來回票	来回票	14
502	làjiāo	辣椒	辣椒	7
503	láng	狼	狼	16
504	lánqiú	籃球	篮球	3
505	lǎobǎn	老闆	老板	6

編號	拼音 Umschrift	繁體字 Vokabeln	簡體 Kurzzeichen	課文 Lektion
506	lǎohǔ	老虎	老虎	12
507	lǎoshī	老師	老师	1
508	làzi	辣子	辣子	7
509	làzijīdīng	辣子雞丁	辣子鸡丁	7
510	le	了	了	3
511	lèi	累	累	2
512	lěng	冷	冷	11
513	lí	離	离	13
514	Lǐ Míng	李明	李明	1
515	liáng	量	量	11
516	liàng	輛	辆	6
517	liǎng	兩	两	2
518	liáng tǐwēn	量體溫	量体温	11
519	liánhuā	蓮花	莲花	14
520	liànxí	練習	练习	1
521	liáo tiān	聊天	聊天	3
522	lǐbài	禮拜	礼拜	7
523	liè	列	列	13
524	lǐmiàn	裡面	里面	6
525	Lín Lìdé	林立德	林立德	1
526	Lín Tiānhé	林天和	林天和	4
527	líng	零	零	5
528	lǐng qián	領錢	领钱	15
529	língqián	零錢	零钱	6
530	lìngwài	另外	另外	12
531	lǐngyàochù	領藥處	领药处	11
532	lìqì	力氣	力气	11
533	lìrú	例如	例如	6
534	lìshǐ	歷史	历史	9
535	liú	流	流	11
536	liù	六	六	2
537	liú bíshuǐ	流鼻水	流鼻水	11
538	lìyòng	利用	利用	14
539	lìzi	例子	例子	1
540	lóng	龍	龙	14

編號	拼音 Umschrift	繁體字 Vokabeln	簡體 Kurzzeichen	課文 Lektion	編號	拼音 Umschrift	繁體字 Vokabeln	簡體 Kurzzeichen	課文 Lektion
608	nántīng	難聽	难听	3	641	pángbiān	旁邊	旁边	6
609	nǎxiē	哪些	哪些	7	642	pángtīng	旁聽	旁听	9
610	názǒu	拿走	拿走	15	643	pǎo	跑	跑	3
611	ne	呢	呢	1	644	péi	陪	陪	11
612	nèi	內	内	10	645	pēn	噴	喷	11
613	nèikē	內科	内科	11	646	pèngdào	碰到	碰到	14
614	nèiróng	內容	内容	10	647	péngyǒu	朋友	朋友	3
615	néng	能	能	7	648	pēntì	噴嚏	喷嚏	11
616	nénggòu	能夠	能够	14	649	piányi	便宜	便宜	6
617	nénglì	能力	能力	10	650	piào	票	票	13
618	nǐ	你	你	1	651	piàoliàng	漂亮	漂亮	14
619	nián	年	年	5	652	píjiǔ	啤酒	啤酒	3
620	niàn	念	念	9	653	píjiǔwū	啤酒屋	啤酒屋	13
621	niàn shū	念書	念书	9	654	píng	瓶	瓶	7
622	niánjí	年級	年级	10	655	píng'ān	平安	平安	14
623	niánlíng	年齡	年龄	10	656	píngcháng	平常	平常	3
624	niànwán	念完	念完	9	657	píngguǒ	蘋果	苹果	6
625	nǐmen	你們	你们	1	658	píngguǒpài	蘋果派	苹果派	7
626	nín	您	您	1	659	pīnyīn	拼音	拼音	1
627	niú	牛	牛	7	**Q**				
628	niúpái	牛排	牛排	7	660	qí	騎	骑	3
629	niúròu	牛肉	牛肉	7	661	qī	七	七	2
630	nuǎnhuo	暖和	暖和	14	662	qǐ chuáng	起床	起床	5
O					663	qián	錢	钱	6
631	ō	喔	喔	7	664	qiān	千	千	6
632	Ōuyuán	歐元	欧元	15	665	qiān	鉛筆	铅笔	6
P					666	qiānbǐ	鉛筆	铅笔	6
633	pá	爬	爬	5	667	qiánmiàn	前面	前面	6
634	pá shān	山	山	5	668	qiānwàn	千萬	千万	11
635	pāi zhàopiàn	拍照片	拍照片	14	669	qiáo	橋	桥	13
636	pàiduì	派對	派对	5	670	qiǎokèlì	巧克力	巧克力	7
637	páijià	牌價	牌价	15	671	qǐfēi	起飛	起飞	14
638	páiqiú	排球	排球	3	672	qíguài	奇怪	奇怪	12
639	páizi	牌子	牌子	15	673	qín	琴	琴	10
640	pàng	胖	胖	14	674	qǐng	請	请	6

編號	拼音 Umschrift	繁體字 Vokabeln	簡體 Kurzzeichen	課文 Lektion
675	qīng	青	青	6
676	qīng	輕	轻	9
677	qǐng jià	請假	请假	11
678	qīngchǔ	清楚	清楚	15
679	Qīngdǎo	青島	青岛	14
680	qīngsōng	輕鬆	轻松	9
681	qíngtiān	晴天	晴天	14
682	qǐngwèn	請問	请问	1
683	qīnqiè	親切	亲切	11
684	qítā	其他	其他	16
685	qiú	球	球	3
686	qù	去	去	3
687	qǔ	取	取	10
688	quánshēn	全身	全身	11
689	qūjiān	區間	区间	13
690	qūjiānchē	區間車	区间车	13
691	qùnián	去年	去年	5

編號	拼音 Umschrift	繁體字 Vokabeln	簡體 Kurzzeichen	課文 Lektion
		R		
692	ràng	讓	让	16
693	ránhòu	然後	然后	5
694	rè	熱	热	6
695	règǒu	熱狗	热狗	6
696	rén	人	人	1
697	rènào	熱鬧	热闹	14
698	rénmín	人民	人民	15
699	Rénmínbì	人民幣	人民币	15
700	rénshì	人士	人士	10
701	rènshi	認識	认识	7
702	rènwéi	認為	认为	10
703	rì	日	日	5
704	rìqí	日期	日期	5
705	Rìběn	日本	日本	1
706	Rìwén	日文	日文	7
707	róngyì	容易	容易	13

編號	拼音 Umschrift	繁體字 Vokabeln	簡體 Kurzzeichen	課文 Lektion
708	ròu	肉	肉	7
709	ròupǐn	肉品	肉品	15
710	ròusī	肉絲	肉丝	7
711	rúguǒ	如果	如果	7
712	rúguǒ...dehuà	如果…的話	如果…的话	11
		S		
713	sān	三	三	2
714	sàn bù	散步	散步	14
715	sēnlín	森林	森林	16
716	shālā	沙拉	色拉	7
717	shān	山	山	5
718	shàng	上	上	3
719	shàng kè	上課	上课	5
720	shàng bān	上班	上班	12
721	shàng wǎng	上網	上网	3
722	shàngcì	上次	上次	12
723	shàngge	上個	上个	7
724	Shànghǎi	上海	上海	1
725	shàngmiàn	上面	上面	6
726	shàngqù	上去	上去	15
727	shāngrén	商人	商人	1
728	shàngshangxiàxià	上上下下	上上下下	6
729	shàng wǎng	上網	上网	3
730	shàngwǔ	上午	上午	5
731	shāngyè	商業	商业	10
732	shǎo	少	少	3
733	shāo	燒	烧	7
734	shèjì	設計	设计	10
735	shēng bìng	生病	生病	11
736	shēngcí	生詞	生词	1
737	shēngrì	生日	生日	5
738	shēngrìpàiduì	生日派對	生日派对	5
739	shēngyì	生意	生意	10
740	shēngzì	生字	生字	9

編號	拼音 Umschrift	繁體字 Vokabeln	簡體 Kurzzeichen	課文 Lektion
741	shénme	什麼	什么	1
742	shēnqǐng	申請	申请	10
743	shí	十	十	2
744	shì	事	事	3
745	shì	是	是	1
746	shì	試	试	6
747	shíhòu	時候	时候	5
748	shíjiān	時間	时间	5
749	shìjiè	世界	世界	10
750	shìqíng	事情	事情	15
751	shìqū	市區	市区	14
752	shíxí	實習	实习	10
753	shìyījiān	試衣-間	试衣间	6
754	shǐyòng	使用	使用	10
755	shízìlùkǒu	十字路口	十字路口	13
756	shòu	瘦	瘦	14
757	shǒu	手	手	5
758	shǒu	首	首	11
759	shōudào	收到	收到	16
760	shǒudū	首都	首都	13
761	shǒujī	手機	手机	5
762	shōujiànrén	收件人	收件人	15
763	shǒuxīn	手心	手心	11
764	shǒuxù	手續	手续	15
765	shǒuxùfèi	手續費	手续费	15
766	shū	書	书	2
767	shuā	刷	刷	7
768	shuā kǎ	刷卡	刷卡	7
769	shuāng	雙	双	6
770	shuāngrénfáng	雙人房	双人房	14
771	shūdiàn	書店	书店	6
772	shūfú	舒服	舒服	11
773	shuǐ	水	水	11
774	shuí / shéi	誰	谁	4
775	shuì jiào	睡覺	睡觉	5

編號	拼音 Umschrift	繁體字 Vokabeln	簡體 Kurzzeichen	課文 Lektion
776	shǔjià	暑假	暑假	14
777	shùnbiàn	順便	顺便	6
778	shùndào	順道	顺道	14
779	shuō	說	说	3
780	sì	四	四	2
781	Sìchuān cài	四川菜	四川菜	7
782	sòng	送	送	14
783	suàn	算	算	7
784	suān	酸	酸	7
785	suāncài	酸菜	酸菜	7
786	suāncàiròusī	酸菜肉絲	酸菜肉丝	7
787	suānlàtāng	酸辣湯	酸辣汤	7
788	suānsuāntiántián	酸酸甜甜	酸酸甜甜	7
789	suāntòng	酸(痠)痛	酸(酸)痛	11
790	suīrán	雖然	虽然	12
791	suǒyǐ	所以	所以	3
792	sùshè	宿舍	宿舍	15
T				
793	tā	他	他	1
794	tā	它	它	15
795	tā	她	她	1
796	tài	太	太	2
797	Táiběi	台北	台北	2
798	Táinán	台南	台南	13
799	tàitai	太太	太太	10
800	Táiwān	臺灣/台灣	台湾	1
801	Táizhōng	台中	台中	2
802	tāmen	他們	他们	5
803	tán	彈	弹	10
804	tán	談	谈	10
805	tán gāngqín	彈鋼琴	弹钢琴	10
806	táng	糖	糖	7
807	tàng	趟	趟	10
808	tāng	湯	汤	7
809	tángcù	糖醋	糖醋	7

371

編號	拼音 Umschrift	繁體字 Vokabeln	簡體 Kurzzeichen	課文 Lektion	編號	拼音 Umschrift	繁體字 Vokabeln	簡體 Kurzzeichen	課文 Lektion
877	wèilái	未來	未来	12	911	Xiānggǎng	香港	香港	1
878	wèishénme	為什麼	为什么	3	912	xiāngpiàn	香片	香片	7
879	wèn	問	问	1	913	xiāngzi	箱子	箱子	15
880	wēn	溫	温	11	914	xiànjīn	現金	现金	7
881	wénhuà	文化	文化	10	915	xiānshēng	先生	先生	11
882	wénjù	文具	文具	6	916	xiànzài	現在	现在	4
883	wénjùdiàn	文具店	文具店	6	917	Xiǎo Lǐ	小李	小李	5
884	wèntí	問題	问题	1	918	Xiǎo Wáng	小王	小王	5
885	wénzhāng	文章	文章	7	919	xiǎochī	小吃	小吃	14
886	wǒ	我	我	1	920	Xiǎofāng	小方	小方	10
887	wǒmen	我們	我们	3	921	Xiǎohóng	小紅	小红	3
888	wǔ	五	五	2	922	Xiǎohuá	小華	小华	5
889	wǔcān	午餐	午餐	8	923	xiǎojiě	小姐	小姐	2
890	wǔfàn	午飯	午饭	5	924	Xiǎolì	小莉	小莉	14
891	wúliáo	無聊	无聊	11	925	Xiǎolíng	小玲	小玲	5
892	wūzi	屋子	屋子	13	926	Xiǎoměi	小美	小美	3
		X			927	Xiǎomíng	小明	小明	9
893	xì	系	系	4	928	xiǎopéngyǒu	小朋友	小朋友	12
894	xǐ	洗	洗	14	929	xiǎoshí	小時	小时	10
895	xǐ zhàopiàn	洗照片	洗照片	14	930	Xiǎowén	小文	小文	5
896	xià	下	下	3	931	xiǎoyáng	小羊	小羊	16
897	xià bān	下班	下班	3	932	Xiǎoyīng	小英	小英	10
898	xià bān hòu	下班後	下班后	3	933	xiàoyuán	校園	校园	13
899	xià kè	下課	下课	5	934	Xiǎozhēn	小真	小真	3
900	xià xuě	下雪	下雪	15	935	xiàwǔ	下午	下午	3
901	xià yǔ	下雨	下雨	11	936	xiě	寫	写	7
902	xiàcì	下次	下次	7	937	xiě zuòyè	寫作業	写作业	11
903	xiàliè	下列	下列	13	938	xiě, xuè	血	血	11
904	xián	鹹	咸	7	939	xièxie	謝謝	谢谢	2
905	xiān	先	先	5	940	xǐhuān	喜歡	喜欢	3
906	xiǎng	想	想	3	941	xìn	信	信	11
907	xiāng	香	香	7	942	xīn	心	心	9
908	xiāngcháng	香腸	香肠	7	943	xīn	新	新	6
909	xiāngdāng	相當	相当	13	944	xíng	行	行	5
910	xiǎngdào	想到	想到	7	945	xìng	姓	姓	1

Vokabelindex 生詞索引

編號	拼音 Umschrift	繁體字 Vokabeln	簡體 Kurzzeichen	課文 Lektion
1014	yòngwán	用完	用完	16
1015	yòu	又	又	7
1016	yǒu / méiyǒu	有 / 沒有	有 / 没有	2
1017	yǒu kòng	有空	有空	5
1018	yóu yǒng	游泳	游泳	3
1019	yòubiān	右邊	右边	6
1020	yǒuguān	有關	有关	10
1021	yóujiàn	郵件	邮件	15
1022	yóujú	郵局	邮局	15
1023	yǒuqù	有趣	有趣	10
1024	yǒuyìsi	有意思	有意思	9
1025	yòuzhuǎn	右轉（右拐）	右转	13
1026	yǔ	雨	雨	11
1027	yú (Met. tiáo)	魚（M:條）	鱼（M:条）	7
1028	Yuán	元	元	6
1029	yuǎn	遠	远	13
1030	yuè	月	月	5
1031	yuèbǐng	月餅	月饼	15
1032	yuèqì	樂器	乐器	10
1033	yǔfǎ	語法	语法	1
1034	yúkuài	愉快	愉快	13
1035	yùndòng	運動	运动	3
1036	yǔnxǔ	允許	允许	12
1037	yǔyán	語言	语言	10
1038	yùyuē	預約	预约	11
		Z		
1039	zài	再	再	5
1040	zài	在	在	2
1041	zàijiàn	再見	再见	6
1042	zào	造	造	13
1043	zǎo	早	早	1
1044	zào jù	造句	造句	13
1045	zǎocān	早餐	早餐	6
1046	zǎocāndiàn	早餐點	早餐点	6
1047	zǎoshàng	早上	早上	1
1048	zěnme	怎麼	怎么	4
1049	zěnmeyàng	怎麼樣	怎么样	5
1050	zhàn	站	站	13
1051	zhāng	張	张	10
1052	Zhāng Líng	張玲	张玲	1
1053	zhǎo	找	找	6
1054	zhǎo qián	找錢	找钱	6
1055	zhàopiàn	照片	照片	14
1056	zhè	這	这	2
1057	zhě	者	者	10
1058	zhèli	這裡	这里	6
1059	zhème	這麼	这么	7
1060	zhēn	真	真	7
1061	zhēn	針	针	11
1062	zhēng	徵	征	10
1063	zhèngzài	正在	正在	9
1064	zhèr	這兒	这儿	6
1065	zhèyàng	這樣	这样	9
1066	zhǐ	只	只	6
1067	zhǐ	紙	纸	5
1068	zhī	枝	枝	6
1069	zhī	隻	只	12
1070	zhīdào	知道	知道	6
1071	zhíde	值得	值得	14
1072	zhífēi	直飛	直飞	14
1073	zhìliáo	治療	治疗	11
1074	zhīpiào	支票	支票	15
1075	zhǐshì	指示	指示	13
1076	zhīshì	知識	知识	10
1077	zhíyè	職業	职业	1
1078	zhíyuán	職員	职员	15
1079	zhòng	重	重	7
1080	zhǒng	種	种	13